知识分子的精神家园

戎装华章

戎装史话

张华 编著

光明日报出版社

图书在版编目(CIP)数据

戎装史话 / 张华编著 . -- 北京：光明日报出版社，
2024. 10. -- (戎装华章). ISBN 978-7-5194-8324-1

Ⅰ . E127

中国国家版本馆 CIP 数据核字第 20246KA148 号

戎装华章（戎装史话，戎装诗词）
RongZhuang HuaZhang(RongZhuang ShiHua, RongZhuang ShiCi)

编　著：张　华

责任编辑：舒　心　　　　　　责任校对：许黛如
封面设计：李　阳　　　　　　责任印制：董建臣

出版发行：光明日报出版社
地　　址：北京市西城区永安路 106 号，100050
电　　话：010-63169890（咨询），010-63131930（邮购）
传　　真：010-63131930
网　　址：http://book.gmw.cn
E - mail：gmrbcbs@gmw.cn
法律顾问：北京市兰台律师事务所龚柳方律师

印　　刷：北京文昌阁彩色印刷有限责任公司
装　　订：北京文昌阁彩色印刷有限责任公司
本书如有破损、缺页、装订错误，请与本社联系调换，电话：010-63131930

开　　本：160mm×230mm
字　　数：434 千字　　　　　印　　张：30.75
版　　次：2024 年 10 月第 1 版　印　　次：2024 年 10 月第 1 次印刷
书　　号：ISBN 978-7-5194-8324-1

定　　价：128.00 元（全二册）

《戎装史话》编委会名单

主　任　　张　华

副主任　　陈　方

编　委　　（以姓氏音序排列）

牛小庆　　王修行

张园雅　　张　霞

甲胄焕彩 彰历代军政兴衰
戎服流韵 显多元文化交融

戎装史话

衣裳是文化的表征，衣裳是思想的形象。戎装作为服装家族独特一员，既是一支军队凝心智、聚战力的重要载体，更是各国家各民族延续文化血脉、坚定文化自信的重要手段，其发展必然符合文化发展的内在要求和必然规律。

习近平总书记指出："古人讲：'文章合为时而著，歌诗合为事而作。'所谓'为时'、'为事'，就是要发时代之先声，在时代发展中有所作为。"①

自1929年第一套红军军装诞生，我军军服发展从无到有、从弱到强。进入新时代，面对百年未有之大变局，剑指党在新形势下的强军目标，我军军服发展从哪里来、到哪里去，有必要从文化层面进行新审视和新思考。

本书坚持与时俱进，坚持一切从实际出发，围绕政治、信仰、审美、符号、礼仪、技术和经济等七个方面，采撷中外名人言论，梳理军服文化脉络，希望对军服发展有所裨益。

---

① 习近平：《习近平谈治国理政》第三卷《一个国家、一个民族不能没有灵魂》，外文出版社2020年版，第340页。

兵衣凝志　甲胄载史

目 录

政治篇　戒装之令文齐武

一、人民军队　戒装为民 ⋯⋯⋯⋯⋯⋯⋯ 001

二、胡地中山　吾必有之 ⋯⋯⋯⋯⋯⋯⋯ 004

三、权威岂够　战袍来凑 ⋯⋯⋯⋯⋯⋯⋯ 013

信仰篇　戒装之载一抱素

一、戒装骏马　照我山川 ⋯⋯⋯⋯⋯⋯⋯ 018

二、钢少气多　力挽狂澜 ⋯⋯⋯⋯⋯⋯⋯ 032

三、一军旗鼓　径向天涯 ⋯⋯⋯⋯⋯⋯⋯ 035

四、勋章闪耀　万年荣耀 ⋯⋯⋯⋯⋯⋯⋯ 046

审美篇　戒装之美益求美

一、帅得让你想参军 ⋯⋯⋯⋯⋯⋯⋯⋯⋯ 072

二、五彩斑斓甲胄亮 ⋯⋯⋯⋯⋯⋯⋯⋯⋯ 076

三、武装亦能领风骚 ⋯⋯⋯⋯⋯⋯⋯⋯⋯ 086

符号篇　戎装之井井有法

一、定身份　别地位 ⋯⋯⋯⋯⋯⋯⋯⋯⋯⋯ 097

二、明级别　为标识 ⋯⋯⋯⋯⋯⋯⋯⋯⋯⋯ 104

三、做沟通　传信号 ⋯⋯⋯⋯⋯⋯⋯⋯⋯⋯ 113

礼仪篇　戎装之礼乐刑政

一、从跪拜到平视 ⋯⋯⋯⋯⋯⋯⋯⋯⋯⋯⋯ 122

二、从脱帽到举手 ⋯⋯⋯⋯⋯⋯⋯⋯⋯⋯⋯ 134

三、从他律到自律 ⋯⋯⋯⋯⋯⋯⋯⋯⋯⋯⋯ 138

技术篇　戎装之巧夺天工

一、系统配套 ⋯⋯⋯⋯⋯⋯⋯⋯⋯⋯⋯⋯⋯ 144

二、人服协同 ⋯⋯⋯⋯⋯⋯⋯⋯⋯⋯⋯⋯⋯ 157

三、工艺进化 ⋯⋯⋯⋯⋯⋯⋯⋯⋯⋯⋯⋯⋯ 162

经济篇　戎装之持筹握算

一、开支 ⋯⋯⋯⋯⋯⋯⋯⋯⋯⋯⋯⋯⋯⋯⋯ 177

二、筹措 ⋯⋯⋯⋯⋯⋯⋯⋯⋯⋯⋯⋯⋯⋯⋯ 181

三、管理 ⋯⋯⋯⋯⋯⋯⋯⋯⋯⋯⋯⋯⋯⋯⋯ 191

政治篇

戎装之令文齐武

克劳塞维茨指出："战争无非是国家政治通过另一种手段的继续。"① 列宁坚持并发展了这一观点。当代马克思主义认为，政治引领军事，军事服从政治。军服作为一种重要的军事元素，必然服从政治，体现统治者执政思想。

一、人民军队　戎装为民

政治的首要问题是立场。军服只是一类物体，但一旦列装，就附着于军队，被赋予一定政治立场。这与材质和设计无关，而取决于军队性质或军队隶属的政治主体。

1963年，毛泽东在给刘少奇的信中指出："人民和军队总得先有饭吃有衣穿，才能打仗，否则虽有枪炮，无所用之。"② 这里谈到了

---

① 〔德〕克劳塞维茨著：《战争论》第1卷《什么是战争》，中国人民解放军军事科学院译，解放军出版社2005年版，第42页。
② 中共中央党史和文献研究院编，逄先知、冯蕙主编：《毛泽东年谱（1961—1966）》第8卷，中央文献出版社2023年版，第564页。

军服，而且是与人民联系在一起。这段话说的是吃饭穿衣普通事，讲的是众所周知平常理，其实有着深刻的历史背景。

20世纪60年代初，中国刚刚经历三年困难时期，国民经济亟待恢复，急需一个稳定的外部环境，以配合国内调整。但此时中国周边安全形势跌宕起伏、异常严峻。西南方向：1962年10月20日，中国边防部队在中印（度）边界东西两段举行自卫反击战。11月21日，中国政府发表声明，重申：中印边界问题必须通过谈判解决；并宣布从22日零时起中国边防部队在中印边境全线停火，从12月1日起，中国边防部队即从1959年11月7日的中印双方实际控制线后撤20公里。随后，中国政府还主动把缴获的武器弹药和其他军用物资全部交还印方，释放和遣返了全部被俘的印度军事人员。西北方向：1960年8月起到1964年10月，中苏之间边境纠纷频发。

1963年，中共中央开始主持编制第三个五年计划，毛泽东侧重考虑了备战问题，强调把加强"三线"建设纳入国民经济发展计划。毛泽东指出，必须把老百姓放在第一位考虑。他说："我看五年搞一千零八十亿元的建设规模是大了，留的余地太少了。少搞些项目就能打歼灭战，大了歼灭不了。不要搞一千个亿，搞个八百亿、九百亿。一九七〇年那些指标不要搞那么多，粮食四千八百亿斤能达到吗？要考虑来个大灾或者大打起来怎么办。钢一千六百万吨就行了。你这个数字压不下来，就压不下那些冒进分子的瞎指挥。我看大家想多搞，你们也想多搞，向老百姓征税征粮，多了会闹翻，不行的。这是个原则问题。要根据客观可能办事，绝不能超过客观可能，按客观可能还要留有余地。留有余地要大，不要太小。要留有余地在老百姓那里，对老百姓不能搞得太紧。总而言之，第一是老百姓，不能丧失民心；第二是打仗；第三是灾荒。"① 周恩来在国务院第一

---

① 中共中央党史和文献研究院编，逄先知、冯蕙主编：《毛泽东年谱（1961—1966）》第8卷，1965年6月16日条，中央文献出版社2023年版，第501-502页。

百五十八次全体会议上的讲话中指出："主席提出要我们注意三句话，注意战争，注意灾荒，注意一切为人民。这三句话，我想它合在一起顺嘴点，就是'备战、备荒、为人民'。'备战、备荒、为人民'是一个整体。备战、备荒，落实到为人民。要依靠人民，首先要为人民。为人民是最基本观念，任何事情要想到为人民，人民是力量的源泉。"① 这也是毛泽东关于"备战、备荒、为人民"战略思想的由来。

这一时期，中国人民解放军着55式军服，军官礼服、大衣、常服采用毛呢面料，士兵装备皮鞋，国家财力负担较重。在毛泽东"备战、备荒、为人民"战略思想指导下，中国人民解放军做出了相应调整。1964年底到1965年春，中国人民解放军原总后勤部等单位详细讨论了军服改革的问题。当时的主要思路是节约、实用。经中央军委批准，中国人民解放军在1965年6月取消军衔制，装备65式军服。65式军服的样式并非重新设计，而是基本保持55式服装式样。具体改动有五条，其中的第四条是"军官取消毛料服装，全军官兵一律采用布制服装"。这一调整是军略服从政略的最好印证，体现了中国人民解放军的人民军队属性和人民立场。

进入新时代，中国正处在一个百年未有之大变局当中，再回首这段历史，世人都会特别惊叹于毛泽东的战略视野，也更能理解伟人的人民情怀和人民立场。

---

① 力平、马芷荪主编：《周恩来年谱（1949—1976）》中卷，1965年8月23日条，中央文献出版社2020年版，第730–731页。

二、胡地中山　吾必有之

在政治的大棋局中，军服往往只是配角，籍籍无名。但也有例外。两千多年前，赵武灵王重视军服，擘画强国梦想，成就伟大传奇。

赵武灵王是战国时期赵国的第六代君主。春秋时期，其祖上世代担任晋国的卿大夫。公元前376年，魏、赵、韩三家分晋，赵氏从大夫成为诸侯。不过，作为诸侯国，受封只是开端，不发展就退步，弱小就会挨打。赵武灵王继位时，赵国内外交困、危机四伏。

一方面内部矛盾加剧。三家分晋，赵国得到晋北部所有土地，也继承了晋抵御游牧民族的义务。与华夏民族身着"汉服"，"束发右衽"（束起头发，衣襟右开）不同，游牧民族身着"胡服"，"披发左衽"（头发散开，衣襟左开）。在华夏民族的认知里，右寓意为力量与暴力，拱手作揖时，要左手抱右手鞠躬，象征克制暴力。所以"胡服"被视为粗鲁非礼、野蛮落后，而"汉服"则被认为讲究礼节、代表文明。赵国长期与游牧民族打交道，打仗、通婚、融合，逐步形成北方以代郡（今大同）为代表的和南方以邯郸为代表的两种政治势力。到赵武灵王继位时，两大势力的文化差异加剧，扩大了赵国的南北分裂。

另一方面，外部挑战重重。赵国西面的秦国和东面的齐国，都曾是春秋时期的霸主。南面是魏、韩，北面则是楼烦等不断骚扰的游牧民族和虎视眈眈的燕国。赵武灵王父亲赵肃侯继位时，秦国已变法10年，吞并六国之心不死；东边齐国有贤明的齐威王；魏国拥有中原富饶之地，有资源有底气，经过李悝、翟璜、乐洋、吴起等变法强国，成就了百年霸业。同时，赵国与周边国家长期交恶，战争不断。赵肃侯六年，攻齐国，夺高唐；七年，攻魏国；十年，联合齐国攻魏国；十一年，再攻魏国；十七年，进攻魏国；十八年，齐魏联军攻赵国，赵肃侯掘黄河大堤水淹联军；二十二年，战秦国，秦杀赵将赵疵，占领赵国蔺地与离石。公元前326年，赵肃侯逝世，赵武灵王维满16岁即位，魏、楚、秦、燕、齐等五国分别派上万精锐部队参加葬礼，赵国随时可能被兼并，主少国危。

面对内忧外患的烂摊子，年轻的赵武灵王靠什么破局？据《战国策》《史记》等史料记载，赵武灵王主要是明确"胡服骑射"的政治方向，正式开启强国梦。

赵武灵王意识到，长期文化分裂是国内两大政治势力矛盾的主要根源，于是把团结国内两大政治势力作为首要任务，从统一思想、明确使命任务入手解决内部矛盾。

他发现"胡服"在军事上有一些特别的长处：穿窄袖短袄，生活起居和狩猎作战都比较方便；作战时用骑兵、弓箭，与中原的兵车、长矛相比，具有更大的灵活机动性。他认为，北方游牧民族的骑兵来如飞鸟，去如绝弦，带着这样的部队驰骋疆场哪有不取胜的道理。为此，赵武灵王结合赵国四面受敌的地缘环境，肯定骑兵的重要地位，扶植北方势力，提出"胡服骑射"。

赵武灵王提出"胡服骑射"，赵国内部反对之声强大。当时，南方势力以赵武灵王的叔叔公子成为首，包括赵文、赵造等相继提出反对意见。

公子成说："臣闻之：中国者，聪明睿智之所居也，万物财用之所聚也，贤圣之所教也。仁义之所施也，诗书礼乐之所用也，异敏技艺之所试也，远方之所观赴也，蛮夷之所义行也。今王释此，而袭远方之服，变古之教，易古之道，逆人之心，畔学者，离中国，臣愿大王图之。"①

---

① 缪文远、缪伟、罗永莲译注：《战国策》下册卷19赵策二《武灵王平昼闲居》，中华书局2012年版，第552页。

　　我听说，中原地区是聪明能干而具有远见的人士所居住的地方，是各种物资和财富所聚集的地方，是圣贤进行教化的地方，是仁义道德所施行的地方，是读《诗》《书》《礼》《乐》的地方，是各种精妙技艺得以施展的地方，是各国诸侯不远千里前来参观学习的地方，是四方落后少数民族所应该崇拜和效法的地方。现在君王舍弃了这些，去袭用落后部族的服饰，改变了古代的礼教，变换了古代的准则，违背了众人的心志，背叛了圣贤们的教导，脱离了中国的传统习俗，我希望大王要多多考虑啊。

　　赵文进谏道："当世辅俗，古之道也。衣服有常，礼之制也。修法无愆，民之职也。三者，先圣之所以教。今君释此，而袭远方之服，变古之教，易古之道，故臣愿王之图之。"①

　　适应时代的潮流，顺从社会的习俗，这是自古以来就有的法则；服装有一定的样式，这是礼法所规定的；遵守法令不犯罪过，乃是百姓的本分。这三方面，是古代圣贤的教导。现在君王舍弃了这些，而去袭用远方胡人的服式，改换了古代的教化，更改了自古以来的行动准则，所以我恳请君王慎重考虑。

　　赵造谏道："臣闻之，圣人不易民而教，知者不变俗而动。因民而教者，不劳而成功；据俗而动者，虑径而易见也。今王易初不循俗，胡服不顾世，非所以教民而成礼也。且服奇者志淫，俗辟者乱民。是以莅国者不袭奇辟之服，中国不近蛮夷之行，非所以教民而成礼者也。且循法无过，脩礼无邪，臣愿王之图之。"②

　　我听说，圣人不交换百姓而进行教诲，聪明的人不改变习俗而行动。顺着民心去教诲的，不烦劳而可获得成功；依着习俗而

① 缪文远、缪伟、罗永莲译注：《战国策》下册卷19赵策二《武灵王平昼闲居》，中华书局2012年版，第557页。
② 缪文远、缪伟、罗永莲译注：《战国策》下册卷19赵策二《武灵王平昼闲居》，中华书局2012年版，第559页。

行动的，轻车熟路，非常方便。现在大王改变原有的做法，不按习俗办事。改穿胡服而不顾社会上的议论，这可不是教导百姓遵守礼制。况且服装奇异的人，心意就放荡，习俗怪僻的地方，往往民心混乱。所以治理国家的人不穿怪僻的服装，中原地区不仿效蛮夷的不开化行为，因为这是教导人们遵守礼制。并且遵循原有办法，没有什么过错，施行传统制度，不会偏离正道，我希望大王好好考虑吧。

赵武灵王一一给予了批驳。他对公子成讲："夫服者所以便用也；礼者所以便事也。是以圣人观其乡而顺宜，因其事而制礼，所以利其民而厚其国也。祝发文身，错臂左衽，瓯越之民也。黑齿雕题，鳀冠秫缝，大吴之国也。礼服不同，其便一也。是以乡异而用变，事异而礼易。是故圣人苟可以利其民，不一其用；果可以便其事，不同其礼。儒者一师而礼异，中国同俗而教离，又况山谷之便乎？故去就之变，知者不能一；远近之服，贤圣不能同。穷乡多异，曲学多辨，不知而不疑，异于己而不非者，公于求善也。今卿之所言者，俗也。吾之所言者，所以制俗也。"①

衣服的式样，不过是为了人们穿着方便的，而礼制是为了处理事情的便利。所以圣人总是考察当地的习惯而因地制宜，根据实际的需要而制定礼法，为的是利民富国。至于那些剪断头发、身上刻画着花纹，手臂刻着纹饰，左边缝着衣襟，正是瓯越百姓的习惯。那些用草汁染黑牙齿、额头上刺刻着图画，戴着鱼皮帽子，穿着粗针大线的衣服，乃是吴国百姓的打扮。虽然他们的礼俗和服饰各不相同，便利于人们却是一致的。所以说地区不同，其举止措施也就各有变化，客观实际不同，礼仪制度也就会相应地变化了。因此圣人认为，只要对老百姓有利，在措施上就

---

① 缪文远、缪伟、罗永莲译注：《战国策》下册卷19赵策二《武灵王平昼闲居》，中华书局2012年版，第553-555页。

不求一致；只要真正能给事业带来便利，在礼法上就可以不必相同。儒生师从同一个老师而他们的主张、礼法就不一样，中原地区的风俗传统大体一致，而他们的政令却不同，更何况那些居住在偏僻山谷中的人，不也都是在因地制宜地各求方便嘛！所以对事物的选择、取舍，再聪明的人也无法强求一致；不同地区、不同时代的服饰打扮，就是圣贤也无法把它们统一起来。穷乡僻壤的地方，少见多怪；孤陋寡闻的人，经常巧辩不休。不熟悉的事物，不要随便去怀疑它；不同于自己观点的意见，也不要轻易非议，这才是追求真理的公正态度。现今您所说的一些话，都是些世俗的言论；而我所说的一些话，恰恰是如何改革习俗和传统的言论。

他对赵文说："子言世俗之间。常民溺于习俗，学者沉于所闻。此两者，所以成官而顺政也，非所以观远而论始也。且夫三代不同服而王，五伯不同教而政。知者作教，而愚者制焉。贤者议俗，不肖者拘焉。夫制于服之民，不足与论心；拘于俗之众，不足与致意。故势与俗化，而礼与变俱，圣人之道也。承教而动，循法无私，民之职也。知学之人，能与闻迁；达于礼之变，能与时化。故为己者不待人，制今者不法古，子其释之。"①

您所说的只是世俗的见解。普通民众沉溺于旧的习俗，读书人又拘泥于书本上的知识，这两种人，都只能谨守职责，遵守法令而已，是不能高瞻远瞩、改革创新的。再说，夏、商、周三个朝代的服式不同，却都统一了天下；春秋时代五霸的教化不同，却都能治理好国家。有远见的人制定规章制度，无知无识的人只能去遵守。有才能的人可以议论、探讨礼法、教化，没才能的人只能是墨守成规。对那些恪守传统习俗的人，是不能够和他交流

① 缪文远、缪伟、罗永莲译注：《战国策》下册卷19赵策二《武灵王平昼闲居》，中华书局2012年版，第557-558页。

思想的；对那些拘泥于旧礼教的人，也是无法和他们谈论理想、志向的。所以，习俗应随着形势的变化而变化，礼法制度也要随着形势的改变而改变，这才是圣人治国的原则啊。秉承命令而行动，遵循法度而没有私心，是做老百姓的本分。有远见卓识的人，能随着新事物的出现而改变原来的观点，通晓礼法的变化，才能随着时代的变化而变化。因此真正志在修身的人不仰赖别人的赞许，治理当世的人不去效法古代的成功。您还是放弃那些不正确的意见吧！

他对赵造说："古今不同俗，何古之法？帝王不相袭，何礼之循？宓戏、神农教而不诛，黄帝、尧、舜诛而不怒。及至三王，观时而制法，因事而制礼，法度制令，各顺其宜，衣服器械，各便其用。故治世不必一道，便国不必法古。圣人之兴也，不相袭而王；夏、殷之衰也，不易礼而灭。然则反古未可非，而循礼未足多也。且服奇而志淫，是邹、鲁无奇行也；俗辟而民易，是吴、越无俊民也。是以圣人利身之谓服，便事之谓教。进退之谓节，衣服之制，所以齐常民，非所以论贤者也。故圣与俗流，贤与变俱。谚曰：'以书为御者，不尽于马之情；以古制今者，不大于事之变。'故循法之功不足以高世，法古之学不足以制今，子其勿反也。"①

古今的习俗本不相同，为什么要效法古代？历代帝王的礼法互不相承，为什么要遵循古代的礼制？伏羲、神农时代，只教化而不用刑罚，黄帝、尧、舜时代，虽用刑罚而不愤怒。到了夏、商、周三代的圣王，都是观时制法，因事制礼，法令制度都顺应潮流，衣服器械都使用方便。所以说，治理国家不一定只用一种方法，只要对国家有利就不必效法古代。圣人的兴起，不承袭前代而兴旺；夏朝和殷商的衰败，不会因改变礼法而灭亡。可见反

---

① 缪文远、缪伟、罗永莲译注：《战国策》下册卷19赵策二《武灵王平昼闲居》，中华书局2012年版，第560页。

对古来旧俗的，不应受到非议；而遵循旧制的人，也就不值得赞许了。如果说服装特殊就会思想放荡，那么服饰正统的邹国和鲁国两国，就应该没有不正的行为了；如果说风俗怪癖的地方，百姓就会变坏，那么风俗特殊的吴、越地区，就该没有杰出的人才了。所以圣人认为，凡是适合穿着的，就是好服装；凡是便于办事的，就是好规章。关于送往迎来的礼节，衣服的样式，是使百姓们整齐划一，而不是用来评论贤能的人的。所以圣人能随着风俗而变化，贤人能随社会变化而前进。谚语说："照书上记载来驾车的人，不能通晓马的习性；用老办法来对付现代的人，不懂社会的变化。"所以遵循旧制的做法不会建立盖世的功勋，尊崇古代的理论不能治理当代，希望您不要再说反对胡服的话了。

其中，核心的思想就是三句话。"夫服者所以便用也；礼者所以便事也。""故势与俗化，而礼与变俱，圣人之道也。""故治世不必一道，便国不必法古。"贯穿其中的灵魂就是注重实用、讲求实效，从而打破禁锢、解放思想，把两大政治势力的理念认知统一到"胡服骑射"上。

解决了纠纷，统一了指导思想，赵武灵王进一步带着重臣分析形势，阐述"胡服骑射"政策的必要性和可行性，提出自己的行动纲领。

他对公子成讲："今吾国东有河、薄洛之水，与齐、中山同之，而无舟楫之用。自常山以至代、上党，东有燕、东胡之境，西有楼烦、秦、韩之边，而无骑射之备。故寡人且聚舟楫之用，求水居之民，以守河、薄洛之水；变服骑射，以备其燕、东胡、楼烦、秦、韩之边。且昔者简主不塞晋阳以及上党，而襄主兼戎取代，以攘诸胡。此愚知之所明也。先时中山负齐之强兵，侵掠吾地，系累吾民，引水围鄗，非社稷之神灵，即鄗几不守。先王忿之，其怨未能报也。

今骑射之服，近可以备上党之形，远可以报中山之怨。"①

目前我国东部有黄河、漳水两条河流，是我国与齐国、中山国共同拥有的边境，可是我们却没有战船守御。从常山到代郡、上党郡，东边与燕国、东胡为邻，西边与楼烦、秦国、韩国接壤，而我们却不曾在那里配备骑兵和部队。所以我要设法筹集船只、建设水军，招募习于水战的民众来防守；我还要改变旧式服装，训练骑兵，以便守卫我国与燕国、东胡、楼烦、秦国、韩国间的边界。再说从前简主不把我国的疆域版图局限在晋阳和上党，接着襄主又兼并了戎狄和代郡，驱走了各部胡人。这些业绩，无论是笨人还是聪明人，全都是很清楚的。早些时候，中山国仗恃齐国的雄厚兵力，侵犯我国的土地，俘虏我国的百姓，引水冲向我们的鄗城，如果不是社稷神灵的护佑，鄗城差一点就失守了。先王对这件事极为愤恨，可是这个仇至今还未能报。如今我们采用便于骑射的胡服来武装自己，近可以保卫上党这个形势重要的地方，远还可以向中山国报仇雪恨。

赵武灵王作为国君统帅，年纪轻轻就表现出了政治上的高度成熟，有思路，有方法，还有担当。他提出："简、襄主之烈，计胡、翟之利。为人臣者，宠有孝弟长幼顺明之节，通有补民益主之业，此两者臣之分也。今吾欲继襄主之迹，开于胡、翟之乡，而卒世不见也。为敌弱，用力少而功多，可以毋尽百姓之劳，而序往古之勋。夫有高世之功者，负遗俗之累。有独智之虑者，任骜民之怨。今吾将胡服骑射以教百姓。""狂夫之乐，知者哀焉；愚者之笑，贤者戚焉。世有顺我者，则胡服之功未可知也。虽驱世以笑我，胡地中山吾必有之。"②

---

① 缪文远、缪伟、罗永莲译注：《战国策》下册卷19赵策二《武灵王平昼闲居》，中华书局2012年版，第555-556页。
② 许嘉璐主编：《二十四史全译·史记》第1册卷43世家第十三《赵世家》，汉语大词典出版社2004年版，第692-693页。

简王、襄王的功勋，在于计划了向胡、翟发展的利益。作为人臣，受到宠信，应该有孝悌、长幼、顺从、明理的节操，通达的应该做出有利于百姓、有益于君主的事情，这两个方面是做臣子的本分。现在我想继承襄王的事业，开拓胡人、翟人的地区，可是找遍世间，始终没有见到这样的贤臣。我穿胡服，是为了使敌人困惑和削弱，使用力量少而能获取更多的功效，可以不耗尽百姓的劳力，而能继续以前简王、襄王的勋业。有高出世上功业的人，就要经受被世俗谴责的牵累；有独到智慧而深谋远虑人，就要任从隐逸傲慢之民的怨恨。现在我想要教导百姓穿胡人衣服，学习骑马射箭，狂夫的快乐，聪明人的哀怜；愚蠢人讥笑的事情，贤德的人要加以考察。世人如果顺从我的教导，那么穿胡服的功效就不可估量了。假使驱使世上的人都来讥笑我，胡地和中山国我也一定要占有它们。

后人虽然难以知晓当时发生了什么，但通过历史记载，依然能够从这些斩钉截铁、掷地有声的话语中，感受到强烈的使命感和责任感。

经此一番整合，赵武灵王围绕"胡服骑射"，提出了一整套保国强国的指导思想、行动纲领和奋斗目标，明确了政治方向，以公子成为首的南方势力纷纷表示效忠。

《战国策》记载："公子成再拜稽首曰：'臣愚不达于王之议，敢道世俗之见。今欲继简、襄之意，以顺先王之志，臣敢不听令。'（公子成听了以后，拜了两拜，叩头说：'我愚昧无知，没能领会君王的意图，冒昧地讲了一些世俗的言论。如今君王既然继承简主和襄主的遗志，完成先王未竟的事业，我哪里还敢不听从您的命令呢。'）说完了又拜了两拜，于是武灵王就赐给他一套胡服。"[1]

---

[1] 缪文远、缪伟、罗永莲译注：《战国策》下册卷19赵策二《武灵王平昼闲居》，中华书局2012年版，第556页。

三、权威岂够　战袍来凑

一般认为，政治权威是指在政治生活中靠威望和影响而形成的支配力量。它通常以政治权力为后盾，依据正义或伟大人格的感召力，产生具有高度稳定性、可靠性的政治影响力和支配与服从的权力关系。它是政治权力最有效能的表现方式。

马克思主义认为，在阶级社会中，政治权威是保证本阶级团结并威胁对立阶级的力量。统治阶级的政治权威主要靠国家权力来维系。被剥削、被统治阶级的政治权威是本阶级意志的集中体现。

军服本身难言政治权威，之所以能够体现政治权威，通常是通过依附于一定的政治组织或权力结构中的某些角色，主要是领导职位，产生具有高度稳定性、可靠性的政治影响力和支配与服从的权力关系，使政治权威体现了严肃性。

1929年5月1日，中央苏区红军为纪念列宁逝世五周年，红四军前委决定将4000套灰色军衣的红领章上都缀上黑边，以表示纪念。这是一个极具政治象征意义的举动。

当时，中国共产党隶属于第三国际。第三国际，即各国共产党的国际联合组织，又名共产国际，于1919年3月在列宁的领导下成立，总部设于苏联莫斯科。第三国际把马克思列宁主义作为理论基础，任务是团结工人阶级和劳动群众，推翻资本主义和帝国主义统治，确立世界范围的无产阶级专政，建立世界苏维埃社会主义共和国联盟，彻底消灭阶级，实现社会主义和共产主义。第三国际是统一的世界共产党，各国共产党作为它的支部，直接受它领导。它是高度集中的领导中心，统一领导各国革命运动，各国的共产党必须执行它的决定。它有权决定各国共产党的路线、策略和各国共产党的领导人，并向各国共产党派出常驻代表。

1943年5月15日，共产国际执委会为适应反法西斯战争发展的需要，作出《关于提议解散共产国际的决定》。同时，考虑到国际形势和国际工人运动所发生的变化、各国共产党及其领导者的成长与政治上的成熟，若干支部提出解散共产国际的要求。5月22日，共产国际向全世界公布了这个决定。5月26日，中共中央发出《关于共产国际执委主席团提议解散共产国际的决定》，完全同意共产国际提议，指出"中国共产党在革命斗争中曾经获得共产国际的帮助。但是，很久以来中国共产党人即已能够完全独立地根据自己民族的具体情况和特殊条件决定自己的政治方针、政策和行动"。并宣布"自即日起，中国共产党解除对于共产国际的章程和历次大会决议所规定的各种义务"。当晚中共中央书记处在延安干部大会上做报告，肯定了共产国际在帮助中国革命事业上做出的伟大功绩，并解释了共产国际解散的原因，指出共产国际解散是一件"划时代的大事"，号召全党同志应提高责任心，发挥创造力。

军服体现政治权威的方式不止于此，通过政治人物特别是政治领袖身着军服，有时能更好地发出政治号召，强化政治权威。

前文中的"胡服骑射"中有一个很有趣的细节。赵武灵王在全面推行新的政略之前，为说服公子成，便亲自改穿胡服，并派王孙绁将自己的意思转告公子成，说："寡人胡服，且将以朝，亦欲叔之服之也。家听于亲，国听于君，古今之公行也；子不反亲，臣不逆主，先王之通谊也。今寡人做教易服，而叔不服，吾恐天下议之也。夫制国有常，而利民为本；从政有经，而令行为上。故明德在于论贱，行政在于信贵。今胡服之意，非以养欲而乐志也。事有所出，功有所止。事成功立，然后德且见也。今寡人恐叔逆从政之经，以辅公叔之义。且寡人闻之，事利国者行无邪，因贵戚者名不累。故寡人愿募公叔义，以成胡服之功。使绁谒之叔，请服焉。"①

① 缪文远、缪伟、罗永莲译注：《战国策》下册卷19赵策二《武灵王平昼闲居》，中华书局2012年版，第551页。

我已穿上了胡服，并且将要穿着它上朝，所以希望王叔也能穿上它。在家听命于父母，在朝廷要听命于君王，这是古今公认的准则；子女不违抗父母，臣子不违抗国君，这是先王时就已通行的规矩。如今我下令改穿胡服，可是王叔却不穿，我怕天下人又要议论了。治理国家要有一定的原则，但要以有利于民众为出发点；处理政事要有一定的准则，首先要保证政令得以推行。所以要想修明朝的德政，必须考虑到普通百姓的利益；要想推行政令，首先要使权贵们奉行。现在，我要改穿胡服的目的，绝不是放纵情欲而娱乐心志啊。事情只要开了头，功业就有成功的时候；事成功就，政绩就显现出来了。今天我担心王叔违背了治理国家的原则，而去附和贵族们对胡服的议论。况且我听说过："做有利于国家的事情，不必顾忌别人说什么，就不会出现偏差；依靠宗室贵戚们的支持，就不会遭人非议。所以我希望仰仗王叔的威望，促成改穿胡服这件事的成功。我特地打发王孙绁到您那里去拜望、陈述，请王叔穿上胡服吧。"

公子成告病，说："臣固闻王之胡服也，不佞寝疾，不能趋走，是以不先进。王今命之，臣固敢竭其愚忠。"[1] 然后讲了自己反对"胡服骑射"的理由。接下来，武灵王就前往公子成家，亲自请求他。

我早已听说君王改穿胡服了，只因我卧病在床，行动不便，所以没能尽快去拜见君王，当面陈述我的意见。

最终，赵武灵王有理有据地说服了公子成。不可否认的是，君王率先垂范，亲自穿上胡服登门，看起来是给了公子成很大面子，其实是精心营造了一种政治权威效应，给了公子成很大压力，促进了这次改革。

---

① 缪文远、缪伟、罗永莲译注：《战国策》下册卷19赵策二《武灵王平昼闲居》，中华书局2012年版，第552页。

自古以来，国家政治权力运行中，元首政治地位是否稳固，往往与其能否全面掌控军队密切相关，特别需要在一帮能干的将军面前树立政治权威。

比如，西班牙前国王胡安·卡洛斯一世每逢重要场合，均着上将军礼服出席，就是对外表示自己对军队的控制力。

二战同盟国三巨头罗斯福、丘吉尔和斯大林，前两位都是通过竞选上台的国家元首，以文职兼任武装部队最高统帅。斯大林则自授苏联大元帅，并且最喜欢穿军装出镜。1918年苏俄内战爆发时，身为军事委员会委员的斯大林，被派往察里津地区担任军政一把手。他在这里得到了第一骑兵军伏罗希洛夫、布琼尼等老将的支持，最终取得了察里津等战役的胜利，察里津也因此后来更名为"斯大林格勒"。1919年斯大林任西南方面军政委，在苏波战争中表现不佳，回国后遭到朝野一致批评，不得已辞去军职。1924年起，斯大林逐步成为苏联最高领导人。1935年，苏军第一次正式授衔，斯大林作为中央委员会总书记，没有给自己授衔。1940年第二批元帅名单里，也没有他的名字。1941年6月苏德战争爆发，斯大林时任苏联国防委员会主席，同年8月任苏联武装力量最高总司令，不久成为苏军最高统帅部的"最高统帅"，但他仍然属于文职。作为最高统帅，斯大林当然要行使作战指挥权，每天要跟元帅和将军打交道，所以这一时期他经常穿军便装。苏德战争进入白热化的1943年，随着部队规模的扩大和大批将官的晋升，尤其是三巨头初次见面的德黑兰会议即将召开，斯大林的授衔问题被提到日程上来。同年1月，朱可夫晋升苏联元帅；2月，华西列夫斯基封帅；3月，授斯大林为苏联元帅军衔。这一时期，斯大林还不是身份特殊的"大元帅"，仅就军衔而言，他跟布琼尼、伏罗希洛夫（第一批剩下的）、沙波什尼科夫、铁木辛哥、库利克（1940年获授）以及朱可夫、华西列夫斯基等是平级的。苏军分别于1944年和1945年又晋升了一批战功卓著的将军为苏联元帅，比如科涅夫和罗科索夫斯基等。此时现役的元帅已经有十几位了，而卫国战争也即将取得胜利。后面涉及一系列庆典和会议，作为苏军赢得战争的最高统帅，再让斯大林跟这些元帅们平级就不合适了。经提议，苏联于1945年6月26日决定设立"苏联大元帅"，第二天就授给了斯大林。斯大林在战争期间一直身着军装，到1943年，穿军便装但是没有军衔；1943年到1945年，穿的是"苏联元帅"军装或者礼服；1945年6月以后，包括参加波茨坦会议时，才正式穿上了"苏联大元帅"的礼服。

二战以后，欧洲各国元首很少会穿军服。德国领导人为了避免纳粹和军国主义的联想，即便是在视察部队时也只着西服正装。一些军人出身的领袖喜欢穿军服出席各种场合，古巴领导人卡斯特罗几乎只穿陆军军服参加各种活动。

中国第一代领导人经历了战争的洗礼，在中华人民共和国成立后，在穿着军服上有严格的规定。以周恩来总理为首的政府工作人员不着军服。1966年毛泽东登上天安门城楼接见红卫兵时，他破例穿着一套从警卫战士那里借来的军装登上了城楼，帽子上有红五星，佩红领章。1981年，邓小平穿着带有领章、帽徽的65式军装，观看华北军事大演习，这也是邓小平在公共场合中最后一次穿着军服。此时的邓小平已经卸任解放军总参谋长的职务，不再属于现役军人。

信仰篇

戎装之载一抱素

人民有信仰，国家有力量，民族有希望。军服是给人穿的，军服亦有生命，军服亦有信仰。军服的信仰是军人对军服的热爱和尊重，更是军服背后的大道所行、精神所立、荣誉所争。

一、戎装骏马　照我山川

当一群人衣衫褴褛，却笃定从容、一往无前；当一支队伍短褐穿结，却甘之如饴、义无反顾——为什么？背后一定有一种信仰的力量，这群人一定有对发展方向和未来命运的自信。

信仰驱使人选择一种职业。马克思在《青年在选择职业时的考虑》中写道，如果我们选择了最能为人类而工作的职业，那么，重担就不能把我们压倒，因为这是为大家作出的牺牲！那时我们所享受的就不是可怜的、有限的、自私的乐趣，我们的幸福将属于千百万人，我们的事业将悄然无声地存在下去，但是它会永远发挥作用，而面对我们的骨灰，高尚的人们将洒下热泪。①

信仰驱使人选择一条道路。马克思、恩格斯在《共产党宣言》中庄严宣告："过去的一切运动都是少数人的，或者为少数人谋利益的运动。无产阶级的运动是绝大多数人的，为绝大多数人谋利益的独立的运动。"②

对于我军的信仰，毛泽东说："我们这个队伍完全是为着解放人民的，是彻底地为人民的利益工作的。"③

从建军之初到全国解放，从红军到八路军，从新四军到解放军，我军在中国共产党领导下南征北战，解放全中国。这样一支威武之师、胜利之师，却长期遭遇服装短缺难题。

（一）红军时期

1927年大革命失败，中国共产党深刻认识到"枪杆子里面出政权"，当然，军装供给等后勤保障的主动权也必须掌握在自己手里。

周恩来等人在上海建立临时党中央，并在上海与瑞金之间设立许多交通站，构建一张巨大的交通网，加强同中共苏区的联系。一方面传递情报；另一方面把各根据地提供的物资秘密送往瑞金。执行这些任务并不简单。尤其是邻近中央苏区瑞金，国民党严格封锁了金钱、武器、药品、纺织品等军备，很难过关。通常依靠当地群众，把物品放到粪桶或者柴火中运送。面对封锁，物资运送方式可以灵活变通，但解决物资来源问题才是最大的困难。当时，根据地有比较充足的经费，却难以换成实用物品。由于战乱影响，当地百姓根

---

① 中共中央马克思恩格斯列宁斯大林著作编译局编译：《马克思恩格斯全集》第40卷《青年在选择职业时的考虑》，人民出版社2012年版，第7页。
② 中共中央马克思恩格斯列宁斯大林著作编译局编译：《马克思恩格斯选集》第1卷《共产党宣言》，人民出版社2012年版，第411页。
③ 毛泽东：《毛泽东选集》第3卷《为人民服务》，人民出版社1991年版，第1004页。

本无法正常有序开展生产活动，生活用品只能依靠交通站来获取。解决生活用品尚且如此艰难，生产军装就更难了。当时红军已有属于自己的军装和被服场，但生产军装的原材料无从获取，凭借当地材料加工制作，军装数量和质量都难以保证。国民党为维护反动统治，围剿红军越发频繁，盘查物资也越发严格。在接下来的长征中，原本就不富余的军装也消耗殆尽，许多战士因缺少棉衣而牺牲。

1928年5月，由于经济困难且长期处于战争环境之中，我军一直无法大量生产军装。他们只能穿缴获的国民党士兵的军装和沿途打土豪得到的衣服，有穿工人、农民衣服的，还有穿土豪的长袍马褂的，指战员们的着装五花八门，相当混乱。弋横暴动后，赣东北根据地得以形成并不断扩大。1929年10月1日，为加强根据地各县苏维埃政权的统一领导，信江第一次工农兵代表大会在弋阳漆工湖塘村邵家祠堂召开，成立了信江苏维埃政府，方志敏当选为主席。赣东北红军发展迅速，仅江西红军独立第一团就有1000多人。国民党反动派对此恨得要死，气得要命，派出部队大举向根据地进攻。同时，实行残酷的经济封锁，形势十分严峻。

冬天来临，凛冽的寒风侵袭着身单衣薄的红军战士。尤其是鞋子奇缺，不少人冻得病倒了，大多数人的双脚长满冻疮。要知道，红军每天不是行军就是训练或作战，没有鞋子，很多事情都无法完成，因此鞋子是红军必不可少、最重要的装备。

为克服困难改善条件，方志敏找到了苏维埃政府赣东北被服厂。赣东北被服厂也是克服重重困难刚创办起来的，不说原料来源，就是工作环境、设备条件、技术水平也十分差，要解决红军战士们急需的防雨鞋，难度相当大。经过反复琢磨，赣东北被服厂终于找到一个办法。首先把普通鞋加厚一层布，然后在鞋帮的下半部位密密麻麻地打上回行针脚，在鞋帮上涂上一层热桐油（质软），鞋底涂上生桐油（耐磨），这样就能防水。鞋底上加钉了平脚钉，又克服了打滑的缺点。受嫩竹造纸方法的启发，方志敏发动大家把新出土的嫩毛竹砍下一部分，劈成竹片捶打成丝缕状。除去青皮，放入水中蒸煮，抽出一束束轻软雪白的竹丝。用这种竹丝编织出来的鞋可以防湿，耐磨损，并且有松软、舒适和美观的优点。工人们在这种鞋上缝上新色丝线，在微微上翘的鞋尖上镶上一个小小的绒球。这种鞋一发下来，就深受红军战士们的喜爱。用竹丝做原料，做成草鞋样式，克服了原来的草鞋不耐磨、遇水易烂的缺点，战士们给它取了个雅称——"竹丝草鞋"。被服厂在军帽上也下了一番苦功。削制一根弹性好的篾片，将其穿进帽子的前端，篾片将帽舌撑成一个弧形。战士们戴着这种军帽在雨中行军，雨水不会落入眼睛，帽舌也不会垂下来挡住视线。为解决服装制作染料不足的困难，方志敏带领大家土法上马，摘下冬橙子树叶，用水泡后挤出汁，然后拌上锅炭、烟灰。用这种混合液浸染布匹，上色后再煮一次，就不容易掉色了。

在军装供给如此艰难的情况下，1930年到1933年，红军先后四次粉碎了国民党的"围剿"。1934年10月，在王明"左"倾冒险主义思想的影响下，中央红军第五次反"围剿"失败，主力被迫退出中央革命根据地，突围转移，开始长征。

万里长征，红军走一路，打一路，后方供应中断，军服没有保证。没有军服就没有最基本的防护，无法对抗恶劣的自然环境和战争环境。

爬雪山、过草地，是长征途中被装保障最困难的阶段。当时红军战士从南方来，大多只有一套单军衣，突然从炎热的夏天进入寒冷的雪山地区，又不能补充衣服，冻伤、冻死不少人。当时，红军为筹措被装物资，千方百计，把身边能收集到的牛羊皮、树皮和草茎等物资变成了斗笠、蓑衣、背心和草鞋。许世友回忆说："时已隆冬，高原气候更加酷寒，由于当地不产棉花，同志们只好上山割棕做成蓑衣穿在身上御寒，或把未经硝制的牛羊皮当背心穿。饥饿、严寒和疾病，又夺去了不少革命同志的生命。"①

尽管红军采取各种措施，但始终不能缓解军服供应奇缺的难题。红军不得不将一切可穿的东西穿在身上，尽管如此，还是有许多人衣不蔽体，倒在凛冽的寒风中。但寒冷、伤病并不能阻挡红军坚定的革命步伐，褴褛的军服承载着坚定的革命意志，汇成一股红色铁流，滚滚向前。

与军衣略有不同的是"军鞋"。说是军鞋，实际上大多是将士们自己亲手打的草鞋。在当时，胶鞋是难得一见的宝贝，布鞋又不耐磨，每名将士身上都带着两三双草鞋。长征途中，虽然草鞋的保障较为容易，但是自部队进入无边无际、荒无人烟的草地后，一路走的尽是泥泞难行的沼泽地。战士们在出发地带的草鞋穿不多久，有的陷到稀泥里，有的被草蔸扎烂，鞋底分家。有的战士只好赤脚行军，脚底板被扎出大大小小的眼子，在稀泥里一搅，污水里一泡，一双脚板肿得像两个大萝卜似的，掉队的一天比一天多起来。草地上草的种类虽不少，但大都是一些干枯的硬草根、草蔸，偶尔有比较嫩可以用的草，走在前面的部队早就割完了，剩余的也被人踩到稀泥里找都找不着。要找到能打草鞋用的较为结实柔软一点的草，十分困难。

红军长征全靠两条腿走路，每天少至五六十公里，多至120公里，因此必须有一双"铁脚板"。为了保护脚，要求每个人都学习打草鞋，每人至少留二至三双草鞋备用。有时从敌人那里缴获的破胶鞋，把鞋面撕掉，留下鞋底，用刀子穿上眼，再穿上布条，做成胶底草鞋，比较耐穿。红军没有钱买袜子，有时缴获敌人一两双袜子，也不耐穿。为了防止新草鞋把脚磨破，防止冬季把脚冻坏，大家在缴获地主财产时，不管是新布、旧布、黑布、花布，尽量多带些，

① 许世友:《难忘的三次过草地》，中共中央党史研究室编:《红军长征纪实丛书·红四方面军》(卷2)，中共党史出版社2016年版，第564页。

以便保持有包脚布用。到了宿营地，洗、晒、晾、烤包脚布，当时晾不干的，带在行军途中或休息时把它晾干，经常保持包脚布清洁。夏天许多同志舍不得用，赤着脚穿着草鞋走路，留着冬天或特殊情况下使用。①

中国革命的道路，从井冈山起，就是用草鞋走出来的，这在历史上也是空前的。

被装物资不仅仅是指衣服鞋帽，同时包括了各类装具。长征时期，每个红军战士的"全部家当"只有一个干粮袋和一个背包，装具十分简单。

干粮袋是每名将士离不开的重要装具，由于长途行军，红军又缺少马匹等畜力，没有条件大规模运输军粮，因此只能将干粮分给将士们随身携带。干粮袋没有制式的标准，一般长60多厘米，宽10多厘米。有的进行了防水处理，有的就是普通的棉布，两头都有带子，可以背在背后或挂在胸前。在粮食最为紧缺的时候，干粮袋就是希望，只要干粮袋里看上去还有粮食，将士们就能咬牙往前走。

与现在的军队相比，红军的背包可能都算不上是背包。把一块布对角系起来就做成了一个简陋的背包，背包里装的是红军的"宝贝"：打好的草鞋、备用的弹药和急救的药品等。红军全部的家当，就装在这一个个破旧不堪的背包里，一直到长征结束。

在如此缺衣少食的艰苦环境下，红军将士们没有被吓倒。衣服没了就把能穿的东西都披挂在身上，鞋子破了就想办法再打一双。将士们甚至在临终前将衣服脱下来留给其他同志，自己赤身裸体迎接死亡。生命的禁区并没有阻止红军的步伐，他们靠着钢铁般的意志，克服了一切困难，创造出了举世公认的人间奇迹。

---

① 刘良栋：《回忆红军长征途中的卫生防疫工作》，中共中央党史研究室编：《红军长征纪实丛书·红四方面军》（卷2），北方妇女儿童出版社1989年版，第3242－3243页。

红军克服军装供给困难的意义，不仅在于保证了军人的最低生存需要，更在于加强了红军的纪律和组织。这得益于红军官兵对党的事业的绝对忠诚，说明红军官兵无论在何种艰苦条件下，都能够坚持革命理想，保持战斗斗志，这正是红军得以取得胜利的根本原因。

（二）抗日战争时期

1937年卢沟桥事变爆发，抗日战争全面打响，国共两党开始第二次合作。1937年8月22日，红军改编为八路军。这一时期，八路军的服装供给改由国民政府负责。然而，国共合作未能改变八路军装备落后、军装供给困难的局面。

据史料记载，改编后八路军从国民党领到4.5万套军装。而此时八路军实际人员数量已扩充到将近9万，这批军装并没有全部发给八路军战士，绝大部分军人依然穿着之前的红军服装，缺少军装依然是常态。当时，这一问题不仅困扰着普通士兵，就连毛泽东也只有一套军装。

1938年，全面抗战进入战略相持阶段。随着战事的扩大、战线的延长和长期战争的消耗，中国陷入物资紧缺的艰难境地。国民党把军装补给实物供应改为发放服装费，由部队自行寻找服装厂定制军装。1940年，国民党完全停止八路军的军装补给，八路军陷入更为严重的军装短缺困境。八路军的驻地以山区、高寒地区居多，但即使只保障一年一套单衣、两年一套棉衣，都很难实现。一些老兵描述当时情形说，一般都是快入冬才换上棉衣，一直到第二年端午才有可能发下一套单衣。更多时候是把棉衣里的棉花拆下来当单衣，到天冷时再把棉花放进去。最难过的时候，每10个人才能发一件大衣，且必须按规定年限穿2—3年，破损了就只能自己想办法补一补，领到新军装后再把旧军装交上去。整套衣服少有完全合身的，往往各处都有磨损痕迹，很难分辨出原有颜色。每到夏天，男同志可以不拘小节，到河里洗洗澡、洗洗衣服，衣服晾干了，再从河里上来。女同志只能默默忍受着。毛泽东主席曾经回忆："我们曾经弄到几乎没有衣穿，没有油吃，没有纸，没有菜，战士没有鞋袜，工作人员在冬天没有被盖。国民党用停发经费和经济封锁来对待我们，企图把我们困死，我们的困难真是大极了。"[1]

八路军的军装短缺，其实是国民党的断供和日本侵略者的大肆封锁。

国共第二次合作后，八路军的军装一半依靠国民党供应，一半需要自己想办法。八路军不断扩军，但国民党的补给却越来越少，领不到成品军装不说，自己加工这条路也被国民党堵死了。因为国民党下令收缴棉花、棉布等物品。国民党收缴的不仅仅是百姓过关卡时夹带的棉花，就连过路商人售卖的布匹、棉花等都毫无理由地没收。除了身上所穿的衣服外，只要携带有纺织物制作的物品，无一例外都会被强制收走。这造成八路军军装的严重短缺。

日本入侵中国后，日本国内的纺织工厂不断扩大生产，以保证日军侵略战争所需的军装、棉被等。为此，日本也要解决一个棘手问题：棉花不够怎么办？日本的棉花大多从国外进口，这些军需用品依靠进口就会花费大量钱财，怎么算都不合适。此时日本将目光转向中国。发动侵华战争之前，日本人租赁中国农民的土地种植棉花。侵华战争全面爆发后，日本人要求中国农民必须种植棉花，并无偿提供给日军使用。日军抢夺中国的棉花，运回日本后制成军需用品送往中国战场，为日军侵略战争提供保障。与此同时，相关纺织器械、棉花种子、棉花产品都被日军列为禁品，普通百姓不能拥有。在这个时期，中国传统家庭纺织作坊遭受毁灭性的打击。没有

---

① 毛泽东:《毛泽东选集》第3卷《抗日战争时期的经济问题和财政问题》，人民出版社1991年版，第892页。

棉花等原材料，就连纺织工具都被集中销毁。在日本军队统治区内，制造纺织品根本不可能。没了工具，民间也无法买卖棉花。就连国民党军都需要靠收缴来保证军需，我军生产军装更是举步维艰。相比国民党，日军的封锁对八路军军装造成的影响更为恶劣。

经历过红军时期的军装短缺，中国共产党对抗战过程中可能出现军装短缺的问题早有心理准备，制定了相应对策。一是根据地种棉花。针对日本侵略者垄断沦陷区棉花的客观现实，着手从源头解决问题，全面恢复棉花生产。不过恢复棉花生产并不容易。首先，从军阀割据到日本侵略中国，根据地百姓长期受战争折磨，无法正常生产，大量土地荒废。其次，整个社会普遍缺少粮食，很难说服农民放弃粮食种植转而种植棉花。再者，种植棉花必须解决种子问题，有些百姓家里的种子并不足以大面积种植。最后，即使有足够的种子和土地，百姓也难免担心收成及价格。为了让百姓放下心中顾虑，八路军向百姓提供贷款和种子，并做出承诺，无论收成如何，都会用一个让百姓满意的合理价格收购产品。在这一政策鼓励下，根据地棉花产量逐年增加，基本满足了军装材料的需求，各个根据地的被服厂开始发挥作用。抗日战线漫长，军装消耗量大。为提高军装产量，根据地所有干部家属及有条件的百姓全都进行生产。一些搁置的家庭纺织作坊重新开始运转，需求量大的根据地还采取了合作社的形式。二是援助及缴获。平型关大捷后，华侨及外国友人都看到了中国抗日的决心，举办了许多募捐活动。上海未被日本军队占领时，许多爱国人士组织大大小小无数场拍卖、演出活动，为八路军筹集了几十万经费和几万套军装的原材料。孙中山的夫人宋庆龄曾经在海外为八路军募捐，有布匹、药品等物资，前后一共向延安汇款数万元。除了爱国人士外，共产国际对中国共产党的捐助同样重要。作为共产国际的一部分，中共中央提出100万美元的申请后，共产国际迅速地提供了这笔资金。援助的布匹经过被服厂加工，成为八路军战士的军装。捐助抗日经费中的一部分，被用来购买布匹、种子，收购棉花或购买成品军装等。当然，还有一种直接的军装获得方式——从日军那里缴获。经过百姓、八路军及其他爱国人士的共同努力，到1944年，八路军每位战士都能得到两套单衣、一套棉衣。至此，八路军战士终于告别了"衣不蔽体"的艰难时期，不再因为冬天寒冷而影响战斗力。

抗战时期，面对国民党和日军的双重压迫，中国共产党领导八路军和根据地百姓，主要靠自己动手，实现了军装的保障。八路军身着满是补丁的军装，抗击侵略者的勇气高涨，缺衣受寒没有动摇一丝一毫赶走侵略者的信念。正是因为这种坚定的信念，八路军才能够最终打败敌人，获得最后胜利。

（三）解放战争时期

1946年6月，国民党大举进攻中原解放区，内战爆发，第二次国共合作宣告破裂，进入解放战争时期。这一时期，国共两党部队大兵团作战，战场辽阔，机动性大，战况复杂，战斗激烈，物资消耗大，伤员数量多，保障供应工作难度很大，军装短缺问题再度出现。

1947年6月30日，刘伯承、邓小平率领晋冀鲁豫野战军主力，突破黄河天险，正式开启了解放军对国民党军队的战略进攻。8月7日，兵分三路向南进军。8月末，刘邓大军经过20多天的艰苦行军和激烈战斗，进入大别山地区。十几万主力部队转到外线作战，物资消耗大，脱离后方没有群众基础，还受到国民党军队轮番进攻，部队很难得到较好休整和补给，被装保障面临十分严峻的形势。冬季将至，但指战员的棉衣还没有着落。

中共中央、中央军委对此极为重视和关心。1947年9月16日，毛泽东亲自起草电报指出："你们全军冬衣准备，不要将重点放在由后方按时供给上面，而要放在自己筹办上面，你们如能努力收集棉花布匹，每人做一件薄棉衣，或做一件棉背心，就能穿到十二月、一月，那时后方冬服可能接济上来。"① 刘伯承、邓小平接电后，于9月21日电告中央："此间布匹、棉花很多，但无钱买，而后方棉衣又很难送来，冬季瞬届，我们于攻占城镇时，向商人征借布匹，向其保证归还。此种办法，一个时期对商人会发生很坏影响，如不采取，则棉衣很难解决。"② 9月22日、23日，中央军委连续两次电复刘、邓："同意向商人征借布匹棉花，解决冬衣困难。"③ 刘、邓立即复电中央军委："我们正研究自给办法。"④

在下定自筹棉衣的决心后，晋冀鲁豫野战军立即部署，确定以纵队为单位，征购原材料，动员指战员自己缝制。广大指战员齐心协力、全员参与，终于在寒冬到来前穿上了自己缝制的棉衣。

中共中央、中央军委十分关心外线作战部队的被装供应。1947年9月21日，毛泽东电令各野战军："你们应从根本上改变依靠后方接济的思想……人员、粮食、弹药、被服一切从敌军敌区取给。"⑤ 12月25日，毛泽东在《目前形势和我们的任务》中进一步提出"人力物力的来源，主要在前线"这一思想，后来成为解放军著名的"十大军事原则"之一，也是解放军外线作战后勤保障的一个

① 中共中央党史和文献研究院编，逄先知主编：《毛泽东年谱（1945—1949）》第3卷，1947年9月16日条，中央文献出版社2023年版，第233页。

② 杨胜群、闫建琪主编：《邓小平年谱（1904—1974）》中卷，1947年9月21日条，中央文献出版社2004年版，第690页。

③ 杨胜群、闫建琪主编：《邓小平年谱（1904—1974）》中卷，1947年9月21日条，中央文献出版社2004年版，第690页。

④ 杨胜群、闫建琪主编：《邓小平年谱（1904—1974）》中卷，1947年9月23日条，中央文献出版社2004年版，第691页。

⑤ 中共中央文献研究室、中央档案馆编：《建党以来重要文献选编（1921—1949）》第24册《毛泽东关于迅速建立无后方作战的思想给陈毅、粟裕的电报》，中央文献出版社2011年版，第341页。

基本原则。其精髓可以归纳为"取之于敌""就地取给""利用敌人的军事工业"。这对解放军被装保障的组织实施具有重要的指导意义。利用战场缴获的被装物资补充部队的做法，在抗日战争时期就行之有效。解放战争时期，这一做法进一步制度化，各大军区先后制定了关于缴获物资归公的条例或办法，收到明显的效果。

解放战争时期，没收被解放城镇的敌方资财，也是筹集被装物资的重要来源之一。在农村城镇，主要没收地主、小官吏等的土布、棉花和成品、半成品鞋子。进入城市，继续采用这一办法。但社情复杂，治安混乱，而且接收人员不足，缺乏经验，没收工作一度混乱。1948年春，为进一步做好进入大中城市的准备，加强对接收敌产工作的组织领导，各大军区修订了有关接收物资的办法，加强了政策纪律教育，接收敌产逐步走上正轨。伴随着解放各大中城市，解放军接收了一批国民党联勤总部的军需工厂和仓库。同时，中央军委原总后勤部逐步合并分散在老解放区的军需工厂，将其迁至已经解放的大中城市，使人民解放军的军需工业有了较大的发展。到解放战争后期，全军比较正规、有一定生产规模的军需工厂达到101个，有力地支援了三大战役和解放战争的全面胜利。

这一时期，军鞋的供应一直是被装供应的难中之难。部队常年徒步行军作战，机动距离远，鞋的消耗量很大。按当时的供应标准，野战军每年每人配6双至8双军鞋，但这一标准只能满足最基本的需要。如果军鞋质量不好，还需临时提高标准或自制部分草鞋补充。所以，这个时期的军鞋供应，除了解放区少数制鞋厂组织生产外，主要是边区政府把做鞋任务下达到各县，动员各村妇女制作军鞋，支援前线。为满足作战需要，各解放区采取了多种不同的方式筹措军鞋，有力地支援了部队。1948年3月15日，冀东行政公署下发了《为保证军需供给动员做军鞋》的通令，动员群众制作军鞋，并在宣传动员、任务分配、军鞋标准、入库时限等方面作出部署。一是各县要结合本地实际提出宣传口号,使群众明白制作军鞋保证供应是为了争取彻底胜利。同时还要强调必须保质保量,按时完成军鞋制作任务。二是分配任务要实事求是、因地制宜,充分考虑人力物力财力的负担。三是军鞋制作标准要制订详细。四是规定入库时限,各县必须于当年7月底前完成军鞋入库,可以县为单位保存,也可运送到专署或行署保存,物资动用必须经行署批准。为充分调动群众做军鞋的积极性,通令还规定每做1双军鞋可以顶8个战勤工日。为确保任务顺利完成,专署和各县区经常派人赶赴做鞋村户进行检查,对任务完成好的给予鼓励表扬,发现问题及时批评纠正,保证了军鞋制作任务的完成。截至1948年7月,全区完成入库军鞋10万双的任务。华东野战军在外线作战期间,军鞋筹措主要有五个办法:一是依靠政府筹集。由野战军供给部门和当地政府商定数量,政府将军鞋制作计划分配给当地群众,部队按供给部门确定的分配数,按时就近领取。二是购买材料动员群众缝制。供给机关将采购的布麻材料下发给各单位,再由各单位联系驻地妇女赶做,并给予一定的报酬。三是必要时以部分粮食兑换少量军鞋补充部队。四是缴获敌人的物资。五是购买。三纵、八纵在洛阳战役后曾先后用缴获的法币购买了部分军鞋。

解放战争时期,解放军还有一个缓解军装短缺的办法,就是收旧利废。各级领导十分重视收旧工作,反复教育讲清爱护被装和交旧利废的重要意义,发新收旧制度深入人心,成为全体指战员的自觉行动。当时明确,衬衣、鞋袜、毛巾等属个人所有,其余被装均列入收旧范围。收旧工作由各基层伙食单位具体组织实施,发第一套单衣时,收缴棉裤、棉大衣等旧品;发第二套单衣时,收缴棉上衣。收缴棉衣时,个人负责拆洗干净,各单位负责将旧品整理成捆,按供给系统指定地点,逐级上缴至军区供给部集中处理。上缴旧品,必须编报详细名册或登记表,接收单位照单验收,按实收数出具收据。如果与新领数字不符，由单位首长说明原因并签字盖章上报核准。若原因不明，则按缺少数扣发相应被装。同时，各大军区供给部十分注重结合新品生产的旧品再利用。比如，华东军区要求，各单位整理旧品，根据破损程度，按"不需修补""稍要修补""破损不堪"3个等级分类打包，以便合理利用。晋冀鲁豫军区制定的1947年度供给规定，强调充分利用旧品，棉衣生产中利用旧布做里子不少于55%，利用旧棉花不少于70%。据第四野战军1948年11月至1949年10月统计，在部队战事频繁的情况下，收旧率达到93%，创造了收旧工作的纪录。[①]

我们若凭信仰而战斗，就有双重的武装。自中国共产党成立之日提出推翻资产阶级政权、建立无产阶级专政、实现共产主义的奋斗目标时，无数仁人志士便有了共同的理想信念。他们汇聚在党旗下，前赴后继、舍生忘死，迸发出改天换地的巨大能量，创造出巨大的精神财富。从抗日战争时期革命力量由星星之火发展成燎原之势，到解放战争中战胜优势兵力和精良装备的国民党军队，崇高信仰孕育的不屈精神是人民军队战胜一切敌人、夺取一切胜利的法宝。

---

① 罗元生：《解放战争时期解放军的被装供应保障》，中国共产党新闻网，党史频道。

二、钢少气多　力挽狂澜

战争，既有武器装备等物质因素的抗衡，更有血性胆魄等精神因素的较量。

20世纪50年代，抗美援朝第一次战役后，"联合国军"稍事调整后兵分两路继续向北进犯，直逼朝鲜政府临时所在地——江界。为遏制其攻势，中国共产党中央委员会和中国人民志愿军急调第9兵团入朝，担负东线作战任务。

第9兵团于1950年11月初入朝，采取"迂回切断、包围歼击"的战法。为达成战役的突然性，十余万官兵翻山越岭，隐蔽接敌。衣着单薄的志愿军官兵，昼伏夜行，严密伪装，忍受着酷寒、饥饿和疲劳，在覆盖着厚厚积雪的山脉和树林中连续行军，以惊人的毅力克服千难万险，悄无声息地抵达预设战场。通过大范围的穿插迂回包抄，志愿军成功将美军海军陆战第1师和步兵第7师截为五段，形成了分割围歼的有利态势。

1950年11月27日至12月24日，中美两支王牌军在朝鲜长津湖地区展开了一场激战。美军包括海军陆战队第1师和第3、第7步兵师，以及韩国第1军团，约10万人；攻击这支部队的是志愿军第9兵团，由第20军、第26军和第27军组成，近15万人。在-30℃到-40℃的严寒中苦斗20天之后，美军残部在7艘航空母舰的掩护下，利用海路脱离战场，这也意味着"联合国军"全部被逐出朝鲜东北部。

由于从东南沿海紧急入朝，未能配备御寒冬装，志愿军第9兵团此役战斗伤亡19202人，冻伤28954人，冻死4000余人。据当时在27军任营指导员的迟浩田（1988年授上将军衔）称，他是全营唯一没被冻伤的。美军陆战第1师也冻伤7000余人，冻死数百人。①

在这次战役中，中国人民志愿军官兵凭着钢铁意志和英勇无畏的战斗精神，征服了极度恶劣的环境，打退了美军最精锐的王牌部队，收复了"三八线"以北的东部广大地区，彻底粉碎了麦克阿瑟圣诞节前占领整个朝鲜的美梦，扭转了战场态势。这场战役也就此成为朝鲜战争的拐点。毛泽东评价说："九兵团此次在东线作战，在极困难的条件下，完成了巨大的战略任务。"②

长津湖之战，中国军队打出了威风、血性和精气神，让世界看到中国是一股"不可辱"的力量。人民军队的战斗力和敢打必胜的血性铁骨，让世界各国尤其是欧美国家大为震惊。在复盘时，我军感到此役缺憾有二：一是未能围歼美陆战第1师，其大部逃脱，没有完全实现既定战役目标；二是我军非战斗减员和作战伤亡较大。此役，我军歼敌13000余人，同时也付出了相当大的代价，减员严重。战役结束后，骁勇善战的第9兵团不得不因减员过多而转入休整。毛泽东在给志愿军总部并第9兵团的电报中称："由于因气候寒冷、给养缺乏及战斗激烈，减员达四万人之多，中央对此极为怀念。"③

当时新中国刚成立，蒋介石政府败逃台湾，把工业设备能带走的带去台湾，带不走的就毁坏了，导致新中国生产能力十分低下，一时间难以满足志愿军赴朝作战的冬衣需求。朝鲜战争爆发十分突然，战争初期朝鲜人民军一路势如破竹，几乎将韩国彻底打败。但美帝国主义组织联合国军突然进入朝鲜战场，在极短时间内，把朝

① 褚杨：《长津湖战役：朝鲜战场上超越极限的血色军魂》，中国军网，https://www.81.cn/jwzl/2016–06/07/content_7091119_3.htm.

② 中共中央党史和文献研究院编，逄先知、冯蕙主编：《毛泽东年谱（1949—1952）》第4卷，1950年12月17日条，中央文献出版社2023年版，第262页。

③ 中共中央党史和文献研究院编，逄先知、冯蕙主编：《毛泽东年谱（1949—1952）》第4卷，1950年12月17日条，中央文献出版社2023年版，第262页。

鲜人民军压迫到了鸭绿江边，我国很难及时为赴朝作战士兵们准备充足的过冬用品。加之美军有制空权优势，军机常常轰炸我军补给线，很长时间内我方补给线几近瘫痪，甚至只能靠人力一包一包、一袋一袋地将战略物资送往前线；冬服紧张，造成大量非战斗减员。

实际上，为准备志愿军出国作战，解放军总后勤部早在1950年7月就安排东北、华北、华东和中南军区赶制棉衣34万套，棉皮鞋36万双，棉帽、绒裤、棉背心、棉大衣各40万件（顶、条），棉手套、袜子各70万双。但因入朝部队增加，且形势紧迫，许多部队来不及配齐冬服。第二批志愿军入朝时，已是冬天。朝鲜北半部地区冬季非常寒冷，而从中国南方赶来的部队御寒装备明显不足，主要原因有三：一是南方部队换冬装时间较晚，有些部队接到命令还来不及换冬服；二是南方部队冬服的厚度和种类与北方部队不同，棉衣棉花少，也没有棉鞋和棉手套；三是有的部队和官兵没到过北方，对严寒的危害认识不足，部队轻装出国，有的将大衣、棉帽、棉手套留于国内。

1950年11月6日，在沈阳车站，奉中央军委命令前来检查部队入朝准备的东北军区副司令贺晋年见到第9兵团第20军官兵身着华东地区的棉衣，头戴大檐帽，脚穿胶底单鞋，大为震惊，立即找到正在指挥部队运输的第20军副军长廖政国，要求紧急停车两小时，以便从东北军区部队中调集厚棉衣和棉帽。但是军情十万火急，第20军的第58、第59和第89师几乎没有停车，直接开往朝鲜的江界；只有军直属部队和后卫的第60师在短暂的停车间隙里得到不多的厚棉衣和棉帽。

冬服不足，成为志愿军入朝后面临的严重问题。1950年的冬天，是朝鲜50年间气温最低的冬天。朝鲜北部地区白天气温最高也只有-20℃，而长津湖战场位于朝鲜北部的高寒山区，海拔在1000米到2000米之间，夜间温度甚至达-40℃以下。

参加长津湖之战的志愿军第9兵团部队由于紧急入朝，没有配齐冬季御寒服装，只配发了南方部队的薄棉袄，根本抵御不了朝鲜的严寒。当时战士还没有普遍配发大衣，有的一个班只有一件大衣，谁站岗谁穿；棉被也不是每个人都有，每个班十几人共用一两床棉被。在这样极度寒冷的夜晚，战士们不得不将棉被摊在雪地上，大家睡在一起，相互搂抱着抵御严寒。

张崇岫曾是志愿军第9兵团的战地记者，曾亲历长津湖战役，他向媒体讲述：当时美军被分割包围，他们从包围圈里撤退时，志愿军有一个连的战士埋伏在敌人撤退经过的路边，准备进行阻击。然而让人意外的是，敌人经过时，却未听到志愿军战士阻击的枪炮声。得知这个情形，师长气坏了，认为志愿军战士错过了绝佳的杀敌时机。可等他赶到现场，才发现埋伏在那里的100多名志愿军全都被冻死了。有一些没有牺牲的战士，身体也和地冻在一起，动弹不得，更别说开枪射击了。师长看到这种情况泪如泉涌，才知道自己错怪了战士们……

据说，毛泽东在总结抗美援朝战争经验时，曾一针见血地指出："志愿军打败了美国佬，靠的是一股气，美军不行，钢多气少。"

三、一军旗鼓　径向天涯

广义上讲，军服不仅仅包括服饰，军旗也是军服家族重要一员。

"旗在人在，人不在旗还在。"军旗代表一支部队，是其精神象征。无论东方、西方，军旗的作用大致一样。战场上，将领往往和旗帜在一起。看到旗帜，就可辨别敌我位置。军旗不倒，代表战斗还在进行。军旗向前，意味着战线向前推进。军旗倒了，自然就意味着失败。但是,对军人而言,败不可怕,可怕的是丢掉至死不渝的必胜信念,可怕的是没有归属的空心躯壳。

秦末,韩信率汉军攻打赵军,即将到达井陉口,挑选轻骑2000人,人均手持一红色旗帜,抄小路埋伏在赵营附近,接着背水列阵引诱赵军。赵军倾巢而出,汉军佯败而退,先前埋伏的士兵冲进赵军营中挂上汉军红旗,赵军最终大败。从此,词典中就多了一个成语——"拔旗易帜"。意思是拔掉敌方的旗帜,换上自己的旗帜。多比喻取而代之,很多时候象征着改朝换代、政权更迭。不见旗帜,心则不宁;内心不宁,则信仰失;信仰失去,则必崩塌。所以,对将帅而言,"拔旗易帜"是一个很敏感的词语,确保旗帜不倒成为一项重要使命。

虽说东西方都视军旗为部队的象征,但又因各自的历史传统而各有特点。西方强国中,英国与英联邦部队的军旗传统比较特殊。英国是海洋国家,对陆军的需求不如欧洲大陆国家那么迫切,所以其陆军编制架构不同于欧洲其他国家。英国陆军一般以营为基本战术单位,其主力战斗部队(如步兵与装甲部队),每个营一般有两面军旗,一面叫"军团军旗",另一面则叫"女皇军旗"。在军团军旗上会绣有表示不同战功的图案。有些历史比较悠久的部队,例如皇家燧发枪兵团的前身是皇家诺森柏兰燧发枪团,组建于1674年,在英国陆军的资历排行榜上名列第五。因为战功彪炳,只能选取一些最有代表性的绣在军旗之上。"军团军旗"通常是以军徽为核心,用罗马数字来表述该部队的营番号。"女皇军旗"的原意是表示对国家元首的忠诚。"女皇军旗"一般以英国国旗米字旗为核心,其他与"军团军旗"大同小异。

古代英军军旗杆其实是一支长矛,旗杆顶部,英语专用名词称为"Finial";英军旗杆顶部一般有金色的皇冠与狮子雕像。与其他旗帜不同,军旗一般有纥与穗。有些英军部队甚至有第三面军旗。

这些异类军旗也是历史的产物。

每年夏天，在伦敦的骑兵操练场都会有一次由御林军主演的军旗展示活动，目的是让新兵认识所在部队的军旗。鲜为人知的是，每面军旗在成军典礼上都需要由牧师做一次祝福的仪式。这仪式与佛教给物件"开光"非常相似。经过牧师祝福后的军旗才能使用。部队解散后，军旗就会交给部队驻地的教堂悬挂，直到在岁月的侵蚀中化作碎片。这种情况在欧洲也很普遍。

近代以来，各国军队最看重军旗的要数二战时期的日军，但不是电影中常见的"武运长久"太阳旗，而是联队旗。明治维新后，日本为君主立宪制，联队旗是天皇御赐，所以日军极为重视。每个联队皆有一个护旗小队编制，小队长是最优秀的年轻军官，这本身就是一种荣誉。平时对联队旗很注意保存，战时更是强调绝对不能落入敌手。只要战局不利无法撤退时，就会焚毁联队旗。所以二战中有好多日军的联队被全歼，但盟军没有缴获一面联队旗。日本投降前夕，日军下令焚毁所有的联队旗，所以日军投降后，盟军也没有缴获过一面联队旗。但日军步兵第321联队没有执行这个命令，而是偷偷将联队旗藏了起来，1951年捐献给了靖国神社，成为世界上保留下来的唯一一面联队旗。

我军军旗是在革命战争时期逐步定型的，并随着军事斗争形势和军队建设的发展，经历了由多种样式走向规范统一，最终确定为"八一"军旗的曲折过程。

1927年八一南昌起义，打响了中国共产党领导的武装反抗国民党反动统治的第一枪。南昌起义时，起义部队仍沿用国民革命军第二方面军番号，打出的旗帜是国民革命军陆军军旗。

1927年9月初，为筹备秋收起义，刚成立的中国工农革命军第一军第一师奉命研制了起义的旗帜样式，并赶制了100面：旗幅为红色，象征革命；中央为白色五角星，象征中国共产党领导；五角星内嵌交叉的镰刀斧头，表示工农大众紧密团结；靠旗杆一侧旗幅的白布条上竖写"工农革命军第一军第一师"。1927年9月9日，第一面工农革命军军旗在特务连的护卫下，在修水县城升起。由于年代久远，这100面旗帜都没有保存下来。我们现在所见的这类旗帜均是根据相关资料复制的。

此后，中国工农革命军（后改称中国工农红军）的军旗样式曾做过多次修改，但军旗的基础图案（五角星、镰刀、斧头或锤子）和鲜红的旗色没有变。

除了南昌起义和秋收起义，20世纪20年代末，中国共产党在全国各地领导了多次武装起义。在这些武装起义中，旗帜作为一种精神和力量的象征，发挥了不可替代的作用。但由于当时起义在各地分别进行，通信联络不畅，且起义队伍组织成分也比较复杂，因此各地武装起义的旗帜多种多样。如标示有牛拉犁的镰斧旗（黄麻起义义旗），龙旗（桑植起义的军旗），标示有C.C.P的红旗（福建省平和县农民起义用旗），没有红星的镰斧红旗（中国红军第七军第一纵队第一营第四连军旗），标有革命口号的镰斧旗（陕北清涧赤卫军第三支队义旗），等等。

随着红军的发展壮大，正规化建设逐步展开，军旗的统一也提上议事日程。1930年4月，中央军委发出《关于红军各级军旗的规定的通知》，正式对军旗图案、颜色、尺寸做出规定："各级军旗一律用五星红旗，星内排列镰刀斧头之国际徽，旗用大红色旗；中央为五星，五星为白色；中为镰刀、斧头交叉排列，镰刀、斧头用黑色；旗之右边镶白布长条书写番号，旗须用大红色。""星之顶点皆向上。……刀斧之柄皆在下，刀斧相交叉，刀柄在左（右）下方，刀尖在右（左）上方，刀口向内。斧柄在右（左）下方，斧头在左（右）上方，斜尖向内，平尖（斧头系两头开锋的）向外。""左（右）是指从正面或背面看旗方位不同而云。""旗上有'全世界无产阶级联合起来'字样。"还规定了连以上建制的军旗尺寸。

尽管对军旗做出了规定，但囿于当时的条件，红军各部的军旗在细节上仍不尽相同，然而其基本旗式是一致的：长方形，红底，图案皆为黑色镰刀、斧头（或有铁锤），白色五角星。

1930年10月，中央军委颁布《中国工农红军编制草案》，附有中国工农红军军、师、团三级旗帜图样：旗为正方形，军、师两级每边为三尺六寸，团每边为三尺二寸；靠旗柄的一边为条幅式部队番号，文字为"红军第×军第×师第×团"；上边为横幅式"全世界无产阶级被压迫民族联合起来"的文字；中间缀嵌有交叉的镰刀、锤子图案的五角星；除旗柄的一边外，缀飘穗。编制表没有标明颜色。依据同时颁布的"臂章"和"帽章"标示的颜色判断：旗为红底、白条幅黑字、黄飘穗。五星颜色有两种：一是红星黄边图案；一是红星白边图案。

这次规定的军旗较前者有几个重要的变化：（1）原五角星中的斧镰交叉图案改为锤镰交叉，结束了"旗号镰刀斧头"的历史。（2）旗帜由长方形改为正方形。（3）军旗的尺寸由原来的五种简化为两种。

军旗样式的统一，对于红军正规化建设无疑是一件大事，是红军正规化建设的阶段性成果和重要标志之一。但受当时通信和物质条件的限制，加之1930年式样颁布后不到一年，中央又颁布了1931年军旗式样，因此，1930年式军旗并没有使用。

1931年3月，中央革命军事委员会颁布了《苏维埃和群众团体红军旗帜印信式样》（以下简称《式样》）。红军军旗样式有较大变化，镰刀斧头改为金黄色镰刀铁锤，五角星由白色改为金黄色，单独置于旗幅内上角，旗幅上没有"全世界无产阶级联合起来"的字样。以旗须颜色（红、黄、黑、白、蓝、绿）区分部队属性（步、骑、炮、工、辎、医）。规定了授旗范围和红军各级旗帜规格：中央军委为 5.6×4（市尺），集团军为 5×3.6（市尺），军为 4.4×3.2（市尺），师、团为 3.8×2.8（市尺），营、连为 3.2×2.4（市尺）。①

由于新颁布的军旗样式比较复杂，而当时根据地和红军的物质条件较差，《式样》颁布后，只能逐渐过渡。如此一来，就造成了红军军旗交叉使用的情况。从 1931 年后中央苏区的报刊宣传画看，新样式的军旗没有实行，而实行的军旗样式有两种：一种是中间缀镰刀、锤子图案，右上角缀五角星的长方形红旗；另一种是靠旗柄的一边有条幅式部队番号（如"中国工农红军第×军第×师""瑞金模范师"）。据第二次苏代会确定的军旗样式判断，旗为红色，五角星和图案为黄色，番号条幅为白底黑字。

中央军委于 1933 年 4 月颁布了更改军旗样式的命令，并且于 1934 年 1 月在第二次全国苏维埃代表大会上通过了中国工农红军军旗样式："军旗为红色底子，横为五尺，直为三尺六寸；中为黄色交叉的镰刀锤子，右上角为黄色的五角星，旗柄为白色。"这实际上是 1931 年式的简化版，即去掉不同颜色的旗须，并统一尺寸。这也是 1931 年后实际使用的第一种样式的军旗。可以说，土地革命战争的中后期，中国工农红军军旗为中间缀黄色交叉的镰刀锤子图案，右上角缀黄色五角星的长方形红旗。

在遵义会议纪念馆里珍藏着一面带着硝烟痕迹的军旗。这面军旗见证了一场激烈的战斗，也留下了中国工农红军长征时期的珍贵实物。

这是中国工农红军第 6 军团第 18 师第 54 团的军旗，丝绸质地，正方形，大红色底布上有着葡萄串暗纹。旗面上有用白布剪成的镰刀锤头图案和一颗五角星。

旗面三方垂挂有丝绦流苏，白布旗杆套上用楷书工整地写着

---

① 新华社：《永远的丰碑·红色记忆：中国人民解放军军旗、军徽的诞生》，https://www.gov.cn/test/2007–09/06/content_738906.htm.

"中国工农红军第六军团一十八师五十四团" 18个字。

据记载，1934年7月23日，红6军团接到命令撤出苏区，准备转移湘中创建新根据地。撤离前，军团的"扩红"工作迅速展开，红6军团从6800多人扩充到9700多人，新增编了第18师第54团。这面军旗由此诞生，并一路飘扬，进入贵州。

9月25日，红6军团在剑河县凯寨、孟优地区遭遇湘军两个旅的阻击，同时桂军的一个师也正赶来增援。面对不利的战场形势，红军决定主力转移，由第18师第52、第54团担任掩护。就在第52、第54团拼尽全力完成任务准备撤出战斗时，敌军突然抄袭后路，展开了包围。

两个团的红军战士勇猛冲杀，红52团率先冲出重围，而撤离在后的红54团却付出了团长牺牲、政委负伤、阵亡近150人的代价。这面军旗也随着牺牲的战士倒在战场上。

战斗结束后，当地农民陈年贵在战场上捡到了这面军旗，把它带回家中悄悄保存起来。中华人民共和国成立后，解放军进入当地剿匪。陈年贵找出这面军旗，说明了它的来历。1957年，遵义会议纪念馆寻访文物，将这面军旗收入纪念馆。1994年，红54团军旗被确定为国家一级革命文物，这是红军在贵州保存下来的唯一一面军旗。

1935年10月，红一方面军经过两万五千里的艰苦转战，胜利完成了长征，到达陕北根据地。根据瓦窑堡会议决议，1936年2月，红一方面军以"中国人民红军抗日先锋军"的名义东征，向华北地区发展。"中国人民红军抗日先锋军"军旗基本式样同于1931年式红军军旗：旗的右上角为五角星，中间为交叉的镰刀和斧头（注意不是锤子）；只是旗裤上注明的部队番号改为"中国人民红军抗日先锋军"。这是红军的最后一面军旗。

1937年7月卢沟桥事变爆发后，全面抗战开始。中国工农红军相继改编为国民革命军第八路军和国民革命军陆军新编第四军。八路军、新四军正式纳入国民革命军序列，统一使用国民革命军军旗、帽徽、服装，不再打工农红军军旗。国民革命军军旗（陆军旗）即"青天白日满地红"旗。尽管部队指战员对国民党军旗和帽徽（青天白日）非常反感，但当时正是第二次国共合作期间，大敌当前，一致对外，部队还需要这个名分，这是非常重要的。而军旗是我军合法化的标志之一，不取消国民党军旗，就是为了不给国民党造成口实。

抗日战争结束后，八路军、新四军没有立刻停用国民党军旗。抗战胜利后，国共两党即举行重庆谈判，先后签订《双十协定》《停战协定》，并于1946年1月31日通过"政协决议"。国民党接受了中共和平建国的基本方针，决议规定实行"军队国家化"，中共武装纳入"政府军"。在这种形势下，八路军、新四军没有明令取消国民党军旗和帽徽。

1946年6月，国民党统治集团撕毁停战协定，发动全面内战。八路军、新四军番号相继取消，不再打国民党军旗。当时各个部队打的是红旗，即没有图案和字样的素面红旗；建立功勋的部队被授予功勋旗，就打功勋旗。当时全军没有统一的军旗。

1947年下半年，中国人民解放军转入战略进攻，战局发生巨大变化，形势朝着有利于我军的方向发展。仗越打越大，部队规模也越来越大，建制关系也越来越复杂。

1948年2月，中共中央军委和解放军总部领导人在河北西柏坡讨论军队正规化问题时，提出了统一军旗的问题。确定由军委副主席周恩来主持军旗工作，并由时任总政研究室副主任、第一研究室主任的黄镇牵头组成设计组，成员来自军委作战部和原总政治部等部门。2月21日，军委发布通知，向全军征集军旗的式样。

经过3个多月的征集，征集到了500多个样式，让大家讨论。设计小组预选出30多种方案制成"样旗"，送交周恩来和中央领导审选。毛泽东、刘少奇、朱德等领导同志看了"样旗"后，决定军旗用红底，旗上有五角星，象征人民解放军是中国共产党领导的人民军队。毛泽东认为，军旗上要有"八一"两字，表示南昌起义是建军的日子。

1949年3月下旬，中共中央和中央军委机关迁到北平，毛泽东等5位中央书记处书记住进香山。根据周恩来的指示，工作人员拟出了军旗的几种方案，反复征求了许多同志的意见。最后，经过再三斟酌，确定了3种送审图案：

（1）五角星右侧加"八一"二字，置于靠旗杆一侧的左上方。

（2）五角星置于中央，"八一"二字竖排，置于五角星内。

（3）五角星右侧加"八一"二字，置于上半部中央，下面加几条蓝色波纹水线，象征中华大地的山川陆水。

毛主席和中央书记处书记们的意见倾向于第一种方案。周恩来在书记处会议后指出，制定军旗是国家的一项大事，还应该再征求一下在北平的中央委员们的意见，请中央统战部部长李维汉征求参加新政协会议的民主人士和各界代表的意见。经过征求意见，看过样旗的同志都认为第一种图案最好。

周恩来将方案提交1949年3月5日召开的中国共产党七届二中全会审议。3月13日，会议通过了毛泽东起草的《关于军旗的决议》，其中明确规定："中国人民解放军军旗应为红底，加五角星，'八一'二字。"

此后，设计小组按第一个方案制作了一面绸料标准样旗，并按周恩来的指示，组织部队演练授旗仪式。又拟出了"方格等分法"，解决了五角星和"八一"二字的位置问题。

1949年6月15日开幕的新政协筹备会议，以"中国人民革命军事委员会主席毛泽东，副主席朱德、刘少奇、周恩来、彭德怀"的名义，发布了《公布中国人民解放军军旗军徽样式》的命令，规定：

"中国人民解放军军旗为红底，上缀金黄色的五角星及'八一'两字，表示中国人民解放军自1927年8月1日南昌起义诞生以来，经过长期的奋斗，正以其灿烂的星光，普照全国。""旗面为长方形，横直为5∶4。旗杆套用白色，宽为旗面横长的1/16。旗杆为红黄二色相间之旋纹，上置黄色矛头。""'八一'用汉字，每笔均用等边长条体。'八'字每笔长三等分，宽一等分。'一'字长为四等分，宽为一等分。"

同时规定各级军旗尺寸如下：

（1）人民解放军总部横170公分，直136公分。

（2）野战军（一级军区同）及兵团（二级军区同）横165公分，直132公分。

（3）军（三级军区同）横160公分，直128公分。

（4）师（军分区同）横155公分，直124公分。

（5）团（县指挥部或武装部同）横150公分，直120公分。

新华社在公布这一命令的同时，发表了题为《把人民解放军的军旗插遍全中国》的社论。社论说："军旗和军徽上都缀着一颗金黄色的明星、缀着'八一'两个字。这表示中国人民解放军自从1927年8月1日南昌起义诞生以来，已经用灿烂的星光照耀着中国。""人们看到人民解放军的军旗和军徽，就会想到它所走过的曲折的道路，想到人民革命力量必然获得最后胜利的真理。""中国人民解放军正在成为一支完全正规化的军队；它的军旗和军徽的颁布，正是它的正规化的重要标志之一。"社论最后强调："人民解放军的军旗和军徽，不但是人民解放军的标志，也是我们的人民民主的新国家的重要象征。从此，全国的人民和全国的人民解放军，都必须一致保卫它的尊严，要像爱护我们自己的生命一样来爱护它们。"社论号召人民解放军全体指战员"团结一致，努力奋斗，把我们的灿烂的旗帜插遍全中国"。

　　1949年6月15日，《人民日报》刊登《中国人民革命军事委员会命令》及军旗、军徽样式。从此，中国人民解放军有了统一的军旗。"八一"军旗是人民军队荣誉、勇敢与光荣的象征，是鼓舞全军指战员团结战斗的旗帜。

　　中华人民共和国成立后，"八一"军旗成为人民解放军外事活动的重要标志。人民解放军海军和空军正式作为一个军种成立后，并没有单独的军种旗，而是使用全军统一的"八一"军旗。

　　当时新生的人民海军除了"八一"军旗，还曾有舰首（艏）旗。1950年4月23日，南京草鞋峡江面举行了华东军区海军成立一周年庆典暨军舰命名授旗典礼。华东军区海军司令员张爱萍将命名状、军旗、舰艇旗隆重地授予各舰舰长、政委。舰艇旗为红底，正中为"八一"军徽，红底中央为蓝色横条，代表海洋。

　　改革开放以来，随着我军对外军事交往的增多，在迎接外军军种领导人的仪式中，也是使用八一军旗。但如此规格偏高，而以国旗代之也不合适，这就迫切需要有相应的军种军旗。1991年5月，中央军委常委会提出要尽快研究，设计制作陆军军旗、海军军旗、空军军旗。

　　1992年9月5日，中央军事委员会发布命令，公布了中国人民解放军仪仗队使用的陆军、海军、空军军旗样式。三军军旗旗幅的上半部（占旗面的八分之五）均保持中国人民解放军军旗基本样式，正红色旗面，上有金黄色五角星和"八一"字样；下半部（占旗面的八分之三）区分军种：

　　陆军为草绿色旗面，象征祖国美丽、富饶的绿色大地。陆军军旗表示：陆军是中国人民解放军的组成部分，为保卫社会主义祖国领土安全而英勇战斗，所向无敌。

　　海军为横向的海蓝色和白色条纹相间，象征祖国蓝色海疆。海军军旗表示：海军是中国人民解放军的组成部分，为保卫社会主义

祖国的万里海疆乘风破浪，勇往直前。

空军为天蓝色，象征辽阔的天空。空军军旗表示：空军是中国人民解放军的组成部分，为保卫社会主义祖国的神圣领空展翅翱翔，搏击长空。

2015年12月31日，中国人民解放军火箭军正式成立，成为与陆、海、空军并列的军种，并启用火箭军军旗。火箭军军旗上半部与陆、海、空军旗一样，下半部为金黄色，象征导弹发射时的火焰。

2018年1月10日，中央军委在北京八一大楼举行向中国人民武装警察部队授旗仪式。武警部队旗在规格、图案上与中国人民解放军各军种旗属同一系列，旗的上半部保持八一军旗样式，寓意武警部队诞生于人民军队的摇篮，传承着红色基因，表示武警部队是党领导的人民武装力量的组成部分。下半部镶嵌三个深橄榄绿条，代表武警部队担负维护国家政治安全和社会稳定、海上维权执法、防卫作战三类主要任务及力量构成。

新中国成立以来，特别是近40年来，中国较长时间处于和平状态，但"人在旗在！人不在，旗也在！"这样的誓言不会弱化。八一军旗永远昭示人民解放军存在的意义——责任、忠诚、牺牲。

四、勋章闪耀　万年荣耀

克劳塞维茨说："在一切高尚的情感中，荣誉心是人的最高尚的情感之一，是战争中使军队获得灵魂的真正的生命力。"军人的荣誉，比生命珍贵，如花般盛开，用永不言败的信仰来浇灌，捍卫荣誉就是捍卫信仰。这个世界上如果有什么能够让你一眼就看出军人的荣誉，那可能非勋章莫属。勋章属于军服的服饰类别，自成体系，地位特殊。没有信仰，也就无所谓荣誉。

早在公元前罗马共和国时期，就有给立功军士颁发"圆环饰"（Phalerae）的习惯，形式已经接近现在的勋赏制。获得赏赐的军士，会将圆盘状的饰品镶嵌在甲胄或者旗帜上，在接受检阅时证明自己的战功，但是没有形成相应的传统延续下来。严格来说，勋章作为军功奖励的历史并不长。

1642年，英国首次出现了勋章。现代意义上代表着军人荣誉，意味着军人一生护卫家国安全的信仰，以及国家的认同与尊重。勋章的价值也是很高的，主要由宝石、贵金属及彩丝带构成。

1802年，拿破仑设立了真正意义上的第一个现代国家勋章——"荣誉军团勋章"，用于表彰战斗中的英勇行为或20年的杰出服役生涯，至今仍是法国的最高勋赏。拿破仑执政时，希望建立一个全新的勋赏制度，强化他统治的合法性。他认为新的制度应该是荣誉的象征，而不是新的贵族体系，由此"荣誉军团勋章"诞生了。不论社会阶层高低贵贱，只要对国家有重大贡献均可获得。然而，"荣誉军团勋章"还是有等级划分，接近曾经的圣路易骑士团制度，勋章的设计也采用了骑士团的标志。等级大致分为骑士、军官、指挥官、司令官、大十字级。

随后，以勋章和奖励为核心的军事荣誉体系开始被各国看重，因为只有让军人有荣誉感，才能激发他们的潜力，也能使之作为表率激励其他士兵。在发展过程中，世界各国都建立了各自的军事荣誉体系，看点颇多，尤其是中、美两个大国。

（一）中国军事荣誉

中国的军事荣誉体系始建于清末。民国初年，孙中山提议设置奖恤制度以抚慰为国捐躯的忠魂。国民政府时期的勋章可谓五花八门。在民国成立之初，中央政府及一些省份军政机构即采用颁发勋章、奖章的方式，表彰、奖励那些对民国创建作出过贡献的各方面人士。

南京临时政府有三类勋章。第一类是九鼎勋章，授给有特别战功的陆海军军人，共分9等：头、二等授给上等官佐，三至六等授给各级官佐，六至九等授给士兵。享有九鼎勋章的陆海军官兵，每年按照勋章等级由国家给予年金，直至死亡。年金分为1000元、800元、600元、500元、400元、300元、200元、100元、50元9等。授予勋章时附给证明书，详载授有人的特别战功，以后给领年金，均以此证明书为据。九鼎勋章中刻有黄帝像，其身旁列五兵，外围以九鼎，取黄帝作五兵挥斥百族定九鼎之义，以显扬战功。第二类是虎罴勋章，给予有寻常战功的陆海军官兵，共分9等，六等以上给予各级官佐，六等以下给予士兵。授有虎罴勋章的人，于战事结束，由国家给予勋金一次，数目分为1500元、1200元、1000元、800元、600元、400元、300元、200元、100元9等。虎罴勋章中刻虎、罴两兽，外围以花纹，取前有士师，则载虎皮之义，以表扬佩此之军人有如虎如罴之势。第三类是醒狮勋章，授予一般为国尽瘁、功劳卓著的人员，也可以授予陆海军官兵，共9等。凡系褒赏名誉的，无赏金；其他均给赏金，额数临时酌定，多寡不拘。醒狮勋章中刻一狮，外围以花纹，上刻一古钟，取自由钟声惊醒全国同胞之义。三种勋章的头、二等，均佩戴于上衣左胸部下方。另由左肩至右胁下悬大绶一条，头等大绶金色；二等大绶银色；三等则悬于上衣正中第一扣上，其绶红色，上有白花一朵；四等至九等均悬于上衣左脚部上方，四等绶红色，五等绶绿色，六等绶黄色，七等绶白色，八等绶蓝色，九等绶紫色。

北洋政府时期有普通勋章和陆海军勋章。其中普通勋章有四类。第一类是大勋章。依据1912年7月29日袁世凯公布的《勋章令》的规定，大勋章为勋章的最高级，除大总统当然佩戴外，可由大总统特赠外国元首。大勋章大绶红色，外缘锐角三重皆八出，中圈绘十二章，分别为日、月、星辰、山、龙、华虫、宗彝、藻、火、粉米、黼、黻。第二类是嘉禾章。1912年7月由袁世凯明令颁行，分一至九等，授予有勋劳于国家，或有功绩于学问及事业的人。袁世凯死后，黎元洪于1916年10月7日公布《修正勋章令》，将嘉禾章划为勋章第三类，共9等10种：一、二等大绶嘉禾章，二至九等嘉禾章。各等以绶相别：一等大绶黄色红缘，二等大绶黄色白缘，二等无绶，三等领绶红色白缘，四等襟绶加结红色白缘，五等襟绶红色白缘，六等襟绶加结蓝色红缘，七等襟绶蓝色红缘，八等襟绶白色红缘，九等襟绶黑色白缘。颁给嘉禾章，特任官初授三等，简任官初授四等，均可累功递进至一等；荐任官初授七等，累功得递进至三等；委任官初授九等，累功得递进至五等。晋授勋章时应将前授之勋章缴纳印铸局。勋章佩戴权除被褫夺或停止以外，可终身享受。嘉禾章通体银质镀金，绘嘉禾一茎五穗，其色黄叶绿，红色绳结，正中嵌红色宝石1粒。第三类是宝光嘉禾章。1916年10月7日颁行，分五等六种：一、二等大绶宝光嘉禾章，二至五等宝光嘉禾章。各等勋章的绶制是：一等大绶红色绿缘，二等大绶红色蓝缘，二等无绶，三等领绶黄色绿缘，四等襟绶加结黄色绿缘，五等襟绶黄色绿缘。勋章之图式：一等大绶宝光嘉禾章中嵌珊瑚圆珠，加绘嘉禾；二等大绶宝光嘉禾章至五等宝光嘉禾章中嵌宝石，加绘嘉禾。第四类是星云勋章。依据1925年10月8日北京政府公布的《星云勋章条例》的规定，凡民国官吏及人民有勋劳于国家或社会，及外国人于民国国家或社会著有勋劳者，均可颁给星云勋章。星云勋章分一至九等，特任官授予一、二等，简任官授予二至四等，荐任官授予四至六等，委任官授予六至九等。一年内同一人不得两次颁给。陆海军勋章有三类。第一类是白鹰勋章，1912年12月颁行，授予有特殊功勋的陆海军官兵。白鹰勋章分一至九等，一、二等给予上等官佐，三至六等给予中等和初等官佐（包括准尉和见习军官），七至九等给予士兵。1913年4月改为一至四等给予上等官佐，三至六等给予中等官佐，四至七等给予初等官佐和准尉，六至九等给予士兵。凡授有白鹰勋章者，按其等级依陆海军勋章年金法享受一定的年金。白鹰勋章中心镂刻白鹰，一、二、三等佩于上衣第1扣上，一、二等有大绶1条，一等红色，二等黄色，佩于左肩至右肋下。四至九等均用小绶佩于上衣左襟之上，四至六等绶用绿色，七至九等绶用蓝色。第二类是文虎勋章。依据1912年12月6日袁世凯公布的《陆海军勋章令》的规定，文虎勋章授予有武功或劳绩的陆海军官兵，分一至九等。其中一、二等授予上等官佐，三至六等授予中等和初等官佐及准尉、见习军官，七等以下授予士兵。1913年4月改为一至四等授予上等官佐，三至六等授予中等官佐，四至七等授予初等官佐和准尉，六至九等授予士兵。文虎勋章中心镂刻文虎，因此得名。其一、二、三等佩于左胸部大绶上方、普通章下方。各等勋章于着军礼服、军常服时，均可佩戴，但着常服佩戴一、二等勋章时，不佩大绶。第三类是金狮勋章。1925年10月由临时执政段祺瑞颁行。凡民国陆海军军人在平时、战时有勋劳或非陆海军军人及外国人对民国陆海军有勋劳者，均可颁给金狮勋章。金狮勋章分一至九等，特任军职授予一、二等，简任、荐任、委任各军职授予三至九等，士兵授予八、九等。

南京国民政府先后颁布了十三类勋章。

一是采玉大勋章。1933年12月由南京国民政府颁行，属各种勋章之最高级。除由国民政府首脑佩戴外，可由国民政府特赠外国元首，并得派专使资送。采玉大勋章下还设有采玉勋章。依据南京国民政府1933年12月2日公布的《颁给勋章条例》规定，凡中华民国人民有勋劳于国家或社会者（军人除外），得由国民政府颁给之。采玉勋章分为九等。公务人员选任及特任初授三等，简任初授五等，荐任初授七等，委任初授九等，均得累功递进至一等。颁给非公务人员勋章初授九等，得累功递进至一等。颁给采玉勋章不得超越初授等级，但由国民政府特令颁给者不在此限。

二是中山勋章。依据1941年2月4日国民政府公布的《勋章条例》规定，中山勋章不分等级，凡"统筹大计安定国家者，翊赞中枢敉平祸乱者，其他对于建国事业有特殊勋劳者"，均得颁给，由国民政府主席亲授之。

三是卿云勋章。1941年2月由国民政府颁行，凡有劳于国家或社会者，得由国民政府授予卿云勋章，但公务员、非公务人员及外国人民颁授勋章的具体条件各有不同。卿云勋章依勋绩分等，以绶为区别，分大绶、领绶、襟绶三种。1942年3月改为大绶、不用绶、领绶、襟绶附勋表、襟绶五种。大绶及不用绶勋章由国民政府主席亲自颁授。领绶勋章由国民政府发交主管部会颁授，襟绶勋章由国民政府发该管长官颁授。

四是景星勋章。1941年2月由国民政府颁行，凡中华民国或外国人民有劳于国家或社会者，均可由国民政府颁给。景星勋章依勋绩分等，以绶为区别。绶分大绶、领绶、襟绶三种，1942年3月改为大绶、不用绶、领绶、襟绶附勋表、襟绶五种。授予勋章得因积功晋等，勋绩之审核，由稽勋委员会办理，但国民政府主席特赠或特授者，不在此限。

五是青天白日勋章。南京国民政府陆海空军勋章之一种。依据1929年5月15日公布的《陆海空军勋章条例》的规定，青天白日勋章不分等级，凡陆海空军官佐、士兵，于抵御外侮保护国家时立有特殊战功者，均得由国民政府明令给予之。青天白日勋章为银质镀金章，绶为白心蓝条红缘。

六是宝鼎勋章。南京国民政府陆海空军勋章之一种。宝鼎勋章分为九等，凡捍御外侮或镇摄内乱，著有战功之军人，将官授予一至四等，校官授予三至六等，尉官授予四至七等，准尉及士兵授予六至九等。一等至五等宝鼎勋章均由国民政府明令颁给，六等以下之宝鼎勋章，得汇案核给之。此外，非陆海空军军人，或在乡军人或外籍人员，对于战事建有勋功者，也可颁给宝鼎勋章。宝鼎勋章一至六等为银质，七至九等为铜质镀银。一至三等红圈、绿色鼎、红绶，四至六等蓝圈、金色鼎、蓝绶，七至九等白圈、银色鼎、白绶；一、四、七等三星，二、五、八等二星，三、六、九等一星。

七是云麾勋章。南京国民政府陆海空军勋章之一种，1935年6月15日公布的《陆海空军勋赏条例》规定：凡陆海空军军人，对于国家建有勋绩或"镇摄内乱立有功勋者"，均得颁给云麾勋章。此外，非陆海空军军人或外籍人员对于战事建有勋功者，也可颁给之。云麾勋章分为九等，上等官佐授予一至四等，中等官佐授予三至六等，初等官佐授予四至七等，准尉、准佐及士兵授予六至九等。颁给勋章，上等官佐由国民政府主席或最高军事长官亲授或派员代授。中等以下官佐及士兵由主管长官或原呈请叙勋机关授予。

八是国光勋章。南京国民政府陆海空军勋章之一种。1937年11月8日公布的《修正陆海空军勋章条例规定》，国光勋章无等级之分，"凡陆海空军军人，于战时抵御外侮保卫国家著有特殊战功者，颁给之"。

九是大同勋章。南京国民政府空军勋章之一种，无等级之分，此章颁给空军高级指挥官，凡具备下列条件之一者，均可授予：于空中或地面指挥得力，运筹适宜，致获全功；作战获得战果，为整个战争胜利之关键者；对空军建军工作，有伟大贡献及特殊成就者；陆、海军军人，及文职官员或外籍人员，对空军作战或建军，有特殊贡献，使空军获致极大进展者。

十是河图勋章。南京国民政府空军勋章之一种，不分等级。授予条件是：凡于战斗间处置妥善，使全军获得重大胜利者；服行作战任务，飞行满1800小时，或参与作战任务满600次，有特殊英勇表现与成就者；陆、海军军人及文职官员或外籍人员，全力策助空军作战或建军工作，有优越成就者。

十一是洛书勋章。南京国民政府空军勋章之一种，不分等级，凡有下列勋绩之一者，均可授予：协助陆、海军作战，适合机宜，有利于全盘战局者；服行作战任务，飞行满1500小时，或参与作战任务满500次，有特殊英勇之表现与成就者；陆、海军军人及文职官员或外籍人员，协助空军作战或建军工作，有良好成就与贡献者。

十二是乾元勋章。南京国民政府空军勋章之一种，无等级之分，凡有下列勋绩之一者，均可授予：协同陆、海军作战，适合机宜，获得重大之胜利者；作战飞行满200小时，或参与作战任务50次，或战地运输300小时以上，有特殊英勇之表现与成就者。

十三是复兴荣誉勋章。依据国民政府1937年12月公布的《特授空军将士复兴荣誉勋章条例》的规定，复兴荣誉勋章分三等。授予一等的条件是：于空战时连续击落敌机9架以上者，或参与作战任务300次以上，或作战飞行满900小时；冒险炸毁敌人重要阵地、要塞、军舰、兵站、交通线、司令部等，使敌不堪使用者；冒险飞入敌境，炸毁敌之兵工厂、弹药仓库或其他重要机构，使敌受重大损失者。授予二等的条件是：于空战时连续击落敌机6架以上者，或作战飞行满750小时，或参与作战任务250次以上；在阵地冒险低度飞行扫射敌军战壕或施放烟弹，使敌溃败者；冒险飞入敌军后方，扫射敌军行军纵列或运输纵列，使敌因而动摇或溃败者。授予三等的条件是：于空战时连续击落敌机3架以上者，或作战飞行满600小时，或参与作战任务200次以上；于重要区域内击退敌人多数飞机，因而免去重大损害并有确实证明者；冒险侦察报告确实，赖以洞悉敌情因获胜利者。此外，外籍空军军人投效本国，于空战时著有上列勋绩者，也得授予各等复兴荣誉勋章。

我军的军事荣誉体系起源于土地革命战争时期。在1931年11月召开的第一次全国代表大会上，江西瑞金中华苏维埃共和国临时中央政府设立了中央苏区的最高荣誉——红旗勋章（又称"苏维埃功勋奖章"）。

当时红军的主要领导人毛泽东、朱德、彭德怀、方志敏、徐向前等8人，成为这一荣誉的首批获得者。这次授勋，不仅是对获得者个人功绩的肯定，也是对所在部队英勇奋战的认可与表扬。除了这8人之外，宁都起义的领导人董振堂、赵博生，于1932年12月也被授予红旗勋章。

1933年7月9日，为了表彰在与敌作战中立下特殊功勋的红军指战员，中华苏维埃共和国中央革命军事委员会发布了《关于制定、颁发红星奖章的命令》，正式设立红星奖章。这是中央革命军事委员会成立后首次颁发的奖章，也是红军时期军队颁发的最高等级奖励。红星奖章分为一、二、三等级，分别为金、银、铜质。红军领导人周恩来、朱德等荣获一等红星奖章，陈毅、萧克等获得二等红星奖章，红1军团1团团长杨得志等被授予三等红星奖章。红旗勋章和红星奖章都借鉴了同一时期的苏联勋章，如从名称、图案设计以及章体所铸的"全世界无产阶级联合起来"的口号等。此举开启了我军颁授勋奖章的先河，为激励红军官兵发扬英勇无畏的战斗精神，提高部队的战斗力发挥了重要作用。"八一"建军节也诞生于1933年。第一个节日庆祝活动在中央苏区首府江西瑞金举行，并首次颁发红星奖章。红星奖章于1933年、1934年的"八一"建军节颁发过两次，共有172人获颁。荣获红星奖章的红军指挥员后来几乎都成为我军的将星或国家领导人。抗日战争全面爆发后，中国工农红军改编为国民革命军第八路军（后改为"第十八集团军"）和国民革命军新编第四军，赶赴敌后展开游击作战。在这种形势下，各军区和作战部队结合实际情况，向战斗功绩突出的集体和个人颁发了各具特色的奖章。例如，"狼牙山五壮士"幸存者葛振林、宋学义，获得晋察冀军区颁发的"坚决顽强"奖章；"爆破大王"马立训荣获山东军区授予的"一等战斗英雄"奖章。此外，陕甘宁边区部队还颁发了以朱德、贺龙等同志的名字命名的奖章。

解放战争时期，为了奖励在战斗中做出贡献的指战员和支前民众，各大战略区和部队相继制作颁发了一大批特色鲜明的纪念章。例如，华北军区颁发的"解放华北纪念章"，东北野战军颁发的"解放东北纪念章"，西南军政委员会颁发的"解放西南胜利纪念章"等。

中华人民共和国成立后，中国军队颁发奖章的形式逐步统一，趋向规范化、制度化。

1955年2月12日，全国人民代表大会常务委员会作出《关于规定勋章、奖章授予中国人民解放军在中国人民革命战争时期有功人员的决议》，并颁发《中华人民共和国授予中国人民解放军在中国人民革命战争时期有功人员的勋章奖章条例》。这也是新中国成立以来，首次授勋的两项纲领性文件。

在土地革命战争时期（1927年8月1日—1937年7月6日）有功人员授予八一勋章，抗日战争时期（1937年7月7日—1945年9月2日）有功人员授予独立自由勋章，解放战争时期（1945年9月3日—1950年6月30日）有功人员授予解放勋章。除了勋章之外，同时设有奖章。也即对于在红军时期、抗日战争时期、解放战争时期参加革命战争有功的人员，分别授予八一勋章和八一奖章、独立自由勋章和独立自由奖章、解放勋章和解放奖章。每种勋章分为一、二、三级，奖章不分级。勋章由全国人民代表大会常务委员会决定，中华人民共和国主席授予；奖章由国务院批准，国防部长授予。这是伴随着军衔制、薪金制和义务兵役制实施以后，依据国家宪法，对革命战争时期有功人员的一次总结性奖励。这次授勋，严格按照授勋人员在不同历史时期人民军队中的级别和职务评定，具有阶段总结和按级颁授的特点。这次，评定了10余万枚勋章和52万余枚奖章，获授人员共计6.1万人。

1955年9月27日，中华人民共和国授衔授勋典礼在北京中南海怀仁堂举行。身着海蓝色礼服的朱德元帅，从国家主席毛泽东手中接过编号同为"02004"的一级八一勋章、一级独立自由勋章和一级解放勋章及证书。这个历史时刻意味着，中华人民共和国成立后首次以国家的名义大规模授予勋章和奖章，也是国家建立统一的正规奖励制度的开始，对后来的国家奖励制度产生了重要、深远的影响。由于战争期间人员的职务和工作环境变动较大，而且受这次授勋人员数量多、档案不健全等诸多因素的影响，勋章的评定工作进展缓慢，因而分别在1955年和1957年进行了两次大规模颁授。鉴于这种情况，毛泽东主席提出：已转业到地方工作的人员不再授予勋章并带头不要勋章。于是，原先预留给毛泽东、周恩来、刘少奇的尾号为001、002、003的三套一级勋章就没有颁授。

党的十一届三中全会以后，中国人民解放军的革命化、正规化建设步入新的历史时期。1979年3月23日，经中国共产党中央军事委员会批准，中国人民解放军总政治部颁发了"英雄模范奖章"和"立功奖章"，共分为两类、五个等级。由中共中央军委授予英雄称号（荣誉称号）的，颁发一级英雄模范奖章；由军区和军种、兵种领导机关授予英雄或模范称号（荣誉称号）的，颁发二级英雄模范奖章；立三等功、二等功、一等功的，分别颁发三等功、二等功、一等功奖章；获得英雄模范奖章或立功奖章者，均发给总政治部统一印制的奖章证书。同时，还对奖章证书和奖章的佩戴做出了具体的规定：奖章一律佩戴于军装上衣左上方，平时只佩戴略章，逢集会或重大节日佩戴奖章。这是我军首次对立功受奖人员统一制作颁发奖章。1991年10月16日，为国防事业贡献毕生心血的著名科学家钱学森同志荣获"一级英雄模范奖章"。2008年，在汶川地震中牺牲的邱光华机组五名成员，全部被追记一等功并追授"立功奖章"。

1999年国庆，中华人民共和国成立50周年前夕，中共中央、国务院和中央军委决定表彰为研制"两弹一星"作出突出贡献的科技专家，并授予"两弹一星"功勋奖章。奖章采用纯金制作，数量少，规格高。23枚奖章的重量不同，最重的580克，最轻的520克。最重的一枚作为首枚，颁授给了当时在病床上的钱学森同志。2006年，为表彰在军队建设和军事训练中涌现的爱岗敬业、矢志精武的先进典型，颁发了"爱军精武标兵"奖章。奖章章名由时任中央军委主席胡锦涛亲笔题写。

1988年，我军时隔23年后再次实行军衔制，中央军委颁布了《关于授予军队离休干部中国人民解放军功勋荣誉章的规定》。荣誉证章分为红星功勋荣誉章（分两级）、独立功勋荣誉章（分三级）、胜利功勋荣誉章（分三级）。三种勋章均为金银合金制作。颁授对象是在革命战争时期入伍或参加革命工作的军队离职休养干部。全军共计10万余人。1988年7月30日，中央军委在人民大会堂举行授勋仪式。这是中国共产党对军队离休干部的历史褒奖，也被看作1955年式勋章的继续。但与之不同的是，除了证章之外，荣誉获得者还可享受政治和物质上的优待。

经时任中央军委主席胡锦涛批准，解放军总政治部发出通知，从2011年8月1日起，全军正式启用新式勋章、奖章、纪念章及奖励证书。总政治部根据《纪律条令》有关规定，设计制作了一、二级英雄模范勋章和国防服役、卫国戍边、献身国防、和平使命、执行作战和重大任务等纪念章，重新设计制作了一、二、三等功奖章和奖励证书。这批新款军事证章，在材质、设计制作上与老款存在明显区别，将"英雄模范奖章"正式升格为勋章。同时，国防服役、和平使命等带有褒奖性质的纪念章的设立，凸显了新形势下人民军队所面对的任务和使命已发生了重大变化。

2017年7月28日，中央军委颁授"八一勋章"和授予荣誉称号仪式，在首都北京隆重举行。这次新设立的"八一勋章"，是由中央军委决定、中央军委主席签发证书并颁授的军队最高荣誉。颁授对象是在维护国家主权、安全、发展利益，推进国防和军队现代化建设中建立卓越功勋的军队人员。首批获得新"八一勋章"的有10位同志：中国人民解放军原91708部队副部队长麦贤得、海军工程大学电气工程学院电力电子技术研究所主任马伟明、空军指挥学院原训练部副部长李中华、中国人民解放军96722部队71分队班长王忠心、解放军航天员大队航天员景海鹏、原国防科工委科学技术委员会正军职常任委员程开甲、山东省枣庄军分区政治委员韦昌进、武警新疆维吾尔自治区总队某支队支队长王刚、中国人民解放军原81032部队副军职调研员冷鹏飞、云南省公安边防总队普洱市支队支队长印春荣。

2022年，我军正式实施《军队功勋荣誉表彰条例》，启动新的功勋荣誉表彰体系，包括勋章、奖章、纪念章。规格上，从内容元素、尺寸外观、制作材质等方面进行区分，纪念章到勋章尺寸依次增大。意蕴上，勋章彰显至高荣誉，荣誉称号奖章凸显标杆楷模，奖励表彰奖章体现功绩褒奖，纪念章反映荣誉经历。

勋章包括"八一勋章""红旗勋章""红星勋章""和平勋章"。主章通径均为65毫米。"八一勋章"是军队最高荣誉，由军徽、旗帜、长城、橄榄枝等元素构成。"红旗勋章""红星勋章"是战时勋章，"红旗勋章"由军徽、红旗、令箭等元素构成。"红星勋章"由军徽、大红星、长城等元素构成。"和平勋章"由和平鸽、橄榄枝、地球等元素构成，授予外国外军人员。

奖章包括荣誉称号奖章、奖励奖章、表彰奖章、和平奖章。

荣誉称号奖章，分为战时、平时、重大非战争军事行动荣誉称号奖章。战时荣誉称号奖章分为特级战斗英雄、一级战斗英雄、二级战斗英雄奖章，主要由军徽、枪、英雄花等元素构成。平时荣誉称号、重大非战争军事行动荣誉称号奖章主要由军徽、红旗、光芒等元素构成。荣誉称号奖章主章通径均为60毫米。

奖励奖章，由主章和副章组成。主章由军徽、团锦结、桂叶等元素构成，副章由荣誉带、奖励情形标识等元素构成，分为战时、平时、重大非战争军事行动奖励奖章。战时奖励奖章分为一等战功、二等战功、三等战功、四等战功奖章。主章通径分别为60毫米、50毫米、47毫米、45毫米，区分指挥作战、参加战斗、支援保障三种情形。平时奖励奖章分为一等功、二等功、三等功奖章，区分战备训练、教育管理、国防科技、服务保障四种情形。重大非战争军事行动奖励奖章分为一等功、二等功、三等功奖章。平时、重大非战争军事行动一等功、二等功、三等功奖章主章通径分别为50毫米、47毫米、45毫米。

表彰奖章由主章和荣誉带组成，主章由军徽、大红花等元素构成，分为一级表彰、二级表彰、三级表彰奖章。主章通径分别为60毫米、50毫米、47毫米。

和平奖章由军徽、和平鸽、橄榄枝等元素构成，授予外国外军人员，主章通径为60毫米。

纪念章包括平时纪念章、和平纪念章和其他纪念章。平时纪念章分为国防服役纪念章、国防服务纪念章、卫国戍边纪念章、献身国防纪念章等，主要由军徽、长城、橄榄枝等元素构成，通径均为35毫米。和平纪念章由军徽、和平鸽等元素构成，授予外国外军人员，通径为35毫米。

新的功勋荣誉表彰体系体现了中国军队更加重视和规范军人荣誉表彰工作。其内容和精神与时俱进，进一步拓展了中国军队的信仰内涵。不仅包括爱国主义、革命英雄主义、共产主义，更涵盖了尊重人权、维护世界和平等人类共同价值观，具有强烈的正义感和使命感。可以激励官兵在保卫国家、捍卫民族利益、维护世界和平等方面发挥积极作用，成为中国军人精神力量的重要来源。可以帮助中国军人在面对困难和挑战时坚定信念、迎难而上，发挥出更大的战斗力和凝聚力。

（二）美国军事荣誉

1756年，美国诞生了第一枚军人奖章。为表彰约翰·阿姆斯特朗上校在基塔宁区（今宾夕法尼亚州）攻打印第安部落战役中的贡献，费城授予其奖章。这成为美国军事荣誉制度的初创，并在后来不断完善。

1775年，美国独立战争爆发。乔治·华盛顿临危受命，率领大陆军围攻波士顿，将英军赶出了被围困8个月之久的波士顿，取得了独立战争开始后的首次重大胜利。为纪念这次胜利，1776年3月25日，大陆会议经投票，决定授予华盛顿一枚"华盛顿在波士顿"金质奖章。这是美国独立革命中的一起重要事件。

1780年，美国独立战争期间颁发了忠诚大奖章，又名"安德烈抓捕奖章"。它根据1780年大陆会议法案设立，用以表彰三名不受重金诱惑、抓获英军少校约翰·安德烈的纽约州民兵。为表彰他们的爱国行为，美国战争与军械委员会授权三军总司令授予这三名民兵每人一枚银质奖章，并转达国会对他们的诚挚谢意。同时，美国国会决定每年从公共财政中拨款200美元/人，作为对他们个人的物质奖励，直至三人离世。忠诚大奖章为盾牌形制，正面印有"忠诚"字样，背面印有拉丁文格言"AMO R PAT R I VINCIT"，意为"对祖国的爱高于一切"。自那以后，忠诚大奖章再未颁授过。仅存的这三枚奖章也命运多舛，要么遗失，要么被盗，无一存世。由于忠诚大奖章在历史上只颁授过一次，且范围仅限于具体的英雄事迹，因此该奖章的纪念意义远大于其实际意义。

　　两年以后，即1782年8月7日，时任将军的乔治·华盛顿在纽约州纽堡市下令增设两个奖项——"荣誉杰出徽章"和"军事功绩徽章"，以表彰将士们在服役和战争期间取得的"个人功绩"。"荣誉杰出徽章"的形制十分简陋，仅为一根缝在士兵制服左袖口上的白色布条。"荣誉杰出徽章"颁给那些勇敢、忠诚、表现良好且服役3年以上的陆军士官和士兵。为此在获得者的制服左袖上缝缀一根白色布条。服役期满6年的军官和士兵并列佩戴两根布条。士兵每服役3年，即可获得一枚徽章，徽章数量可以累计。这种做法一直流传至今，广泛应用于美军各大军种，成为我们所熟知的"军役袖章"。

　　"军事功绩徽章"由乔治·华盛顿亲自操刀设计，为一片紫色心形（布质或丝质）纺织物，周围镶有同色花边，一般佩戴于左胸位置，这即大名鼎鼎的紫心章的雏形。据说，华盛顿曾表示，徽章不仅应该颁给那些作战英勇的人，也应该颁给那些极度忠诚和服役出色的人。根据美国国家档案馆的记载，在独立战争期间，"军事功绩徽章"仅有三位获得者，均为士官级别。独立战争结束后，徽章颁授曾一度中止，直至1932年才得以恢复，并正式更名为紫心章。按照规定，"军事功绩徽章"获得者的名字将被载入陆军"功绩册"；徽章佩戴者无论其军衔如何，均有权在不受盘问的情况下通过所有哨卡，并像军官一样受到敬礼致意。在当今的美国，这种待遇只有荣誉勋章的获得者才能享有。因此，虽然"军事功绩徽章"在形制上属于紫心章的前身，但就军事功绩而言，它无疑可以与最高级别的荣誉勋章相媲美。正是由于这个原因，很多人认为，"军事功绩徽章"是美国历史上最早的军事奖章。

　　在当时美英战争形势严峻的背景下，设置"荣誉杰出徽章"和"军事功绩徽章"的意义非凡。此前，在英国乃至整个欧洲，军事荣誉一般只属于高级将领和权贵阶层。华盛顿的做法则开了表彰普通士兵的先河，大大提振了美国军人的士气，为扭转战争颓势并最终

061

赢得独立战争胜利创造了有利条件。

此后半个多世纪，美国官方再未增设新的军事荣誉或奖项。直至1846年，美国寻求领土扩张，与墨西哥爆发军事冲突，即历史上的美墨战争。

次年，美国国会通过法案，决定设立"功绩奖状"。根据法案规定，服役期间表现突出的士官和二等兵，总统可据此授予一张功绩奖状。奖状授予对象有权获得每月2美元的额外补贴。起初，奖状授予对象仅限于二等兵。到了1854年，颁授范围逐渐扩大到中士及以上级别，但军官始终没有获颁资格。美墨战争期间，美国总统共计颁发了545张功绩奖状。战争结束后，该奖一度暂停，直到1876年小巨角战役爆发后，才再度启用。1905年，美国推出了与"功绩奖状"配套的铜质勋章，名为"功绩奖状勋章"，便于获得者在制服上佩戴。1918年7月，第一次世界大战开始后，"功绩奖状"及"功绩奖状"勋章被废止。

美国历史上最著名的"荣誉勋章"诞生于南北战争（1861—1865）期间。"荣誉勋章"据1862年国会法设立，由美国总统以国会名义颁发，授予"在与合众国的敌人进行的战斗中，冒着生命危险表现出超乎寻常的英勇无畏精神"的军人。

"荣誉勋章"在美国历史上诞生较早，但它开始只是一项普通军事荣誉，设置初衷是为了"提升海军的效率"。后来，在海军勋章的基础上，美国又相继设置了陆军勋章和空军勋章。在长达半个多世纪的时间里，"荣誉勋章"与其他奖章并没有高低等级之分。1918年7月，即第一次世界大战期间，美国集中增设了一大批荣誉奖项，包括"模范服役十字勋章""模范服役奖章""银星勋章"等。为了与之前的"荣誉勋章"区分开来，国会法案规定，总统以国会的名义颁发"荣誉勋章"，而其他级别较低的勋章，由总统颁发。"荣誉勋章"在美国"荣誉金字塔"中的塔尖地位由此奠定。

这期间，美国陆陆续续地经历了几次对外扩张和侵略战争，如美西战争、美菲战争等，但是并未在战时设置相应的奖项。1905—1907年，为了庆祝南北战争结束40周年，同时为了纪念历史上发生过的其他战争，美国战争部集中颁发了一批纪念奖章，包括"西班牙战争章""南北战争纪念章""菲律宾战争章""印第安战争章"等。其中，"南北战争纪念章"也是美国颁发的首枚战争服役章，授予对象包括曾经参加1861—1865年南北战争的服役军人。纪念章的绶带由蓝、灰两色组成，分别代表美军和联军制服的颜色。

"印第安战争章"主要授予那些曾在1865—1891年间参加印第安战争的陆军士兵。

值得一提的是，迫于"镇压印第安民族及其文化"的舆论压力，美国政府后来不得不宣布废止"印第安战争章"，并着手对这一奖章予以召回和销毁。

两次世界大战，特别是第二次世界大战对美国军事荣誉的发展产生了深远的影响。在战争期间，美国军队规模迅速扩张，军事荣誉体系也相应地得到了加强和完善，以表彰在全球冲突中表现突出的军人。这主要体现在以下几个方面。

首先，军事奖章的数量和种类较以前有了大幅增加。两次世界大战期间颁发的军事奖章有"海地战争章""墨西哥服役章""越南服役章"等。仅在1942年，罗斯福总统就签发了三个奖项，分别是"美洲防御服役勋章""美洲战役勋章""亚太战役勋章"。其中，"美洲战役勋章"是根据罗斯福总统1942年11月6日签发的第9265号行政令设立的，用于褒奖二战期间在美洲战区服军役的军事成员。勋章的授予对象包括自1941年12月7日至1946年3月2日在美洲战区服役的所有美国武装力量人员，也可以作为战斗嘉奖颁发。奖章的获取资格是：必须在上述有效时间内在美国本土累计服役一年，或者在美洲战区内非美国本土连续服役30天，或非连续服役60天。

第一个获得该奖章的是乔治·马歇尔。该奖章只是一条勋带，到1947年才成为一枚完全意义上的奖章。军事奖章主要分为四种：战争章、服役章、占领章和胜利章。其中，占领章和胜利章均是新设置的奖项。

　　其次，在原有勋章的基础上，美国增设了十字章和星章，如飞行十字章、银星勋章、铜星勋章等。再次，授奖范围也由先前较为单一的军种（主要是陆军和海军）扩大到包括海军、陆军、空军、海军陆战队和海岸警备队在内的各个军种。与此同时，美国还设置了专门针对女性的奖项，如陆军妇女工作队服役章等。此外，从二战开始，美国政府允许本国官兵接受外国政府所颁发的奖项。

　　二战以后的军事荣誉制度呈多元化发展趋势。首先，美国陆续颁发了一定数量的战争章和服役章，如"朝鲜半岛服役章""科索沃战争章""越南战争章"等。其次，许多军事性部门（如陆军部）在原有军事荣誉的基础上，增设了一批针对公务员与平民的非军事性奖项，有的甚至演变成了平民奖或专业奖。自20世纪70年代开始，冷战形势趋于缓和，国内外局势发生了巨大的变化。有鉴于此，美国增设了若干以人道主义、自由为名义的奖项，如"人道主义服役奖章""自由奖章"等。

　　2001年"9·11"事件发生后，反恐成为美国国家安全和对外政策的重心。为了配合其在全球发动的反恐战争，从2003年起，美国增设了一系列反恐方面的奖章，如"全球反恐战争远征奖章""全球反恐战争服役奖章""全球反恐战争非军事服役奖章""阿富汗参战奖章""伊拉克参战奖章""公共安全人员英勇奖章""9·11英雄勇气勋章"等。此外，紫星勋章、铜星勋章、银星勋章、荣誉勋章等原有军事荣誉也在反恐战争中发挥了激励作用。其中，荣誉勋章2005年和2008年各有三次授奖，奖励反恐人员在荣誉勋章的授予中占有较大比重。

按照高低等级的不同，美国军事荣誉大致可分为13档。

第一档：个人军事奖。个人军事奖主要包括"荣誉勋章""模范服役十字勋章""国防杰出服役勋章""国土安全杰出服役勋表""陆军模范服役奖章""海军模范服役奖章""空军模范服役奖章""海岸警卫队模范服役奖章""银星勋章""三军功绩章""紫心勋章"等。

第二档：集体军事奖。集体军事奖主要包括"陆空总统集体嘉奖令""海军总统集体嘉奖令""海岸警卫队总统集体嘉奖令""联合集体优秀奖""陆军集体勇气奖""海军集体嘉奖""空军集体英勇嘉奖令""海岸警卫队集体嘉奖""陆军集体功绩嘉奖""海军集体功绩嘉奖""空军集体功绩奖""海岸警卫队集体功绩嘉奖""陆军集体高级奖""空军集体突出奖""海岸警卫队团队功绩嘉奖""海军E勋表""空军优异组织奖""海岸警卫队E勋表"等。按照惯例，集体奖一般佩戴于获奖者的右胸位置。

第三档：个人非军事奖。个人非军事奖主要指美国政府部门向个人颁发的平民荣誉。这些部门包括总统办公室、国会、情报部门、农业部、商务部、国防部、教育部、能源部、国土安全部、卫生与公众服务部、司法部、交通部、国务院、财政部等。

第四档：集体非军事奖。集体非军事奖主要指美国政府部门向集体颁发的平民荣誉。这些部门包括总统办公室、国会、情报部门、农业部、商务部、国防部、教育部、能源部、国土安全部、卫生与公众服务部、司法部、交通部、国务院、财政部等。

第五档：军事战役和服役奖。军事战役和服役奖主要包括"战俘勋章""陆军军纪优良勋章""海军军纪优良勋章""空军军纪优良勋章""海军陆战队军纪优良勋章""海岸警卫队军纪优良勋章""战备勋章""年度杰出飞行员勋表""年度入伍士兵勋表""空军褒奖勋表""陆军预备役连功绩勋章""空军预备役功绩勋章""海军陆战队预备役勋章""海岸警卫队预备役军纪优良勋表""陆军预备役勋章""海军远征勋章""海军陆战队远征勋章""国防服役勋章""全球反恐战争服役勋章""韩国防御服役勋章""陆军服役勋章""人道主义服役勋章""杰出志愿服役勋章""南极服役勋章""海岸警卫队北极服役勋章""航空航天作战勋章""核威慑行动服役勋章""陆军远征勋章""阿富汗作战勋章""坚定决心作战勋章""全球反恐战争远征勋章"等。

第六档：军事服役和训练奖（仅限勋表类）。军事服役和训练奖主要包括"海军远洋服役部署勋表""海岸警卫队远洋服役勋表""陆军远洋执勤勋表""海军预备役远洋服役勋表""空军远征服役勋表""海军北极服役勋表""海军和海军陆战队海外服役勋表""海岸警卫队海外服役勋表""空军海外短期服役勋表""空军海外长期服役勋表""陆军海外服役勋表""陆军预备役海外训练勋表""海岸警卫队秘密任务勋表""海岸警卫队特别行动服役勋表""空军长久服役奖""海军新兵服役勋表""海军陆战队新兵勋表""海岸警卫队新兵服役勋表""海军新兵训练勋表""陆军士官专业发展勋表""海军陆战队训练指导勋表""海军陆战队战斗指导勋表""空军特别任务勋表""海军仪仗队勋表""海军陆战队勋表""空军士官专业军事教育毕业勋表""空军基础军事训练荣誉毕业勋表""海岸警卫队荣誉毕业勋表""海军基础军事训练荣誉毕业勋表""陆军服役勋表""空军训练勋表"等。

第七档：商船奖和非军事服役奖。商船奖是美国颁发给商船成员的一项平民荣誉，用于褒奖他们在和平或战争年代执行的各种任务。商船奖最初由二战期间的战争航运管理局管理，现改由美国交通部海运管理局负责。这类奖项主要包括"模范服役勋章""军功勋章""杰出成就勋章"等。

第八档：外国个人军事奖。

第九档：外国集体军事奖。

第十档：国际奖项和服役奖章。表彰美军在全球或跨国军事行动中展现出杰出服务和勇敢行为的个人或集体。可以由多国联盟或国际组织颁发，一般属于服役奖范畴。颁发此类奖项的国际组织通常包括联合国、北约、多国观察员部队、泛美防务委员会、欧洲安全和合作组织、欧盟共同安全与防务政策等。

第十一档：外国军事服役奖。外国军事服役奖是指除美国政府之外，由其他国家政府向美国军队颁发的奖项。这类奖项的排列次序通常位于美国奖项和国际奖项之后。

第十二档：射击奖（空军、海军和海岸警备队）。射击奖主要包括"空军小口径武器专家级神射勋表""海岸警卫队神枪手奖""海岸警卫队银步枪优胜奖""海岸警卫队铜步枪优胜奖""海军专家级步枪手勋章""海岸警卫队专家级步枪手勋章""海军步枪神枪手勋表""海岸警卫队步枪神枪手勋表""海军步枪神枪手勋表""海岸警卫队步枪神枪手勋表""海岸警卫队手枪射击杰出奖""海岸警卫队银手枪优胜奖""海岸警卫队铜手枪优胜奖""海军专家级手枪射击勋章""海岸警卫队专家级手枪射击勋章""海军手枪神枪手勋表""海岸警卫队手枪神枪手勋表""海军手枪神枪手勋表""海岸警卫队手枪神枪手勋表"等。

第十三档：国民警卫队奖（仅限陆军和空军）。国民警卫队奖的授予对象通常是美国的国民警卫队，有时也包括各州的防务力量。每个州政府均可向国民警卫队成员颁发数量不等的奖项。目前，除了美国的50个州之外，还有波多黎各、关岛、美属维尔京群岛和哥伦比亚特区也授予国民警卫队奖。

"荣誉勋章"原来也叫"勇气勋章"，是美国政府颁发的级别最高且最难获得的军事勋章。获得荣誉勋章的个人必须具备英勇顽强或自我牺牲的事迹，所表现的勇气与大无畏精神必须明显超过同伴。

1847年3月3日，美国国会授权总统向一名表现出色的现役士兵颁发"功绩奖状"，并给予每月2美元的额外奖励。1861年12月9日，美国爱荷华州参议员格兰姆斯向参议院提交了一份提案，请求"准许'荣誉勋章'的生产和配发"，以"提升海军的效率"。该提案很快获得国会的通过。12月21日，美国总统林肯签署法案，海军"荣誉勋章"自此诞生。首批"荣誉勋章"一共生产了200枚。仅仅两个月之后，即1862年2月，马萨诸塞州议员威尔逊提交了一份授权总统向陆军人士授予"荣誉勋章"的提案。7月12日，林肯总统签署法案，陆军"荣誉勋章"得以面世。1863年3月25日，第一枚"荣誉勋章"颁发给列兵雅克布·帕罗特。空军"荣誉勋章"直到1956年才出现，这是因为，美国空军在1947年以前一直隶属于陆军部，而不是一个单独的军种。有意思的是，在朝鲜战争期间，4名美国空军曾被授予"荣誉勋章"，但是由于当时空军勋章尚未产生，因而他们获颁的是陆军"荣誉勋章"。

1990年，国会通过第101-564号公法《国家荣誉勋章日》，指定每年的3月25日为"国家荣誉勋章日"。2002年，美国修改了该法案的第36条，准许荣誉勋章获得者在获颁勋章的同时，可以获颁一面"荣誉勋章旗"，勋章旗的尺寸没有具体规定。

"荣誉勋章"颁奖仪式一般在首都华盛顿举行，用以表达美国人民的谢忱；对于那些已经过世的获得者，勋章通常颁给他们的直系亲属。

根据美国法律，"荣誉勋章"的获得者享有以下权利。

（1）可以向美国退伍军人事务部提出申请，将自己的名字列入"荣誉勋章"名册。列入名册的人员经申请后可以终身享受一定数额的特别养老金和军装补贴，并一次性享受一定数额的交通补贴。

（2）依据国防部第4515.13-R号规定，勋章获得者享有空乘的特别资格，即在有空余舱位的情况下，获得者可以免费乘坐军事空运司令部的飞机。

（3）勋章获得者及其合法子女持有专门证件，并享有购物与汇率特权。

（4）勋章获得者的合法子女可以不受提名或名额限制被美国军事学院录取。

（5）依据美国法律规定，勋章获得者的退休金以10%的幅度增长。

（6）2002年10月23日以后的勋章获得者还可获颁一面"荣誉勋章旗"。此前的获得者只要在世，也可获颁。

（7）退休人员可在"合宜"的便装上佩戴"荣誉勋章"。法律还规定，允许勋章获得者"随意"地穿着军装，但是不得怀有政治、商业或极端目的。

关于"荣誉勋章"，还有两条不成文的规定：所有军阶的军人（无论军衔高低）都要向"荣誉勋章"获得者敬礼；获奖者要先于未获奖者受到问候和敬礼。

"荣誉勋章"具有极高的声望和级别，美国法律对其给予特别保护。规定未经授权，严禁变造、买卖、制造行为，违者将被处以罚款和不超过6个月的刑罚。"荣誉勋章"是美国唯一不能仿制或私自买卖的奖章。2006年12月20日实施的"2005年反窃取英雄荣誉法"规定，任何人以口头、书面或身体的形式非法拥有该章，都将受到法律的制裁。非法制作或佩戴该章将依据美国法典第18章第33节第704条处以10万美元的罚款及一年的监禁。

"荣誉勋章"为三军通用勋章，但各军种的勋章造型略有不同。如前所述，海军"荣誉勋章"于1862年最早获得国会的批准，并完成设计和铸造，设计工作由费城铸币厂主持完成。

海军"荣誉勋章"为一个倒置的五角星形制，每个角的顶端镶有月桂叶和橡树叶，前者代表"胜利"，后者象征"力量"。五角星的内环由34颗小星环绕组成，每颗星代表合众国的一个州，这与1862年美国国旗上的星数一致。内环上一左一右镶嵌了两幅图案：右边是手执斧头和盾牌的罗马智慧与战争女神米涅瓦；左边是一个手握毒蛇的形象，代表"不睦神"。因此，海军勋章又被称作"米涅瓦击退不睦勋章"。从当时的背景看，美国正值内战，士兵和海员试图克服各州之间的不和睦，维护合众国的统一。显然，这样的设计有着很强的象征意义。目前，海军"荣誉勋章"授予范围包括海军、海岸警备队和海军陆战队。陆军"荣誉勋章"是在海军"荣誉勋章"的基础上发展而来的，基本形制为花环状铜五角星，周围雕有绿色珐琅质的月桂环，五角星光芒呈绿色三叶图案，勋章中央为刻有"美利坚合众国"字样的圆环，内雕战争女神的头像。勋章扣环为展翅飞翔的鹰形图案，环上刻有"英勇"字样，背面刻有"国会颁发"的字样及获得者姓名。

后来出现的空军"荣誉勋章"也为花环状，只不过它用自由女神像代替了此前的智慧女神。

由于"荣誉勋章"的评审标准相当严格，所以其获得者寥寥无几。截至2023年3月，"荣誉勋章"共计颁发3520枚。在诸多获奖者中，有先后担任远东美军和太平洋西南战区盟军指挥官的麦克阿瑟将军、领导过战时战略谍报处的多诺万等。"荣誉勋章"的唯一女性得主是玛丽·霍克，她是内战时期的一名随军外科医生。在阿富汗与伊拉克战争中，只有5名军人获得"荣誉勋章"，且都是死后追授的。

美国的国家荣誉体系带有极其浓厚的军事色彩。总体来看，从独立战争结束到一战爆发前的100多年间，美国只颁发了数量很少的军事荣誉。从20世纪初期开始，美国军事荣誉制度逐步走向规范化。考察美国军事荣誉制度的历史与发展，可以发现，美国的军事荣誉从诞生之日起，就十分注重对普通士兵的表彰，而非对高级将领或权贵阶层的表彰，这一点与欧洲的做法迥然不同。欧洲自古有授予"骑士封号"的传统，封号名目繁多，不胜枚举，但是一般为权贵阶层或高级将领所享有，对大多数普通士兵而言，更常见的表彰是获得奖励或晋升机会，获得封号近乎奢望。前文指出，美国早期军事荣誉的产生有着特定的时代背景。正是由于乔治·华盛顿敏锐地认识到普通士兵对战争的巨大作用，两大军事荣誉——"荣誉杰出徽章"和"军事功绩徽章"才得以诞生，为美国最终赢得独立战争创造了有利的条件。正如他在设立"军事功绩徽章"时所说的："在爱国的军队和自由的国度里，荣誉之路对所有人都是敞开的。"

尽管美国的许多国家荣誉源自战争，但二战后的一段时期内，美国国内环境相对和平稳定，这为非军事荣誉的发展提供了有利条件。在这一背景下，一些军事荣誉经过调整或演变，逐渐扩展到非军事领域。例如，国会金质奖章和总统自由勋章——美国最高的两大平民荣誉，就是在这种时代背景下诞生的。

没有永不凋零的英雄，只有永恒的军人荣誉。坚定的信仰使血肉之躯化作无坚不摧的钢铁之躯。军人的信仰源于对人民和国家的忠诚，也来源于军人的勇敢和英雄气概。军人的信仰与荣誉勋章相互促进、相辅相成，共同激发着军人的前进动力。

审美篇

戎装之美益求美

军服作为一种特殊服装，在征战中发挥了实用功能。因为政治主体不同而审美迥异，展现了不同的审美趣味。

一、帅得让你想参军

穿军装的人显帅，这是世界通行的观点，反映了人类审美与军事的有机联系。军装之所以受到很多人的喜爱，与很多人对军人的崇拜有一定关系。

在西方，"我爱穿制服的男人"这句话广为流传。因为让士兵看起来强壮、威风凛凛、令人印象深刻的制服，确实可以增加穿戴者的信心，可能会吓到敌军，并有助于吸引新兵参军。

按理说，军服首先应具有实用性，满足最基本的功能后才考虑美观。赵武灵王"胡服骑射"，就是从实用角度去选择军队着装的。早期的战争，都是光膀子手拿武器厮杀，后来才穿上各种护甲提升防御能力。但在军服发展史上，确实有很长一段时间把审美放在实用之前，打造战士独特的美。

原始社会有些族群喜欢在身上涂抹各种颜料，甚至还会在战马上涂抹颜料和图案。这样做大概有两个目的：一个是震慑对手；另一个就是好看。

两千多年前，古罗马执政官恺撒认为，鼓励士兵使用镶嵌有金银的武器，这可以让士兵更加勇猛。18世纪，英国军队还给战马身上涂抹颜色，就是为了让战马外观看上去一致。甚至有一项专门针对军官胡子的命令，要求淡黄色胡子的军官用鞋油把胡子涂黑。

这种思维延续下来，就诞生了法国拿破仑时期那种华丽得让人炫目的军服。拿破仑时期，一名普通步兵置齐全套军服，大约需要花费200到250法郎；一名近卫猎骑兵置齐全部着装，费用更是达到令人咋舌的951法郎。一名掷弹骑兵，平时的装备，上身是白色衬衣加一个深蓝色的外套；下身是浅黄色的马裤，加一双高筒靴。所有装备中，价值最高的就是黑色熊皮帽。熊皮帽高约1英尺（大概30.5厘米），制作一顶黑熊皮帽子，就需要两张黑熊皮。因为太过昂贵，19世纪法国军队也用不起这种黑熊皮帽子了，只在一些礼仪场合还能看到，军队平时使用圆筒军帽。

但这种黑熊皮帽被英国军队继承了，并沿用至今。身穿黑色长裤、红色绒布上装的英国皇家卫队，天天戴着这种熊皮帽，在白金汉宫的广场上供游客参观。据说，英国人之所以戴这种熊皮帽子，是为庆祝1915年滑铁卢战役击败拿破仑的卫队。从2011年开始，这种熊皮帽子改用人造皮制作。此前，英国每年都要定制50顶黑熊皮帽子。

这些好看的军服在战场上的实际表现如何呢？比如，拿破仑时期还处于排枪时代，士兵穿着鲜艳的衣服，列成一个个方阵。一通排枪打过去，一步步靠近对手，旁边再配上军乐手敲击着鼓点，部队随着鼓点移动，军队阵容的视觉冲击非常强烈。如果对手没有这一鲜艳的军装，士气也会弱上三分。1812年，法国入侵俄国博罗迪诺，与俄军展开会战，拿破仑的近卫军穿着军礼服加入战斗。据当时俄方参战人员回忆，拿破仑的近卫军士兵佩戴红色肩章、高高的红色羽饰。当部队进入战场，看似一片红色汪洋淹过来。对此，拿破仑认为，军装就是一种宣传品，它的目的是要让人们看到时就知道你们是谁、身份是什么、你们的能力和代表的国家。因此，一支军队的服装必须漂亮而且富有威慑力，这样才能在战场上有效地吓阻敌人。在很长一段时间里，以美为先、实用其次的思维在西方一直大行其道。

到了1899年，一场不起眼的战争，却意外地改变了这种情况。这一年，英军在南非与当地的布尔人发生了冲突。为掌握绝对主动权，英国人动用了五倍于对方的兵力。按道理应该是直接碾压，可结果呢？英国人被打败了，原因是布尔人根本不和英国人硬碰硬。布尔人藏在树丛里、地洞里，偷袭英国人。英国人派了15万名士兵，稀里糊涂就被打死了9万人。吃过亏才知道，鲜艳的军装在战场上成为醒目的靶子。其后，英国人不得不改变军装颜色。法国人依旧钟爱拿破仑时代那种鲜艳的军服，让军服变成泥巴色，他们一百个不情愿。直到第一次世界大战前夕，法国人才放弃了这种固执，将军服改得不再那么鲜艳醒目。

终于，西方对军服设计的关注重点，从以美为先、实用其次向实用为主、兼顾审美转变。不过，即便如此，纯粹的军服审美依然是很多年轻人的心头之好。

1936年，德国列装新军服。和此前一战结束后的德国军服比，新设计的德国军服更贴身也更华丽。有四个带褶皱的水平贴带，8个纽扣改为5个。下摆变得短小，看起来不会显得臃肿。有很多装饰物，比如，袖标、肩章、帽徽，以及服役年限标志等。如果是一支功勋卓著的部队，还会有专属特殊荣誉标志镶嵌在肩章上。这些装饰提升了衣服整体外观美，对当时一些德国年轻人而言，这些就是他们眼里的帅，也是参军入伍的一个重要理由。

现代，各国军服设计更加务实。往往为军服审美单独开设一个品种，集中来展现，那就是礼服。

在西方，美国海军陆战队（US Marine Corps）礼服有极高知名度，被誉为最漂亮的军事制服之一。该礼服以美国国家色彩——深蓝色和红色为主，设计简洁优雅，强调荣誉、勇气、承诺的价值观，胸前徽章代表军衔，领子上的纽扣显示专业技能。最具标志性的是一顶白色鸭舌帽高帽，被称为"营房盖"。该设计源于19世纪的军事帽，历史上有过多次改进。白色是对海军陆战队海军渊源的认可，红色饰边代表致敬"Bonhomme"号船上服役的海军陆战队员，四叶形象是对所有阵亡海军陆战队员的敬意和国家对他们永恒的感激。这顶帽子与海军陆战队制服的其他元素一起，塑造了海军陆战队的整体专业和纪律形象。从以往调查结果看，该礼服极具吸引力，一定程度上使美国年轻人参军意向倾向于海军陆战队。

值得一提的是，虽然拿破仑时代法国近卫军的红色羽饰已成为战场斗艳的绝响，但法国人依然不肯放弃对军服审美的大胆想象，把它付诸法国外籍兵团（French Foreign Legion）制服上，延续独有浪漫色彩的荣誉和勇敢。法国外籍兵团制服最著名的配件就是白色高顶军帽（Kepi Blanc），这种帽子是由白色的硬布制作而成的，两边的纽扣上印有"Legion Etrangere"字样。在帽子的颜色上，金黄色的帽子为步兵部队使用，银色的帽子为骑兵部队使用。外籍兵团的士兵们穿着标准的法国陆军制服，但他们的制服配件有一些特别的，以显示他们的特殊地位。例如，他们使用一种细长条状的颈中布料，以表示属于某个连队。此外，外籍兵团的伞兵部队还会佩戴绿色的贝雷帽。制服的帽徽部分也有一些特殊之处。首先，帽徽的颜色根据部队的种类有所不同，比如，步兵、伞兵、炮兵、工程兵等部队都使用金色帽徽，而骑兵部队使用银色帽徽。其次，帽徽的手榴弹形状的空心处原则上可以填写部队番号，尽管这个规定现在已经废止，但空心部分仍然被保留下来。此外，根据军衔的不同，Kepi的式样也有较大变化。例如，Caporal Chef级别的Kepi顶是纯红色的，而到了Adjudant-Chef的级别，帽子顶部就开始有十字花纹了。总的来说，细节的丰富变化使得法国外籍兵团制服成为军事制服收藏者热门对象，也成为外籍兵加入法军的重要原因之一。

与西方不同，在中国，军服的设计通常更强调严谨、庄重和尊严，而非审美。但中国军队严谨、团结和英勇的形象，以及军服的象征意义和它代表的荣誉同样吸引了很多人走向军营。

今天，视觉文化越来越繁荣。在调动年轻人入伍意愿上，军服审美可能再次凸显作用。然而，军队的吸引力不仅仅在于军服设计，更在于其所代表的荣誉、责任和使命。未来，虽然军服审美可能会继续影响一部分年轻人的参军意愿，但更多的年轻人可能会被军队的职业发展、稳定的工作环境以及服务国家和社会的使命所吸引。

二、五彩斑斓甲胄亮

军服色彩设计是军服设计的一个重要环节，直接影响服装的吸引力、心理感受以及文化认同。

（一）中国军服色彩设计

在中国古代，各个朝代的军服颜色都受到五行（金、木、水、火、土）和五德（仁、义、礼、智、信）理论的影响。同时，军服颜色选择也与纺织印染工业有关。例如，黑色和灰色较为简单易制，土色和红色较耐脏，不容易看出污渍和血渍。这种实用性考虑也在一定程度上影响了军服颜色选择。综合五行理论和实用性因素，不同朝代的中国军服在色彩搭配上有不同的特点。

秦代以前的军服颜色设计，因为历史久远，现已无法考证。但是，根据历史文献和考古发现，可以推测出一些可能的颜色。例如，商代的将军服装可能是黑色的，因为黑色被视为一种权威和严肃的颜色。周代的将军服装可能是紫色的，这是因为紫色被视为一种尊贵之色。在春秋战国时期，士兵通常穿着蓝色或绿色的衣服，这些颜色被认为有一定保护作用。

兵马俑的服装是研究秦代服装色彩特征的主要参考，但人们普遍认为黑色代表秦国的"水德"。作为中国第一个统一皇朝的帝王，秦始皇确定黑色为秦军军服的颜色，主要出于实用主义的考虑。因为作战终归有伤亡，军服消耗无疑是巨量的，站在及时补充军服的角度，用黑色是最方便的颜色。

汉朝初期军队服饰基本上都是从秦代继承而来，唯一改变的就是颜色。汉朝依据五行理论自称是火德，所以军服基本上是黑色和红色夹杂：黑色代表关中秦制，红色代表大汉正朔。

据考证，魏晋时期军服颜色设计可能是以灰色、白色、黑色为主。士兵的衣服颜色多为白色或灰色，有些将领会在衣服上缝上黑色的兽面，以示威武。将领的服装可能是黑色或白色的，有时会配上银色铠甲。

南北朝时期，政权交替频繁，北方战乱频繁，民族融合加强，胡人的服饰文化进入中原地区，不同的地区和军队采用不同的颜色，如红色、黑色、蓝色、青色等。

隋朝由于存在时间短，军服色彩方面与南北朝相差不大。

唐代军服色彩丰富多样，体现了该时期社会的繁荣。唐自贞观以后，进行了服饰制度的改革，形成了具有唐代风格的军戎服饰。

高宗、武后两朝，国力鼎盛，天下承平，上层集团奢侈之风日趋严重，戎服大部分脱离了实用的功能，演变为以装饰为主的礼仪服饰。北宋宰相王钦若记载："十九年太宗遣使于百济国中采取金漆，用涂铁甲，皆黄紫引耀色迈兼金。又以五彩染玄金制为山文甲，并从将军。"①（贞观十九年，太宗皇帝派使者到百济国去采集金漆，用它涂抹铁甲，所有的铁甲都展现出金色和紫色混合的光耀，同时混合了金色。又用五种不同的颜色将玄金染色，制作成山形图案的护甲，然后跟随将军出征。）

"安史之乱"后，军服恢复到利于作战的实用状态。唐代官服的颜色分级明确，紫色为三品官服色，浅绯色为五品官服色，深绿色为六品官服色，浅绿色为七品官服色，深青色为八品官服色，浅青色为九品官服色。军服的颜色和图案也有区别，以便在战场上快速识别。

宋代军服色彩设计具有较高的审美价值和功能性。以青、白、朱、黑、黄（淡黄色不能用）为主要色彩。高级军官穿着深色的军服，以显示权威和地位；浅色军服则为普通士兵穿着。宋代铠甲有黄、青、朱、白、黑、金、银等色，至于仪仗用的绢甲，色彩比唐代更加丰富。宋代有一种轻型铠甲：仪仗甲，也被称为"五色甲胄"。《宋史·仪卫志六》记载："甲以布为里，黄绅表之，青绿画为甲文，红锦褉，青绅为下裙，绛韦为络，金铜鈌，长短至膝。前膺为人面二，自背连膺，缠以锦腾蛇。"这种甲胄是仿军士的，以黄（粗帛）为面，用布做里子，用青绿色画成甲叶的纹样，并加红锦缘边，以青绅为下裙，红皮为络带。这种甲胄刚好到膝盖，前胸绘有人的面目，从背后至前胸缠以锦带，并且有五色彩装。

元代军服以深色为主，如黑、蓝和绿等。元代军队是由蒙古族

---

① ［宋］王钦若等编纂，周勋初等校订：《册府元龟（贰）》卷117《帝王部·亲征第二》，凤凰出版传媒集团、凤凰出版社2006年版，第1280页。

与汉族组成的，因此军服在设计上融合了蒙古族和汉族的服饰风格。例如，元代军官服上常常装饰有金银线绣的图案，这是蒙古族服饰的特点。

明代军服以红、黄、蓝、绿、黑等颜色为主，这些颜色分别代表了五行的木、火、土、金、水。红色代表火，通常用于高级军官的服装。明代军士服饰有一种袢袄，其制为"长齐膝，窄袖，内实以棉花"[1]（长度与膝平齐，窄袖，里面用棉花充实）。颜色为红，所以又称"红袢袄"。

17至19世纪，东亚大陆最为显赫的是满族建立的大清王朝。满族铁骑用四种纯色——黄、白、红、蓝，从四旗扩张到八旗。满族在东北创业之初，已注重服色与纹样在族群内部区别尊卑等级的意义。顺治、康熙、雍正各朝，"朝章国采，斯已粲然"[2]（朝服及衣料的色彩样式，已堪称华丽鲜亮）。

清朝，作为中华帝制历史的终结者，其统治者们在审视并借鉴历代冠服制度的基础上，不仅继承了前朝章采纹饰的精华，而且巧妙地将满族民族性格的独特魅力融入清代服饰色彩之中，形成了独具特色的清代服饰文化。

北洋政府时期，由于军队派系众多，军服颜色并无统一标准。从历史资料来看，北洋军队的军服颜色多以灰色为基本色调。1916年袁世凯死后，北洋军分裂成许多派系，军服颜色就更加多样化了。陆军总长曾推出一套全新的按色分级制度，将军官服分为三等：一等为青呢（大元帅、师长、旅长），二等为黄呢（团长、参谋、营长），三等为蓝呢（队长、班长）。官佐军服则采用蓝色呢制军帽，

---

① 许嘉璐主编：《二十四史全译·明史》第2册卷67志第43舆服3《军隶冠服》，汉语大词典出版社2004年版，第1284页。

②〔清〕赵尔巽编，国史馆校注：《清史稿校注》第4册卷109志84舆服1，台湾商务印书馆1999年版，第3076页。

帽章设计为五色五角星，缘以金制菊花绕成圆形，帽子上还有白毛或丝质帽缨。

国民政府时期，1931年到1942年，国民党中央军的夏常服主要以黄绿色为标准色。该颜色选择主要来自蒋介石聘请的德国顾问的建议，暗合了五行的"土"。

论及现代中国军服的色彩审美，还得谈谈我军军服。1929年3月，经过长岭寨一战，红四军解放了闽西重镇长汀城和周围农村。长汀物产丰富，富商云集，手工作坊遍布城乡，有很好的经济基础。为提振士气，同时考虑到红四军自创建以来"军装"不统一且已相当破旧，前委决定利用当地的缝纫、印染条件，为战士们制作4000套军装。于是，后勤供给部与染布坊联系，把布匹染成灰色。之所以要用灰色作为军装主色调，一是考虑到红军经常在山地行军作战，灰色不容易暴露目标；二是八角野战帽、粗布衣料设计与根据地的生产条件相合，着装简单朴素也更易于接近人民群众。据说，陈毅曾对军装的颜色做了很艺术化的说明："灰蓝色，代表天空、海洋、青黛的群山，还有辽阔的大地。"

抗日战争时期，八路军、新四军军服式样、颜色和用料，由于客观条件限制，不能统一，一般由各大战略区领率机关决定，多数部队沿用国民党军队的军服式样。从稻草灰中提取灰色染料，从槐树籽、黄栀子、橡树壳等植物中提取土黄色染料，从烟墨、杨树皮中提取青色染料为服装染色，军服颜色不统一，有灰色、蓝色、土黄色、黄绿色、蓝黑色、草灰色、青灰色等。但颜色以黄、灰居多。八路军总部、3个主力师和新四军等部队的军服颜色有灰、绿、黄、蓝等多种。八路军总部和晋冀鲁豫军区部队的军服为灰色。陕甘宁边区部队的军服颜色分灰、蓝两种。晋察冀军区部队1938年的夏服为草绿色，冬服为灰色，以后统一为土黄色。抗战前期，120师的军服为灰色。1940年后，军服改为黄色。1943年山东军区夏服为绿色，冬服为土黄色，新四军为灰色。解放战争后期，全军军服的颜色为土黄色和灰色两种，胸前佩戴"中国人民解放军"字样的白底红边胸章。

1950年，全军首次统一军服制式，发布了《中国人民解放军军服条例》，对军队制服进行了统一，制定了颜色和款式的标准。此时军服主要采用深绿色和土黄色，以适应不同地形和气候条件。此外，还根据军队的不同兵种和作战任务，采用不同颜色的饰边和徽章。

1955年，我军首次实行军衔制，颁布了《中国人民解放军军衔条例》。军衔标志采用金黄色、银白色和红色，并根据军衔级别进行不同的搭配。

65式军服

1965年，我军取消军衔制。陆军的军服主要是草绿色。空军军服的上衣颜色与陆军相同，裤子为蓝色，海军军服为深灰色。

87式军服

1988年，我军恢复军衔制，全军配发了87式军服，陆军常服为深绿色。

97式军服

为适应香港、澳门回归祖国后驻军的需要，驻港、驻澳部队分别于1997年和1999年配发了97式军服，陆军常服为浅棕绿色。

07式军服

陆军常服颜色采用松枝绿，在绿色调的基础上，加入红军、八路军军服的灰色调。这种颜色是科研人员与色彩专家在反复研究东方人肤色特点的基础上，从绿色系的几十种冷色调中筛选出来的，与国内其他行业制服区别明显，容易搭配，地域和季节适应性更强。

海军服装颜色由藏青色调整为深藏青色，本白色调整为白色，上白、下藏青色调整为全白色，与世界其他国家海军军服接近。空军服装颜色是在蓝灰色基础上适当加深，使三军服装形成温和、协调的近似色搭配风格。近年来，随着国防和军队现代化建设的步伐加快，军服的色彩体系也在不断创新。现行陆军军服主要使用了迷彩绿色，这种颜色有助于在野外环境中进行伪装和隐蔽。此外，陆军还使用了一些其他颜色，如棕色和黑色，用于在不同环境中提供更好的迷彩效果。海军军服主要采用了深蓝色，这种颜色在海洋环境中具有较好的隐蔽性。同时，深蓝色也象征着海军的勇敢和坚定。空军军服主要使用了浅蓝色，这种颜色在天空背景下具有较好的隐蔽性。火箭军军服采用了深灰色，这种颜色既具有一定的隐蔽性，又能体现火箭军的独特身份。

19式迷彩服

新设计的"19式迷彩"拥有5种不同基色，分别适应不同环境特点。沙漠环境，采用浅棕色和深棕色的搭配，以模拟沙石等自然元素。荒漠环境，使用了淡黄色和深黄色，模拟干枯的土壤和稀疏的植被。林地环境，采用绿色和棕色的组合，以模仿树木和地面的颜色。丛林环境，选用深绿色和浅绿色的搭配，以适应浓密植被的特点。城市环境，采用灰色和深灰色的组合，以适应建筑物和道路等城市元素。

21式作训服和21式作业服

2023年，我军换装21式作训服和21式作业服。21式作训服主要包括迷彩作训服、特勤作训服和作战靴，用于作战、训练、战备、执勤、执行非战争军事行动任务时穿着。采用夹克、斜插兜设计，在外形上接近冲锋衣。迷彩方面，设计虽然仍以07系列的色调为基础，但优化了颜色、花型，增加了噪点和过渡颜色。21式作业服是我军军服调整优化的新系列，采用夹克款式，区分春秋、冬作业服，采用新的军种颜色，配套大（卷）檐帽、作业服、皮鞋等，用于办公等一般性日常活动时穿着。

纵观千年历史，中国军服色彩丰富，反映了不同朝代的特色。即便受不同文化和地理因素影响，军服的配件和标志在外观上却非常相似，强调统一性和认同感，证明了传统传承的强大。

（二）其他国家军服色彩设计

英、美、法、德、日以及俄罗斯等国的军服色彩，早期主要是着眼荣誉和特色，逐渐转向实用性、保护性和环境适应性，反映了战争与和平时期对军事装备需求的变化。

英国军服的色彩设计历史可以追溯到数百年前。起初，英国的军服并没有统一的颜色。18世纪，英国陆军开始穿红色军装，这种红色制服被称为"红衣"，是英军的代表色。红色被选为军装的原因之一是红色在战场上能更好地掩饰血迹，同时也便于识别。19世纪末，英军逐渐认识到以红色为主的军服在现代战争中的隐蔽性不足。随着对伪装的要求，英军开始采用迷彩服。20世纪初，英军开始使用"卡其色"（khaki）制服，这种颜色适应战场环境，提高了士兵的隐蔽性。英军军服的色彩设计从最初的红色到现代的迷彩，始终注重实用性。

法国军队较早实现了军服式样的统一。17—18世纪，法国军服通常具有鲜艳的颜色，如蓝色、红色等。这些颜色具有很强的国家象征意义。19世纪初，法国军队开始测试灰绿色制服。到了20世纪初，红色长裤被蓝色工装裤所取代，使士兵在战场上不那么显眼。法军在一战期间强调实用性和保护性。二战及冷战时期，法军军服色彩设计逐渐采用更符合作战环境的颜色和迷彩图案，强调实用性和保护性。现代法军军服色彩设计更加注重环境适应性、人体工程学和可持续发展，新型材料和染料的应用使军服更加舒适、耐用和环保。

德国军服色彩演变也是从早期的国家象征和鲜艳颜色逐渐转向实用性、保护性和环境适应性，以满足战争要求。普鲁士时期的德国军服色彩以蓝色为主，象征普鲁士的国家。衬衣和大衣通常是白色，而裤子和鞋子则是黑色。这种军服在19世纪初的拿破仑战争时期被广泛使用。1871年德意志帝国成立后，军服色彩发生了显著变化。灰色成为主要颜色，被认为更适合实战。这种原野灰色军服和装备的诞生，标志着德国在军事现代化上迈出重要一步。第一次世界大战期间，德军军服进一步强调实用性和保护性。1914年至1918年，德国军队采用了不同的迷彩图案和颜色，以适应战场环境。纳粹德国时期（1933—1945），军服色彩主要延续了原野灰色，同时也采用了迷彩图案。这些图案在二战时的欧洲战场大显身手。战后，德国分为东、西两个国家，军服色彩产生了差异。西德军服延续了传统的灰色，东德军服则借鉴了苏联军服的设计。如今，德国联邦国防军的军服色彩设计仍强调实用性和保护性，采用了现代迷彩图案和环境适应性强的颜色。

19世纪末，沙皇亚历山大三世执政期间，俄罗斯军队实施了一次军装改革，所有军队都着墨绿色、接近黑色的无扣钩针彩色翻领制服。一战期间，俄罗斯军队的军服色彩受到德国军队的影响，开始采用与敌军相似的颜色，以达到更好的伪装效果。这一时期的军服色彩包括绿色、灰色和棕色，以适应不同的战场环境。俄国十月革命后，苏联红军成立。初期苏联红军军服以简单实用为主，颜色较为单一。五角星和红色成为红军的象征。1920—1930年，苏联红军的军服受到欧洲各国的影响，开始采用实用性更强的野战服。军装颜色也开始向土色调变化，以便更好地融入战场环境。苏联在第二次世界大战期间，军服颜色更趋实用化，主要颜色包括棕色、绿色和灰色。冷战时期，苏联军队改进军服，采用更先进的迷彩技术，军装颜色逐渐演变为多种迷彩图案，以提高战场上的隐蔽性能。东欧剧变后，俄罗斯军服采用了更多现代化的设计和迷彩图案。

日本军装的色彩演变历史可以上溯到20世纪初。1905年之前，日本帝国近卫军步兵穿着深蓝色制服和白色紧身裤，用于阅兵和服务服。二战时期，日本军服主要是黄色。随着时间的推移，人们开始意识到军装与环境颜色协调的优势。为了使军装与环境融为一体，迷彩服应运而生。

美国军服色彩设计是以独立战争为起点的。独立战争时期，受盟友法国人的影响，乔治·华盛顿所领导的大陆军，主要穿着带有红色领口、袖口和翻领的蓝色制服。到了南北内战时期，联邦军队穿深蓝色制服，而同盟军则穿灰色制服，目的是便于区别。第一次世界大战时，美国陆军的制服开始采用卡其色或橄榄色。这是因为受英国人的影响，两个国家军队的制服使用了相似的颜色，是为了更好地与环境融合。美国军队在第二次世界大战期间继续使用橄榄色制服。海军陆战队开始在制服上使用迷彩图案，以提供更好的隐蔽性。美军在越南战争期间引入"丛林"迷彩图案。这种图案由绿色、棕色和黑色组成。20世纪后期，美国军方引入林地迷彩图案。该图案由像素化设计的绿色、棕色和黑色组成，可以适用于各种环境。进入21世纪，美国军方开始引入数字迷彩图案。例如，陆军作战服（ACU）和海军陆战队战斗实用制服（MCCUU）。创建这些数字图案是为了在各种环境中提供更好的隐蔽性。

总的来看，尽管各国军服的文化背景、色彩象征意义、用色习惯及肤色特征不同，总体设计原则不完全相同，但具有庄重统一、威武刚毅、风格粗犷、特征鲜明、标识明确的共性。

三、武装亦能领风骚

时尚潮流层出不穷，军事风格永不过时。

几个世纪以来，军装一直是时装设计师灵感的重要来源。这一点在欧美国家体现得较为明显。

18世纪，军装是权力和权威的象征，为上层人士穿着。那时，军事实力与政治地位密切相关，因此上层人士，如贵族和高级军官，通常穿着军装以展示他们的身份和地位。这些军装通常由高质量的面料制成，如丝绸、天鹅绒、锦缎以及精美的金银绣饰，彰显其显赫身份。军装在当时的社会生活中具有重要意义。除了作为身份和地位的象征外，军装还在官方场合和社交活动中发挥着重要作用。贵族们在宴会、舞会和其他社交活动中穿着军装，以彰显他们与普通民众的不同。此外，军装在战争期间也起到了鼓舞士气的作用，让士兵们信仰领袖的力量。然而，随着18世纪末民主思想的兴起，军装逐渐失去了昔日的光环。人们开始反思，认为这种服饰过于奢侈和浪费。因此，军装逐渐从上层阶级的日常生活中消失，成为历史的记忆。

19世纪，随着工业革命的推进和民主思想的普及，社会逐渐走向现代化。工业生产带来了服装制造业的飞速发展，使得原本昂贵且难以企及的军事风格服装变得更加亲民。军装生产降低了成本，使普通民众有能力穿着这些服装。民族主义在全球兴起，人们开始为国家感到自豪。军事风格的服装成为展示个人对国家忠诚的方式，普通民众也开始尝试穿着这类服装。随着时间的推移，军事风格的服装在设计上不再仅仅象征身份和地位，而是更加注重实用性。例如，军事风格的大衣、夹克等服装具有很好的保暖、防风等性能，受到民众的喜爱。19世纪末，时尚界开始关注军事风格的服装。设计师们将军事元素融入时装设计中，创造出具有浓厚军事风格的时尚服装。这些设计受到了广泛关注，进一步推动了军事风格服装在民众中的流行。军事风格的服装逐渐从贵族阶层走向普通民众，成为日常穿着的一部分。这一变化反映了社会发展、民族观念变迁对时尚界的影响。

第一次世界大战和第二次世界大战期间，军装作为士兵的必需品，其设计既实用又适用。

战后，军装成为爱国主义的象征，民众通过穿着军装表达对军队的支持和敬意。两次世界大战期间，各国投入大量人力物力，军事力量在国家安全中发挥了关键作用。战争结束后，民众对军队的敬意转化为对军装的尊重。战争期间，民众为战争胜利做出了巨大牺牲，这使得人们更加珍视爱国主义精神，穿着军装成为一种表达爱国情感的方式。在战争期间，许多女性被动员参与战争相关工作，如制造军需物资等。战后，女性穿着军装可能被认为是对她们在战争中做出贡献的认可。设计师将军事元素融入时尚，使军装成为一种时尚潮流。人们穿着军装，既可以表达爱国情感，也可体现时尚品位。

近几十年来，军装进一步成为时尚界的流行趋势。迷彩图案成为时尚界的热门，被广泛应用于服装、鞋子和配饰等。军事风格体现了军事的严谨和纪律，使穿着者看起来更有力量感。军事鞋靴具有耐磨、防滑以及保护性强等特点，在时尚界的流行体现了人们对实用性和功能性的追求。军事配饰具有实用性，同时展示了佩戴者的独特个性和时尚品位。军事色调，成为时尚的常用色彩，能展现一种低调的魅力。20世纪六七十年代的反战运动中，男男女女都穿着军装作为抗议的标志，象征着他们对政府的不满。20世纪也是亚文化崛起的时期，那些不被主流所接纳的"边缘人士"纷纷以复古军装作为制服，从朋克到摩登，再到嬉皮和嘻哈。军事风格服装之所以能够在服饰舞台上占有一席之地，并在时尚大潮中常盛不衰，是与军装本身的独特魅力以及精神蕴含密不可分的。这些具有一定功能性的军装带动了民用服装设计风格发生里程碑式的转变。军装能够成为时尚潮流，除了实用机能外，还是一种群体精神的寄托，超越了地区和种族的界限。

军装到底如何潜移默化地引导服饰的流行趋势？

比如，流行过好一阵子的牛角扣大衣（Duffle coat），曾是美国常春藤学院的必备单品，如今在日剧、韩剧中也时有出现。从外形设计来看，牛角扣大衣充满学院风，甚至有点稚气，但它的确是不折不扣的军队出身。牛角扣大衣是一款连帽粗呢外套，典型的箱型轮廓。由厚实保暖的羊毛制成，带有大大的牛角扣和两个实用的大兜。牛角扣或木质纽扣通常用线绳或皮革固定。牛角扣大衣的起源未经证实，但人们普遍认为是英国外套供应商"John Partridge"在19世纪50年代设计的，灵感来自19世纪波兰的"Frock coats"。牛角扣大衣的名字来自比利时一个名为Duffel的小镇，当地以生产一种被称为"Duffel Cloth"的厚羊毛布料而闻名。

19世纪末，英国海军购买了大量牛角扣大衣，被军人们称为"护卫外套"。第一批军用牛角扣大衣是驼棕色的，为了满足在寒冷条件下进行长途航行的需要，军队对牛角扣大衣进行了改良。为了抵御寒冷的天气，海军通常会戴着厚重的毛手套，所以海军将军用牛角扣大衣的牛角扣改得非常大，使军士即使戴着手套也能轻松解扣，方便穿脱。帽兜也被改成超大号，可以把海军帽也塞进去。宽松的版型，在冬天可以在内里穿更多的衣服。紧密的粗呢面料可防水，两侧宽敞的贴袋可以装双筒望远镜和其他海军设备。在海军中广受好评后，牛角扣大衣很快成了其他军种的标配，并深受蒙哥马利将军（英国著名军事家，第二次世界大战时期英国武装部队杰出的领导人之一，在世界军事领域享有盛誉和崇高威望）的喜爱。

二战后，军用牛角扣大衣库存流向民用市场。英国外套品牌"Gloverall"在20世纪50年代早期大量购入军用牛角扣大衣，并见证了这款军大衣的流行。1953年，军用牛角扣大衣大受欢迎，库存不断减少，"Gloverall"推出了第一批民用牛角扣大衣。民用版有别于军方配发的Duffle coat，选用了更轻质的面料，口袋和帽兜都缩小了尺寸，使大衣更灵巧，男女都适用。如今"Gloverall"已成为牛角扣大衣的龙头老大。到了20世纪六七十年代，牛角扣大衣成了反战运动的象征，无论是巴黎左岸的共产主义愤青还是常春藤学府的精英，几乎人手一件。

双排扣大衣（Pea coat），男士们应该再熟悉不过了，它是男装经典款。双排扣大衣在19世纪之前已经存在，是由海军强国荷兰设计的。"Pea coat"有时候会被直译为"豌豆大衣"，但它与豌豆并无关系，其款型细节也不像豌豆。其实"Pea coat"的名字源于荷兰语"pije"。在荷兰语中，"pije"用来形容由粗羊毛织物制成的大衣。虽然是荷兰人发明的，但"Pea coat"却由英国海军普及开来。随后，这件大衣越过大西洋，到了美国海军那里，配给了负责攀登帆船索具的水手。这三个国家的改良版"Pea coat"有一个共同点，就是能经受航海经常出现的狂风暴雨和低温。由于"Pea coat"大多是双排扣的，所以又称为双排扣大衣。其采用倒挂领设计，纽扣可以一直扣到顶部，使人免受寒风侵袭。下半部分设有垂直切口袋，便于携带钱包等个人物品。几乎所有传统的双排扣大衣都有黄铜或塑料纽扣，纽扣上印有一个锚图案。战争时代的双排扣大衣是由70%的羊毛和30%的丙烯酸制成的。羊毛经过紧密编织及加热处理，使纤维黏合在一起，形成可以防风防水的面料，非常适合航海生活。其实现代版的双排扣大衣也没有太大的改变，只是版型更为修身一点。电影《秃鹰七十二小时》中Robert Redford把双排扣大衣的硬朗率性展现得淋漓尽致。

还有声名卓著的派克（Parka）大衣。"Parka"一词被普遍认为源于西伯利亚土著语言涅涅茨语。但据加拿大历史博物馆的资料显示，派克大衣实际上是北极地区因纽特人传统上穿着的一种服装。在因纽特文化中，派克大衣特指由天然防水材料制成的外层衣物，通常具有厚实的衬里和带有毛皮的兜帽。传统上，这些外套多采用海洋哺乳动物的肠道和皮肤等天然材料制成，既保暖又具备抵御恶劣天气的特性。一些传统的派克大衣还装饰有珠子和图案，充分展现了这一重要服装背后丰富的文化内涵。北极的派克大衣和我们现在熟知的派克大衣看起来完全不同，但可以肯定的是，派克大衣在几个世纪以来一直都很受欢迎。不同于二战时期的军用派克大衣，早期的派克大衣是没有开襟的套头式厚重兽皮大衣（以驯鹿和海豹皮为主），类似现今的"anorak"夹克。它的标志是连在大衣上、围成一圈皮毛的帽子，可以为头部和脸颊抵御严寒。今天，为了保暖，派克大衣通常剪裁宽松，长度达大腿中部甚至膝盖；多口袋，衬里有毛皮或绒毛，纽扣或拉链一直到衣领顶部，非常适合野外穿着。

在20世纪中叶，美国军方将派克大衣作为飞行员和步兵的御寒军品。在严酷的环境下，它不仅是优秀的"绝缘体"，同时还可作为存放食物、医疗用品和弹药的便捷服装。派克大衣设计宽敞，能够套在厚重的军服外面。它有多种版本，包括带皮毛和不带皮毛的款式，且因战时物资短缺而有所改良。

军用派克大衣通常采用紧密编织的全棉府绸制作，自1943年开始，其衬里改为可拆卸设计。美国空军所使用的派克大衣在尺寸和成分上有所不同，通常较短，由尼龙制成，部分款式增加了羽绒填充物作为毛毯衬里的替代品。

在第二次世界大战爆发前夕，位于华盛顿民用户外用品供应商"Eddie Bauer"就已经开始为在阿拉斯加执行任务的飞行员制作了一套专门的飞行服。这套飞行服凭借其卓越的轻便性和保暖性能，迅速赢得了飞行员们的广泛喜爱和高度评价。其受欢迎程度甚至达到了有飞行员愿意个人出资购买的程度。

20世纪40年代后期，N3-B派克大衣推出，专为抵御极端寒冷天气而设计。后来被称为"Snorkel Parka"的N3-B，其拉链可拉至脸部，仅露出眼睛。B-9是一款四分之三长度的派克大衣，专为在极端寒冷条件下工作的机组人员配发，如开放式轰炸机的飞行员。这款"Snorkel Parka"由杜邦公司的"flight silk nylon"制成，衬里采用羊毛毯，可使穿着者在-51℃低温下保持温暖。

自问世以来，派克大衣已在美军中服役数十年，为应对朝鲜战争期间的气候挑战，其设计发生了显著变化，一种新的鱼尾设计应运而生。这款设计因其独特的鱼尾造型而得名，其底部分开，形似鱼尾。经过创新设计的派克大衣被称为"Fishtail Parka"，它包含三个主要型号：M-48（首款鱼尾派克，生产时间仅约一年）、M-51和M-65（又称野战外套，至今仍享有盛名）。传统上，鱼尾大衣的长度至膝部，比早期美军派克大衣更长。其创新之处在于鱼尾末端的拉绳设计，士兵可将其绑在腿上，以防止寒风侵入并存储更多热量。当士兵坐在雪地上时，这一设计还可避免军裤湿透。在二战和朝鲜战争结束后，剩余的军用物资流入各类军品店。随着英国Mod运动的兴起，M-51和M-65逐渐受到普通民众的关注。设计师们也开始对这两款大衣进行改良。民用版的M-51和M-65在时尚界广受欢迎，并衍生出多个版本。M-51鱼尾派克大衣成为20世纪50—60年代英国Mod文化的重要标志，至今仍是时尚界的经典之作。相比之下，M-65更受女性欢迎。在越南战争期间，M-51进一步进化为M-65。M-65设计简洁耐用，长度至腰部，内外双层设计使其具备良好的防风和防寒性能。它拥有4个大口袋，最初用于存放弹匣。此外，其拉链延伸至颈部，袖口为纽扣式，保暖性能高。衣领上的隐藏连帽设计可用于收纳雨帽。M-65也成为众多经典电影角色的钟爱之选。其中最著名的莫过于罗伯特·德尼罗在电影《出租车司机》中所穿的军绿色M-65军装外套。在《蝙蝠侠：黑暗骑士崛起》中，大反派Bane也以M-65亮相，尽显霸气。M-65是被借鉴和改版最多的军用服装，全球众多知名男装品牌都推出了自己的民用版M-65或类似的战地夹克。总之，M-65是一款备受尊崇的"老兵"，穿上M-65风衣的人绝对是硬汉！

MA-1飞行夹克，与M-65同样堪称经典，其出场次数显著超越M-65。这款夹克源自20世纪50年代的美国空军飞行制服，专为中等重量设计，适用于-10℃至10℃的湿冷气候。其短版设计便于飞行员进出狭窄的驾驶空间，而倾斜式大口袋和经典拉链臂袋则分别防止物品掉落和方便插笔。

尤为值得一提的是，MA-1采用亮橘色衬里，设计之初即考虑到了反穿的功能，便于救援时快速识别。这款夹克因其高密度、出色的防风防水性能、坚固耐用以及简约设计而备受美国空军赞誉。自问世以来，MA-1便迅速获得了广大飞行员的青睐，成为有史以来最受欢迎的军事飞行服。历经50多年的实践考验，MA-1依然保持着美国空军飞行服的经典地位。

提起"Burberry"风衣几乎无人不识，它可以说是当今所有风衣的鼻祖。其实风衣也是起源于军事设计，并且它的发展几乎贯穿着"Burberry"的发家史。"Trench Coat"的"Trench"解作壕沟，一战时期堑壕战（trench warfare）盛行，英国士兵经常在壕沟中作战，穿雨衣会影响到部队的行军作战，不穿雨衣虽然行军方便些，但雨水会湿透衣服，使士兵着凉生病，从而影响部队战斗力。英国军方急需一件能够保护官兵免受战壕中潮湿泥泞困扰的外套。在那时，英国只有两家店能够满足军方的需求：一家是深受皇室贵族喜爱的老店雅格狮丹（Aquascutum）；另一家是由一位叫Thomas Burberry的年轻人开的户外用品店。这家户外用品店就是"Burberry"的前身，一开始主要是给农夫做工装外套的。1888年，"Burberry"就设计出了"Trench Coat"的雏形。1901年，"Burberry"为军队改良推出第一款战壕风衣，名为"Trench Coat"，并立即被指定为英国军队的高级军服。最早的战壕风衣有许多方便军人作战的设计，比如，能够御寒防风的风纪扣，可以放置军衔、勋带和固定防毒面具或手套的肩襻，风衣右肩上用来防止枪械后坐力冲击的布，背部用于遮雨的布，腰带上的D形环可以用来挂弹药或其他供需品。这款风衣防水防风，轻便实用，深得英国士兵喜爱。在二战期间又加入了双排扣设计，并推出了短款。战后不久，这款功能性和设计感兼具的"Trench Coat"迅速风靡全球，成为"英伦范"的代名词。在20世纪40—60年代的电影中，有许多身穿风衣的银幕形象。在电影明星的加持下，风衣成为永恒经典的单品，"Burberry"也从一家农民服装店跃升为一线奢侈品牌。

诸如燕尾服、棒球服等很多经典的服装也来源于军服，而且军事风格仍然是当代男装的主流。从全套礼服到丛林迷彩、冬装外套，从反主流文化到高级定制，从街头服饰到复古工装，大部分人的衣橱里都藏有几套带有军事设计特色的服装。军装中的一些元素已成为民用服装中经久不衰的潮流之一。许多著名的设计师如Ralph Lauren、Massimo Ost、Hardy Blechman等，长期从军事复古中汲取设计灵感，"Real McCoys""Eastman Leather Clothing"等品牌也是复古军装的忠实追随者，越来越多的业内人士和消费者开始关注军事设计。对复古军装重新燃起的兴趣，无疑与传统男装的兴起同步。军装的经典和永恒本质也在复古风格的流行中发挥了作用。

军事风格并非欧美服装时尚专利，中国也有属于自己的风格。

自民国起，中国社会发生了巨大的变革，封建思想逐渐被新思潮所取代，西方文化开始影响中国，中国服饰时尚也跟随这一脚步。中国人开始放弃传统的长袍马褂，转而接受西式衣着，如西装、短裙等。同时，旗袍这种具有中国传统特色的服饰也在这个时期得到了发展和创新，成为中国女性的流行时尚。这种结合中西方时尚元素的服装设计，展现了独特的魅力，吸引了全球的关注，使中国的服装时尚逐渐被世界接受。许多人在内心深处，可能也有过一段军帽情结，有过一段崇拜英雄、迷恋军人的青葱梦想。

尤其是20世纪60年代初期，新中国面临了前所未有的挑战。由于三年严重困难时期，棉花大幅减产，棉布定量为每人每年21尺。人们买服装以及棉布和日用纺织品都要凭布票。为了尽可能地节约资源，服装的选购标准转向了耐磨和耐脏，灰、黑、蓝色成为街头流行色，季节不分、男女不分的服装款式变得更加普通。一位漫画家曾经形象地描绘了"人人一身蓝"的情景。中国进入蓝灰绿的无彩色服装时代。有人认为，"文化大革命"期间，政治风潮对服饰产生了深远的影响。布拉吉被认为是修正主义，西装被认为是资产阶级，旗袍被认为是封建余孽。稍微花哨的衣服便被打成"奇装异服"，统统被批判。款式一致、色彩单一，不分男女、不分职业的军装盛行。

学习雷锋好榜样，忠于革命忠于党，爱憎分明不忘本，立场坚定斗志强。学习雷锋好榜样，艰苦朴素永不忘，愿做革命的螺丝钉，集体主义思想放光芒。学习雷锋好榜样，毛主席的教导记心上，全心全意为人民，共产主义品德多高尚。学习雷锋好榜样，毛泽东思想来武装，保卫祖国握紧枪，勇于革命当闯将。雷锋可以说是20世纪60年代的偶像，榜样的力量是无穷的，理所当然地影响着当年的时尚。

20世纪60年代初，随着中国橡胶工业的起步，中国人民解放军从穿布鞋转为穿解放鞋。解放鞋也就成为我军的主力鞋，一穿就是40多年。40多年来，它在部队作战、训练、生产劳动和日常生活中发挥了重要的作用。解放鞋采用纯棉材料制作鞋面、鞋里，不结实，战士们经常"一年穿破五六双解放鞋"。加之解放鞋透气、透湿性差，容易滋生细菌，常常散发出难闻的气味。有的战士甚至因脚气感染，影响了训练。如今，对一些90后、00后年轻人来说，对解放鞋的认识已经逐渐减少。主要是因为它在市场上几乎销声匿迹。然而在20世纪六七十年代，"解放鞋"却是中国最为流行的鞋子之一，见证了一个时代的变迁。

到了20世纪60年代中期，海魂衫成了年轻人的流行趋势。这种由蓝白相间的横条纹组成的衣服，原本是各国水兵们的贴身衣着，如今则成为时尚的标志。无论是在赵丹和王丹凤主演的电影《海魂》中，还是在街头巷尾的年轻人身上，都可以看到海魂衫的身影。它所代表的自由、浪漫和时尚感，吸引了许多年轻人的追求。

进入20世纪60年代后期，"文化大革命"的爆发使得军装成为时尚的代表。青年学生们尤其热衷于穿着军装，认为这是体现革命化的最佳方式。无论男女学生，都纷纷效仿这种打扮，戴上军帽、穿上军装、腰扎皮带、足蹬解放鞋，展现出一种战斗的气息。这种时尚趋势反映了当时的社会氛围和年轻人的心态。

在那个特殊时期，受极"左"思潮影响，西装被贴上了资产阶级的标签，布拉吉被视为修正主义的象征，旗袍被认为是封建余孽，而稍显花哨的服装则被斥为奇装异服。在此背景下，服装款式逐渐趋于一致，色彩单调。因此，不分男女、不分职业的军装开始盛行。一时间，全国青年纷纷穿上军装，年龄与性别的差异消失殆尽，因为大家看起来都差不多。当时，红卫兵装扮具有鲜明的特征，包括草绿色军服、军帽、宽皮带、毛泽东像章、红色语录本以及草绿色帆布挎包。这正是那个时代"不爱红装爱武装"的真实写照。当然，要获得一套完整的红卫兵装并不容易，有些青年红卫兵甚至将中山装染成绿色以充当军装。尽管拥有一套军装是那个时代无数年轻人的梦想，但艰苦朴素仍是当时的主流时尚。为了展示艰苦朴素的精神，有人甚至将新买的衣服在水中做旧或在未损坏的衣服上打补丁。

虽然这些行为现在看来难以理解，但在当时非常盛行。有句顺口溜生动地描述了这种节俭的精神："新三年，旧三年，缝缝补补又三年。"在这个时期，军装的永恒魅力使其在时尚领域始终占据着举足轻重的地位，而时尚界的多变性则为军装元素注入了源源不断的创新动力。正是这种相互促进的环境，使得时尚和军装得以不断发展壮大，为人们带来更加美好的体验。

符号篇

戎装之井井有法

服饰是一种反映社会秩序和文化规范的象征。数千年来，军队服饰不断完善作为一个符号系统的功能，从上至下，由静至动，为军队这架巨型机器的精确运转提供支撑。

一、定身份　别地位

古今中外，一国之军队动辄数万，甚至数十万上百万，是一个较大甚至巨大的群体。有必要定身份、别地位，从而表征个体差异标志，体现对外关系定位，决定相关行为规则，产生阶级秩序意识。这是军队治理的重要基础和前提。

军队治理是社会治理的延伸。军队中定身份、别地位的意识和方法也源于社会。

孔子曰："名不正，则言不顺；言不顺，则事不成。"① （用词不当，言语就不能顺理成章；言语不顺理成章，工作就不能搞好。）

① 杨伯峻译注：《论语译注·子路篇第十三》，中华书局2009年版，第132页。

这里的"名"就是指名分、身份。身份如此重要，要如何区分呢？若相互熟悉，就会知晓对方出身、种族、阶级、职务等属性。若素不相识，该如何区分呢？这时，服装和配饰往往是最好的区分手段。

原始社会初期，人们穿着简单的动植物皮毛，主要为遮羞和保暖。随着社会的发展，人们开始用染色和装饰的皮毛来区分自己的身份。奴隶社会，统治者开始规定不同等级的人穿着不同的服饰，以凸显自己的权威。贵族和皇室成员穿着华丽的服装和配饰，而奴隶则被迫穿着简陋的衣物。随着封建社会的成熟，衣冠服制变得更加严格和复杂。君主、官员、士人、庶民等各个阶层都有严格规定的衣冠服饰，以分尊卑、明贵贱。例如，古代中国的朝服、冠帽、官服等，都非常讲究礼仪和规矩。

在中国古代，服饰以颜色、材料或质地等鲜明的特征，显示了穿者的尊卑贵贱或性别职业，故不少服饰词语成为某类人物的代称，有的甚至通用至今。

比如黔首，秦时平民用黑巾裹头，故代指平民。班固："至秦患之，乃燔灭文章，以愚黔首。"① （到了秦始皇对这种状况感到害怕时，他们便烧毁文章，以愚弄百姓。）

巾帼，指古代妇女戴的头巾，故代指妇女。袁宏道："虽其体格，时有卑者，然匠心独出，有王者气，非彼巾帼而事人者所敢望也。"② （虽然他诗作的格调，有时不很高明，但是匠心独运，有王者之气。不是那种像以色事人的女子一般媚俗的诗作所能赶得上的。）

---

① 许嘉璐主编：《二十四史全译·汉书》第2册卷30志第10《艺文志》，汉语大词典出版社2004年版，第771页。
② 〔明〕袁宏道：《徐文长传》，古诗文网，https://so.gushiwen.cn/shiwenv_8e3a7668d171.aspx.

黄冠、黄衣，代指道士，因为道士的冠饰系黄色，穿的衣服也为黄色。唐人记载："李淳风父播，仕隋高唐尉，弃官为道士，号'黄冠子'。"①（李淳风的父亲李播，曾任隋朝的高唐尉，弃官后当了道士，自号"黄冠子"。）后世遂用以指道士。

金貂，汉以后皇帝左右侍臣的冠饰，古代侍从贵臣。温庭筠有"湘东夜宴金貂人"②（在湘东夜宴上的侍从贵臣）之句。

布衣、白丁，代指平民，因为古代平民着白衣，且所穿之衣多为麻布之类的衣料，故又称布衣、白丁。荀子说："古之贤人，贱为布衣，贫为匹夫。"③（古时的贤人，卑贱得做个平民，贫穷得做个百姓。）

刘禹锡："谈笑有鸿儒，往来无白丁。"④（到这里谈笑的都是博学之人，来往的朋友没有知识浅薄之人。）

青衣，古代婢女多穿青色衣服，故代指婢女。白居易有诗云："青衣报平旦，呼我起盥栉。"⑤（婢女来报天亮了，呼唤我起床洗漱。）

青衿，也作青襟，古代读书人常穿的衣服，借指读书人。古代郑国人说："青青子衿。"⑥（青青的是你的衣领）

①〔北宋〕欧阳修、宋祁撰：《新唐书》卷204列传第129《方技》，中华书局1975年版，第5798页。

②〔唐〕温庭筠：《湘东宴曲》，中华书局编辑部点校：《全唐诗》第9册卷576，中华书局1999年版，第6757页。

③方勇、李波译注：《荀子·大略》，中华书局2011年版，第464页。

④〔唐〕刘禹锡：《陋室铭》，《刘禹锡集》整理组点校，卞孝萱校订：《刘禹锡集》卷40，中华书局1990年版，第628页。

⑤〔唐〕白居易：《懒放二首呈刘梦得吴方之》，中华书局编辑部点校：《全唐诗》第7册卷452，中华书局1999年版，第5142页。

⑥刘毓庆、李蹊译注：《诗经》上册《郑风·子衿》，中华书局2011年版，第228页。

杜甫诗云："金甲相排荡，青衿一憔悴。"①（战争连年持续不断，学校变得破乱不堪。）

黄裳，表示太子。唐卢照邻诗云："黄裳元吉，邦家以宁。"②（有这样的太子是吉兆，国家肯定会因为太子将来登基而变得更加安定繁荣。）

韦带，熟牛皮制的腰带。普通平民系韦带，故代指平民。欧阳修《上范司谏书》："夫布衣韦带之士，穷居草茅，坐诵书史，常恨不见用。"③（作为一介平民，穷困住茅草屋，整日端坐背书，常常遗憾不能被任用。）

缙绅，代指高官，古代士大夫带子下垂的部分叫绅，笏插在皮带与带子之间叫缙，也作"搢绅"。司马迁云："缙绅之属皆望天子封禅改正度也。"④（士大夫都希望天子举行封禅，修改制度。）

褐夫，指贫民，褐是质地较次的麻毛织品，是穷人穿的衣服。范晔在《后汉书·陈元传》中记载："如得以褐衣召见。"⑤（如果能以平民的身份被您召见。）

裙钗，唐以后用裙钗代指妇女。曹雪芹《红楼梦》第一回："何我堂堂须眉，诚不若彼裙钗。"⑥（想我堂堂一个男子汉，还不如你

①〔唐〕杜甫：《题衡山县文宣王庙新学堂呈陆宰》，中华书局编辑部点校：《全唐诗》第4册卷223，中华书局1999年版，第2389页。

②〔唐〕卢照邻：《歌储宫第六》，中华书局编辑部点校：《全唐诗》第1册卷41，中华书局1999年版，第515页。

③〔宋〕欧阳修：《上范司谏书》，古诗文网，https://so.gushiwen.cn/shiwenv_51375d5f8ce9.aspx.

④许嘉璐主编：《二十四史全译·史记》第1册卷28书第6《封禅书》，汉语大词典出版社2004年版，第477页。

⑤许嘉璐主编：《二十四史全译·后汉书》第2册卷66列传第26《陈元传》，汉语大词典出版社2004年版，第861页。

⑥〔清〕曹雪芹、高鹗著，中国艺术研究院红楼梦研究所校注：《红楼梦（上）》第1回，人民出版社1996年版，第1页。

一个女子。）

袍泽，古代士兵穿的衣服，后称军中同事为"袍泽"，代指将士、战友。《诗经·无衣》："岂曰无衣？与子同泽。王于兴师，修我矛戟。与子偕作！"①（谁说没有衣服穿？与你同穿战袍。君王发兵去交战，修整甲胄与兵器，杀敌与你共前进。）

左衽，古代衣襟称为衽，中原地区襟向右掩。周边少数民族的襟向左掩，"左衽"代指不服朝廷的野蛮人。《论语·宪问》："微管仲，吾其被发左衽矣。"②［假若没有管仲，我们都会披散头发，衣襟向左边开（沦为落后民族了）。］

用服饰不同的款型、色彩、纹饰来明示身份，是中国古代封建统治阶级维护社会安定、巩固国家政权的重要手段之一。逐步发展为以服饰分尊卑、明贵贱、正名分的衣冠服制，也称为冠服制度。

历代王朝的统治者，非常重视冠服制度。强调衣冠制度必须遵循古法，特别是作为大礼服的祭服和朝服，不能背弃先王遗制。所以，冠服也被称为法服。

春秋战国时期，军服主要靠材质识别身份。布袍是普通士兵的服装，皮袍是中级军官的服装，铁甲则是高级将领的服装。不同的军服代表不同的军衔和地位。秦汉时期实行中央集权制度，冠服制度得到相应规范，开始注重以颜色识别身份。皇帝和太子的军服是黄色的，将军的军服是红色的，校尉的军服是绿色的，士兵的军服则是蓝色的。唐宋时期，军服的种类和颜色更加多样化。官员的军服色彩和花纹都经过了严格的规定。军服的颜色和花纹不同，代表着不同的军衔和地位。文武三品以上服紫，金玉带十三銙。四品服深绯，金带十一銙。五品服浅绯，金带十銙。六品服深绿，七品服浅

---

① 刘毓庆、李蹊译注：《诗经》上册《秦风·无衣》，中华书局2011年版，第324页。

② 杨伯峻译注：《论语译注·宪问篇第十四》，中华书局2009年版，第149页。

绿，并银带，九镑。元明清时期的军服更加讲究，从颜色、花纹到款式，都有着严格的规定。清代武官补子绣兽，一品麒麟，二品狮，三品豹，四品虎，五品熊，六品彪，七品、八品犀牛，九品海马。为了区别，分发给士兵的衣服样式会有很多的不同，在一些清朝老兵的衣服上分别有"兵、丁、卒、勇"四个字。这几个字可不是随意贴上去的，每个字所代表的含义不同，关系着士兵的职责、待遇等问题。带有"兵"字的士兵是正规军，也是清朝武装力量最重要的组成部分，接受清朝皇帝的管辖，地位极高。而且正规军的待遇比起那些杂七杂八的军队要高很多，令其他士兵羡慕。正规军若在战场上身亡，他的家人会收到安抚金。衣服上是"丁"字的士兵和那些需要上战场作战的士兵有很大的不同。他们的主要职责是管理后勤，处理军队中的杂事，比如，传递通报文件，整理仓库中的武器，观察军队是否需要物资，等等。相对于那些需要上战场的士兵来说，他们轻松很多，至少很少面临生命危险。衣服上带"卒"字的士兵也不需要上战场作战，他们是衙门的人，主要就是处理大牢那些事情。在很多清朝影视剧里面，能看到看守大牢的狱卒衣服上写着"卒"字。和其他士兵的工作条件相比，这类士兵的工作环境似乎较为艰苦，但工作轻松，还能捞到不少的油水。带"勇"字的士兵同带有"兵"字的士兵都是需要上战场的，但是"勇"字兵的待遇可就没那么好了。因为他们大多是临时招募的，有需要的时候，就派他们去打仗，一旦战争结束，军队里面又养不起那么多士兵的时候，他们就会被遣散回家，可以说是军队里面最没"安全感"的士兵。

现代社会，衣冠服制的严格限制已经有所放松，但一定程度上，服装仍然是身份和地位的象征。比如，军队和政府机构的制服、学校的校服，以及企业的职业装等，都在一定程度上强调职业和身份的不同。

服装对应身份地位，中西方皆然。

在古罗马时期，服装托加袍是身份的象征，其穿着与公民身份密切相关。只有罗马公民才有资格穿着托加袍，而外人、奴隶、妇女和被流放者均无权穿着。在公民中，平民通常穿着毛织品的托加·普拉，这种普通托加比其他托加袍短15厘米。与之相对，带有紫色镶边的托加·帕尔玛塔则是官员和上层社会的专属服饰。

在早期王政时代，罗马国王穿着昂贵的全紫色托加袍。随着时间的推移，这种托加袍逐渐演变为刺绣金线的紫色托加，即托加·佩克塔，并成为皇帝和执政官等级的专用服装，相当于罗马版的冕服。

在古罗马社会中，丝绸和高等级毛料仅限于上流社会穿着。高等级贵族、执政官、皇帝和将军等级的服饰均以紫色为主。这是因为古代地中海世界的紫色染料极为珍贵，需从地中海的贝壳类生物中熬煮提炼。腓尼基人制作的紫色染料质量最佳，但需耗费200个贝壳才能提炼出0.007克的染料粉末，因此极为昂贵。

近代英国海军称霸海洋。18世纪，英国普通水手的服装很宽松，这跟他们的工作有关，因为需要攀爬桅杆、大动作摇桨等。早期的水手身着便装上船，出海一个月后，一个个都衣衫褴褛，浑身散发着汗臭味。通常上衣为一件蓝色或者棕色等深色的外套，没有袖口等结构，一看就知道是低级水手。裤子一般为白色的宽松裤，配有长袜和搭扣鞋。贴身衣服还有衬衣和条纹的背心。水手们工作时还会在脖子上系上像领巾一样的东西。而军官们的服装则要优雅得多，18世纪中叶，海军明确规定军官不得着便装在船上晃来晃去，要保持体面。总的来说，高、中、低级军官的服装整体样式是差不多的，区别主要在于一些细节上。例如，服装的金边宽窄、佩剑样式、袖章样式、扣子样式，等等。类似于燕尾服的上衣搭配白色的袖口等装饰，三角帽是高、中级军官的标准配置。见习士官等就比较随便了，三角帽、没有帽檐的头盔样式帽子都是他们的军帽，不同的是他们的帽子没有金边这类漂亮的装饰。搭扣鞋、白马裤是军官们必需的，领结同样重要。

中国人民解放军区分身份的方法很有意思。比如，红军和八路军时期，干部的军服上衣有四个口袋，就像中山装那样。士兵的上衣只有两个口袋，两个口袋与四个口袋成了区分干部与士兵的标志。中国人民解放军海军军官和海军士兵服装也有明显不同。海军军官服的帽子是大圆帽，海军士兵服的帽子前端没有圆形前端，后面有两根飘带。士兵戴的是无檐帽，通常为白色或蓝色，帽檐为硬圈，外表为黑色，前方一般有文字。中国人民解放军海军的水兵帽檐和飘带的前方均标有"中国人民解放军海军"的字样。帽檐的后面有两条黑色的飘带，有的飘带上亦标有文字，有的飘带上还印有勋章的绶带等识别标志。水兵（特指义务兵和士官）内衣一直是海魂衫（陆军、空军士兵原来就是衬衣）和水兵服，而军官则是与陆军、空军、火箭军一样的解放军制服（其中包括过去的65式军装和现在的07式军装），属于世界水兵的统一服装（都有两条海军飘带，样式大同小异）。

不过中国人民解放军区别身份的目的只是便于指挥，政治上是平等的。这也是和西方军队最大的不同之处。

二、明级别　为标识

军衔，是一种服饰，用缀在肩章或领章等处的等级符号，标明军人的地位和军事级别。它是根据军人的职务、军事素养和业务素养、资历贡献以及军兵种、勤务授予军人的一种衔称。

军衔的作用非常多，主要还是用于明确上下级关系。在相互不知道职务的时候，军衔最高的是上级，军衔低的为下级。和平时期，军衔的作用一般体现得不是很突出。但在战时，军衔的作用就显得非常重要。在战斗中，如果部队的军官伤亡或者失踪了，军衔最高的士兵必须站出来担任整支部队的指挥官。因为军衔高代表资历老，很多士兵都会对军衔最高的人表示顺服，这在紧急情况下是非常有用的。

军衔出现于15—16世纪的意大利和法国等一些西欧国家。15世纪中叶，在这些国家中出现了资本主义萌芽，雇佣军成了国家的主要军事力量。随着常备雇佣军制度的不断完善，构成军队主要成分的农民、自由民、市民与破产骑士等，均要求打破出身门第限制，实行按功取仕，因此，军衔制度应运而生。

军衔按其性质，可分为正式军衔、临时军衔和荣誉军衔；按兵役，可分为现役军衔、预备役军衔和退役军衔。各国军衔的形式大同小异，通常以将、校、尉、士、兵构成等级体系，等级设置多少不一。当今世界上影响较大的军衔制，大致有"西方型""东方型""东亚型"三种。

"西方型"（又叫"西欧式"）是使用范围最广的军衔制。目前实行"西方型"军衔制的，占世界各国总数的80%以上。美国的军衔制也源自西欧。"西方型"军衔制一般设元帅、将官、校官、尉官四等十一级。设准将是"西方型"军衔的一个特点。

"东方型"军衔制源自苏联。目前，俄罗斯、东欧各国和朝鲜、越南、蒙古、古巴仍继续采用。"东亚型"是指以日本为代表的少数亚洲国家和地区，如韩国、中国台湾、泰国军队实行的军衔制。"东亚型"军衔的特点是不设元帅，军官分将、校、尉三等九级，是世界各类军衔制中军官等级最少的一种。

中国真正意义上的军衔制，出现在甲午战争以后。对日甲午战败，清朝威信扫地。这一次打击，促进了一场求存图强的运动，清

朝遂参照西欧军衔制编练新军。

1903年6月，清朝在北京设立练兵处，督练新军。1904年12月，为统一新军军制，练兵处和兵部商定效仿西方军队的模式，建立三等九级军衔制，颁布明文规定——《另定新军官制事宜》，首次把军衔制摆上皇朝议程。

1905年12月，清军正式实行军衔制。中等三级为正参领、副参领、协参领；次等三级为正军校、副军校、协军校。这是清军向近代军事迈进的一小步，却是中国军事由古代向近代跨越的一大步。

1909年，兵部在原基础上，出台补充章程——《陆军人员暂行补官章程》。在军官第一等第一级里增设两个荣誉头衔，即大将军和将军。此外，另设立军士衔三级：上士、中士、下士；以及额外军官，也就相当于后来的准尉。

1911年3月，出台《奏定陆军军队学堂服色章记图说》，规定士兵的等级，划分为三个级别：正兵、一等兵和二等兵。

前后经历6年，中国近代军衔制度等级体系初具雏形。国民政府时期，军衔制度经历多次演变和修改，起起伏伏，变来变去，在一退一进当中逐渐变得健全和完善。

1912年1月，民国政府宣布废除清朝设立的军衔制度，颁布《军士制服令》。军官分为三个等级：上、中、下；每个等级中划分大、中、少三个等级。上等官包括大将校、中将校、少将校；中等官包括大领、中领、少领；下等官（初等官）包括大尉、中尉、少尉。此外，增设基层军官，亦称额外军官。普通士兵大致划分为一等兵和二等兵两个级别。

此后不久，又颁布《陆空军军官佐士兵阶级表》，把军官和士兵的军衔等级，从之前"六等十四级"修订为"六等十六级"。其中，军官的军衔制称为"三等九级"，上等官称"将军"，中等官称"都尉"，初等官称"军校"；每个等级里又划分出大、左、右三个级别。

军士和士兵一级做了略微的调整，各增至三个级别。军士包括上士、中士、下士；普通士兵包括上等兵、一等兵、二等兵。

1931年，蒋介石收编各地军阀建立的航空队，在此基础上成立了空军，中国初步有了现代化军种的规模和雏形。1934年下半年到1935年1月，国民党政府先后颁布《陆海空军官制表》和《陆海空军士兵等级表》。军官军衔分为将、校、尉三个等级，每个等级划分为上、中、少三个级别。不过，与之前所不同的是，规定在军衔之前要注明军种的名称，譬如陆军中将、空军中将、海军中将等。军种不同，军衔的级数也不同。陆军是六级，海军是八级，空军是六级。1935年3月，上将级别划分出两级，并增设了一个"特级上将"。由此，整个军衔制度增加到十八级。

有意思的是边疆地区，譬如西康、蒙古这些地区的军衔实行"三等十级"：一等三级为都统、副都统、协统；二等三级为都领、副都领、协领；三等三级为都卫、副都卫、协卫。除上述三个级别之外，额外增设了一个"准卫"。

我军军衔制度是在中华人民共和国成立后实行的。战争年代受历史条件所限，未能正式实行军衔制度。当时我军部分人员有过军衔，而且还曾两次酝酿实行军衔制。我军军衔制实施的曲折过程，见证了军队正规化建设的发展经历。

在红军时期，没有军衔等级，官兵的服装和识别标志也没有区别。被称为"红军之父""布衣司令"的朱德有一副对联，生动描述了红军将士同甘共苦的情景："白军中，将校尉薪饷各有不同；红军里，官兵伕待遇完全平等"。

红军总司令朱德穿着和士兵一样的军服，没有任何等级标志。红军官兵一致，没有搞军衔制，但这不等于不需要彰显职务的不同，不然就不利于指挥，因此军装设计的一个原则，是要体现职务等级信息。

红军官兵军服都是相同面料制作的，为了一眼就看出是战士还是干部，军服设计为战士只有上衣口袋，没有下面两个口袋，"干部服"则下面也有两个又大又方的口袋。除此再无其他差别，都是一颗红五星帽徽，两个红色领章。干部有四个口袋，也是实际需要，因为干部需要处理各种文件、电文，身上多些口袋，方便携带一些常用物品。

抗日战争全面爆发后，中国工农红军改编为八路军和新四军，纳入国民革命军序列，部队编制、机构设置、人员配备和服装、标志基本与国民党军队相同。并且，按照国民革命军的军衔等级，给各级干部都授予军衔。

当时八路军、新四军干部的军衔，主要见于《履历表》《报告》中，本人一般也知道，但也有不少人对自己的军衔没有印象。

在抗战时期，我军只有少数指挥员佩戴过军衔标志。如新四军军长叶挺，就佩戴过中将军衔。

当时是第二次国共合作，中共中央派出干部参加国民政府军事委员会的工作，他们也曾有过军衔，如周恩来被国民政府军事委员会委任为政治部副部长，授衔为中将。

另外，为了与国民党军打交道方便，在国统区的八路军、新四军办事处的工作人员也有过军衔。

战争时期，我军两次酝酿实行军衔制度。

抗日战争初期，红军改编为八路军、新四军之际，中央军委原总政治部在1937年8月1日《关于新阶段的部队政治工作的决定》中指出，我军将"采用官阶制度"。这个"官阶"，就是军衔。

1939年4月1日，八路军总司令朱德、副总司令彭德怀，致电毛泽东和中央书记处，提出"部队日益扩大，正规军各种制度亟待解决。拟照国民革命军编制区分，规定部队中各级干部之等级（三等九级制）"。

同年5月30日，八路军总司令部颁发了《建立等级制度的训令》，简称《训令》。这次拟议的军衔等级，是按当时国民党军队的衔级设置的，为六等十六级：上将、中将、少将；上校、中校、少校；上尉、中尉、少尉、准尉；上士、中士、下士；上等兵、一等兵、新兵。

《训令》发布后，八路军领导机关和部分正规部队曾进行了评衔活动。但当时除了驻国统区八路军、新四军办事处的工作人员因工作需要授衔之外，由于敌后斗争日益艰难，游击性日益增强，整个部队一时难以授衔。特别是1941年和1942年的两年间，是抗日战争中最艰苦的阶段，授衔工作不可能继续进行。1942年4月，中共中央和中央军委发出指示，停止这次军衔制度的实施。

抗日战争胜利之后，国共两党于1945年10月10日签订了《双十协定》。1946年1月31日，国共两党、其他党派和无党派人士代表举行政治协商会议，通过了"政协决议"，国民党接受了我党和平建国基本方针。为了适应这一新的形势，中共中央要求我党军事干部应该请求政府加委，取得正式官衔，以便将来在国防部占有一定地位，由国家按级一律待遇决定我军各级干部亟须实行将校尉的正规制度。

随后，在我军部分机关和部队干部中开始评定军衔等级。但是我军这次评衔工作开展不久，蒋介石便撕毁了《停战协定》，发动了全面内战，此项工作只得停止。

1955年，我军首次实行军衔制。

中华人民共和国成立后，人民解放军现代化、正规化建设有了政治上和物质上的坚实基础。经过几年的准备，我军于1955年正式实行军衔制。

这次军衔等级设置，参考了苏联、朝鲜等国的军衔体系，实行"东方型"军衔制，并根据我国辛亥革命以来军衔发展情况，共设六等十九级。

元帅两级：中华人民共和国大元帅、中华人民共和国元帅；

将官四级：大将、上将、中将、少将；

校官四级：大校、上校、中校、少校；

尉官四级：大尉、上尉、中尉、少尉；

军士三级：上士、中士、下士；

兵两级：上等兵、列兵。

我军1955年的军衔等级属于以苏联为代表的"东方型"军衔体系。在实际实行中，有两点变化：一是由于毛泽东的意见，大元帅衔设而未授；二是为安排十几万副排职干部，暂设准尉一级军衔。

1955年授衔时，全军共有60余万名干部获得了准尉以上军衔。其中元帅10人、大将10人、上将55人、中将175人、少将800人、校官3.2万余名、尉官49.8万余名、准尉11.3万余名。

中国人民解放军自1955年10月1日起，开始佩戴军衔肩章、军兵种和勤务符号，并按新的服装制式着装。

1955年实行的军衔制度，极大地提振了士气，有力地推动了军队正规化、现代化建设。但是，由于时代的局限，不少人对军衔制度存在偏见，认为军衔制不符合我军的实际。加之军衔制度本身的不完善，取消军衔制度的呼声渐高。1965年1月下旬，毛泽东批示同意中共中央军委1月12日关于取消军衔制度的请示报告。报告说："经军委办公会议第七次扩大会议和军委第二二三次办公会议研究，并征求了各军区、军兵种、院校党委的意见，一致同意取消军衔制度。大将以下各级军衔一律取消，元帅军衔予以保留。"[1] 1965年6月1日，我军正式取消了实行将近10年的军衔制。由此产生了非常接近红军军装的65式军装，也就是国人最熟悉的一颗红星（帽徽）、两面红旗（领章）的军装。干部和战士的区别，还是战士两个口袋、

---

[1] 中共中央党史和文献研究院编，逄先知、冯蕙主编：《毛泽东年谱（1961—1966）》第8卷，1965年1月下旬条，中央文献出版社2023年版，第475页。

干部四个口袋。1988年，我军实行新的军衔制。

军衔制取消后，经过很长一段时间，人们才逐渐认识到实行军衔制度的必要性。从20世纪80年代初开始，我军对军衔制有了统一的认识。1980年3月12日，军委扩大会议明确提出，要恢复军衔制。1982年年初，军委扩大会议正式做出"恢复军衔制"的决定。经过几年的准备，1988年9月，我军实行新的军衔制。新的军衔设六等十八级：

将官：一级上将、上将、中将、少将；

校官：大校、上校、中校、少校；

尉官：上尉、中尉、少尉；

士官：军士长、专业军士；

军士：上士、中士、下士；

兵：上等兵、列兵。

1988年军衔制不是对1955—1965年军衔制的简单恢复。与上次军衔制不同的是，不设元帅、大将、大尉，最高军衔为一级上将，增设士官军衔。新军衔制既不属于"东方型"军衔，也不同于以英、美为代表的"西方型"军衔，军衔设置体现了我国我军特色。

截至1988年年底，共授予各级军官军衔58.7万余人，文职干部14.7万余人。其中，上将17人，中将146人，少将1279人；校官17.8万余人；尉官40.82万人。

1988年实行军衔制后，我军根据实践陆续对军衔条例进行了一些修改和调整。1994年对军官军衔条例做了部分修改：一是取消了一级上将军衔；二是提高了师职以上的编制军衔，将原来的一职三衔全改为一职两衔，取消了最低一级军衔。

2021年，我军"军官等级制度""军官岗位分类""军官首次授衔政策"等新的军官制度，由基于职务等级，调整为基于军衔等级。新的军官军衔设"三等十衔"，将官分为上将、中将、少将；校官分为大校、上校、中校、少校；尉官分为上尉、中尉、少尉。士兵军衔等级为：军士军衔设三等七衔。高级军士有一级军士长、二级军士长、三级军士长；中级军士有一级上士、二级上士；初级军士有中士、下士。一级军士长为最高军衔，下士为最低军衔。义务兵军衔由高至低分为上等兵、列兵。与其他几种军衔类型相比，比"东方型"少元帅、大将、大尉衔，多大校衔；比"西方型"少元帅、准将衔，多大校衔；比"东亚型"多大校一级。应该说，我军新军衔制在军衔设置上更接近传统的"西方型"军衔。

作为蓝星第一超级大国的美国，其军队的军衔标志及军兵种勤务符号、种类之繁杂，形式之多样，也是世界之最。而且美军军衔设计精美，制作精良，堪称军衔中的精品。

美军陆军军官肩章依军衔饰有金（银）色矩形、橡树叶、鹰或五角星。少尉、中尉肩章饰一条矩形图案，少尉金色、中尉银色。上尉肩章饰两条银色矩形图案。少校、中校肩章饰橡树叶，少校金色、中校银色。上校肩章饰银鹰。将官肩章饰银色五角星，准将至上将依次为1~4颗，沿肩章排成一线。五星将军镶5颗星，构成圆形，其上方缀一枚国徽。海军则是将国徽替换为锚，空军只有5颗星，陆战队和海岸警卫队未设五星上将。海军尉官、校官肩章标志为宽窄不同的金色条带，条带上织有橙黄色长方形图案，上方镶一颗金色五角星，以不同数量、不同宽窄的条带区分衔级：少尉一条宽带，中尉一宽一窄，上尉二宽，少校二宽一窄，中校三宽，上校四宽。将官肩章版面为金黄色，标志为白色锚和五角星，以数量不同的银白色五角星区分等级。准将至五星将军依次为1~5颗银星。银星的排列，中将和上将与陆、空军不同。中将的3颗星呈三角形，上将的4颗星为菱形。

当今世界，主流国家军队都采用军衔和军职双轨制度。军衔制度基本上已成为一种荣誉制度。军衔将军人的荣誉称号、待遇等级和职务因素融为一体，既能快速识别军人身份等级，同时提高军人自身荣誉感，以公平的方式调整部队指挥关系和个人利益关系，促进正规化建设，堪称一项伟大发明。

三、做沟通　传信号

战争中通信系统对于军队的有效指挥至关重要。古代通信技术落后，"交通基本靠走，通信基本靠吼"。但在打仗时，要想指挥千军万马、灵活调度，靠"吼"显然是不行的。毕竟人的嗓门力度有限，战场上人声、马声此起彼伏，就算给你一只广播站的大喇叭，后面的士兵恐怕也听不清。那么，古代打仗时，军队是如何发号施令的？

这时，军服的特殊成员——军队旗语旗帜就派上用场了，它是古代战场上最重要的指挥工具。使用旗帜、鼓声、火炬等各种信号传递方式，部队可以实时传递信息，使指挥官能够根据战场形势做出相应的战术决策。对此，中外概莫能外。

孙武指出："言不相闻，故为金鼓；视不相见，故为之旌旗。……故夜战多火鼓，昼战多旌旗，所以变人之耳目也。"[1]（将官的言语号令，士卒听不见，所以设置了金鼓以指挥行动；将官的动作指令，士卒看不见，所以设置了旌旗以指挥打仗。……所以夜间作战多使用火光和金鼓，白天作战多使用旌旗，这是为了适应士卒视听的变化。）

《六韬》记载："人执旌旗，外内相望，以号相命，勿令乏音。"[2]

---

① 陈曦译注：《孙子兵法·军争篇》，中华书局2011年版，第126页。
② 曹胜高、安娜译注：《六韬·鬼谷子》之《虎韬·金鼓》，中华书局2007年版，第163页。

（哨兵手持旗帜，与营垒内外联络，相互传递号令，不要让声音间断。）

军队的指挥在夜晚要靠鼓声，白天则要靠军旗，军旗在军队指挥中起着不可替代的作用。

统帅一般会配备一面特大号的旗，作为统帅的象征。这种旗叫大旆，又叫旄旆，是用动物皮毛、羽毛装饰的贵重旗帜。有的统帅直接使用将领旗，把主帅的姓印在大旗上。《三国演义》中，几乎所有的将领都使用这种将领旗。敌方看到大旗上写着"关"，就知道对方是关羽的部队，看到大旗上写着"张"，就知道对方是张飞的部队。

统帅身边还配备信号旗，用来传递命令。传令兵会举着信号旗通过旗语传递主帅的命令，或是举着信号旗跑到各营将领处传递主帅的命令。

西汉儒学家戴圣说："前有水，则载青旌。前有尘埃，则载鸣鸢。前有车骑，则载飞鸿。前有士师，则载虎皮。前有挚兽，则载貔貅。行，前朱鸟而后玄武，左青龙而右白虎，招摇在上，急缮其怒。进退有度，左右有局，各司其局。"① （在队伍行进途中，前面有水，则竖起画有水鸟的旌旗。前面风起扬尘，则竖起画有鸣鸢的旌旗。前面遇有车骑，则竖起画有飞鸿的旌旗。遇有军队，则竖起画有虎皮的旌旗。遇有猛兽，则竖起画有貔貅的旌旗。凡是行阵，前锋为朱雀，后卫为玄武，左翼为青龙，右翼为白虎。中军竖着北斗七星旗帜，以坚定其战斗精神。前进后退，有一定的步伐；左右队伍，各有主管的人。）

通常来说，中国古代习惯将战场上的军队分为前营、后营、中营、左营、右营，每营用不同颜色的旗帜代表，用以区别。根据五行理论，青龙白虎掌四方，朱雀玄武顺阴阳。军前宜捷，前用朱雀；

---

①《十三经注疏》整理委员会整理，李学勤主编：《十三经注疏·礼记正义（上）》卷3《曲礼》（上），北京大学出版社1999年版，第81-82页。

军后宜殿，后用玄武；军左为阳，左用青龙；军右为阴，右用白虎。四灵圣兽各管四方，顺应阴阳五行之道。军队前进时，应该使用朱雀旗帜；后退时，应该使用玄武旗帜；左转时，应该使用青龙旗帜；右转时，应该使用白虎旗帜。

也就是说，前营用红旗，中营用黄旗，左营用蓝旗，右营用白旗，后营用黑旗。

统帅根据战场变化，通过不同颜色的旗帜指挥各营协调作战——当统帅命令五色旗帜全部举起，五营将领就要按照战前指定位置摆好阵形，严阵以待；当统帅命令除了红旗之外的四色旗帜都落下，前营就要准备听取号令指挥变动；当统帅命令除了白旗之外的四色旗帜都落下，右营就要准备听取号令指挥变动。

当军队不分五营之时，五色旗就有了其他的指示含义。

统帅举青旗，表示前方有山林树障，需要开路；举红旗，表示前方有烟火，需要防范敌人火攻；举白旗，表示前方出现敌兵，需要我军集结应战；举黑旗，表示前方有水，需要做好相应准备；举黄旗，表示前路畅通无阻，可以放心行军。全军将士只看旗帜的颜色，就知道统帅下达了什么命令。

五色旗还用于指挥队形阵势。在战斗时，举青旗列直阵，举白旗列方阵，等等。统帅通过这种指挥方式，布置各种各样的阵形，发挥不同的战术作用。

如果各营下面还分队、哨，那么各队长、哨长也都配有旗帜，士兵只需要看本队旗帜、本哨旗帜，就知道该如何行动。例如，旗帜先往指定方向挥动，士兵跟着旗帜指定的方向前进即可。

通过军队各层级间不同旗帜的配合，统帅能够将自己的作战指挥意图完整地传达给全军士兵，让全军士兵行动一致，发挥战斗力。因此，军旗的旗手必须保证旗帜不倒，因为军旗一倒，就可能导致军队阵形混乱，军心涣散。就像电影《火烧圆明园》里八里桥之战那一段，一位蒙古旗手守护着军旗，被英法联军的炮火击伤后还挣扎着爬起来举旗，直到清军全军覆没。这不是编剧的虚构，而是历史中的真实存在。

至明清时期，随着军事指挥体系的日臻精密，旗帜类词语也达到了空前丰富的程度。明万历朝名将戚继光在《纪效新书》中有专门论述。

明代军队的旗帜种类繁多，用于战场、校场、探报等各种军事场合，表示各种特定的军事意义。

有以形状大小区分的，如小旗、中旗和大旗。"每伍小旗一面，各随方色。每队中旗一面。"①（每伍有一面小旗，颜色随意。每队有一面中旗。）其中，小旗代表基本作战单位"伍"，中旗代表基本作战单位"队"。因此，小旗和中旗也可以分别称为伍旗和队旗，伍旗略小于队旗。"福船大旗：长一丈八尺，阔十三幅。"②（福船大旗，长 6 米，宽 4.3 米。）

有以颜色区分的，如白旗、黄旗、黑旗、红旗、蓝旗、青旗。通常所谓青、白、赤、黑、黄分别代表东、西、南、北、中五个方向。蓝色旗用于校场，"听中军官竖起蓝旗一面，当中点之，各营狼筅手俱听鼓由发放路集中军两边"③。[（当中军官举起一面蓝色的旗子，点了一下，各营的狼筅手（一种长枪）都听从鼓声，从发放路（一种阵法）集合到中军的两边。]

有形状与颜色结合起来区分的，如小黄旗、大红旗、大白旗。

①〔明〕戚继光撰，高扬文、陶琦主编，曹文明、吕颖慧校释：《纪效新书》卷1《束伍篇第一》，中华书局2001年版，第55页。
②〔明〕戚继光撰，高扬文、陶琦主编，曹文明、吕颖慧校释：《纪效新书》卷18《治水兵篇第十八》，中华书局2001年版，第317页。
③〔明〕戚继光撰，高扬文、陶琦主编，曹文明、吕颖慧校释：《纪效新书》卷6《比较武艺赏罚篇第六》，中华书局2001年版，第97页。

"凡塘报摇小黄旗，是有贼至。"①〔当塘报（预警哨兵）摇动小黄旗，表示发现有敌人接近。〕部队机动时，一般会派出哨兵在前方侦察，当发现有敌人时，哨兵摇动小黄旗作为信号，以准备迎敌。"如一路行，则中军先点大红旗一面。"②〔当一路军队行进时，中军（主力军或中心军队）会先向行军方向挥动大红旗。〕大红旗是用来作为部队列队出发的信号，指示全军开始行动。"遇有贼登……如天晴，则车十二幅大白旗。"③（当发现有敌人登陆……如果天气晴朗，就挂起十二幅的大白旗。）大白旗专门用来报警。

有直接以具体功能区分的，如清道旗、巡视旗、樵字旗、押旗令旗（督阵旗）、金鼓旗、令旗、太平旗。"在港，每日清晨中军船定营……升太平旗，左右前后四营……亦升太平旗。"④（在港口，每天清晨，中军船确定自身营地位置……升起一面太平旗，左右前后的四个营……也升起太平旗。）

有依据具体位置区分的，如腰旗、门旗、角旗、五方旗、五方转光旗等。腰旗插在腰间，门旗立在辕门，角旗布置在阵角用以标识方位，五方旗标识东、西、南、北、中五个方位，五方转光旗则在中间将台上，统帅用来指挥五方。

还有依据旗帜上绘制的图形或旗杆上的饰品来区分的，如六丁神旗、六甲神旗、五方神旗、五方形旗，旗帜上绘制不同神像；二十八宿形旗是二十八幅绘有动物图像的旗帜；牙旗旗杆上饰有象牙；

①〔明〕戚继光撰，高扬文、陶琦主编，曹文明、吕颖慧校释：《纪效新书》卷2《紧要操敌号令简明条款篇第二》，中华书局2001年版，第64页。
②〔明〕戚继光撰，高扬文、陶琦主编，曹文明、吕颖慧校释：《纪效新书》卷9《出征启程在途行营篇第九》，中华书局2001年版，第149页。
③〔明〕戚继光撰，高扬文、陶琦主编，曹文明、吕颖慧校释：《纪效新书》卷17《守哨篇第十七》，中华书局2001年版，第297页。
④〔明〕戚继光撰，高扬文、陶琦主编，曹文明、吕颖慧校释：《纪效新书》卷18《治水兵篇第十八》，中华书局2001年版，第329-330页。

五行旗五面分别绘制了"金、木、水、火、土"五字；樵字旗绘有"樵"字，用于火兵出城打柴汲水。

还有一些比较特殊的标识旗帜，如三军司命、坐纛（中军坐纛）、高招，等等。三军司命是主将的号旗，坐纛是中军的主将旗，前者用于行军布阵，后者用于安营扎寨。高招的特点是突出旗杆之高，一般用于夜间，配合灯笼发放号令。"凡你们的耳，只听金鼓，眼只看旗帜，夜看高招双灯。"①（你们的耳朵，只能专注听从金鼓之声，眼睛只能专注看旗帜动向，夜晚只能专注看高招双灯。）

明代繁多的旗帜在实际运用中，形成了一套严密繁复的通信方法，不仅能表示方位、内容和军情，还承载着中国古代的文化。

西方军队也用旗帜通信，不过他们将其发展为旗语。

世界上比较通行的说法认为旗语起源于西方。旗语，最开始是航海的通信联系方式，在大航海时代旗语得到了发展和广泛的应用，直到现在世界各国海军都基本保留了旗语。科技在不断发展，但是有一些传统不能丢掉，旗语就属于其中的一种。

1684年，英国人罗伯特·虎克（Robert Hooke）利用悬挂数种明显的符号来通信。1793年，法国人Claude Chappe改善虎克的方法，以十字架两端木臂上下移动的位置表示各个字母，用于通信，名为"赛末风"（semaphore，即旗语）。1814年法皇拿破仑从放逐的厄尔巴岛逃回巴黎的消息，即用"赛末风"在很短时间内传遍欧洲各地。各国童军所使用的英文旗语即由"赛末风"变通而来。现代中文旗语则是由英文双旗语的数字旗式发展出来的。

国际通用的旗语使用与莫尔斯电码一样，由26个英文字母组成。信号旗有5种规格，分为1号、2号、3号、4号、5号。1号最大，5号最小。一套信号旗有46面。其中，26面字母旗、10面数字旗、4

---

① 〔明〕戚继光撰，高扬文、陶琦主编，曹文明、吕颖慧校释：《纪效新书》卷2《紧要操敌号令简明条款篇第二》，中华书局2001年版，第62页。

面方向旗、3面代旗、1面执行旗、1面答应旗、1面国际答应旗。代旗为三角形，字母旗有方形旗和燕尾旗，数字旗与国际答应旗为梯形。满旗的排列是两方一尖。方旗是指长方形的旗子，尖旗是指三角形旗子，燕尾旗可做方旗用，梯形旗也叫长旒旗，可做尖旗用。

旗语分为手旗旗语、海上旗语。

手旗旗语适用于白天、距离较近且视距良好的情况下。夜间距离较近时，一般使用灯光通信。手旗是一种方形旗，面积较小，根部套有一根木棍。手旗通信需要使用两面旗子，旗手双手各拿一面方旗，每只手可指7种方向。除了待机信号之外，两旗不会重叠。旗帜上沿对角线分割为两色，在陆地上使用的为红色和白色，在海上使用的为红色和黄色。旗语可打出字母和数字，通过一些编码规范的转译，例如中文电码，就可以传达更复杂的信息。通常，传信者必须站在较高、四周较开阔、无任何遮挡对方或自己视线的地方（比如，桅杆上段、旗语信号平台、船首等）。面向正前方，双手各拿一面手旗，双臂伸展，手臂与信号旗呈一条直线，以便尽量扩大手旗挥动的圆弧范围，便于对方清楚地看到自己的动作指向。

海上旗语分为满旗旗语、代满旗旗语、欢迎欢送旗语和航行旗语。

满旗旗语。悬挂满旗的时间、排列顺序有着严格的规定。悬挂满旗的时机，一般是迎接政府要员，重大节日（如我国国庆节和春节、世界海员日、中国航海日等），迎接外国军舰来访，出访编队离码头前，到达被访问国港口和在国外停泊时，等等。满旗悬挂于两桅横桁之间，并分别连接到舰首、舰尾旗杆；两桅顶各挂国旗一面，舰首、舰尾旗杆各挂海军旗一面。驱逐舰挂满旗，一般挂2号旗，约挂67面。这要根据舰艇的实际长度和前后桅杆的距离来定。单桅舰艇则由桅杆横桁连接到舰首、舰尾旗杆，桅顶挂国旗一面。为挂满旗方便，在从舰首旗杆顶到主桅顶、从主桅顶到后桅顶、从后桅顶到舰尾旗杆顶，设有3根细钢丝。悬挂满旗有一些特殊的要求：不得悬挂与各国国旗图案相同的通信旗，也不得悬挂用于表示战斗、防核化、防空袭的半旗。满旗的单独一面，不表示什么意义。我国出访舰艇编队到达被访国时，被访国舰艇一般要悬挂满旗表示欢迎，其排列顺序与我国相同；不同的是外军的满旗比我军的满旗小一个或两个号。

代满旗旗语。出访编队离码头前30分钟，为了离码头方便，一般要降下满旗，改挂代满旗，出港后降下。代满旗就是在两桅顶上挂1号国旗，舰首、舰尾桅杆上挂海军旗。在规定挂满旗时，如遇大雨、大风，也可以改挂代满旗。编队离码头时，方形黄色的"Q"旗挂到一半，表示编队统一离码头。"Q"旗挂到桅顶，表示开始编队离码头；"Q"旗降下，表示离码头完毕。离码头的标志是解掉最后一根缆。

欢迎、欢送旗语。在欢送我军舰艇编队出访时，出访舰艇主桅上悬挂向首长问好的旗组：一组是"LBF"，一组是"LBV"，"L"旗是方形旗，由黄、黑、黑、黄各占四分之一的方块组成，黄色方块在左上角和右下角，黑色方块在右上角和左下角。"B"旗是红色燕尾旗。"F"旗是白色旗中一个红色菱形，菱形的四个角在旗子四边的正中。"V"旗是白色方形旗中一个粗壮的红色叉号，叉号的四个终端延伸到旗子的四个角，意思是"热烈欢迎首长指导"和"向首长致敬"。

航行旗语。舰艇解掉最后一根缆时，在后桅斜桁上升起航行旗，即海军旗。昼夜航行，一直悬挂。这是向人们说明该军舰是属于哪个国家的。有经验的水兵，在大洋上遇到外国军舰，分辨不清是哪个国家的，只要用望远镜看一看航行旗，就知道了。商船遇到军舰，一般要向军舰敬礼。当商船向军舰敬礼时，军舰上的信号兵应将海军旗降至旗杆顶端的三分之一处表示还礼，然后将海军旗升到顶表示礼毕。军舰与军舰相遇时，只鸣哨敬礼与还礼，不使用旗语。

现代航海尽管拥有先进的通信方式，但是在执行任务的时候，编队保持无线电静默时就得使用旗语了。旗语就是为了适应舰船航海时远距离听觉和视觉受限，从而发挥旗语的光通信。在船舶无线电静默时，白天可以使用旗语进行舰艇之间的通信联系，晚上则使用灯光进行通信联系。

旗语在现代海军得以保留的关键因素是礼节问题。各国海军为了彼此间的交流与发展，常常会派遣军舰进行友好访问。当外国船舶出现在本国港口的时候，本国船舶要进行礼貌性的欢迎。当受场地以及其他因素的限制，无法举行正式的欢迎会时，旗语就发挥重要作用了。外国船舶进入本国港口时，需要悬挂彩旗以示尊敬。现代船舶使用旗语有一套极其复杂的制度，尤其是进行正式访问时更加复杂。有意思的是，两国船舶相遇时不使用旗语，而是鸣笛进行敬礼和还礼，这已成为一种独特的传统。

尽管当今世界已经进入智能信息化时代，许多主流国家军队的通信指挥越来越多地采用电磁，但只要军队对礼节的需求还在，旗语就不会消亡，而是以另一种形式继续存在。

戎装之礼乐刑政

服不离礼，礼不离服。军队的组建和管理，皆有军服和礼节的存在。古今中外，军队日常训练、检阅、征兵，出征、凯旋、受降等，对于着什么装、持什么礼，均有相应要求。中外军服礼仪发展各有特点，但在尊重这一点上殊途同归，都会注重文化多样性、人文素养、跨文化交流和社会责任，呈现平等、简洁、内化的趋势。

一、从跪拜到平视

军服，不仅可以标定身份，还能结合交往施以礼节，进而强化身份定位。礼的本质是尊重，军礼亦然。古今中外，什么身份、穿什么军服，谁尊重谁、怎样尊重，都有一套礼仪的规则，并跟随历史潮流不断演进。

古代中国强调礼制与法律相结合，通过规定人与人之间的关系，维护一个稳定的社会统治秩序，最终目的是维护统治者的统治。通过树立皇帝的绝对权威，从而达到巩固统治的目的。

司马光说："臣闻天子之职莫大于礼，礼莫大于分，分莫大于名。何谓礼？纪纲是也；何谓分？君臣是也；何谓名？公、侯、卿、大夫是也。夫以四海之广，兆民之众，受制于一人，虽有绝伦之力，高世之智，莫不奔走而服役者，岂非以礼为之纪纲哉！是故天子统三公，三公率诸侯，诸侯制卿大夫，卿大夫治士庶人。贵以临贱，贱以承贵。上之使下，犹心腹之运手足，根本之制枝叶；下之事上，犹手足之卫心腹，支叶之庇本根。然后能上下相保而国家治安。故曰：天子之职莫大于礼也。"①

我知道天子的职责中最重要的是维护礼教，礼教中最重要的是区分地位，区分地位中最重要的是匡正名分。什么是礼教？就是法纪。什么是区分地位？就是君臣有别。什么是名分？就是公、侯、卿、大夫等官爵。四海之广，亿民之众，都受制于天子一人。尽管是才能超群、智慧绝伦的人，也不能不在天子足下为他奔走服务，这难道不是以礼作为礼纪朝纲的作用吗！所以，天子统率三公，三公督率诸侯国君，诸侯国君节制卿、大夫官员，卿、大夫官员又统治士人百姓。权贵支配贱民，贱民服从权贵。上层指挥下层就好像人的心腹控制四肢行动，树木的根和干支配枝和叶；下层服侍上层就好像人的四肢卫护心腹，树木的枝和叶遮护根和干，这样才能上下层互相保护，从而使国家得到长治久安。所以说，天子的职责没有比维护礼制更重要的了。

古代中国，礼制与服装紧密结合，形成古代服制。古代服制，始于夏商，成制于周，历代相沿。古代服制扎根于军队，便为军队服制。历代都把军队服制纳入礼制，因此军服礼仪的核心就同礼制一样，都是尊奉皇权。

其实，西方也强调以君王为尊，甚至通过军队制服来强化礼仪。

①〔宋〕司马光编，〔元〕胡三省音注：《资治通鉴》第1册卷1《周纪一·威烈王二十三年》，中华书局2013年版，第2页。

比如，在英国女王伊丽莎白二世的葬礼上，哈里王子和安德鲁王子是女王直系亲属中唯一在战时服役的成员，但严格的王室礼仪要求，让两人不能着军队制服参加葬礼。因为，哈里王子在2020年辞去王室职务后，失去了军衔和荣誉头衔。因此，在葬礼上不穿军服可能是为了遵循王室的规定和传统。安德鲁王子在2019年因与已故美国金融家杰弗里·爱泼斯坦（Jeffrey Epstein）的丑闻而退居二线，他的形象受到了严重损害。在这种情况下，安德鲁王子不穿军服可能是为了避免更多的负面关注。白金汉宫也表示，只有王室的上班族才会穿军装参加女王哀悼期间举行的大型仪式活动。美国退伍军人经常在特殊场合穿制服，退役的英国军人则不允许穿制服，除非他们获得荣誉任命并被授权穿制服。但是，他们可以佩戴军事勋章。

在中国古代，明朝军队服制最为系统，仅武官冠服就包含朝服、祭服、公服、常服、燕服和赐服等。

朝服在大祀、庆成、正旦、冬至、圣节、颁诏、开读、进表、传制时穿着。不论职位高低，都戴梁冠，穿赤色罗织的衣裳，以头上冠的梁数和所佩绶带的颜色、纹饰来区分品级。

祭服是祭祀活动的专属用品。一般武官不参与祭祀活动，但锦衣卫作为侍卫皇帝的军事机构，其堂上官可以参加视牲[①]、朝日夕月、耕藉、祭历代帝王等活动。按服制规定，穿大红蟒四爪龙衣、飞鱼服；在祭太庙社稷时，则穿大红便服。

洪武元年（1368）规定，在朔望朝见、侍班、谢恩、见辞时，以及外放的官员每日清晨上堂时，需穿着公服，以乌纱帽、圆领衫、束带为定制。一至四品服绯袍，五至七品服青袍，八至九品服绿袍。由于一至四品较高职级官员的服色都是绯色，不便于区分，为了体现这部分人的等级地位差别，又规定在公服上织以大小不同的花纹

---

① 视牲：一种古代祭祀的仪式，主要内容是检查祭祀用的牲畜是否符合规定，有无缺陷或病症。

图样。《明史·舆服志》记载："一品，大独科花，径五寸；二品，小独科花，径三寸；三品，散答花，无枝叶，径二寸；四品、五品，小杂花纹，径一寸五分；六品、七品，小杂花，径一寸；八品以下无纹。"公、侯、伯、驸马的服色花样与一品官相同。公服上"大独科花""小独科花"之类的花纹都是暗织的，是衣料的花纹，而不是显眼的彩绣。

洪武元年规定，武官参加日朝、日常办公时穿着常服，和公服一样，都是乌纱帽、团领衫及束带。不同于文官的是，为了行动方便，袍衫为窄袖。各品级官员的差别除了服色还体现在腰带的不同材质上：一品官用玉，二品官用犀牛角，三品官用镂花金，四品官用素金，五品官用镂花银，六、七品官用素银，八、九品官用牛角（黑色角质材料）。

在明初的20年里服制中是没有补服的，洪武二十四年（1391），补服才跻身服制之中。洪武二十年（1387）十月，朱元璋为了加强礼制建设，下令对臣僚尊卑礼仪加强管理。其中就不同品级的官员在路上相遇时如何见礼，做出了严格的规定：品级较低的官员要在"遥见"品级较高的官员时做出避让。如果对方比自己官阶高二品以上要引马回避，高一品以上要引马在道旁侧立。如果品级相近则双方都要靠右让道而行，否则就要获罪。官员们平日里穿的公服、常服九品仅分三色，腰带和衣料花样的分别也不醒目，以普通人的目力实在很难在远距离分辨清楚，所以各种失礼情况的发生也就在所难免。常服胸、背处的补子很可能就是在这样的情况下出现了。洪武二十四年，常服在胸背处增加动物纹样：公、侯、伯、驸马，服绣麒麟、白泽；武官一、二品绣狮子，三、四品绣虎豹，五品绣熊罴，六、七品绣彪，八品绣犀牛，九品绣海马。这些兽纹样都设计在方形边框之内，置于团领衫的前胸和后背，取其勇猛之意。

燕服，也称燕居服，是对明朝"燕居之服"的简称。燕服是明朝人上朝以外的穿着之服（日常家居服）。燕服的样式、颜色、纹样、搭配比较随意，不受最高等级衮服的限制。燕服的历史一直可以追溯到先秦时代，燕服在很长一段时间内都是一种平民化、休闲化的服装。直到明朝，燕服才被正式纳入官服体系，成为官员的日常公服。明世宗嘉靖七年（1528），内阁大学士张璁向世宗进言，官员们的日常便服该穿什么没有明确的规定，以至于有"诡异之徒"穿了一些奇装异服，实在败坏礼法风气，不符合一个有秩序的理想社会的标准，建议效法古礼记载的先秦"玄端"服，订立一套制度规定，杜绝那些胡乱穿衣的现象，彰显尊卑贵贱。明世宗采纳了张璁的谏言，令人参照玄端服绘制一套"忠静冠服图"交给礼部，再由礼部颁行下去。按照这个规制，官员们在闲暇时需穿着玉色内衫，系青色绿边的腰带，外袍为深青色。三品以上官员可以依照本人的官职品级装饰相应的"本等补"，穿青绿色鞋子，配白袜。另外还专门设计了忠静冠，以忠静之名勉励百官"进思尽忠，退思补过"[1]。（进，想着如何竭尽忠诚；退，想着如何弥补过失。）当然，朝廷虽有规定，但官员们在工作时间之外究竟如何穿着，就不一定会认真遵从燕服规定了。嘉靖皇帝对礼部说："虽燕居，宜辨等威。"[2]（即使平常闲居，也应分辨等级威严。）但士大夫们有时候在朝堂之外刻意穿着农夫渔隐等"野服"，表现出一种出世的情趣。这种风致与燕服想要彰显的礼制秩序相去甚远。

赐服是由皇帝赏赐的特殊官服，在明代被视为极大的荣宠。皇帝赐服的记载在《明实录》里屡见，武官或因战功，或因封袭，或因归顺，受者无不以此为荣。"永乐以后，宦臣在帝左右，必蟒

① 郭丹、程小青、李彬源译注：《左传（中）·宣公》，中华书局2011年版，第126页。
② 许嘉璐主编：《二十四史全译·明史》第2册卷66志第42舆服1《皇帝冕服》，汉语大词典出版社2004年版，第1252页。

服。"①（永乐以后，宦官在皇帝身边的，必定穿着绣有蟒纹的衣服。）"赐琉球中山王皮弁，玉圭，麟袍，犀带。②……其时（正德初年）有日本国使臣宋素卿者入贡，赂瑾黄金千金，亦得飞鱼。"③〔赐琉球中山王白鹿皮帽，玉圭，麒麟图案的衣袍，犀牛角装饰带。……那时（正德初年）有日本国使臣宋素卿来朝贡，贿赂刘瑾很多黄金，也得到了飞鱼服。〕这里记载的只是麒麟和飞鱼服两种，而从一些遗留下来的明代文物上看却不止于此。现藏于日本京都庙法寺、明代万历年间世宗皇帝赐给当时日本关白丰臣秀吉的服饰中，就有蟒、麒麟、飞鱼等数种。

常见赐服中，蟒服是最尊贵的。蟒指大蛇，但明代所谓的蟒，造型与龙几乎一样，区别只在爪部，就是四爪的龙。因为五爪龙纹是只有皇帝和皇亲才可以穿着的，所以就以四爪蟒服赏赐臣下。同样是蟒服，还有两个等级。荆州博物馆藏有一幅张居正坐像，所穿的赐服图案是正面"坐蟒"形象。王鏊在明代虽也贵为首辅，但他在任时间与作为远不及张居正，所以得到皇帝赏赐的蟒袍正面是一条侧身行进的"行蟒"，要次"坐蟒"一等。

飞鱼服是赐予蟒服的一种赐服，明人所称的飞鱼，是一种龙头、鱼尾、有翼的神话动物。《山海经》记载，这种"文鳐鱼"身如鲤鱼而有灰白色花纹，有鸟翼，白头红嘴，常于夜间飞行在西海、东海，叫声似鸾鸟，是"见则天下大穰"的祥瑞。后世在《山海经》的基础上不断强化飞鱼的特性，至宋代《太平御览》中称它身长丈余，犹如蝉翼般的多重羽翼，将其神化了。

---

① 许嘉璐主编：《二十四史全译·明史》第2册卷67志第43舆服3《内使冠服》，汉语大词典出版社2004年版，第1276页。

② 许嘉璐主编：《二十四史全译·明史》第2册卷67志第43舆服3《外蕃冠服》，汉语大词典出版社2004年版，第1284页。

③〔明〕沈德符撰，杨万里校点：《万历野获编补遗》卷1，上海世纪出版股份有限公司、上海古籍出版社2012年版，第695-696页。

飞鱼服上的飞鱼形状似蟒，比龙稍短，有角，长有鱼尾、双翼，有腹鳍一对。与龙、蟒常以云纹为背景不同，飞鱼通常以水波纹为背景，也不会做吐珠、喷火之类的飞龙样式。

清纳兰性德："明朝翰林官五品多借三品服色，讲官破格有赐斗牛服者。"①（明朝翰林的五品官冠服一般借用三品官的冠服样色，为皇帝经筵进讲的官员有破格赐予斗牛服的。）

斗牛指天上星宿"斗宿"和"牛宿"，属北方玄武七宿。斗宿六星排列如斗，一般称为南斗；牛宿六星状如牛角，古称牵牛，著名的牛郎星就是牛宿六星之一。斗牛的纹样从尊贵程度来讲，要次于飞鱼服。

麒麟服为级别最低的赐服，一般给四品官吏。麒麟是一种传说动物，形状像鹿，牛尾马蹄，所以是辨识度较高的一种纹饰。

按照明代服制规定，常服补子纹样"上可兼下，下不得僭上"。也就是说，如果一位一品大员对鹌鹑纹样有特殊的喜好，理论上是可以为自己做一件九品官的鹌鹑补子常服的；但一位九品官无论多么喜欢仙鹤纹样，都不能穿着一品仙鹤补子常服，否则就是僭越，轻则申饬，重则治罪。不过虽然规定如此，到了明代中后期，还是出现了很多不遵守服制的行为。由于明代官员的常服并不是朝廷统一制作分发的，而是官员们按照自身品级所对应的款式自制，这就给不按品级自制、使用高品级补子纹样大开方便之门。明后期文官们每日或要上朝面圣，或要在衙门办公，自有御史、同僚监督着，一般还能遵循服制，但武职官员领兵在外，为了显示地位和权威，往往公然违反制度穿高品级补子的补服。一品狮子补子最为常用，五至九品武官的熊、彪、海马补子，不但穿的人极少，连制作的人也几乎没有了。

---

① 〔明〕纳兰性德著，尹小林主编：《纳兰性德全集》第6册卷16《渌水亭杂识（二）》，国际文化出版公司2016年版，第83页。

明人沈德符《万历野获编》中有一段对狮补泛滥的生动记载，说万历朝末年，低级武官们全然不按服制使用补子，无论品级大小都穿狮子补，甚至连普通兵士都喜欢穿狮子补服。有时候小兵犯错受罚，狮补衣不脱就捆绑起来挨鞭子，抽得满地打滚。打完了，爬起来拍拍灰尘继续当差。沈德符不禁感慨，原本象征一、二品身份的高级补子沦落到这般田地，实在是有辱斯文。

不仅常服，赐服在明代中后期也有失控的趋势。与常服由官员自备不同，赐服所用的衣料由应天、苏、杭等地的官营织造生产出来上交内库，再依据皇令赏赐臣下。早在正统十一年（1446），明英宗就对工部下令，凡有私自织绣蟒龙、飞鱼、斗牛等违禁花样的，工匠处斩，其家人发配充军，穿用的人也要严惩。弘治十七年（1504），孝宗对吏部尚书刘健说，宦官僭越穿蟒衣的尤其多，重申服色禁令："蟒、龙、飞鱼、斗牛，本在所禁，不合私织；间有赐者，或久而敝，不宜辄自织用。"[1]（蟒、龙、飞鱼、斗牛，本来在禁止的范围中，不应当私自织造。偶尔有赏赐的，时间久了就破了，不应当擅自编织使用。）

嘉靖十六年（1537），皇帝在出巡的驻地见到兵部尚书张瓒穿着蟒服，怒问阁臣夏言："尚书二品，何自服蟒？"[2]（尚书是二品官，何故穿绣织有蟒纹的衣服？）夏言回奏说，张瓒所穿，乃是皇帝赏赐的飞鱼服，鲜艳明丽像蟒服而已。表示没有僭越。嘉靖皇帝追问："飞鱼何组两角？其严禁之。"[3]（飞鱼为何编织两个角？要严厉

① 许嘉璐主编：《二十四史全译·明史》第2册卷67志第43舆服3《内使冠服》，汉语大词典出版社2004年版，第1277页。

② 许嘉璐主编：《二十四史全译·明史》第2册卷67志第43舆服3《文武官冠服》，汉语大词典出版社2004年版，第1270页。

③ 许嘉璐主编：《二十四史全译·明史》第2册卷67志第43舆服3《文武官冠服》，汉语大词典出版社2004年版，第1270页。

禁止这种现象。)

按照当时服制,飞鱼头上只有一角,有两只角的是蟒,张瓒的飞鱼服还是逾制了。于是礼部再次重申,文武官不许擅用蟒衣、飞鱼、斗牛等华丽、奇异色服。

从明朝服制看,通用穿着规矩之严可见一斑。与之相应,行什么礼,也有讲究。

古代中国跪拜礼。从考古实物看,安阳出土的商代玉人和石人雕像已有跪坐姿势。直到唐代,中国人还是习惯"席地而坐"。古人的"坐",实际上就是我们现在的跪,两膝着地,臀部坐于后脚跟之上,脚掌向后向外。西周时的礼仪规定,表示尊敬时,伸直上半身,也就是所谓"引身而起";进一步的就是上半身向前、两手伏地,这就是"拜"。正式场合的"正拜"有稽首、顿首、空首。稽首是拜者屈膝跪地,左手按右手,支撑在地上,然后叩首到地,稽留一会儿,手在膝前,头在手后。

跪拜礼是最重要的礼节,一般用于臣子拜见君王或是子孙祭祀先祖的礼仪。顿首和稽首的基本动作相同,只是拜时叩头动作较为迅速,额头触地即起。一般用于下对上的敬礼。空首的基本动作是双膝着地,两手在胸前拱合,俯头到手,头与心平而不到地,又叫"拜手"。贵族驾车出行,见到地位比自己高的人要下车让道,而对方应将手放在车前横木上,称为"式"。

军队礼节略有不同。据儒家经典记载,西周时,披挂甲胄的将士不行跪拜礼,对地位比自己高的人仅行拱手礼,号为"介者不拜";而受礼者也仅需作揖还礼。兵车出行,即使有人向驾车者致敬,也无须行"式"还礼,称为"兵车不式"。

军营中凡授受有锋刃的武器时,要以木柄一头递交。出军营的时候,武器的锋刃要向前,进入军营时锋刃要向后。汉代以后这些军营礼节仍然存在,比如,著名的汉文帝"细柳劳军"故事中,周亚夫就以"甲胄之士"为由不行跪拜礼，不过没有披甲的将士仍然要行跪拜礼。

唐以后的军营相见礼结合了跪拜礼和作揖。比如，明朝著名将领戚继光在军中要求："凡平时无警，在久住地方，哨官以上许冠带，哨长义士许青衣，队长许青布衫系绦。其礼仪，把总之待哨官，哨官之待哨队长，哨队长之待兵，许以乡情从变相待，但坐需要侧侍，不许齐肩平列，虽下至队长与兵亦然。凡进操及征调在外，与凡掌号笛发放，把总官即戎装锦绣，哨队长各小袖，依方色戎衣执旗，俱以军容承接。"①

凡平时未战备的时候，在长期驻扎的地方，哨官及以上级别的军官可以佩戴官帽和腰带，哨长和义士可以着青衣，而队长可以穿青布衫并系上腰带。在礼仪方面，把总对哨官，哨官对哨队长，哨队长对士兵，虽然可以按照当地习俗灵活处理，但在就座时，下级要侧侍，不得并列平肩平坐，队长和士兵之间也做同样要求。凡阵形操练以及征调执勤，听到唢呐奏响，把总着精致华美的锦绣军装，哨队长着短袖，根据不同的方色穿军装执旗，所有人以严整的军容来执行任务。

下级将士参见主将都必须"两跪一揖"，非直属下属参见则"一跪两揖"。路上遇见直属上级必须下马让道，行拱手礼。如果是非直属上级军官，仍要下马让道立正候过。把总参见千总"两揖一跪"，以下各级均如此。并宣称"军中立草为标"，任何人都必须向上级行礼。清朝的军营相见礼以单腿着地的"打千"为主，见上级必须"打千"，如果是向直属上级报告，仍然要行跪拜。

不过，在对外交往中，古代中国以尊奉皇权为主旨的礼节文化渐渐和外来礼节文化发生冲撞。

①〔明〕戚继光撰，高扬文、陶琦主编，曹文明、吕颖慧校释:《纪效新书》卷5《教官兵法令禁约篇第五》，中华书局2001年版，第89页。

明代永乐时期，国力强盛。永乐十八年（1420），朱棣在北京接见各国使臣，各国使臣都行了叩拜礼，但是帖木儿国（中亚河中地区的突厥贵族帖木儿于1370年开创的帝国）使臣（首领是帖木儿帝国宰相阿尔都沙，副使是名将盖苏耶丁）借口自己国家没有这种习俗，没有跪拜，而是行了鞠躬礼。恰逢明朝进行军事演习（当时称"狩猎"），朱棣邀请各国使团参观。朱棣为这次军事演习下了大力气，进行了大阅兵。

阅兵的地点是北京怀来，参加兵力10万："五军营"（由马军、步军组成。步骑军为中军，左右掖，左右哨，称为五军。除在京卫所外，每年又分调中都、山东、河南、大宁各都司兵16万人，轮番到京师操练，称为班军）、"三千营"（以三千蒙古骑兵为骨干，故名。后来实际人数尚不止三千人，全部是骑兵，是朱棣手下最为强悍的骑兵力量）、"神机营"（专门掌管火器的特殊部队）表演了明军骑兵包抄、步兵突击、步骑合击等项目。朝廷还从广西、云南、四川调来了"土狼兵"、白杆兵，演练了其擅长的军事科目。其中，"神机营"的火器操练让各国使节大开眼界。这次阅兵持续了整整一个月。

这次阅兵后，朱棣又接见了各国使节。帖木儿国使臣受到震撼，带头下跪磕头。

19世纪末20世纪初，伴随着西学东渐，一些西方礼仪传入中国。《陆军行营礼节》规定，新军官兵除朝觐拜谒外，穿着新式军服时不再行跪拜礼。军人礼节的改革，改掉了封建的繁文缛节，军营气象一新，成为中国军队近代化的标志之一。

我军创立之后，一种新型平等民主的上下关系出现，促进了军队礼节的现代化。

中央苏区曾经流传一句顺口溜：南京北京不如瑞金，中国外国不如兴国。兴国县位于中央革命根据地的中心区域。长征艰苦卓绝的征途中，红军队伍在草地、泥沼里，将军让出自己的战马，驮运病重的士兵。面对短缺的物资给养，军长和士兵同吃一口锅中饭。

1929年9月，陈毅在一份报告中提到一副广为传诵的对联：红军中官兵伕衣着薪饷一样，白军里将校饮食起居不同。

当时的歌谣唱道："当兵就要当红军，处处工农来欢迎，官长士兵都一样，没有人来压迫人。""处处工农来欢迎"强调了红军与工农群众的紧密联系，表明红军得到了人民的拥护和支持。"官长士兵都一样"则凸显了红军内部的平等和团结，军队内部没有严格的等级制度和压迫关系。这与其他军队的状况形成了鲜明的对比。歌谣充分展现了红军的崇高品质和革命精神，让人们对红军充满敬意。同时，它也提醒我们，只有充满正义和平等精神的军队才能赢得人民的支持。

毛泽东在《古田会议决议》中指出："红军官兵平等。"[1] 这成为我军与世界其他军队的根本区别。

"废止肉刑，方才利于斗争"[2]，继《古田会议决议》提出这一鲜明论断之后，毛泽东进一步深刻指出："很多人对于官兵关系、军民关系弄不好，以为是方法不对，我总告诉他们是根本态度（或根本宗旨）问题，这态度就是尊重士兵和尊重人民。"[3]

在延安时期，毛泽东亲自为普通战士张思德召开追悼会，并发表《为人民服务》的讲话。这种一视同仁、高度平等的官兵情，激励人民军队一往无前。对人民军队而言，"民主平等"像水和空气一样，须臾不可离。

---

① 中共中央党史和文献研究院编，逄先知主编：《毛泽东年谱（1893—1937）》上卷，1929年12月28日、29日条，中央文献出版社2023年版，第290页。

② 中共中央文献研究室、中央档案馆编：《建党以来重要文献选编（1921—1949）》第6册《中国共产党红军第四军第九次代表大会决议案》，中央文献出版社2011年版，第756页。

③ 毛泽东：《毛泽东选集》第2卷《论持久战》，人民出版社1991年版，第479页。

官兵一致、民主平等的新型官兵关系，抓住了礼的本质，超越旧的礼制，是一大创举。这一创举贯穿中国人民解放军发展壮大的全过程，是人民军队先进性的重要表现，也是中国人民解放军区别于世界上其他国家军队的重要特征，更是中国人民解放军不断打胜仗的有力保证。

在世界军服和军礼的发展过程中，礼节从区别尊卑向平等转变，体现了社会的进步。这不仅有利于提高军队的士气，还有助于加强国际的友好合作。

二、从脱帽到举手

现代军礼主要有举手礼、注目礼和举枪礼等三种形式。其中，举手礼成为最常用的形式，也是世界各国武装力量表达敬意的一个重要方式。举手礼是怎么来的呢？事实上，举手礼是从脱帽礼演变而来，和军服有着密不可分的关系。

在西方，军礼的起源最早可以追溯到古罗马时代。当时，在罗马帝国庞大的骑兵军团里，就已经有了军礼的雏形：每当骑兵们策马相遇时，都会相互举起头上戴的面罩。据说，这一方面是为了向对方表示敬意；另一方面也是为了显示自己的脸部，以免被对方误伤。到了"骑士时代"鼎盛期的11世纪，欧洲各国的骑士们摘下头盔或帽子以示敬意。因为头盔多用铁制，十分笨重。到了安全之处，把头盔摘下，以减轻负担。这样脱帽就意味着没有敌意，如到友人家，为表示友好，也脱盔示意。这种习惯流传下来，就是今天的脱帽礼。

同时，以举手礼为共同特征的近现代军礼，其发端有两种说法，虽因年代久远，已不可考证孰是孰非，但颇具浪漫色彩。一种说法是，1588年英国海军击败了西班牙的"无敌舰队"后，女王伊丽莎白一世为凯旋的将士举行祝捷大会，并亲自为有功将士颁奖。当时，为维护女王的尊严，特别规定将士领奖时，要用手遮蔽眼部，不得和女王平视。这一动作后来就逐渐演变成了今天各国军队的军礼。另一种说法是，严肃的军礼来自欧洲中古时代的"情场"。当时，一位公主要下嫁给一位勇敢的武士。而想得到公主的武士很多，免不了要在公主面前"刀光剑影"一番。比武之前，武士们列队在公主面前走过，为表示自己目眩于公主"太阳光芒般的美丽"，将手举起遮盖在眼前。渐渐地，这个动作就发展成了敬礼。

不过，正式把"脱帽致礼"的传统改为用手接触帽檐敬礼的，是英国资产阶级革命后克伦威尔领导的新军。那时的英国军人相互敬礼时，右手掌紧贴帽檐，手心向外翻，以向对方表示自己手中没有武器；同时两腿并拢呈立正姿势，以显军人气势。法国大革命后，法国军队也先后实行了这一新式军礼。不久，这种军礼传到美国，进而逐渐传到全世界。目前，世界各国军礼在细节上虽各不相同，但举手接触帽檐致敬这一形式却是通行的。

值得一提的是，扭曲的历史会有一些支脉，军礼也曾掺杂进一些"异类"。最著名的莫过于"纳粹军礼"：高抬右臂45度，手指并拢向前，并高喊："嘿！希特勒！"希特勒通过让民众每天重复这样机械的动作，实现了他催眠整个德意志民族的目的，留下深刻历史教训。在今天的德国，行纳粹军礼是要被开除公职的。

今天，根据文化传统的不同，举手军礼也在不同国家衍生出了不同的方式。

英国军人有两种敬礼方式。一种是比较典型的手心外翻，手指紧紧贴着帽檐，以表示自己手里没有武器。英国海军则是手心向下，因为水兵们工作时手掌油腻，翻到外面不好看，所以手心向下敬礼，

而且还要有一定的角度，不让别人看到手上的污渍。

与英国隔海相望的法国，军人敬礼代表着尊重、友爱和互帮互助。行军礼时，敬礼者必须上臂呈水平状，手指靠近眼角，手掌向外且五指并拢。在拿破仑时期，面对最高指挥官时，士兵还需脱帽致敬。

由于英国当时的影响力，许多英国殖民地都沿用了手掌外翻的敬礼方式。其中比较有特色的是澳大利亚。澳大利亚军人敬礼的姿势与英国相同，但是他们讲究慢抬快放，需要用1.5秒来抬起手臂。

作为头号军事大国的美国，军礼深受英国海军影响，右手五指伸出并拢，手掌朝下，挺直身体并抬头，双眼必须平视受礼者，食指尖端放在军帽的边缘，手腕笔直，肘部微微抬起。根据规定，当下级向上级敬礼后，上级必须在行进中两步之内完成回礼。

北欧丹麦的海军、空军以及国民卫队采用美式敬礼法，而陆军敬礼时，抬起右臂，上臂与身体要呈90度角，右手移到太阳穴后，手心朝下且与地面平行。

俄罗斯的军礼非常有特色，那就是把头扬起来，并且始终保持面向敬礼的方向。这种敬礼方式，我们在俄罗斯的阅兵式当中多次见过，有朋友戏称，一场阅兵式下来，治好了多年的颈椎病。

旧日本陆军军礼偏法式，但海军偏英式。警察介于两者之间，总的来说主要区别在于手臂上肘部不与肩平齐，并且五指不是在一个平面之上，大拇指稍微趋向掌心。

军礼在中国同样"源远流长"。早在公元前11世纪的西周时代，军礼作为"师旅操演、征伐之礼"，就同"吉、凶、宾、嘉"礼仪一起并称为"五礼"。据史籍记载，中国古代的军礼大体可分为两种：一是拱手礼。《史记》记载，汉文帝视察军营时，名将周亚夫手持兵器向皇帝拱手，说："身着铠甲的将士不能行跪拜礼，请允许我以军礼参见。"二是下级通常向上级行跪拜礼。

鸦片战争后，西方军礼逐渐输入中国。晚清陆军用了半个多世纪才从旧式军礼过渡到西式军礼。受儒家思想浸染的一代兵家曾国藩，因看不起"英夷"而对西方军礼不屑一顾；大办"洋务"的李鸿章只是把西式敬礼作为军队"习练手足"的内容接受下来。直到甲午战争后，才经光绪皇帝批准，推出了第一个全国性的近代军队礼节制度——《陆军行营礼节》，并在辛亥革命前成为清军通行的军礼。1905年2月（光绪三十一年正月），练兵处奏定《陆军行营礼节》，规定新军军中礼节为注目礼、立正礼、举手礼、握手礼、举刀礼、举枪礼等。其中，举手礼规定动作为："凡官兵举手行礼右手诸指靠拢将食指中指加于帽之右边，手掌向前，举肘齐肩，注目敬礼之人。"

辛亥革命后，南京临时政府和北京（北洋）政府军队沿用了清末新军的礼节，举手礼成为最普通的军礼。1924年，孙中山先生在广州建立黄埔军校，黄埔学生军和后来的北伐军（国民革命军）均行举手礼，并将举手礼写入条例，从制度上加以规范。1928年7月20日公布的《国民革命军陆军礼节》规定，陆军礼节项目为：立正、注目、举手、举枪、举刀。凡在室外除别有规定外均行举手注目礼：举右手手指并合伸直，将中指与食指置于帽檐之右侧，手掌微向外，抬肘与肩齐高，向受礼者注目。

中国共产党领导的人民军队诞生于1927年"八一"南昌起义。起义部队为中共在原国民革命军第二方面军中掌握的兵力，因此，建军之初仍沿用黄埔军校及北伐军的军礼。1936年8月颁布的《中国工农红军暂行内务条例》，是我军第一部内务建设的法规，其中军人礼节，借鉴了国民革命军礼节。

过去，中国军人受到英、美、俄、日、德等国的影响，敬礼方式也是五花八门。中华人民共和国成立后，统一了敬礼方式：右手从胸前抬起，右臂要与肩一样高，五指合拢，手掌心向下，手掌中指微贴太阳穴位置。客观地说，中国的军礼可能是所有军礼中最简洁、最有力的，没有一点儿多余的动作。

将军服设计和军礼简化结合起来，一方面采用简约的颜色和图案，减少烦琐的装饰，选择实用的面料；另一方面精简仪式流程，鼓励团队精神，简化指挥体系，可以让现代军队更加高效和实用。

三、从他律到自律

礼既是一整套交往标准，也是一系列道德标准。因此，自律是礼的必然要求。西汉戴圣云："敛发毋髢，冠毋免，劳毋袒，暑毋褰裳。"①（头发要用帛束好，不要让它像假发那样下垂。帽子不可随便脱下，干活时不要脱衣露体，热天也不要撩起下衣。）东汉班固云："所以必有绅带者，示谨敬自约整。"②（有身份地位的人做人谨慎，对人恭敬，能够自我约束，自我完善。）

不过，仅从服装礼仪来看，古今中外，军队对军容风纪更加严格，对军人自律要求也就更高。

古代中国，一直强调从严治军。围绕强化战场号令，前有战国孙武斩美姬，后有西汉周亚夫拒文帝，更有"十七禁令五十四斩"，严苛超乎想象。其实，军容风纪也是治军从严的重要一面。

相传，明朝抗倭名将戚继光对属下军容风纪要求极其严格。一次，有官员到抗倭前线视察军队，突然间大雨如注，官兵一阵骚乱，

---

①《十三经注疏》编委员会整理，李学勤主编：《十三经注疏·礼记正义（上）》卷2《曲礼上》，北京大学出版社1999年版，第48—49页。
②〔明〕陈立撰，吴则虞点校：《新编诸子集成·白虎通疏证（下）》卷9《衣裳》，中华书局1994年版，第435页。

有的甚至离队避雨，只有戚继光的军队纹丝不动，军容整齐。戚继光对军队严格要求，自己以身作则。有一次，戚继光率军到浙江乐清，恰逢天降大雨。当地的士绅百姓邀他入室避雨，戚继光认为，士兵们都在外面淋雨，统帅怎么可以独自进屋避雨呢？

现代军容风纪要求士兵留短发，主要有两方面的考虑。其一，军队要求整齐划一，而短发是最容易统一的。发长超过3厘米，就会有各种各样的发型，相对来说难以统一。短发的话，一般情况下是小平头或者圆头，这对于统一着装、统一仪容有帮助。其二，也是一个很重要的考虑，那就是军人是要打仗的，如果留长发，到了战场上就会影响作战。

军容风纪多半采取督促的方式予以约束，更重要的还得靠军人的自查自律。

中国人民解放军历来严格要求军容风纪。在土地革命战争初期，革命根据地的部队曾编印过内务条例或内务规则。1936年8月，中央革命军事委员会颁布了《中国工农红军暂行内务条令》。这是我军历史上第一部《内务条令》，对值日勤务、风纪、卫兵、礼节、请假规则、着装注意事项等做出了规定。中国人民解放军历来重视内务制度建设。此后，随着军队的发展，分别于1942年、1951年、1953年、1957年、1963年、1975年、1984年、1990年、1997年、2010年、2018年发布内务条令。

2018年发布的《中国人民解放军内务条令（试行）》规定：军人应当军容严整，遵守下列规定：（一）着军服在营区外以及在室内携带武器时，应当戴军帽；着军服在室（户）外通常戴军帽，不戴军帽的时机和场合由旅（团）级以上单位确定；戴作训帽、大檐帽（卷檐帽）、夏常服帽时，帽檐前缘与眉同高；戴冬帽时，护脑下缘距眉约1.5厘米；水兵帽稍向右倾，帽墙下缘距右眉约1.5厘米，距左眉约3厘米；军官大檐帽饰带应当并拢，并保持水平；士兵大檐帽风带不用时应当拉紧并保持水平；大檐帽（卷檐帽）、水兵帽松紧带不使用时，不得露于帽外；（二）除军人宣誓仪式、晋升（授予）军衔仪式、授旗仪式等重要集体活动和卫兵执勤外，着军服进入室内通常自行脱帽，按照规定放置，组织其他集体活动时可以统一脱帽；驾驶和乘坐车辆时，可以脱帽；因其他特殊情况不适宜脱帽时，由在场最高首长临时确定；（三）着军服时应当穿军鞋、穿制式袜子；在实验室、重要洞库等特殊场所，可以统一穿具有防尘、防静电等功能的工作用鞋（袜）；不得赤脚穿鞋；（四）着军服时应当按照规定扣好衣扣，不得挽袖（着夏作训服时除外），不得披衣、敞怀、卷裤腿；（五）军服内着毛衣、绒衣、绒背心、棉衣时，下摆不得外露；着衬衣（内衣）时，下摆扎于裤内；内着非制式衣服的不得外露；（六）不得将军服外衣与便服外衣混穿；（七）不得将摘下标志服饰的军服作便服穿着；（八）不得着印有不文明图案、文字的便服；不得衣冠不整、穿着暴露、袒胸露背进入办公场所；（九）不得着自制、仿制的军服；（十）着军服时不得骑乘非军用摩托车。军人非因公外出可以着军服，也可以着便服。女军人怀孕期间和给养员外出采购时，可以着便服。军人头发应当整洁。军人发型应当在规定的发型示例中选择（生理原因或者医疗需要除外），不得蓄留怪异发型。男军人不得蓄胡须，鬓角发际不得超过耳郭内线的二分之一，蓄发（戴假发）不得露于帽外，帽墙下发长不得超过1.5厘米；女军人发辫不得过肩。军人染发只准染与本人原发色一致的颜色。军人服役期间不得文身。着军服时，不得化浓妆，不得留长指甲和染指甲；不得围非制式围巾，不得戴非制式手套，不得在外露的腰带上系挂钥匙和饰物等，不得戴耳环、项链、领饰、戒指、手镯（链、串）、装饰性头饰等首饰；不得在非雨雪天打伞，打伞时应当使用黑色雨伞，通常左手持伞；除工作需要和眼疾外，不得戴有色眼镜。

　　西方军队也同样认可严格军容风纪的重要性。

美国前总统艾森豪威尔将军曾说，当你穿上制服时，你就接受了某些限制。（When you put on a uniform, there are certain inhibitions that you accept.）[1]

白金汉宫的卫兵换岗是世界上著名的军事仪式之一，展示了英国军队的纪律和对传统的坚持。士兵们穿着标志性的红色束腰外衣和熊皮帽子，动作精确而完美，突出英国军队军容和着装纪律的重要性。

拿破仑统治法国的时候，曾亲自率领法国军队越过阿尔卑斯山进入意大利作战，并取得了胜利。当拿破仑检阅参战部队时，发现很多士兵的袖口很脏。原来在翻越阿尔卑斯山时，山上气候寒冷，法军穿的衣服很单薄，许多士兵因此被冻感冒了，经常流鼻涕，又无东西可擦，只好抬起胳膊用袖口擦鼻涕，所以把袖口部位弄得很脏。拿破仑治军向来十分严格，非常注意整肃军容风纪，虽然说在当时的情况下士兵们用袖口擦鼻涕情有可原，但他觉得这样把袖口当手帕，弄得污渍斑斑，有损军威，便同军需官商量了一个解决的办法：在袖沿向上的一边钉三颗铜纽扣。这样当士兵用袖口去擦鼻涕时，那三颗坚硬的铜纽扣便会提出警告，从而保持了衣袖的整洁。

世界各地军队中，锡克教士兵，包括印度军队、英国军队和加拿大武装部队，以佩戴独特的头巾作为制服的一部分而闻名。锡克教士兵必须像他们的战友一样，遵守严格的纪律和统一的标准。包括保持头巾的整洁、系扎正确。锡克教士兵被允许留须，但必须整齐、干净、适当修饰。

众所周知，美军是世界上军服种类最多的国家之一。那么，美军会不会也检查军容风纪呢？

美军对官兵的制服要求是非常高的。比如，美国海军陆战队员

---

[1]*Dwight D. Eisenhower Quotes*, https://www.brainyquote.com/quotes/dwight_d_eisenhower_112046.

衬衫、皮带扣和裤子的接缝必须对齐,也就是所谓的"演出线",反映了纪律和专业精神。

美军各军种都出台了制服条例,细到一枚纽扣的尺寸,给出具体的尺寸数字和材质要求。美国陆军的DA PAM 670-1号制服条例多达286页,还有多达64页的AR 670-1号陆军制服与徽章穿着规定。专门规定奖章和勋表佩戴要求的AR 600-8-22号美国陆军奖励条例,多达212页。美国陆军推出"陆军绿"制服之后,发布了穿着指南,对原有条例进行补充。

美国海军也有自己的制服条例,公布在美国海军官网之上。2019年冬,美国海军发布了最新版的制服更新2019-20号文件,对于迷彩服换代、女兵佩戴迪克森帽、体能训练服升级之后的具体事宜进行了明确。美国海军学院作为一个副军级单位,学员有专属制服,因此有COMDTMIDNINST-1020.3C号学员制服条例。美国空军、美国海军陆战队、美国海岸警卫队也有制服条例体系。美国太空军尽管成立不久,也在2020年8月推出了美国太空军迷彩服穿着指南,其他制服体系也在建设之中。

面对如此繁杂的制服和条例,美军官兵能不能保证完全按照条例规定穿着呢?答案是否定的。尽管绝大多数美军士兵在拍摄标准照时能够做到军容严整,但是在海外部署的半作战场合之下,尤其是穿着迷彩服的时候,就显得非常随意了。美国陆军士兵经常不佩戴"前战时服役部队臂章",或者连部队的臂章都不佩戴。

不过,绝大多数美军对于军容风纪还是能够严格要求的。在美军之中,军容风纪一般由指挥官负责,指挥官一般指团以上单位的主官。

有趣的是,美军在检查军人仪容的时候,是需要小尺子的。比如,美军要求女军人的发髻末端离头皮不超过7.62厘米,发髻长宽不超过10.2厘米。这些都需要用小尺子去测量,如果不合格就要马上纠正。

军容风纪看起来是小事，但却是战斗力长堤上不可忽视的蚁穴。能不能清除蚁穴，确保长堤不溃，守的是底线，靠的是自觉。

应坚持加强军服设计与严格军容风纪相结合，统一标识，强化军队的整体形象，增强军队的认同感和团队精神；规范着装要求，严格执行军容标准，维护军队的正规性和纪律性；严格军容检查，确保官兵遵守军容要求，体现军队的严谨性和专业性；加强教育培训，使官兵充分认识到军容的重要性，从而自觉遵守军容要求；创新军服设计，以满足现代化作战需求和提高官兵的工作效率。加强发放、管理，确保官兵得到合适的装备，同时降低浪费和成本。

技术篇

戎装之巧夺天工

先进的工艺、技术往往发轫于军事领域。军事技术浩如烟海，一般人印象中，军服貌不惊人。其实，军服同样巧夺天工，并且更贴近军人、呵护入微。

一、系统配套

对于军事技术，人们大都迷信"一招鲜、走遍天"，或偏爱宝剑幽光冷冽、削铁如泥，或执着战机神奇隐身、导弹锁定。但战争是体系对抗，从全局看，决定胜负的并非单一因素，而是系统、体系。军服为战而生，也遵循系统保障、体系制胜的规律。对战士而言，军服系统配套既是战场效能的催化剂，也是生命安全的基准线。

2500年前，古罗马时期，罗马共和国执政官盖乌斯·尤利乌斯·恺撒提出："理想的军服是：外衣。一件素色羊毛束腰宽松外衣，袖子非常短，刚刚能遮住半截上臂，长度一直拖到膝盖，并在腰上用带子束紧。斗篷或披肩。士兵会将厚实的羊毛斗篷或披肩披在肩上，通常用一个扣环固定住，使胳膊能比较自由地活动。士兵不参加战斗时，常常这样穿。将军和高级军官的斗篷叫帕鲁达门托姆，是一种呈梯形的大斗篷。和士兵披在肩上的斗篷不一样，它的尺寸较大，质地更优良，颜色更亮丽。最高统帅的斗篷是紫色的。鞋子。鞋有几种类型，一种是简单的凉鞋，叫索莱阿，只保护脚底；一种是皮条编的短靴，叫卡尔凯吾斯，是人们平时穿的；还有一种是绷带状的鞋，叫卡里嘎，这种鞋把整只脚和部分脚踝都包裹起来。头盔。头盔要么是青铜制的，要么在青铜里面用皮革做内衬。高级军官的头盔通常用羽毛或是马鬃装饰。铠甲。有时就是一层皮革；有时皮甲上还要覆上金属，可以看到铁环或铜环环绕腰部，相同的环延伸覆盖住肩膀，金属胸甲保护胸的上半部分。青铜制护胫甲。不过士兵常常只穿一个护胫甲，因为盾牌可以很好地保护左腿。"[1]

以今天的标准看，恺撒认可的军服的确比较简陋，但其整体考虑兼顾平时、战时以及贴身性、防护性等，体现了系统配套思想。

系统配套意味着要素全、层次清，有主有辅。军服追求系统配套，离不开战争认识和战争需求的不断发展，但根本还是取决于生产力水平。

古代中国，铠甲伴随商代部落战争出现。西周时期，铠甲伴随冶炼技术有所发展。春秋战国时期，冶铁技术进一步发展，诸侯之间频繁战争，促进了铠甲的制造。东汉经学家郑玄说："合甲削革裹肉，但取其表合以为甲也。"[2] 表明当时合甲就是简单削去牛皮上的肉，只用它的表皮，拼合起来做成铠甲。可见这一时期铠甲设计制作处于较低层次。

---

[1]〔古罗马〕盖乌斯·尤利乌斯·恺撒著，李艳译：《内战记》附录《衣服装备》，中信出版集团2019年版，第151页。

[2]〔宋〕李昉、李穆、徐铉编纂：《太平御览·兵部》卷86甲上，古诗文网，https://so.gushiwen.cn/guwen/bookv_46653FD803893E4FBF2C808CDA1FO3E8.aspx.

中国封建王朝时期，唐朝的生产力水平远高于汉朝，其军队服饰和盔甲制作亦是炉火纯青。唐工部下设军器监，负责兵器建造。监下设署，署下设作坊。据《新唐书》记载，军器监下的甲坊署，专门负责铠甲生产。唐军虽然还不能为士兵定制铠甲，但是已经开始分大小号了。《唐书·马燧传》记载，唐军的铠甲分大、中、小三号，分别给高、中、矮的士兵穿着。《太白阴经·军械篇》记载，唐军一军12500人，配备有7500领甲，披甲率达到了60%。由于铠甲较重，因此士兵的体质就很关键。唐军招兵时，都要让士兵试着穿甲。

据《唐六典》记载，光唐甲就有13种，以明光甲领衔，还有光西甲、细鳞甲、山文甲、乌锤甲、白布甲、皂绢甲、布背甲、步兵甲、皮甲、木甲、锁子甲、马甲。"明光甲"一词的来源，与胸前和背后的圆护有关。这种圆护大多以铜铁等金属制成，并且打磨得极光，颇似镜子。在战场上穿明光甲，由于太阳的照射，会发出耀眼的"明光"，故名。这种铠甲的样式很多，而且繁简不一：有的只是在裲裆的基础上前后各加两块圆护，有的则装有护肩、护膝，复杂的还有数重护肩。身甲大多至臀部，腰间用皮带系束。明光甲最主要的特征是胸前、背后大型圆形或椭圆形甲板。有关明光甲的纪录中说："祐时着明光铁铠，所向无前。敌人咸曰'此是铁猛兽也'，皆遽避之。"[1] 蔡祐当时穿着闪闪发光的铁铠，冲向前去无人敢挡。敌人都说"这是只铁老虎"，都急忙躲避他。唐军的铠甲抛弃了魏晋的具装铠，演变为以明光甲为代表的唐十三铠。明光甲是一种板式铠甲，非常华丽，而且重量轻，防御力大幅提升。明光甲以兜鍪护头，兜鍪两侧有向上翻卷的护耳，有的兜鍪还缀有垂至肩背用以护颈的顿项。胸甲一般分左右两片，居中纵束甲绊，左右各有一面圆

① 许嘉璐主编：《二十四史全译·周书》卷27列传第19《蔡祐》，汉语大词典出版社2004年版，第320页。

护，或做凸起的圆弧形花纹；两肩覆盖披膊，臂上套有臂护；腰间扎带，腰带之下有两片膝裙护住大腿，小腿上则多裹缚"吊腿"。这种铠甲的结构堪称完备。

明光甲从诞生到成熟，按照年代顺序，可以分为五个类型。第一个类型：以龙门石窟潜溪寺的天王雕像为代表。该雕像完成于650年以前，穿着铠甲的形制是甲带呈十字形在胸前打结，左右各有一个大型圆甲板，有披膊。腰带下左右各有一片膝裙，用以保护大腿，小腿上也有保护层，术语称为"吊腿"。第二个类型：以麟德元年[①]（664）郑仁泰[②]墓出土的涂金釉陶俑为代表。头戴头盔，有护颈和护耳。身甲有护颈，前部分为左右两片，每片中心有一小型圆甲片，背部则是整块大甲板。胸甲和背甲在两肩上用甲带扣联，甲带由颈下纵束至胸前再向左右分束到背后，然后束到腹部。腰带下左右各一片膝裙。两肩的披膊有两层，上层为虎头状，虎头中露出下层金缘的绿色披膊。第二个类型跟第三个类型并存了一段时间。第三个类型：以总章元年[③]（668）李爽墓出土的陶俑为代表。其中一件99.5厘米高的贴金彩绘俑，所戴头盔左右护耳外沿向上翻卷，身甲向上伸出护颈。披膊呈龙首状。胸甲从中分成左右两部分，上面有凸起的圆形花饰，在上缘用带向后与背甲扣联。自颔下纵束甲带到胸甲处经一圆环与横带相交，腰带上半露出圆形的护腹，腹甲绘成山纹状。同墓出土的另一件，腹甲绘成鱼鳞状。腰带下左右各垂一片膝裙，小腿缚扎吊腿。神龙三年[④]（707）任氏墓出土的陶俑，也属于第三个类型。同期咸阳苏君墓中也出土了两件着第二个类型

---

① 麟德，唐高宗李治年号（664—665）。

② 郑仁泰（601—663），唐朝著名将领，曾随李世民伐辽东，官至右屯卫大将军。

③ 总章，唐高宗李治年号（668—670）。

④ 神龙，唐中宗李显年号(705—707)。

盔甲的陶俑，说明两种铠甲并存。第四个类型：以长安三年①（703）独孤君妻元氏墓出土的彩釉陶俑为代表。头盔护耳上翻，顶竖长缨。护颈以下纵束甲带，到胸前横束至背后，胸甲中分为左右两部分，上面各有一块圆形甲板。腰带下垂膝裙、鹘尾，下缚吊腿。披膊为龙首状。这种盔甲形态在唐朝出现得很多，莫高窟唐窟中也常见这一类型。第五个类型：以敦煌第194窟的神王雕像为典型，敦煌文物研究所将它定为中唐（763—820）的作品。头盔的护耳部分翻转上翘，甲身连成一个整体，背甲和胸甲相连的带子，经双肩前扣。胸部和腰部各束一带，腰带上方露出圆形腹甲。披膊做虎头状，腿缚吊腿。同样的标本有榆林窟第25窟内壁画的南方天王像。五型盔甲是明光甲的最后一种形制。

至此，古代中国铠甲发展的系统配套理念，呈现出制作有机构、大小分型号、管理有制度的较为高级的发展阶段。

近代以来，西方率先完成工业革命，美国更是成为第一超级大国，其军服体系也蔚为大观。

美军现役军服按功能分为作战服、常服、其他服装、作战靴4个品种。其他服装包括体能训练服、扩展式防寒服系统、防火作战服3个类型。作战服、常服和体能训练服都按军种分为陆军、海军、海军陆战队和空军4个类型。作战靴则包括标准黑色皮面作战靴、丛林靴、改进型沙漠靴、沙漠丛林作战靴、保温靴、防寒靴、中冷气候靴、山地滑雪靴等8个品种。

陆军作战服使用的新型军用迷彩图案被称为通用迷彩图案，混有绿色、棕褐色和灰色，能有效地在沙漠和城市环境中发挥隐藏作用。面料能将红外线下的可视性减到最小。夹克上衣使用了维可牢搭扣来固定姓名牌、职级标志以及识别标志，如国旗和红外线标志。

---

① 长安，唐武则天年号（701—705）。

近红外线信号管理技术被应用在陆军作战服上，以使穿着者的红外线轮廓最小化。永久的红外线敌我识别标志被缝制在两侧肩部，帮助夜间友军在夜视仪下识别。在不使用识别标志时，可用维可牢搭扣将其保护起来。3种美国国旗标志被准许用于陆军作战服：全色、全色红外和反色红外。美国国旗标志（全色或反色）佩戴在右臂的口袋盖上。反色红外国旗标志在特定的战术或战场上使用。美国国旗上的星在图案的右侧，而不是传统上的左侧，是表示国旗随着穿戴者前进。反色的袖章要求始终佩戴。上衣的领子在作战时可以立起，便于穿着IOTV防弹服。衣服使用拉链系扣，并用维可牢加强。胸部口袋、袖口和肘部衬垫袋也都采用了维可牢。在上衣的左臂上有一个3槽的笔袋，其宽松的笔槽增加了灵活性。陆军作战服的裤子使用一条2英寸（5.08厘米）宽尼龙网状腰带，在膝盖部有使用维可牢的衬垫袋。大腿两侧各有一个前倾式储物袋，在移动中使用弹性绳和维可牢系扣。小腿两侧也各有一个储物袋，使用维可牢系扣。穿着时，裤腿可以在外面，但不能超过靴子的第三个鞋带眼。与陆军作战服相配的是棕色作战靴。商用靴子被准许使用，但是靴筒必须高于20厘米，不允许穿着非靴形鞋。

海军陆战队作战服是美海军陆战队目前使用的作战服，还同时被分配在陆战队中的海军看护兵和海军牧师使用。迷彩图案有两种设计：森林和沙漠。在近距离察看时，图案中还混有鹰、地球和锚的图案。根据环境和季节，海军陆战队作战服有不同的穿着方法。在设计时考虑到了同时穿着防弹衣的问题。上衣有两个倾斜的带维可牢的胸口袋、两个带扣子的袖袋。肘部加厚，内侧有肘部护垫袋。袖口可调整，左侧胸口袋上绣有鹰、地球和锚图案，级别标志钉在衣领上。裤子前后各有两个口袋，大腿两侧各有一个用弹性绳系扣的储物袋。膝部和臀部加强，腰部有部分皮筋，膝部裤子内里有衬垫袋。海军陆战队员穿着棕色作战靴。商用靴子被准许使用，但是要求靴筒必须高于20厘米，并且在鞋跟外侧带有海军陆战队的鹰、地球和锚的图案。

海军工作服取代原先士兵穿着的通用服和军官穿着的耐洗卡其服、冬季蓝色工作服，以及其他少量使用的热带同类服装。其设计基于海军陆战队作战服，采用较长的厚实斜纹织物，无须熨烫。衣服和裤子带有许多口袋：上衣4个，裤子6个。多色数码迷彩图案与其他军种的类似。有3种基本款式：大部分海员在舰上穿着以蓝色为主，配以灰色的海军工作服；森林数码迷彩和沙漠数码迷彩给需要这种服装的海员穿着。其迷彩图案还具有与海军陆战队作战服相似的红外线读取图案，夜间使用红外线设备可以容易地识别海军人员。海军工作服的附件包括海军蓝棉T恤、八角帽、黑腰带。全气候组件还包括套领毛线衫、羊毛夹克、派克大衣等，所有这些都具有类似的迷彩图案。全蓝色的衣领反映了海军的传统以及与海洋的联系。尽管无须特意伪装穿着者，但还是选择与美海军舰船颜色相近的颜色图案，以免当舰船停泊在有可能被敌方渗透的港口时，在甲板工作的人员成为明显的攻击目标。而数码迷彩也可用于掩饰在舰上工作时的磨损和污迹。军装面料为尼龙和棉混纺，各占50%。采用这种面料是为了穿着时较为挺括，减少在舰上的行动阻碍，避免剐破，延长使用寿命。军衔标志佩戴在衣领和八角帽上，姓名和"U.S.NAVY"字样绣在胸口，军官为金色，士兵为银色。与海军工作服配套穿着的是两种黑色靴子。在舰上要求必须穿着黑色光面金属鞋尖的靴子，而在岸上或在非舰上指挥部，也可穿着黑色小山羊皮亚光靴。

空军战斗服的颜色与陆军作战服近似，带有些许蓝色，但是更接近于陆军作战服的颜色。与其相配套的是免保养叶绿色山羊皮作战靴，过渡期内可以穿着黑色沙漠靴。其他附件如背包和手套也是叶绿色。空军战斗服没有陆军作战服上诸如倾斜口袋、袖袋、尼龙搭扣等，但是具有基本的近红外性能。帽子为传统样式的巡逻帽，太阳帽只能在部署地佩戴。衬衣为沙漠T恤。衣服上所有标识都采用深蓝色线绣制。上衣内侧有两个地图袋。笔袋在左前臂，可以装两支笔。衣服上不允许佩戴其他任何标识。裤腰采用松紧带，配有网纹腰带。大腿侧的储物袋内有暗袋。小腿上有两个储物袋。免熨烫处理，严禁熨烫、压型或干洗。空军人员只需从干衣机内将衣服取出穿上就行。任何对衣物的过度处理都将损坏衣物，破坏近红外能力。

美陆军常服用于取代原"陆军绿"常服和"陆军白"常服。该制服基于被称作"礼服蓝"的制服，其传统可以追溯到独立战争时期的大陆军制服。在南北战争中，联邦政府陆军也使用蓝色制服。美陆军常服主要由上衣、低腰裤、衬衣组成。外套采用质地更重且抗皱的面料，由55%羊毛和45%聚酯纤维制成。军官和下士以上士官长裤两侧有金色裤边。常服有两种主要穿着方式：A类和B类。A类主要穿着陆军蓝色上衣和长裤/裙子/便裤、短袖或长袖衬衣、一拉得领带（男）/蝴蝶结（女）。B类主要穿着陆军蓝色长裤/裙子/便裤、短袖或长袖衬衣，在着长袖衬衣时要配领带。美陆军对A类和B类穿着方式的配饰都有明确的规定。穿着时，可佩戴贝雷帽（黑色、栗色、绿色和褐色）、常服帽（男女下士以上军人）或船形帽（后备军官训练队学员）；可穿着黑色牛津鞋、黑色无带浅口鞋和黑色作战靴。此外，还可用作礼服。礼服的穿着方式为：男军人着蓝色外套和长裤、长袖白衬衣和黑色领结；女军人着蓝色外套、裙子、长袖白衬衣和黑色蝴蝶结。

海军常服有数款样式，一般在办公、对外交流等情况下穿着。包括卡其服、冬季蓝色制服和夏季热带白制服。此外，还有新的常服正在更换中。卡其常服仅允许海军军官和军士长穿着。它是短袖衬衣和长裤的组合，有两种不同的面料：一种是聚酯/羊毛混纺

151

（75/25%）；另一种是海军认证斜纹面料（100%聚酯，由于耐火性差，不允许在船上穿着）。穿着时衬衣左侧口袋配有勋带，勋带上方为作战徽章。右侧口袋上方为姓名牌，军衔标志佩戴在衣领上。有3种帽子可以配卡其常服。较常用的是卡其船形帽或者司令部棒球帽，而卡其大檐帽较为正式。黑色或棕色牛津鞋允许穿着，只有海军航空兵穿棕色鞋。黑鞋配黑袜，棕鞋配卡其袜。穿着衬衣时必须束腰。穿着卡其制服时，外面可穿着黑色V领毛线套衫。在五角大楼工作的海军军官和军士长必须始终穿着卡其制服。冬季蓝色制服允许所有级别的海军军人穿着。它由长袖黑色衬衣和黑色腰带，以及长裤（女军人可穿裙子）组成。帽子为大檐帽、白帽或者黑色船形帽。穿着时需要打领带（女军人打蝴蝶结）。一级军士及以下配银色领带夹，其他配金色领带夹。衣服可配勋带和徽章，军官和军士长佩金属领花，士兵只在左臂佩戴级别章。士兵右肩佩戴适当的部队识别牌。此外，全气候外套、蓝色风衣或者厚呢短大衣也可配它穿着。夏季白制服由白色短袖开领衬衣、白色长裤和腰带以及礼服皮鞋（军官为白色，军士及以下为黑色）组成。军官和军士长戴大檐帽，士官及以下戴白帽（女军人戴大檐帽）。军官制服佩戴肩章，军士长佩戴金属徽章，其他佩戴等级章。与卡其制服相同，夏季白制服也有两种面料（聚酯/棉混纺和海军认证斜纹面料）。白制服可与全气候外套、蓝色夹克或厚呢短大衣配合穿着。热带白制服与夏季白制服类似，但是下身是白色短裤和膝袜。新的海军常服为的是以一种全年可穿的制服来代替不同季节的服装。军士长以下人员，即E1-E6人员应穿着这种常服。新常服由短袖卡其衬衣和/或紧身上衣、黑色长裤和/或裙子组成。与此前军衔标志在袖子上不同，水手在衬衣或上衣领口佩戴镀银金属军衔标志。士官可以穿着一件带编织立领和肩章的黑色艾森豪威尔式夹克，夹克上佩戴大号电镀金属军衔标志。军衔标志固定在左侧的黑色船形帽上。士兵穿着夹克时佩戴Ｖ形级别臂章。此常服已从2009年夏开始供应。

海军陆战队常服有橄榄绿和卡其色两种。这两种常服组成和功能完全一样。在军事法庭、会见本国和国外政要军官、访问白宫（作为游客游览或指定另一种服装时除外）以及上岸述职时指定穿着这种服装。该军装允许在工作时间以外穿着。海军陆战队常服的着装方式分为三类：Ａ类为基础制服。它由绿色外套、绿色长裤和卡其色腰带、卡其色长袖衬衣、卡其色领带、领带夹、黑色皮鞋构成。外套左胸装饰有勋带和徽章。女军人佩戴绿色蝴蝶结，穿无带浅口鞋，可选穿裙子。在室内时，可不穿外衣。Ｂ类与Ａ类穿着基本相同，但不穿外套，勋带可配在衬衣上。Ｃ类与Ｂ类基本相同，但改穿短袖衬衣，不戴领带。与海军陆战队常服配合使用的帽子有3种。男女军人都可戴绿色软船形帽。也可戴常服帽，该帽男女设计不同。军官的军衔标志佩戴在外套肩膀和衬衣的领子上，士兵军衔绣在袖子上。按Ｂ类和Ｃ类着装时，还可穿着绿色水手领毛线衫。此时，军官军衔仍可钉在衣领上，同时所有人在肩膀上也佩戴军衔标志。衬衣衣领露在毛衣的外面，以便显示军衔标志。毛线衫和长袖卡其衬衣配合穿着时，不需要打领带。

美空军常服于1993年被采用，1995年定型。它包括与运动夹克类似的口袋较少的三扣上衣、长裤、大檐帽和飞行帽。颜色为空军蓝（一种深藏蓝色）。与其配套穿着的是浅蓝色衬衣和带"人"字形图案的领带。士兵外套和衬衣袖子上佩戴军衔标志，军官金属军衔标志钉在衣服上，或者衬衣的肩部。空军在2006年推出新的常服，有两种设计方案。一种采用立领设计，类似1935年以前美陆军空中部队军官的制服；另一种类似二战期间美陆军空中部队的制服。新常服的方案尚未最后确定，但空军倾向于后一种设计，但是改用小翻领设计。

体能训练服是军人进行运动的服装。美陆军、海军陆战队、海

军和空军要求部队训练时穿着体能训练服。陆军士兵现役穿着改进型训练服，由T恤、短裤、长裤、夹克、袜子、鞋、黑色编织羊毛帽和黑色皮手套（带黑色羊毛衬里）组成。空军体能训练服由T恤、短裤、长裤、夹克、袜子组成。海军体能训练服包括金色短袖衬衣和海军蓝短裤。海军陆战队体能训练服由T恤、短裤、汗衫、长裤、运动服、鞋、袜子、编织帽、水袋组成。

扩展式防寒服系统是美陆军纳蒂克士兵系统中心在20世纪80年代研发的一种防护服。系统包含防风衣、防风裤以及单兵服装、帽子、手套和鞋子等组件，不同的组合可满足不同的严寒气候环境需要。扩展式防寒服系统的使用温度范围是-51℃~4℃。目前，美军的扩展式防寒服系统已研发到第三代。新近研发的第三代系统由7层、14个组件构成，具有保温性，可使士兵适应不同的任务需求和环境条件，并与防弹衣的生存性要求更为兼容。系统组件包括轻型贴身内衣和内裤、中型衬衣和衬裤、防寒羊毛夹克、防寒防风夹克、软面夹克和裤子、防极寒/防潮夹克和裤子、防极寒派克大衣和裤子。第三代扩展式防寒服较之前两代做出许多改进：一是单兵可根据环境条件增减穿着扩展式防寒服系统，也可根据自己的需求进行调整。二是在服装面料上做出改进，采用户外工业市场上的新型软面织物，使服装具有更强的透湿性和透气性，使冬季行动的士兵汗水和多余的热量都能透过夹克排出体外。三是比前两代系统的重量有所减少。它比前两代有更多的防护外层，而体积更小；第三代羊毛夹克提供与第一、第二代羊毛夹克相同的保暖率，但是包装体积减小了1/3，整个系统比上一代重量减轻2.5磅，从而减轻了士兵的负载。四是具有防寒耐久性。老式系统主要保温层中的一层需置于衣服外层之下，这会使士兵在雪中行动的身体热量全部流失。新系统具有加厚的外层，能够套穿在所有服装外面，甚至是套在战斗负载外，所以士兵能够保存身体热量，从而增强士兵在寒冷气候环境下的持续作战效能。

防火作战服设计用于减少简易爆炸装置产生的火焰对人体的伤害。防火作战服系统包括长袖衬衣、T恤、作战衬衣、作战裤、手套和巴拉克拉法帽。衬衣和裤子采用海军陆战队专用迷彩图案。巴拉克拉法帽具有一个类似合页的面部护具，穿着者可以不用脱下头盔或者巴拉克拉法帽就可以将面部护具拉下露出脸来。长袖衬衣和T恤都具有透湿、抑菌的特点。作战衬衣与海军陆战队作战服类似，但是被防弹背心遮挡的部位不具备防火能力，因为防弹背心能提供适当的保护。在作战衬衣的袖子上部设计有衣袋。作战裤的样式也与海军陆战队作战服近似，在裤子小腿上有一个裤袋，用于与其他裤子区分。防火作战服的手套采用了高耐磨设计。在穿着时，部队指挥官可依情况判断所需的防护级别，并据此决定穿着防火作战服的数量。

标准黑色皮面作战靴可在各种场合穿着，无特殊穿着要求。该靴为系带式。靴帮由经过抗霉防水处理的牛皮制成。靴口、靴腰和靴底部经防水处理，衬有防水材料。整体模压鞋底，靴外底设计有深凹凸花纹，靴跟可更换。每双靴重1.86千克（9号靴）。该靴为一般部队标准用鞋。

丛林靴是陆军在高湿度环境下使用的首选用鞋。它用防潮尼龙和皮革制成，带有两个气孔。鞋底采用"巴拿马"式设计，较易清除被粘上的泥土。鞋底中装有一片钢板，以防扎伤。为使其标准化并便于在营区使用，鞋面采用了黑色。该靴重1.5千克。

改进型沙漠靴鞋面由防潮皮革与编织尼龙制成。鞋底的橡胶较软，能防止沙中的碎石硌脚，并加装了泡沫隔热层。透气孔被取消，鞋面装有拉链以防止沙子进入。靴的踝部较宽。靴筒口有衬垫，靴内有特制的吸汗衬里。该靴重1.22千克。

沙漠丛林作战靴是在原有的丛林靴、沙漠靴的基础上改进而来。

新靴取消了丛林、沙漠的区分，将两者有机地结合在一起。新靴的材料使用粗边亚光革和尼龙。靴体颜色为棕色，能躲过夜视镜。作战靴保留了内腰窝处的排水孔，不仅可以防沙，而且可以排水。为了加强对脚踝的保护，新型作战靴使用皮革代替了原来的尼龙布，并保留了沙漠靴在脚踝部的衬垫。该靴加入了新型聚醚聚亚氨酯的减震夹层。在靴的两层纤维之间夹有钢板，以增强防刺功能。钢板距脚较远，可有效防止高温将脚烫伤。该靴将逐步取代现行的沙漠靴和丛林靴。

保温靴是专供寒区穿着的陆军制式军靴，分黑色（俗称"米老鼠"靴）和白色（俗称"VB"靴）两种。黑色靴适于在-32℃~18℃的环境中使用，白色靴可在-51℃的环境中有效地保护双脚。改进后的白色靴加装了新式合成材料绝缘内衬，采用了充注式靴底以增强摩擦力并减轻重量。

防寒靴是为填补标准作战靴和保温靴之间的空白而设计的。该靴属于行军靴，适合在-23℃~1℃的湿冷环境中穿着。该靴为全皮全衬式，衬里不但防水防潮，而且透气性良好。靴底采用了防滑设计，以利于在冰雪上行走。防寒靴重2.13千克。

中冷气候靴适宜温度为-10℃~20℃，适于在秋、冬、春三个季节穿用，且具有防雨、防雪浸湿功能。靴内放入一种外观近似厚袜子的绣缝涤纶无纺布的保暖层内套靴。鞋帮采用普通战靴使用的防水牛皮革，内嵌高尔泰克斯透气织物，既能防水，又能排汗，适于野外作业时穿用。鞋垫采用高密聚氨酯网状物，按照脚的形状立体成型，行进时有一种弹起的感觉，减轻了踝关节的负担。该靴采用挂钩鞋带，穿脱方便。靴上口由软皮包弹性材料制成，穿脱没有受阻的感觉。鞋底为线缝，针眼经合成树脂防水处理，不会渗水。

山地滑雪靴是美陆军首选的登山靴，亦可用于滑雪或雪地行走。靴重2.13千克，由防水皮革制成，带有手套型的皮内衬和可抽出的绝缘鞋垫。在其橡胶鞋底上有可捆绑滑雪板的地方。该靴可在-12℃的环境中有效地保护双脚。

可以说，美军军服系统配套考虑之全面、功能之细化，都做到了极致，为提升战斗力提供了支撑。

总的来看，自有战争以来，系统配套理念一直推动着军服发展。未来军服发展，有望统筹身体各个部位的防护功能，动态考虑战时、平时适用要求，形成造、供、用、管广泛联系的发展生态。

二、人服协同

军服技术的核心是科学结合身体与军服面料，协同实现其功能。

两千多年前，中国著名军事家吴起有一个论断："锋锐甲坚，则人轻战。"[①] 意思是锋刃锐利，铠甲坚固，就能使人便于战斗。这句话就包含了"人服协同"理念。

对吴起这个论断，历代兵学家都高度认同。宋代施子美在《吴子五卷》中说："励乃锋刃，则锋必欲其锐；毂乃甲胄，则甲必欲其坚，故人轻于战。此兵之所资以为用者，既得其便，而所以为驭人之权者，又不可废也。"明代刘寅在《吴子直解》中说："兵刃锋锐，铠甲坚固，则无所失，故人轻便于战也。"现代学者张文儒在《论〈吴子兵法〉里的统御意识》一文中说："为了易于使人们领会，吴子用'四轻'之说阐明了一个组织的层层节制和有效运转之间的相互关系。'轻'指什么？是指轻易从事。放在这里，就是说在两个相关部位之间建立起'调适'或'适合'的关系。《吴子兵法》里说的

---

① 欧阳轼主编：《武经七书·吴子·治兵第三》，三环出版社1991年版，第71-72页。

四轻是'地轻马，马轻车，车轻人，人轻战'，也就是使地适合于马的行进和作战，马适合于拉车（拉车而不觉得累），车适合于载人，人适合于作战（个个奋勇争先，不以战事为畏途）。连贯起来，就是在地、马、车、人、战这几个环节之间建立起既相互节制而又彼此调适的关系。如何调适，当然应采取许多办法。吴子举例说，要使地形适合于马的驰逐，应事先审视所经地形的险易程度，有选择地加以使用；要使马适合于拉车，就要依季节变换调整马的饮食，使其膘肥体壮；要使车适合于载人，就应在车轴上涂上膏油，使车轮和车轴之间能滑润坚牢；要使人适合于作战，就要使士兵所持的兵器锋利，披戴的衣甲坚实，又经过良好训练。总之，地、马、车、人、战之间是一个制约一个，连环套结的，只要其中一个环节未加调适，整个统御系统就将被破坏。"

从多位兵学家的注解和阐述来看，主要是从系统思维的宏观角度认识军服，呼应"人服协同"理念。随着技术发展，人们对"人服协同"的认识进一步深化。

中国考古学家沈从文说："同样是在不断发展变化中，也看需要而有所不同，譬如作战穿的衣甲，到春秋时虽发展了犀甲、合甲、组甲等许多不同材料不同制作，长短大致还是以能适应当时战争活动为主，不会改变。"①

第二次世界大战时，美国著名统帅乔治·史密斯·巴顿对军服设计颇有见解，曾亲自设计了"青蜂侠"装甲兵制服。他认为："好的作战服装是：合脚的战斗鞋，毛面要向里；厚羊毛裤，裤脚不能超过18英寸，一件羊毛衫，一顶钢盔或钢盔衬帽。冬天，一件改进型的军用胶夹雨衣，要带内衬的手套。衬衫和裤子是士兵必备的、最有用的、最一致的着装。两件衬衫，加上一条厚裤子，我们就有

---

① 沈从文：《古人的文化》之《从文物中所见古代服装材料和其他生活事物点点滴滴》，中华书局2013年版，第71页。

了一套谁穿上都不会丢面子的简洁实用的服装。"[1]巴顿虽然不是专业的军服设计师，但对军服的认识已涉及服装结构和人体结构关系，包含了朴素的"人服协同"思想。

其实，在服装设计领域，有一个重要的命题，就是服装结构与人体结构关系紧密。经过长期实践，现代服装设计理论认为：人体长度、围度决定服装规格大小；人的体形特征是服装结构的依据，人体体表的起伏决定服装收省、打褶的位置和程度，人体的运动控制服装最低放松量的多少，等等。

当人体分别处于静态和动态时，服装结构和人体结构的关系又有所不同。

静态时，人体表面凹凸起伏，服装穿在身上，由于重力的作用，面料随着人体外形的线条下垂，有的部分贴体，另一部分不贴体。人体上部把衣服"支撑起来"，使该部位的衣服贴在人体上，如颈根、肩膀等部位。人体侧面也有一些部分可以把衣服支撑起来，如背、胸、腹、胯、臀等部位。人体各处的凹陷部分，则处于不贴身状态，如乳下弧线、腰节、臀股沟、上衣低摆、裤子下口等部位。

人总是运动的，动态是绝对的，静态是相对的。因此，服装一方面要穿着舒适，合体，美观；另一方面，要适应人体活动的需要。人体的运动产生于肌肉的收缩并牵引骨骼、关节的作用，主要体现在腰部、肘部、膝部等部位。对此，要对服装的相应部位进行调整。腰部是躯干的活跃部位，前屈后伸及左右活动的幅度较大。所以上衣腰围必须宽松，但又不能过短，以免弯腰时不能蔽体；下衣的腰围不能过松，以免运动时脱落。上肢运动以肘部为轴，动作复杂，前屈时前臂近乎对折，所以袖筒上段有较大的宽松量。同时，衣袖上端与肩部的结合处、腋部、背部的衣片也都要有较大的宽松度。

---

[1] 宋长琨主编：《二十世纪军政巨人百传：巴顿自传》，时代文艺出版社2003年版，第104页。

下肢运动幅度也很大，以膝关节为轴，行走、踏步、蹲、坐、跳等，所以，裤筒要比大腿根部的围度多出一定的放松量，以适应小腿与大腿的动作要求。

研究人体运动的规律，对于服装舒适功能的设计具有重要意义。人体运动是复杂多样的，有上下肢的伸展、回旋运动，有躯干的弯曲、扭转运动，也有颈部的前倾后仰运动等。所有这些运动都将引起运动部位表面的长度变化。如果这种表面长度是伸长变化的，那么服装在该部位必须留有足够的放松量（假如衣料弹力较差），不然就会阻碍人体正常运动。无论哪一个部位，其横向表面的最大伸长量将决定横向方面服装放松量的最小限度。这一最小限度（假定衣料为非弹力织物），我们定义为服装运动松量最小值。

日本在这方面开展过专门研究，他们发现：胸部横向最大伸长率为12%~14%，纵向最大伸长率为6%~8%。背部横向最大伸长率为16%~18%，纵向最大伸长率为20%~22%。臀部横向最大伸长率为12%~14%，纵向最大伸长率为28%~30%。肘部横向最大伸长率为18%~20%，纵向最大伸长率为34%~36%。膝部横向最大伸长率为18%~20%，纵向最大伸长率为38%~40%。此外还有手臂上举时臂根底部表面的伸长，侧身弯曲时腰侧表面和臂侧表面的伸长等。

据此，不难计算出各运动部位所需要的服装运动松量最小值。

以人体胸围为例，假如人体的净胸围是90厘米，胸、背宽都是34厘米，按比率公式计算得：

胸宽伸长量=34×（12%~14%）=4.08~4.76厘米

背宽伸长量=34×（16%~18%）=5.44~6.12厘米

由此可进一步推算出人体的胸围运动松量最小值为：（4.08+5.44）~（4.76+6.12）厘米，即9.52~10.88厘米。

一般认为，服装放松量越大，人体运动就越便利。但有些部位的松量过大，反而不利于人体运动，如直裆、袖笼深部位（在腿围松量及臂围松量较小条件下）过大反而会阻碍四肢运动。如同圆规支点越往下移，圆规两脚张开的幅度越小的道理一样。

所以，既能满足生理需求又能满足运动需求的服装胸围的放松量为8~10厘米，这也是结构设计胸围所采用的基本放松。

除普遍性的动静状态要求外，"人服协同"还要考虑到社会分工不同造成的不同活动方式，以及人体各部分不同活动程度，做出相应调整。比如，军人的任务是训练，需要做出各种战术动作，军服就要考虑这些方面。

对于军服来说，放松量的设计要求较为严格，需要考虑到军人在执行任务时的需求，以及对于身体的保护和舒适性的要求。

首先，军服的上身部分需要具有一定的放松量，以确保军人在执行任务时有足够的活动空间。例如，在携带枪械或进行近身格斗时，需要有足够的上肢活动空间，以便灵活操作和准确射击。此外，军服的上身部分还需要考虑到防护作用，以应对可能的伤害和攻击。

其次，军服的下身部分需要具有一定的紧身度，以确保军人在行进时不会有所松动和阻碍。例如，在长距离行军时，如果裤子过于宽松，会增加军人的行进阻力，影响行进速度和稳定性。因此，军服的下身部分需要采用较为紧身的设计，以确保军人在行进时有足够的稳定性和舒适性。

此外，军服还需要考虑不同地域和气候条件下的穿着需求。例如，在高原和沙漠等环境下，军服需要具有一定的弹性和透气性，以适应气候的变化和身体的活动需要。

归根结底，应将人、服装和环境因素相互协调和整合，以提高舒适性、保护性和战斗力。好的军服穿在身上如同皮肤，应和身体融为一体。未来，军服要在人服协同方面有更大进步，或许应从人体仿生学获取更多助力。

三、工艺进化

战争形态不断演进，军事创新日益进化，军事需求水涨船高，军服追求新工艺的脚步也永远向前。

1974年，秦兵马俑在陕西临潼被发现，沉睡1500多年的兵马俑铠甲也随之重见天日。这些铠甲满布岁月痕迹，呈现青灰色，在显微镜下看，每副铠甲整整800块甲片，都是用青铜丝串联的。难以想象，古人能够把这么多甲片用这么细的线一个个串起来，工程之大、工艺之巧令人赞叹。

古今中外军服种类颇多。在冷兵器时代，铠甲无疑是稳坐军服王座的大佬，更是当时先进工艺之集大成者。

希腊神话中，铠甲被认为是战斗中的神器之一。其中，最著名的铠甲之一是雅典娜女神赐予的铠甲，据说可以帮助使用者战胜敌人。另外一件著名的铠甲则是阿喀琉斯的铠甲，由神匠赫淮斯特制作，上面装饰着神话和传说中的图案和符号，被认为是至高无上的宝物。

在古代，铠甲是稀缺物。其中有一类铠甲，是皇家特制的，更是武装到了牙齿，给贵族提供了非常安全的防护。

萨克森王储克里斯坦一世铠甲：重达30斤，其中头盔重6斤。最早诞生于1560年的德国，主要用钢板制成，非常坚硬，是当时帝王最青睐的铠甲。铠甲上进行了镀金处理，这是为了便于区别，同时也是彰显国王的权力。

西班牙阿斯图里亚斯王子盔甲：很是名贵，堪称价值连城，以精钢、黄铜、金丝、上乘棉布制成，铠甲上还镶嵌了名贵的蓝宝石和红宝石。采用镀金工艺，头盔上设计了一只带翅膀的龙，外观显得非常霸气。用来抵御斧头、刀剑、长矛的攻击绰绰有余。这本来是法兰西国王路易十四送给他5岁的曾孙子用的，却成了欧洲制作的最后一件皇室盔甲。

雍正皇帝金龙阅兵甲：铠甲有金龙图案，外覆鳄鱼皮，加上金丝、宝石、金钉等镶嵌而成。据记载，该铠甲宝石的数量达数千颗。

中国自夏王杼发明铠甲后，这种护具便成为历朝军队必备的用具。铠甲的出现，使得士兵在战斗中可以得到有效的防护。

铠甲的发明推动了各种进攻兵器的变革与进步，石制箭镞被金属箭镞取代，青铜的戈矛由钢铁的刀剑代替，而这种进步又促进了铠甲制造的材质和工艺的不断革新，从皮质铠甲发展到金属铠甲，并出现了不同的种类，如札甲、鱼鳞甲、锁子甲……铠甲的防护能力也越来越强。

中国古代典籍中，常用"带甲十万"形容国家的强盛。《唐律疏议》《宋刑统》《大元通制》《大明律》等法典，都坚持"一甲顶三弩，三甲进地府"的原则，凸显出盔甲比进攻性武器更具价值。在冷兵器时代，在兵刃等进攻性武器水平相同或相近的前提下，决定战争胜利的因素，恰恰就是盔甲。因为盔甲的防护能力，使得在战争中兵员的减损概率更低，也就意味着战斗力更强。

盔甲这么重要，是用什么材料做的呢？

战国文献记载："函人为甲，犀甲七属，兕甲六属，合甲五属。犀甲寿百年，兕甲寿二百年，合甲寿三百年。凡为甲，必先为容，然后制革。权其上旅与其下旅，而重若一，以其长为之围。凡甲，锻不挚则不坚，已敝则桡。凡察革之道，眡其钻空，欲其丰也；眡其里，欲其易也；眡其朕，欲其直也；橐之欲其约也；举而眡之，欲其丰也；衣之，欲其无齘也。眡其钻空而惌，则革坚也；眡其里

163

而易，则材更也；眡其朕而直，则制善也。橐之而约，则周也；举之而丰，则明也；衣之无齡，则变也。"①

函人制作甲衣。犀甲的上衣、下裳都是由七片甲片连缀而成，兕甲的上衣、下裳都是用六片甲片连缀而成，合甲的上衣、下裳都是用五片甲片连缀而成。犀甲可以使用一百年，兕甲可以使用二百年，合甲可以使用三百年。凡是制作甲衣，一定要首先量度人的体形而设计出模型，然后裁制革片。称量甲衣的上旅和下旅的革片，而二者的重量要务必相等。用甲衣的长度作为甲的腰围长度。凡甲衣，如果皮革锻冶不细致周到，甲衣就不坚固，而如果锻冶过分致使革理损伤，就会使甲衣易于曲折不平而不强韧。凡观察甲衣质量好坏的方法：看看甲片上为穿丝绳连缀甲片钻的孔眼，孔眼要小；看看甲片的内面，要刮治得平整而光滑；看看甲衣的缝，要上下对得很直；把它卷起装进袋子里，要体积小；把它举起而展开来看看，要显得宽大丰满；穿到身上试试，要甲片间不相互磨切。看到甲片上的钻孔很小，就知道甲衣很坚固；看到甲片的内面平整而光滑，就知道甲衣的材料优良；看到甲衣上的缝笔直，就知道做工精良；卷起来装进袋子体积小，就知道缝制精致紧密；举起来展开显得宽大丰满，甲表就一定很有光彩；穿到身上甲片不相互磨切，穿甲者就能行动自如合体便利。

当时的盔甲原材料选用犀牛皮。皮甲因造价低廉、质地坚韧、易于加工、原材料获取便利等优点，从殷商到清朝，是使用时间最长的盔甲。

随着生产力水平的提升，皮甲由整片向小片连缀进化，形成了盔甲史上具有里程碑意义的"札甲"。宋末元初学者马端临在《文献通考》中解释："一叶为一札，七节、六节、五节其数也。"也就是

① 徐正英、常佩雨译注：《周礼（下）》冬官考工记第六《函人》，中华书局2014年版，第929－931页。

说皮甲由甲叶组成，一片甲叶为一札，多以七片、六片、五片组成完整的皮甲。札甲的出现，使皮甲演化为用于躯干部分的"上旅"和用于足部的"下旅"，功能有细化，防御更完善。

元朝时期，生活在中国的犀牛和大象在持续猎杀之下趋于灭绝，皮甲大多采用牛皮材质。此时，皮甲经历了从罗圈甲、札甲到鱼鳞甲的转变，见证了蒙古大军由弱到强的转变。清朝军队受蒙古军队的影响，皮甲仍然在军队中占有一席之地，其中的摆牙喇军常穿铁甲、锁子甲和皮甲等三层铠甲作战。皮甲是想象力和创造力的结合，为军队提供了有效的保护。

较之皮甲，铁甲呈现出防护性好、制作精良、工艺完备的特点。古代大规模装备铁甲始于春秋时期。荀子云："魏氏之武卒，以度取之，衣三属之甲，操十二石之弩，负矢五十，置戈其上，冠胄带剑，嬴三日之粮，日中而趋百里。"[1]（魏国的武卒，按一定的标准来选取，身穿三重相连的铠甲，手拿重十二石的弩弓，背着装有五十支箭的箭袋，把戈放在上面，戴着头盔、佩戴利剑，携带三天的粮食，半天就能奔行一百里。）这里的"三属之甲"指的是从上身、髀部、胫部等三部分组成的整套铠甲。

在实战中，铁制札甲是出镜率最高的盔甲。唐朝边塞诗人王昌龄有诗云："黄沙百战穿金甲，不破楼兰终不还。"[2]（戍边将士身经百战，铠甲磨穿，壮志不灭，不打败进犯之敌，誓不返回家乡。）铁制札甲分为大札和小札，前者甲叶较大，讲究防护性，如宋朝的"步人甲"；后者甲叶较小，注重装饰性。西汉中山靖王刘胜墓中出土的盔甲，重约16.65千克，甲片共计2895片。

按编织方法不同，铁甲可分为左片叠右片、右片叠左片、上片

---

① 方勇、李波译注：《荀子·议兵》，中华书局2011年版，第232页。
② 〔唐〕王昌龄：《从军行七首（其四）》，中华书局编辑部点校：《全唐诗》第2册卷143，中华书局1999年版，第1444页。

叠下片以及由织物、皮革和甲片组成复合方式。受编织方法的影响，相继出现了札甲、明光甲、鱼鳞甲、山纹甲、锁子甲等不同形制。配件也逐渐增加，其工艺水平在宋明时期达到顶峰。铁甲的普及虽晚于皮甲，不过从两汉开始就占据盔甲史上重要地位，备受瞩目。

棉花自宋朝传入中国后，受限于纺织技术，并未普及民间。宋末元初，黄道婆改进纺车，棉纺织业开始兴起，棉甲应运而生。棉甲具有质轻保暖、性价比高、厚度高、阻力大的特点，对早期火药弹丸有较好的防御力，在元明清三朝广泛应用。

明朝首辅朱国祯记载了棉甲的制作："绵甲以绵花七斤，用布缝如夹袄，两臂过用脚踹实，以不胖胀为度，晒干收用。见雨不重、霉鬟不烂，鸟铳不能大伤。"[1]一副全套棉甲有腿裙、护腋等。

按材料和缝制方式分，棉甲分为纯棉甲和棉铁复合甲两大类。纯棉甲重约15斤至20斤，类似于凯夫拉防弹衣。军队装备的大都是棉铁复合甲，分为暗甲和明甲两种。暗甲与棉袄相似，只是内衬泡钉或锁子铁网。明甲以棉甲为胆，内缀铁片或外覆铁网，相当于凯夫拉防弹衣外插陶瓷插板。

明末名将卢象升所属万人标营中，6000名骑兵身着铁甲，4000名步兵身着棉甲，显然棉甲和铁甲已经并驾齐驱了。一副清朝棉铁复合甲的重量约35斤至40斤。实质上，棉甲是铁甲的延续，在明清战场上扮演着重要角色。

纸也可以作为铠甲材料，比较出人意料。但历史上纸甲并非忽悠人的样子货，乃是货真价实的真防具。纸甲首次实战记载于《新唐书》中，唐懿宗在位期间，河中节度使徐商"置备征军，凡千人，襞纸为铠，劲矢不能洞"[2]。（组织预备征讨的军队，共一千人，叠

①〔明〕朱国祯撰：《涌幢小品》卷12《纸铠绵甲》，齐鲁书社1997年版，第192页。

②〔宋〕欧阳修、宋祁撰：《新唐书》卷113列传第38《唐临张文徐有功》，中

纸做铠甲，强弓利箭不能射穿。）五代末期，淮南农民起义军中，有"积纸为甲"的"白甲军"。《宋史》记载："康定元年（1040）四月，诏江南、淮南州军造纸甲三万，给陕西防城弓手。"[1]〔康定元年（1040）四月，诏令江南、淮南州军制造纸甲三万，供应陕西防守城邑的弓手。〕可见，纸甲在北宋已经相当普及了。

明朝内阁首辅朱国祯[2]曾描述纸甲制作："纸甲，以无性极柔之纸，加工锤软，叠厚三寸，方寸四钉。如遇水雨浸湿，铳箭难透。"[3]（纸甲，采用极为柔韧的纸，通过锤打使其软化，叠厚三四寸，再用铁钉固定。如果遇到水或者雨浸湿，即使铳箭也难以穿透。）纸甲采用以楮树皮或麻类为原料的粗纤维纸，与绢布间隔相叠，累至三寸，用钉钉实。

对于水军而言，优质的纸甲比铁甲更受欢迎。南宋泉州知州真德秀曾在公文中坦言："水军所需者纸甲。今本寨乃有铁甲百副，今当存留其半，而以五十副就本军换易纸甲。"真德秀以百副铁甲换50副纸甲，看似吃亏，实际上他看中的是纸甲独有的防水和防火功能。看似纤薄的纸，通过特殊工艺的加工，制成的纸甲能在实战中起到以柔克刚的作用。主要材料是纸片，配以绢布。在明朝时期纸甲得到发展，可以有效地代替铁制盔甲，特别在南方地区较为流行。因为南方气候潮湿，铁甲易生锈，不易保存。而且天气炎热，身穿铁甲的士兵热量散发不出去，严重影响战力。

戚继光抗倭时期所用的盔甲大部分是纸甲：由厚约3寸（10厘

华书局1975年版，第4192页。

[1] 许嘉璐主编：《二十四史全译·宋史》第7册卷197志150兵11《器甲之制》，汉语大词典出版社2004年版，第4050页。

[2] 朱国祯（1557—1632），明朝内阁首辅，著有《皇明史概》《涌幢小品》等多部著作。

[3]〔明〕朱国祯撰：《涌幢小品》卷12《纸铠绵甲》，齐鲁书社1997年版，第192页。

米）的纸片呈鱼鳞状排列，贴身的材料是绢布。试想，一把锋利的刀，可以砍断较硬的树木，但如果砍在一沓软纸上，就无法将其斩断。不仅如此，纸甲还能有效地防御弓箭。将纸甲用水浸透，鸟铳和火枪也无法穿透。纸盔甲的缺点是寿命较短，基本上是战后就要换一副。但纸甲成本低、重量轻，所以成为戚继光的首选。但在干燥的北方，纸甲并不流行。戚继光早年抗倭时向朝廷申请大量纸甲，北上抗击鞑靼时，就换上了铁甲。到了清朝，重火器普及，纸甲防火功能就不足了，所以被淘汰。

石甲，即用石头做甲，并非天方夜谭，而是确有其事。1998年8月，考古工作者在清理秦始皇陵东北角陪葬坑时，出土了大量石甲。经整理，共120余副石质甲胄，分为鱼鳞甲、札甲、特大甲和甲、胄等。其中鱼鳞甲有3副，甲片长3.8～4厘米，宽3～3.5厘米，厚0.3～0.5厘米，甲衣的甲片数量多达850片。

这些石甲采用青石材质，通过选材、切割、钻孔、修整和编缀等工艺制作而成。石甲片上的孔有方孔和圆孔两种。编缀时，工匠用一根铜细扁条穿过两片相互叠压的石甲片小孔，然后铜细扁条在第二个甲片背部朝相反方向折压90度。折压铜条时，有时向内折压，两端不连，有时折入孔内，呈一字形，有时折成斜十字形。

整副石甲分为前身甲、后身甲、前甲裙、后甲裙、双肩、披膊等八部分。据专家推测，石甲与铁甲重量相近，防护效果相当，具有一定的实战价值。石甲的出土在世界考古史上是独一无二的，蕴含着秦代工匠的智慧。

中国盔甲的材质还有青铜、藤、木、竹、骨、角等，各具特点，异彩纷呈。

相较而言，西方盔甲的种类和规模要比中国的还多还大，其发展史也是波澜壮阔的。

从欧洲人进入青铜时代开始，盔甲就和战争挂上了钩。根据迈锡尼文明出土的陶器绘画来看，基本和中国商代同一时期的欧洲人也开始使用皮甲作为作战时的防御手段，但是相关出土文物比较少，因此在这里不多说。

欧洲铠甲的第一个繁盛期是在希腊城邦时代，虽然已经进入铁器时代，但是欧洲人的甲胄仍然以青铜为主要材质。这一时期最为著名的就是斯巴达和雅典的青铜胸甲，其特点是有较为清晰的人体胸腹部纹路，防御力极高。这种盔甲虽好，却造价昂贵，也只有贵族和高等公民才能装备得起。希波战争中，希腊凭借精良的装备，在和装备低劣的波斯军战斗时占据了一定的优势。

到了马其顿王朝时期，希腊的青铜板甲发展到了最高峰。当帝国的大军横扫到内亚时，一种新式的盔甲出现在欧洲，并一举取代了青铜甲的地位，这就是铁札甲。

在古典时代中期，整个欧洲、西亚就如同中国的春秋战国，各方势力混战不休。为了更好地保护自己，来自中亚的铁札甲就成了备受欧洲人推崇的新防具。在诸多甲胄中，防御力最佳的便是罗马人的札甲。罗马人的札甲为板条札甲，用铆钉将甲条连接起来，一套完整的罗马札甲质量大概为24斤，要比板甲轻便得多，还不失灵活性和防御力。铁札甲也不只罗马人有，周边的日耳曼和斯拉夫蛮族同样也有，但样式大不相同。日耳曼札甲的甲片多为树叶状，甲片横向四孔固定；斯拉夫札甲的甲片则是鱼鳞状，采用中亚的双孔固定。

与札甲同时进入欧洲的，还有防御力更高且价格更为便宜的锁子甲。从1世纪开始，罗马人就在军队中大量装备锁子甲以降低军需消耗，同时再配以皮甲，既保证了防御力，也使得帝国经济得以维持。在帝国分裂后，东帝国的甲胄走向西亚风格，而西帝国则是坚持以锁子甲为主的西欧路线。

西帝国灭亡后，欧洲进入黑暗时代。取代帝国地位的蛮族开始大肆瓜分帝国的遗产。在600年以前，不管是法兰克人还是哥特人，都可以发现罗马甲胄的影子。不过随着时间的推移，日耳曼各个分支最终演化出了自己的特色。西欧、中欧地区的王国因为技术落后，不能制造鱼鳞状的札甲，而叶状札甲防御力低下，已经被淘汰，所以在600—1000年间，以法国为中心向周围辐射，大多数西欧铁甲都是锁子甲。西班牙因为柏柏尔人的入侵，盔甲融入北非穆斯林特色，即简易的胸部札甲和锁子甲相结合，防御力相对于纯锁子甲要高出不少。欧洲人学习斯基泰人风格的铁盔，在1000年左右逐渐向后来的骑士风格头盔靠拢。

与西欧不同，东欧地区的斯拉夫人同时受到北欧维京人和近东拜占庭帝国的影响，同时拥有铁质札甲和锁子甲。一些贵族武士会十分豪气地将两种甲胄同时装备，以追求最大的防御力。另外，东欧地区的头盔风格也是独树一帜，带有浓浓的斯拉夫和东欧游牧风格。

欧洲中世纪，大型的弩炮和穿透力更强的弓弩以及中东地区锋利的刀剑的广泛应用，使得此前盛行的锁子甲已经不能有效地防御利器的伤害，因此东征归来的骑士们开始改进自己的盔甲，通过在锁子甲上增加铁片来提高防御力，逐渐地从鳞甲胸甲到板状胸甲再到铆钉胸甲，终于在13世纪末发明了全身板甲。

全套的冷锻钢板甲把骑士包裹得密不透风，使得一般的刀枪根本伤不了半根汗毛。所以为了破甲，巨大的双手剑、砍刀、战锤、枷镰等重型兵器出现了。

随后蒙古东征带来的东方军事科技进一步强化了欧洲盔甲的防御力。随着火器的发展和运用，普通士兵也开始装备上了单个板甲胸甲和甲裙，替换掉了原来防御力低下的布甲。在14世纪末期，西欧军队板甲胸甲普及率已经高达32%，而锁子甲的普及率高达60%。一些精锐的部队，则由国家或是雇佣兵团长提供资金，去装备价格高昂的全身板甲。

15世纪，欧洲的战争频繁高发，英法百年战争期间，英法军队中装备有多种铁甲，从法兰西骑士和英格兰骑士的全身板甲，到弩兵戟兵的铆钉板条札甲，再到重步兵的复合锁子甲，可以说就是把欧洲近三百年的盔甲历程用一场持续百年的战争给演绎了出来。

在同时期的东欧地区，斯拉夫人的盔甲融合了蒙古和突厥的风格。比如，帽盔是土耳其风格的，锁子甲是蒙古特色的，札甲是突厥风格的。

文艺复兴初期，因为火枪火炮已经有了很大的进步，使得一般的盔甲根本不能抵挡子弹的穿透力，所以各国纷纷开始强化铠甲的厚度，尤其是步兵板甲胸甲和重骑兵板甲。在著名的西班牙方阵中，前排的长矛兵一定会配备板甲胸甲和铁甲裙，目的就是减少长矛对刺的伤亡。古斯塔夫二世时期，欧洲的陆军近战依然是铁甲护体，直到比利时的"番肠鸟枪"（中国叫法）问世，步兵盔甲才逐步退出军事舞台。

骑兵甲却仍然在发展。继15世纪德国黑骑士之后，法兰西也推出了板甲宪兵骑士，同时期瑞典和西班牙破阵骑兵同样全身铁甲。不过骑兵板甲最为华丽的还是要数意大利，虽然军队越发赢弱，但是不得不说意大利的板甲质量和美观程度都属于顶配的。

俄罗斯自文艺复兴初期崛起之后，在之后的100多年里札甲风畅行。彼得大帝改革之后，俄罗斯引进板甲技术，从此东欧骑兵也进入板甲骑士时代。如今在俄罗斯国家博物馆里可以看到一套套华丽的具有东欧特色的全身板甲，其闪耀的光芒也似乎是在向游客诉说帝国当年的辉煌。

不过随着线列阵的进步以及燧发枪的大量装备，盔甲终究退出了欧洲的军事舞台。最后除了用来冲阵的胸甲骑兵还装备有华丽的胸甲外，盔甲基本进入博物馆。拿破仑战争之后，除了法国爱慕虚荣，别的国家出于现实考虑都抛弃了胸甲的装备。

进入热兵器时代，用于防刀、矛、弓箭等冷兵器的盔甲逐渐被淘汰，但人类并没有放弃对身体防护装备的追求。防弹衣作为一种重要的个人防护装备出现了，成为现代军服家族的重要一员。

"每件装备都有它的宿敌。"对子弹来说，防弹衣就是"宿敌"之一。

较早的防弹衣是"以钢为甲"，通过坚硬的钢板抵御子弹。尽管它能起到防弹作用，但质地太硬、重量过大，穿戴不便。于是，世界各国渐渐踏上找寻"轻质软甲"之路。

在这方面，棉花纤维较早进入人们的视野。一些国家曾用10层以上的棉纤维制作出"棉质背甲"，具有一定防弹能力。

丝绸也曾被寄予厚望。19世纪末，一名商人遭枪击后毫发无损，原因是他折叠起来放在胸前的丝绸手绢刚好挡住了子弹。这一新闻引发多国科学家对"丝绸防弹性"展开探索。美国科学家齐格伦随之发明了丝质防弹衣。为测试该防弹衣的效果，齐格伦还亲自穿上它做射击试验。但丝质防弹衣价格昂贵，无法大批量生产。

直到第一次世界大战，金属材质的防弹衣仍是各国军队的首选。一战结束后，由多层棉或布制成的防弹衣渐渐成为主角。相比丝质防弹衣，棉、布制成的防弹衣虽然防护效果稍逊一筹，但价格便宜。之后，随着科技发展，尤其是锰钢的出现，金属防弹材料回归。这是因为锰钢不仅兼具"硬"和"轻"两大优势，而且价格便宜。20世纪70年代，更为出色的防弹衣材料——凯夫拉现身。这种材料强度是同等质量钢铁的5倍，密度仅为钢铁的1/5。用它制成的防弹衣穿在身上，既柔软贴身、屈伸自如，又有很强的防弹能力。不仅如此，用凯夫拉制成的防弹衣还能抗酸碱腐蚀，且具有较强耐热阻燃性，加上抗静电特性，是更为理想的可穿戴"盾牌"。

凯夫拉的成功以及后来特沃纶、斯派克特纤维的出现与应用，使以高性能纺织纤维为材质的软质防弹衣日渐盛行。

与此同时，面对射速越来越高的枪弹，人们又研制出软硬复合式防弹衣，以纤维复合材料作为插板，提升了防弹衣的防护能力。

当前，随着更多相关新材料、新技术的出现，世界各国寻找"最强贴身盾牌"的脚步仍未停歇。一切的努力，只为让军人在战场上多一分安全、多一分胜算。

披甲上战场，勇气增三分。在战场上，穿着防弹衣的军人有效抵御着各类轻武器的攻击，用实战证明了防弹衣的重要作用。但如果就此认为，穿着防弹衣就进了"保险箱"，那可就大错特错了。因为天下没有哪一种防弹衣是无懈可击的，它们或多或少都有自己的"罩门"。防弹衣所用材质客观上决定了它的作用有限。再好的防弹衣，也只能在一定距离上防御部分口径较小的子弹。对较大口径的穿甲弹、榴弹等，它则心有余而力不足。

穿防弹衣的士兵在战场上存在反复中弹的概率，战场条件下往往没有时间及时更换防弹衣或防弹板。一些软质防弹衣在经受住第一击后，相应部位的纤维就会被强力拉伸甚至断裂。软质防弹衣也抵挡不住尖锐兵器的刺杀。软质防弹衣防弹的有效性，来自它的防护材质采用了叠层架构方式，而尖锐兵器的穿刺恰恰对这种架构方式"免疫"。比如，匕首就可以穿透各种软质防护材料，对使用者造成致命一击。因此，对穿戴软质防弹衣的战士来说，一要充分借助地形地物或掩体，尽量降低被击中的概率；二要与对手保持一定距离，以免击到"软肋"。

面对这种反复攻击，复合式防弹衣也难"挺直腰板"。毕竟它也有自己的"罩门"。防弹板碎裂是吸收弹丸能量的主要方式，遭受一次命中后就会造成相应部位较大面积的损毁，大幅降低防护性能。即使没有碎裂，在受到反复冲击时，防弹板通常会发生移位，这种变化在一定程度上会危及使用者的安全。因此，要在作战中充分发挥这类防弹衣的作用，一旦被击中，必须借势迅速调整体位，降低被再次击中同一部位的概率。除了弹丸之外，防弹衣还有其他"天敌"。2003年，美国曾发生过某款防弹衣被轻松"破防"的事件。该款防弹衣采用了泽隆纤维，按说不会被轻易击穿。但后来的调查结果表明，与规定标准相比，该款防弹衣的防护能力下降了约30%，原因是生产日期较早，泽隆纤维老化。由此可见，防弹衣其实是一种比较娇贵的装备。无论是凯夫拉还是泽隆，这种人工合成的化学纤维，在使用过程中，都会因为光照、潮湿、霉变等原因发生自然老化。其中，影响最大的是光照。在阳光直射情况下，纤维老化的过程会大大加速。因此，作为防身护体的防弹衣，还要及时淘汰更新。日常应对防弹衣进行保养，让防弹衣保持最佳状态。

近年来，随着军事科技特别是材料科学的不断发展，越来越多的新型防弹材料被用到防弹衣研制中，防弹衣的发展呈现出更韧、更轻、更体贴的趋势。英国BAE系统公司在设计制造防弹衣过程中，使用了一种名为"剪切增稠液"的液体。这种液体中自由悬浮着许多特殊粒子。当子弹高速撞击这种液体时，"剪切增稠液"中的粒子就会吸收撞击能量，并迅速变得坚硬，从而起到阻挡子弹的作用。据报道，在新型防弹材料研制方面，俄罗斯科研人员已研发出超高分子聚乙烯纤维，并计划将这一新型材料用于"百人长"单兵装备，更有效地防御冲锋枪发射的子弹。

现代战争中，军人所携带装备不断增多，如何减负成为新研究课题。为此，一些国家的科研机构着手研发新型陶瓷防弹衣，以便在确保其防护性能优异的前提下，大幅度减重并增强柔韧性。不仅如此，许多国家在推进研发新型防弹衣过程中，还结合作战需要不断为其赋能。俄罗斯加固复合高强度材料中心研发的名为"两栖"的防弹衣能实现"水上漂"。该型防弹衣在护甲外添加可漂浮衬板，让使用者能在全副武装状态下漂浮，并可紧贴水面瞄准射击。一些新式防弹衣还可与单兵模块化设备有机结合。当前，各国普遍做法是为防弹衣设计模块化接口，可以搭载子弹袋、手榴弹袋等。有的特意在后背位置设置可抓握条带，确保官兵受伤或失去行动能力时，能够被战友及时拖拽至安全地带施救。有的国家针对女性专门设计了女式防弹衣，这类防弹衣更加切合女性身材特征。男士防弹衣的设计，则在保持行动灵活的基础上，适当扩大了保护范围，使防弹衣更加可靠管用。电影《复仇者联盟3》中钢铁侠使用的一种高科技战甲——纳米机甲，由纳米液态金属组成，可以根据托尼·史塔克的意识和指令自由变形，例如，生成翅膀、盾牌、火箭拳、激光刀等；可以自我修复，当战甲受损时，可以从反应炉中补充纳米金属，恢复完整；可以与其他战甲共享纳米金属；还可以与其他科技设备互动。目前，现实中还没有实现这种战甲的技术，但有一些科学家正在研究液态金属和智能服装的结合，在棉布上铺设大面积液态金属电路，并且具有人机交互、无线供电、柔性显示以及人体热管理等多种功能。可以预见，今后防弹衣的防护水平必定会随着科技的发展水涨船高，在与弹丸、弹片的角力中实现新的跨越。

战争不绝，军服技术就没有止境。人类已进入智能化时代，高新技术的突破发展及在军事领域的应用，将推动军服技术发生重大变革。综合应用智能材料、电子信息、计算机控制、先进电源等多种技术，通过结构集成、材料集成和技术集成等方式，实现对光、电、热、力、磁等战场态势变化的智能感知，并做出积极响应的装备系统——智能军服或将闪亮登场。它具备优异的防护能力、顺畅的通信能力和极佳的舒适性能。未来可搭配外骨骼系统使用，进一步提升士兵综合作战能力。

经济篇

戎装之持筹握算

孙子曰："凡用兵之法，驰车千驷，革车千乘，带甲十万，千里馈粮，则内外之费，宾客之用，胶漆之材，车甲之奉，日费千金，然后十万之师举矣。"[1]（用兵的一般规律是，需要动用轻型战车一千乘，重型战车一千乘，十万全副武装的士卒，还要跋涉千里运送军粮，前方、后方的军费开支，包括外交费用，制作和维修兵车、弓箭等的材料费用，各种武器装备的保养费用，每天都要为此花费巨额钱财，经过评估国家有能力承担这些开销，才能让十万大军奔赴战场。）恩格斯说："军队的全部组织和作战方式以及与之有关的胜负，取决于物质的即经济的条件。"[2]

打仗打的是经济，古今中外对此认识一致。仅从军服的费用开支、筹措、管理来看，就可见一斑。

---

[1] 陈曦译注：《孙子兵法·作战篇》，中华书局2011年版，第20页。

[2] 中共中央马克思恩格斯列宁斯大林著作编译局编译：《马克思恩格斯全集》卷20《政治经济学》，人民出版社2012年版，第186页。

一、开支

2019年7月,《新时代的中国国防》[①]白皮书指出:

中国国防费按用途划分,主要由人员生活费、训练维持费和装备费构成。人员生活费用于军官、文职干部、士兵和聘用的非现役人员以及军队供养的离退休干部工资、津贴、伙食、被装、保险、福利、抚恤等。训练维持费用于部队训练、院校教育、工程设施建设维护以及其他日常消耗性支出。装备费用于武器装备的研究、试验、采购、维修、运输、储存等。国防费的保障范围包括现役部队、预备役部队、民兵等。

2012年以来增长的国防费主要用于:(1)适应国家经济社会发展,提高和改善官兵生活福利待遇,落实军队人员工资收入定期增长机制,持续改善基层部队工作、训练和生活保障条件。(2)加大武器装备建设投入,淘汰更新部分落后装备,升级改造部分老旧装备,研发采购航空母舰、作战飞机、导弹、主战坦克等新式武器装备,稳步提高武器装备现代化水平。(3)深化国防和军队改革,保障军队领导指挥体制、部队规模结构和力量编成、军事政策制度等重大改革。(4)保障实战化训练,保障战略训练、战区联合训练、军兵种部队训练等,加强模拟化、网络化、对抗性训练条件建设。(5)保障多样化军事任务,保障国际维和、护航、人道主义救援、抢险救灾等行动。

2012年至2017年,中国国防费从6691.92亿元人民币增加到10432.37亿元人民币。中国国内生产总值(GDP)按当年价格计算年平均增长9.04%,国家财政支出年平均增长10.43%,国防费年平

---

① 中华人民共和国国防部:《新时代的中国国防》白皮书,中华人民共和国国防部官网,https://www.mod.gov.cn/gfbw/fgwx/bps/4846424_7.html.

均增长9.42%，国防费占国内生产总值平均比重为1.28%，占国家财政支出平均比重为5.26%。国防费占国内生产总值的比重稳定，与国家财政支出保持同步协调增长。

从这份白皮书看，军服作为中国军队装备之一，在国防经费总体结构分量中不算突出，和武器装备比起来也不算多。然而在古代，军服费用是非常重要也很有分量的军费开支。

比如，秦汉时期，国家每年都要开支的经常性军费主要有军官俸禄费、衣粮供给费、军械装备费及军马费等。

其一，军官俸禄。按100万军队各级军官计算，每年的俸禄为100万×1/20×1.66万钱=8.3亿钱。

其二，衣粮供给与转输费。秦汉时士兵发放的衣服主要有袭、绔、袍、禅、履等。一般情况下，袭、绔、袍、禅的价格分别为500钱、500钱、1000钱、300钱。至于履、袜、鞋之类，汉简中未见有记价格者，估计值不了几个钱，可以忽略不计。考虑到有些衣服并非每年都全发，以其总价格2300的一半1150钱计，应该是最为保守的。这样军队服装费开支为100万×0.1150万钱=11.5亿钱。内地军队口粮费为50万×12（个月）×2（石）×0.0100万钱=12亿钱。边防军队考虑到屯田自给一部分，若以自给一半计，则其口粮费为50万×12（个月）×2（石）÷2×0.0100万钱=6亿钱。粮食转输费为50万×12（个月）×2（石）÷2÷25×13000钱×1/5=62400万钱，取其整数即为6亿钱。这样衣粮供给与转输费共计11.5+12+6+6=35.5亿。

其三，军械装备费及军马费。工官制作兵器费用为1666万×8=1.3亿。全国制造车船费用每年5亿。养马费25.92亿。这样军械装备及军马费就为1.3亿兵器费+5亿车船费+25.92亿养马费=32.22亿。

上述这些每年要开支的经常性后勤费用为：军官俸禄8.3亿＋衣

粮供给与转输费35.5亿+军械装备及军马费32.22亿=76.02亿。占国家财政总收入的比例为76.02÷120×100%=63.35%。士卒的口粮和军马的粮食，是以田租为实物供给的。如果从中剔除，其费用为76.02-12-6-25.92=32.1亿。占国家财政总收入的比例为32.1÷120×100%=26.75%。

如果单独把衣服费用列出来计算，则占整个军费的比例为11.5÷76.02×100%=15.13%，占国家财政总收入的比例为11.5÷120×100%=9.58%。

虽然不能用秦汉时期和当今的军服费用对比代替古今军服费用对比，但从掌握的数据来看，古代军服费用分量之高简直令人咋舌。不过，从多角度考证的结果看，这是有其道理的。

依旧拿秦兵铠甲来说。根据兵马俑的着装可以看出，里面有铁甲，有的则是皮甲。再根据当时冶炼铁的成本、难度，可以说，不可能每个士兵都能穿上铁甲。有一些士兵是穿不起铁甲的，只能配备上皮甲。显而易见，皮甲的防御程度不如铁甲，说明铁甲比皮甲珍贵。从皮甲的成本来看。皮甲原材料需要皮革，正常的毛皮无法承受高强度的攻击。当时主要用的是黄牛皮，但是牛是耕地、养家糊口的重要工具，而且生长周期长。当时铁的冶炼成本不低，不仅需要原料，还需要工艺技术。当时在盔甲上还会上一层防御膜，用的漆是髹漆，具有一定程度的防腐蚀性和强度。往往会刷上许多层漆，耗费的材料和工艺也不少。除了这些还有盔甲的打孔、独特的编绳等，以保证盔甲的质量。这一套程序下来，工匠的工资发放也是一笔庞大的支出。可见一副甲的价钱自然不低。

秦朝盔甲、盾牌、马甲的价格，古人也有记录。"赍一甲直（值）钱千三百廿廿（卌）四，直（值）金二两一垂（锤），一盾直（值）金二垂（锤）（二）。赎耐（耏），马〔甲四〕，钱七千六百〔八十〕。马〔甲〕一，金三两一垂（锤），直（值）钱千〔九〕百廿，金一朱（铢）直（值）钱廿四，赎外（死），马甲十二，钱二万三千廿廿（卅）。"也就是一副盔甲值钱1344钱，一面盾牌值钱380钱，一副马甲值钱1920钱。换算成今天的人民币大概分别是4000～6700元，1140～1900元和5760～9600元。换算成黄金，一副甲需要2.3两。这些数字可能看着没什么概念，相比其他物品，可能就有个比较清晰的概念。

根据记载，当时30钱可以买一石米。一副甲的价钱基本是当时一个公司一年的收入。如果一个公司被罚一副甲，一年的劳动成果就没有了。"有罪以赀赎及有责于公，以其今日问之……"一般小工一天赚6钱，需要干大半年，才可以抵消这些罪罚。

说到中国铠甲，不能不提唐明光铠。

唐朝强大的军事实力和文化实力，为中国建立起一个西抵里海、北跨贝加尔湖、东临库页岛、南至越南的大帝国。在唐朝开疆拓土的过程中，有一种铠甲起到至关重要的作用，它就是明光铠。

明光铠最早文字记载见于三国时期曹植《先帝赐臣铠表》："先帝赐臣铠，黑光、明光各一领，两当铠一领，赤炼铠一领，马铠一领，今世已平，兵革无事，乞悉以付铠曹自理。"

虽然明光铠在三国时期就出现了，但难以大规模普及，最初只有军官和贵族可以装备，是上层阶级的豪华品。原因是明光铠的制作工艺极为复杂，造价极为昂贵，是中国古代最昂贵的铠甲之一。所以没有一个统一的强盛的王朝，人力、财力、物力根本无法承担。

到了唐朝，如日中天的国力加上雄厚的财力，使得明光铠成为可以负担得起的装备，于是一些精锐军队便把它作为标配，大规模地装备起来。因此这些军队的防护能力得到大幅提升，战斗力也大为增强，让唐军的军事实力如虎添翼。

唐朝频繁的大规模的军事行动也使得明光铠的制造工艺逐渐成熟，防御力也大大地提高了。据史书记载：一名身穿明光铠的唐朝士兵，能够抵挡住突厥士兵拉力达80磅（72斤）的硬弓，并安上破甲锥的箭在10米距离下的射击。

据唐朝《延禧式》记载，制造一副明光铠要200多天，修一副明光铠要41人。这个造价也就是西汉和唐朝承受得起。

如果说古代军服在军费中占比重较大，那么现代军服在军费中的占比则下降得非常明显。比如，美国一套完整的单兵装备主要由军服、军靴、手套、步枪、防弹衣、信息化装备、瞄准镜和夜视仪、后勤保障这几种装备构成，大约价值17000美元。在这些装备中，军服与军械算是最便宜的。一般一套美军军服只需要200~300美元，而军靴只需要100美元不到；美军在执行任务时所戴的手套大概需要90美元。所以说基本的生活穿戴要花掉500美元左右，占美军单兵装备价格不到3%，几乎可以忽略不计。虽然各国公开的数据中，很少有军服经费的具体数字，但据猜测，应该是装备采购费用的一部分，可能都不会太高。

二、筹措

军服开支来自军费，而庞大的军费支出又从何而来？

经济学家们对此多有论述。大卫·李嘉图说："战时，政府不断借债，公债市场负担过重，公债价格尚未安定，又有新公债发行。"[1] "和平时期，我们终当不断努力偿清战时债务。"[2] 约翰·梅纳

---

[1] 〔英〕大卫·李嘉图：《政治经济学及赋税原理》，译林出版社2014年版，第170页。

[2] 〔英〕大卫·李嘉图：《政治经济学及赋税原理》，译林出版社2014年版，第140页。

德·凯恩斯说:"富人能为战争买单吗?""一个关于延期工资、家庭津贴和廉价家庭津贴的计划。""配给、价格控制和工资控制。"

("Can the Rich Pay for the War?" "A Plan for Deferred Pay, Family Allowances and a Cheap Ration." "Rationing, Price Control and Wage Control."。)①

但各国根据自身实际,军费来源各有特点。

当今世界头号军事强国美国,军费主要有三个来源:首先,国会拨款。有一句话说得好——"美国军队的最大敌人就是国会",说的就是这件事情。美国国会掌握了美国军队的军费,每年根据军队的开支和世界形势,对军费进行增加或者削减,在保持美军优势的基础上尽可能地节省开支。也就是美国的经济实力世界第一,才能支撑得了这么高昂的军费,能掏得起这么多军费,美国国库还是有货的。其次,军火收入。美国每年在军火市场上赚得盆满钵满,这些赚来的钱有相当一部分就会直接投入到美国的军费当中。在军火市场上,美国的销售额常年位居世界第一。由于美国武器性能佳、质量有保障,而且购买美国武器还能和美国建立良好关系,所以很多国家都会选择购买美国的武器,所以这一笔钱也相当可观。最后,收保护费。除了国会拨款和军火收入之外,美国还有一个重要的军费来源。美国为了维持其全球霸权,在世界140多个国家和地区都建立了军事基地。这374个军事基地构成了美国的海外军事力量,这些军事基地建立在别国国土上,美国承诺为这些国家提供一定的军事保护和援助。作为回报,这些国家每年都向美国缴纳一定的"保护费"。将自己军队派驻到别国国土还要收"保护费",不得不说美国实在是太牛气太霸道。这140多个国家和地区各自缴纳一笔费用,加起来就是一大笔钱,有一部分直接充入军费当中。

①〔英〕约翰·梅纳德·凯恩斯:《How to pay for the war(如何筹措战争费用)》,麦克米伦公司1940年版,目录。

中国的军费，在不同时期来源也有较大不同。

比如，秦汉时期，《汉书·食货志》记载："有赋有税。税谓公田什一级工商衡虞之入也。赋供车马、甲兵、士徒之役，充实府库赐、予之用。税给郊社宗庙百神之祀，天子服侍、百官禄食、庶事之费。"（有赋有税。税是公田的十分之一以及工、商、衡、虞的收入。赋是供给车马铠甲兵器士兵的劳役，充实官府储存财物和兵甲仓库以及赏赐之用。税用来供给郊祭宗庙百神，天子供养，百官薪俸食物以及众事的费用。）根据史料考证，军费主要可以划分为经常征收项目和非经常征收项目两个大类。

第一类：经常性征收项目

1. 算赋。是为筹集军费对成年人征收的人头税。西汉时期，"八月，初为算赋"[①]。（八月，开始征收算赋。）"又自十五以上至五十六出赋，人百二十为一算，为治库兵车马。"[②]

凡国家编户，年龄15岁至56岁，不论男女，每人都得缴纳120钱的算赋。所谓算赋，是国家收的"为治库兵车马"的军费。江陵凤凰山十号汉墓出土的竹简五号木牍记载，"当利里"于正月、二月所征的算赋，主要用于与军需有关的"转费""缮兵"等。

2. 口钱。是对儿童征收的人头税，其中有3钱为筹集军费而设立。汉武帝时期，"民年七岁至十四出口赋钱，人二十三。二十钱以食天子，其三钱者，武帝加口钱以补车骑马。"[③]

7岁至14岁的儿童，每人要出口钱23钱。其中，明确20钱"以

① 许嘉璐主编：《二十四史全译·汉书》第1册卷1（上）本纪第1（上）《高帝刘邦（上）》，汉语大词典出版社2004年版，第17页。

② 〔唐〕杜佑：《通典》卷4《食货四》，古诗文网，https://so.gushiwen.cn/guwen/bookv_46653FD803893E4F5C927BEF9C6122D4.aspx.

③ 〔唐〕杜佑：《通典》卷4《食货四》，古诗文网，https://so.gushiwen.cn/guwen/bookv_46653FD803893E4F5C927BEF9C6122D4.aspx.

食天子"，3钱用于军费"补车骑马"。说明汉武帝时，征伐连年，军需剧增，便增加了口钱以弥补不足。

3. 更赋。是"戍边三日"的代役钱。汉初行秦法，"天下人皆直戍边三日，亦名为更，律所谓繇戍也。虽丞相子亦在戍边之调。不可人人自行三日戍，又行者当自戍三日，不可往便还，因便往一岁一更。诸不行者，皆出钱三百入官，官以给戍者，是谓过更也"①。

人人都需要去边境服役三天，这叫作一更，法律上叫作繇戍。就算是丞相的儿子也要被派去边境。但不可能人人都去戍边，也不可能去戍边三日就返回。所以，便采用去一年更换一次。不去的人，就要交三百钱给官府，官府用这些钱来补贴服役的人，这叫作过更。

由此可见，更赋即过更，是代役钱。"天下人皆直戍边三日"是不可能的，由内地到边防需要很长时间，到了只"戍边三日"，得不偿失。不去的话，你得出300钱，由他人代役。显然是统治者为筹措军费而巧立的一个名目。至东汉，这成为固定的常设赋目。

第二类：非正常征收项目

秦汉时期连年大规模用兵，造成国库空虚、军费不足。因而，在各个不同时期，采取过若干特殊措施，以弥补军费的短缺。

1. 算缗钱。这是对工商主征收的一种特殊税收。司马迁记载："商贾以币之变，多积货逐利。于是公卿言：郡国颇被菑害，贫民无产业者，募徙广饶之地。陛下损膳省用，出禁钱以振元元，宽贷赋，而民不齐出于南亩，商贾滋众。贫者蓄积无有，皆仰县官。异时算轺车贾人缗钱皆有差，请算如故。诸贾人末作贳贷买，居邑稽诸物，及商以取利者，虽无市籍，各以其物自占，率缗钱二千而一算。诸

①〔唐〕杜佑:《通典》卷4《食货四》，古诗文网，https://so.gushiwen.cn/guwen/bookv_46653FD803893E4F5C927BEF9C6122D4.aspx.

作有租及铸，率缗钱四千一算。非吏比者三老、北边骑士，轺车以一算；商贾人轺车二算；船五丈以上一算。匿不自占，占不悉，戍边一岁，没入缗钱。有能告者，以其半畀之。"①

商贾们利用货币改铸的机会，囤积很多货物来牟利。于是公卿们进言：各郡国遭受严重灾害，没有产业的贫民，被征召迁移到广阔富饶的地方。陛下减少膳食，节省费用，拿出内廷的钱来赈济百姓，宽减赋税，可是百姓们并没有全部到田里务农，商贾越来越多了。贫穷的人没有积蓄，都靠官府供给。过去征收轺车税和商人缗钱都有等级，请照旧征收。各种商人末流赊借钱款，贱买贵卖，囤积货物，以及靠经商取利的人，即使没有市籍，也要各自向官府汇报其财产总数，一律按本钱2000钱出一算。各种手工业和冶铸业也要纳税，一律为4000钱出一算。除待遇与官吏相同的人及三老、北边骑兵以外，轺车一辆征一算；商贾轺车一辆征两算；船长五丈以上的征一算。隐匿不申报的或没有全部申报的，罚守边一年，没收本钱。有能告发的，把没收的钱的一半给他。

算缗是汉武帝为伐四夷，对商人、手工业者征收的一种税。算缗实行后，富商大贾们"皆争匿财"，于是便进行"告缗"，鼓励知情者告发。汉武帝时期的算缗告缗，使政府"得民财以亿计"。这为缓解当时军费紧张状况起到了一定的作用，但也大大削弱了商业资本的发展，一定程度上造成了国家经济的停滞不前。故元封元年（前110），"弘羊又请令民得入粟补吏，及罪以赎。令民入粟甘泉各有差，以复终身，不复告"。

2. 以訾征赋。这是对编户征收的一种财产税。通常叫"訾赋"或"訾算"，和当时的"算赋""口钱""更赋"的区别，在于后者以丁口为本做征收的依据，二者各异。"往者军阵数起，用度不足，以

---

① 许嘉璐主编：《二十四史全译·史记》第1册卷30书第8《平准书》，汉语大词典出版社2004年版，第504－505页。

訾征赋，常取给见民。"① （以前，战事频繁发生，军费不够使用，朝廷于是按照民众财产多少征收赋税，经常是从当地现有民众之中征收。）

可见"以訾征赋"，是在"军阵数起，用度不足"情况下实行的，是为了解决军费不足而设置的一项非常制征收项目。

3. 赋外征调。 "调"作为一种赋税，是东汉时筹措军费的一种措施。作为赋外科目的"调"与军队后勤需要有密切关系。"旧幽部应接荒外，资费甚广，岁常割青、冀赋调二亿有余，以给足之。"② （过去因为幽州地处偏远，耗费钱粮很多，每年常要割取青、冀二州的赋税两亿多，来给它供应补足。）"今复募发百姓，调取谷帛，炫卖什物，以应吏求。外伤羌虏，内困征赋。"③ （现在又征募调动百姓，调用谷帛，叫卖物品，以供官吏之需。外受羌虏的伤害，内受征赋的困扰。）"乡官部吏，职斯禄薄，车马衣服，一出于民……特选横调，纷纷不绝。"④ （那些乡官部吏们，职务低赋薪水很少，其车马衣粮取自百姓……各种专项调拨、特殊开支，一起又一起，名目繁多。）当时统治者根据军事需要征调的范围极为广泛。不仅有货币，有时还有谷帛、车马、衣物等物资。百姓衣物也可征调为军服。

此外，还采取了盐铁官营、卖爵鬻官、贷王侯国租一岁、"假公卿以下奉，又换王侯租以助军粮"和"辄贷于民"等筹措军费的一些临时性措施。

① 陈桐生译注：《盐铁论》卷3《未通第十五》，中华书局2015年版，第153页。
② 许嘉璐主编：《二十四史全译·后汉书》第3册卷103列传第63《刘虞公孙瓒陶谦传》，汉语大词典出版社2004年版，第1440页。
③ 许嘉璐主编：《二十四史全译·后汉书》第2册卷81列传第41《李陈庞陈桥传》，汉语大词典出版社2004年版，第1098页。
④ 许嘉璐主编：《二十四史全译·后汉书》第3册卷91列传第51《左周黄传》，汉语大词典出版社2004年版，第1251页。

总之，秦汉时期，算赋、口钱、更赋征课是军费的基本来源，但在连岁征伐、国库空虚的情况下，也采取过一些临时性措施，用来弥补军费不足。

自秦汉以来，中国历代王朝军费基本来源可能会有些许不同，但由秦汉时期的状况大致可以略窥一斑。

譬如唐朝，其军费主要有三种来源：一是国库收入，包括租庸调、关税、商税、盐课、铸币等；二是实物征收，包括折色、民运、盐引等；三是军屯自给，即驻卫军士在闲暇时屯田种粮，以供自身消耗或上缴朝廷。

宋朝则通过赋税、盐铁专卖和其他收入获取军费。赋税是宋朝财政收入的主要来源，也是军费支出的主要渠道。宋朝的赋税主要包括田赋、丁税、商税、关税、市舶税等。其中田赋是对土地的征税，丁税是对人口的征税，商税是对商业活动的征税，关税是对进出口商品的征税，市舶税是对外国商船的征税。盐铁专卖是宋朝政府对盐和铁两种重要商品实行垄断经营和统一定价的制度。盐铁专卖不仅可以保证国家对这两种战略物资的控制，而且可以为国家提供巨额利润。据统计，宋朝每年从盐铁专卖中获得的收入约占全国财政收入的15%到20%。除了赋税和盐铁专卖之外，宋朝还有其他一些军费来源，如罚没、没收、捐献、借贷等。这些收入虽然不稳定，但也能在一定程度上缓解财政困难。

明朝军费有三大渠道。一是国库收入，包括赋税、关税、商税、盐课、铸币等。二是实物征收，包括折色、民运、盐引等。三是军屯自给，即驻卫军士在闲暇时屯田种粮，以供自身消耗或上缴朝廷。

清朝军费，一靠赋税。赋税是清朝军费的主要来源，包括土地税、人头税、商业税、关税、盐税等。清朝对不同民族和地区的赋税有不同的标准和方式，一般以实物或银两为单位。清朝还实行了普蠲制度，即在战争或灾荒时期，减免或免除赋税，以减轻百姓负担，增加政府威信。二靠铸币。铸币是清朝军费的辅助来源，主要由宝泉局负责。清朝铸造了多种货币，包括铜钱、白银、纸币等。清朝对货币的流通和兑换有严格的规定，以维护货币的稳定和信用。三靠战利品。战利品是清朝军费的额外来源，主要指在对外战争中所获得的敌方的金银财物、土地资源、人口奴隶等。清朝对战利品有一定的分配制度，一般按照皇帝、将领、士兵三级进行分配，以奖励某些有功之臣和部队。

国民政府时期，全国各地军阀割据，各军阀的军费来源大体有四：其一，辖区内征收的税赋。通过各种方式对人民进行征税和剥削，引入农业税、商业税、粮食税、烟税等新税种，设立关卡向商人收取过路税，甚至对捡拾粪便的人征税，有时提前收取后几年的税。各地军阀对百姓横征暴敛，苛捐杂税不下数百种之多。其二，向外国贷款。军阀仅仅依靠收税无法完成扩张，都会找外国政府贷款，以取得列强的支持。向外国借款数量多、来得快，可以快速扩大实力。但贷款是要还的。当税收不足以偿还贷款时，就将辖区内的资源抵押给列强，让他们来开发赚钱。比如，奉系军阀向日本贷款，还款方式就是跟日本合作修铁路，把东北地区的资源卖给日本。其三，掠夺其他军阀的财富。掠夺是来钱最快的方式，所以国民政府时期，军阀之间战争连年不断。为了掠夺，甚至不惜盗墓。孙殿英成功盗掘慈禧太后和乾隆皇帝的陵墓，后将一些国宝献给南京政府的上层，从而获得军饷和晋升。其四，中央政府拨款。军阀们虽然山头各立，但是在名义上都属于中华民国，因此中央政府有给军阀们拨款的义务。中央政府的钱从哪里来呢？还是从各省收取税款，也就是说当时的百姓除了给中央政府上税外，还要给地方军阀上税。军阀混战时期，中央给军阀拨的款不多，特别是地方军阀跟中央军作战时，中央收不到地方上的税，也不会给地方拨款。抗日战争时期，国民政府给各地方的军阀都拨款。那个时候全国同心抗日，地方军阀也服从国民政府的命令，因此国民政府会根据不同的情况给各军阀提供拨款。比如，阎锡山被日军压缩到山西一隅后，财政十分困难，都是国民政府给他拨款抗日的。除上述四种来源外，还有通过种植、销售和走私鸦片牟利的。

我军以服务人民为宗旨，因此军费来源从根本上就不同于国民党治下的军阀。在我军发展的各个历史时期，军费来源渠道也各有侧重。从历史记载看，中华人民共和国成立前，我军军费来源大致有八个渠道。第一，由共产国际提供。这里的共产国际主要是指苏共。苏共在党的早期活动中给了经费，包括各类运动经费、建军经费等。遵义会议以后，红军在经济上脱离了共产国际，但是手里的枪与之前帮助提供的武装还是存在的。第二，靠早期自身积累。红军在根据地有一些积累，如在江西根据地通过打土豪、经商、开矿等，有一定的经济积累。这部分积累并没有成为死钱，而是用到了一些投资上，包括上海等地的一些公司。第三，由红军党产公司提供。包括周恩来、刘少奇建立并经营的一些党产公司。第四，打土豪没收。第五，战场缴获。第六，来自进步人士捐赠。第七，国民党拨给。第八，投资生产发展经济。1935年11月28日，毛泽东、朱德在《中华苏维埃共和国中央政府、中国工农红军革命军事委员会抗日救国宣言》中指出："没收日本帝国主义在华的一切财产作抗日的经费。没收一切卖国贼及汉奸的土地财产分配给工人、农民、灾民、难民。"[1] 1936年6月12日，毛泽东、朱德在《为两广出师北上抗日宣言》中指出："没收日本帝国主义与汉奸卖国贼的一切财产作为抗日经费。"[2] 1936年8月18日，毛泽东、周恩来、彭德怀、杨尚

① 中共中央党史和文献研究院编，逄先知主编：《毛泽东年谱（1893—1937）》第1卷，1935年11月28日条，中央文献出版社2023年版，第489页。

② 中共中央党史和文献研究院编，逄先知主编：《毛泽东年谱（1893—1937）》第1卷，1936年6月12日条，中央文献出版社2023年版，第551页。

昆、林伯渠发出关于筹款的训令："根据最近中央对于土地政策的新决定，对于地主，只要他不反对抗日红军，应避免用没收办法，而以募捐的方法使其尽量拿出金钱、粮食和物品，宁可少没收一家，不可错没收一家。在筹款中，必须注意经济政策，没收地主的商店固然不对，没收一般的商店尤不容许。在苏维埃法律范围内，给商人以适当的保护。在不损害商业的条件下，向富商作深入的救国宣传，进行募捐运动，筹得抗日经费。"[①] 1936年12月29日，为争取教堂同苏维埃红军建立和平友好关系，毛泽东和周恩来联名提出："教堂之财产不没收，由教堂自动捐助抗日救国经费。"[②] 1937年8月18日，毛泽东代表中共中央发出给朱德、周恩来、叶剑英关于与国民党谈判的十项条件的训令，其中第四条指出："发给平等待遇之经费。"[③] 1938年3月24日，毛泽东会见记者时指出："每月由国民党政府拨给几十万元的经费，枪支装备都是由日本的'义务输送队'给我们送来，现在差不多有一师人的装备都完全像日本军队了，只有臂章不同。"[④] 1941年3月5日，毛泽东在讨论陕甘宁边区财政经济问题时说："财政方针主要是发展的方针，手段是票子。应当转变过去的紧缩政策，根据新的方针，立即实行新的政策。要决心立即投资生产事业，主要是投资盐的生产。"[⑤]

---

① 中共中央党史和文献研究院编，逄先知主编：《毛泽东年谱（1893—1937）》上卷，1936年8月18日条，中央文献出版社2023年版，第570—571页。

② 中共中央党史和文献研究院编，逄先知主编：《毛泽东年谱（1893—1937）》上卷，1936年12月29日条，中央文献出版社2023年版，第633页。

③ 中共中央党史和文献研究院编，逄先知主编：《毛泽东年谱（1893—1937）》中卷，1937年8月18日条，中央文献出版社2023年版，第14页。

④ 中共中央党史和文献研究院编，逄先知主编：《毛泽东年谱（1893—1937）》中卷，1938年3月24日条，中央文献出版社2023年版，第61页。

⑤ 中共中央党史和文献研究院编，逄先知主编：《毛泽东年谱（1893—1937）》中卷，1941年3月5日条，中央文献出版社2023年版，第283页。

中华人民共和国成立后，中国军队的军费来源主要依赖国家财政预算。国家根据国防和经济发展的需要，在预算中安排一定比例的军费开支，保障军队的正常运行和发展。此外，军队还参与一定的经济建设活动，通过军工企业等为国防事业提供支持。这种情况在改革开放以后逐渐减少，军队逐步脱离经济建设领域，专注于国防和军事任务。

今天，中国军费只有一个来源。《新时代的中国国防》指出："中国国防费实行严格的财政拨款。"[1]

三、管理

管子曰："不明于计数，而欲举大事，犹无舟楫而欲经于水险也。"[2]（不了解计数而想举办大事，就好比没有舟楫想渡过水险一样。）

"计未定而兵出于竟，则战之自败，攻之自毁者也。"[3]（没有计划好而兴兵出境，那是作战自己就失败，进攻自己就毁灭。）

军费是保障军队正常运转的经费，其中包括军人的工资、武器弹药的采购、军需品的购置等。军服作为军人的必需品，其制作和采购都需要军费。如果军费管理不善，无法保证军费的足额拨付，

---

[1] 中华人民共和国国防部：《新时代的中国国防》白皮书，中华人民共和国国防部官网，https://www.mod.gov.cn/gfbw/fgwx/bps/4846424_7.html.

[2] 黎翔凤撰，梁运华整理：《管子校注（上）》卷2《七法》，中华书局2004年版，第107页。

[3] 黎翔凤撰，梁运华整理：《管子校注（上）》卷10《参患》，中华书局2004年版，第535页。

就会导致军服的质量和数量无法满足实际需要，影响军人的作战状态和生活条件。因此，合理高效的军费管理对于保证军服的质量和数量至关重要。只有解决好军费问题，才能确保军服的供给，从而提高军队的战斗力。可以说，军服的状况是衡量一国军费管理水平的重要标准之一。良好的军费管理能保证军服的持续改进和升级，为军人提供更舒适高效的装备，有利于提高士气和战斗意志。

外国军费管理，比较有代表性的还是英美两国。

英国的军费管理经历了漫长的发展历程。在封建时期，英国的军队主要由贵族和地主组成，其军费由国王和贵族集体承担。到了中世纪，英国开始实行军费征收制度，即向贵族和地主征收军费。随着时间的推移，军费的征收和管理逐渐趋于集中化，英国国王开始承担更多的军费开支，并设立了专门的军事机构，如海军和陆军。到了18世纪，英国开始实行专业化的军队管理制度，设立了军费管理部门，统一管理和分配军费。19世纪，英国在科技和工业方面取得了重大突破，军费管理也得到了进一步的改革和完善。英国开始采用现代化的财政制度，通过发行国债和税收等方式筹集军费。同时还建立了专门的财政机构，如军费委员会和军费预算委员会，负责军费管理和监督。20世纪初，英国在军费管理方面迈出了重要一步，成立了国防委员会，负责全面管理和协调国防工作，包括军费的分配和使用。此外，英国还通过军备控制、裁军和国际合作等方式来控制军费开支。

美国军费管理制度主要特点是民主制衡、高度透明和灵活适应。其发展历史可以追溯到美国独立战争时期。在独立战争期间，美国政府面临巨大的财政压力，需要筹集资金来支援战争。为此，美国政府采取发行国债、增加税收等一系列措施筹集资金，并开始建立财政制度，走军费管理之路。19世纪初，美国政府持续完善军费管理制度，制定了一系列法律和政策，包括设立财政部、设立国库、实行国家债务管理等。20世纪初，随着美国国际地位的提升和对外扩张的需要，美国政府采取增加军费预算、建立国防部、加强对军费支出的监督等措施，为政府提供了更多财政支持和管理手段。二战期间，为支援战争，美国政府采取发行国债、增加税收、征兵等措施，并开展大规模军费管理改革，建立了现代化财政制度和军费管理制度。冷战时期，美国政府面临苏联军事竞争和世界安全威胁挑战。为维护国家安全和利益，美国政府进一步增加军费预算，推进军事现代化，加强对军费支出的监督，军费管理和分配得到有效保障。冷战结束后，随着国际形势变化，美国政府调整了军费管理的重点和方向，开始注重提高军费的效率和透明度，采取优化军费结构、加强对军费的审计和监管等措施。进入21世纪，美国军费建立了预算管理和绩效管理相结合的管理体系。预算管理主要有五方面：一是建立职责分明的国防预算体制。在行政部门和立法部门两个层面上，建立了国防预算编制、审批、管理机制。行政部门层面，主要有总统、国防部等3个部门（人员）负责国防预算的编制、审批和管理工作。立法部门层面，国会参众两院军事委员会、预算委员会、拨款委员会及其他对国防支出有管辖权的委员会，利用听证、讨论等方式对由总统提交国会的国防预算进行综合审查和评估，最终形成具有法律约束力的《国防授权法》和《国防约束法》。行政部门层面和立法部门层面的各机构相互依存、相互制约，形成了职责分明的国防预算管理体制。二是建立全过程科学的理论指导体系。多年来，美军在国防预算咨询工作中一直强调以集中、平衡、效率的科学理论为指导。三是建立系统计划的管理方法。自20世纪60年代初以来，美军先后使用了规划、计划、预算制度（PPBS）和规划、计划、预算与执行制度（PPBE）等两种方法，运用系统分析理论，规划、计划和编制国防预算，并对国防预算的执行情况进行全程监督检查。四是建立重视执行的评估体系。为了更加规范国防预算的评估规程和评估标准，在2003年修订的规划、计

划、预算与执行制度中，专门增加了执行阶段。在该阶段，首先由各
军种和国防部各业务局按照事先确定的标准对各自所属单位的国防预
算执行情况进行评估并上报国防部。由国防部计划分析与鉴定局对各
军种和国防部各业务局的国防预算执行情况进行综合评估，并分别打
分，以便为下一个财年和以后几个财年的国防预算及其经费安排做准
备。这可以提高国防预算的使用效益，并有效控制经费超概算等问题
的发生。按照有关规定，国防预算评估周期通常为一个季度。五是国
家依法进行军事拨款。为克服军事拨款的随意性，使国防费能在满足
国家安全和军队建设需要的同时，又能兼顾国家经济实力的可能，美
国国会每年都要通过《国防授权法》和《国防拨款法》，必要时还通
过《国防紧急拨款法》，对有关军费拨付的权限、程序、类别等进行
规范，从而使各项军费拨付做到有法可依。美国军事拨款的基本做法
是：先由军方提出军费预算申请，经政府审议通过后提交国会审议，
最后由总统签署并颁布。军事拨款一旦被国会审议通过便具有法律效
力，未经国会批准，任何人不得改变。绩效管理的做法主要包括以比
较完善的法律法规和条令夯实军费绩效管理的法律基础，以军事战略
目标牵引军费绩效管理，以预算公开、透明为公众监督军费绩效提供
有利条件，以科学的军费绩效治理结构保证军费绩效管理的实施等。

　　从中国的情况看，早在秦汉时期，一些政治家、军事家就高度
重视军费管理，建立了比较成熟的军费管理制度。

　　秦汉时期的军费管理制度有三个显著特点。第一，形成了比较
完整的管理组织体制。先秦时期，军中就设立了专职会计的"法"。
如《六韬·龙韬·王翼》曰："法算二人，主计会三军营垒、粮食、
财用出入。"[1]（管财务的二人，主要负责分配三军的驻营，分发
粮草，用财的支出与收入。）

---

[1] 欧阳轼主编，刘诚主审：《武经七书·六韬·龙韬·王翼》，三环出版社1991
年版，第278-279页。

秦汉时期，中央主管国家军费开支的最高部门是大司农。军费的征集、支出以及军粮马草等的筹划、运输、供给都归大司农统管。大司农的属官大仓令、均输令、平准令、都内令、籍田令、斡官长、铁市长等，分别负责国家粮仓、运输和物价、钱帛的库藏、田籍粮谷、盐铁专卖、铁器管理等费用的收支与管理。除此之外，地方郡、县、乡、里也都建立了自上而下的财政机构。郡国是地方的最高行政单位。郡国长官总管户口垦田、税收钱谷、社会治安等。郡国具体掌管财税的官员是仓曹掾等。县一级设有"县啬夫"，负责财税事宜。乡是税收财政的最基层单位，设有三老、啬夫等官员。各级地方财政机构和财政官员，都有保障军事需要的职能。如"啬夫"和"乡佐"的主要职责是"职听讼，收赋税，派徭役"。正是他们自下而上的军费物资收支管理，确保了军队所需军费和物资供给的顺利进行。

第二，实施了严格的财务上计制度。管子曰："故计必先定，而兵出于竟。"[1]（所以，计划必须先定而后才兴兵出境。）西汉之初，萧何任相国，非常重视国家的图书资料，据此熟悉并掌握全国的政治、经济和社会情况，并作为施政的依据。秦时当过柱下史熟悉秦代档案和统计数字的张苍为计相，萧何让张苍以列侯的身份住在相府，主持郡国的上计事务，由此奠定了汉代上计制度的基础。汉代各郡在太守之下，都专门设立了上计吏，主持计政。各王侯国也都设有上计吏。上计吏主管郡国的财政、经济基本数字，如户口、垦田、物价、农事丰歉、灾情等。每岁末，各县要核实上述情况，上报到郡国，由郡国汇总，由上计吏携带相关文件进京，向皇帝汇报。记载各项财政、经济基本数字的文件叫计簿，或称上计簿。涉及的内容较广，主要包括三方面：一是管辖范围、管辖官吏、管辖区域、

---

[1] 黎翔凤撰，梁运华整理：《管子校注（中）》卷10《参患》，中华书局2004年版，第535页。

受奖赐复人员、郡国直属官吏等行政概况；二是郡辖民户、人口（包括新增加的户数和户口）、提封土地、侯国、邑园田、耕种亩数、植树面积等资源状况；三是赋税收支、农税收支等财政状况。特别是对辖区吏员（俸禄支出的依据）、户数、人口数量、男女性别比例、不同年龄段人数（税赋收入的依据）、土地资源、区域面积、可垦土地面积与种植面积（农业税收入的依据）、钱谷收支存（财务状况的依据）等情况报告得更为详细。上计簿抓住了财务监管的主要矛盾，确保了财务监督突出重点。由于上计直接关系国家财经收入，朝廷非常重视，有时举行隆重的仪式。皇帝经常亲自听取上计吏的汇报，过问相关事宜。因此，上计被确定为一项重要制度，从武帝开始，每年春季，各郡国必须将一年来的财政情况上报中央。县及其以下组织也要分别向其上级上计。对上计情况不实的，要进行严肃处理。比如，《汉书》记载："众利侯郝贤……元狩二年，坐为上谷太守入戍卒财物，上计谩，免。"①（众利侯郝贤……元狩二年，在上谷太守任因为贪污戍卒财物，"上计"怠慢，被免职。）

尽管处分严厉，可是问题还是不断地发生。宣帝黄龙元年（前49）因上计不实，皇帝发怒，下令斥责，诏书曰："方今天下少事，徭役省减，兵革不动，而民多贫，盗贼不止，其咎安在？上计簿，具文而已，务为欺谩，以避其课。"②

方今天下少事，官差劳役减少很多，又没有战事，可是老百姓还是很穷，盗贼不止，原因何在呢？有的官员只是按惯例在每年年底上报其所辖区域的户籍、赋税、人事等，大多又名不副实，一心在诓骗上级，企图逃避对自己的考核。

---

① 许嘉璐主编：《二十四史全译·汉书》第1册卷17表第5《景武昭宣元成功臣表》，汉语大词典出版社2004年版，第273页。
② 许嘉璐主编：《二十四史全译·汉书》第1册卷8本纪第8《宣帝刘询》，汉语大词典出版社2004年版，第109页。

从史料看，皇帝对上计虚假深恶痛绝，专门下诏书谴责制止。可见，中央十分关注上计的真实性，管理也很严格。应该说，这种严格的上计制度，对中央掌握和管理全国财经情况作用重大。

第三，建立了比较完备的会计簿籍管理体系。西周时期，会计簿籍出现萌芽。《国语·周语》中记载："月会、旬修、日完不忘。"[1]（计一月之经用，修十日之所成，完一日之所为，不忘记这种礼。）

从甘肃出土的居延汉简中可以看出，秦汉时期的会计簿籍是依据管理对象的不同分钱、粮、物分类核算的。而且汉简的各类簿籍，都是把每天发生的账目按月编制上报，和现代会计各项收支"日清月结"的分科目结算制度高度相似。这说明当时的财务管理体系已经比较完备。建立这些簿籍，主要是防止财物流失，确保各种供给正常进行。根据簿籍，可以随时掌握财物流向。如果发现财物管理有出入，要严格追究责任。因此，簿籍每月都要上交保存。会计簿籍按照财务科目分类，有"钱出入簿""财物簿""谷出入簿""吏受奉名籍""吏卒廪名籍"和"家属廪名籍"等。按照财务结算时间分类，有"月会计簿籍"和"年会计簿籍"。这充分说明，秦汉时期会计簿籍管理系统比较完备。这对官府及时、准确掌控军队军费收支，军粮及其他财物的调入、拨出和储备情况，起到了重要作用。

秦汉之后，唐、宋、明、清等皇朝也都有较为系统的军费管理机制。

唐朝军事机构主要包括中央的兵部、诸卫、六军、神策军等，以及地方的折冲府、都护府、节度使等。唐朝军费的征收权属于户部，户部根据皇帝的诏令和兵部的需求，向各地方政府下达征收任务，并监督征收情况。对于征收上来的军费，兵部根据皇帝的诏令

---

[1] 徐元诰撰，王树民、沈长云点校：《国语集解》周语中第2《晋侯使随会聘于周》，中华书局2002年版，第59页。

和内阁的建议，制订军费预算和分配方案，向户部申请拨款。平时按照固定的编制和标准，定期发放军饷和粮饷给各级军兵；战时按照实际的战争需要，临时调拨军饷和粮饷给参战的部队。唐朝也重视军费监督，主要有三种途径：一是内部监督，即兵部、户部、度支等中央机构对军费的征收、分配、使用等进行审计、核查、报告等，以保证军费的合理使用，防止贪污浪费。二是外部监督，即设立专门的监察机构，如御史台、盐铁使等，对军事机构和军事人员进行巡视、检查、弹劾等工作，以保证军事纪律和法规的执行。三是民间监督，即通过各种渠道，如上书、告状、舆论等，反映军事机构和军事人员的不法行为或不良现象，以促进军事改革和公正。

宋朝的最高军事机构是枢密院，掌管全国的军事、军务管理，如征收、分配、使用军费等。枢密院下设三衙，即殿前都指挥司、侍卫马军司和侍卫步军司，为中央最高指挥机关，分别统领禁军和厢军。三衙下设率臣，为临时委任的将帅，统领出征或镇戍的禁军。除此之外，还有兵部，为中央六部之一，主要负责军队的编制、选用、考核、赏罚等事务。宋朝实行募兵制，士兵和将领都是职业化的，因此需要给予足够的待遇来保证他们的生活。宋朝根据士兵和将领的职阶、兵种、地位等不同因素来确定他们的兵饷标准，并定期发放。

明朝，皇帝是最高统治者，也是军费管理制度的最高决策者。皇帝拥有对军费的征收、分配、使用、监督等方面的最终裁定权，也负有对军费管理制度的改革和完善的责任。六部是明朝中央行政机构，分为吏部、户部、礼部、兵部、刑部、工部。其中，户部主要负责财政收入和支出，包括军费的征收和分配；兵部主要负责军事人事和物资，包括军费的使用和监督。六部直接向皇帝负责，也受到内阁、都察院等机构的协助和监督。内阁是明朝中央顾问机构，由皇帝任命的几位重臣组成，主要负责起草诏令、议论政事、参与决策等。内阁对于军费管理制度的影响主要体现在对皇帝的建议和意见，以及对六部等机构的协调和指导上。都察院是明朝中央监察机构，由左右两司组成，主要负责监察各级官员的廉洁和能力以及处理各种弹劾和上疏等。都察院对于军费管理制度的影响主要体现在对六部等机构的监督和纠正，以及对各种军费问题的查办和处理等方面。地方政府分为省、府、州、县等。地方政府在军费管理制度中主要承担了征收地方赋税（包括折色）、调配地方兵力（包括府兵）、供给地方粮饷（包括屯田）等职能。地方政府向中央政府缴纳赋税，并按照中央政府的命令执行军事任务。

清朝作为中国最后一个大一统皇朝，其军费管理制度具有四个显著特征：第一，强调中央集权制。清朝实行"家国同构"的体制，军费的核定、调配和监督均由中央政府把持。各地方只负责军费的日常管理和开支，但开支总额和监督检查都要遵从中央下达的限额与要求。这种中央集权的管理体制有利于皇帝对军费的直接掌控。第二，重视制衡机制。在军费管理中设置权责分明的各部门，相互制衡监督。如户部对军费总额的把控，都察院对地方开支的检查，以防止贪污浪费。各地方衙门需接受上级的监督，形成多级监督的管理机制。第三，军费管理体制简单。相比后世，清朝的军费管理机构设置较为简单。主要管理机构只有几个，大都设在中央。各地方衙门作为下属机构，主要负责传达执行中央政策与命令。这种简单的体制有利于皇权的集中，但在管理效率和监督力度上略显不足。第四，重视明确法规。清朝逐步建立和完善了一定的法制体系。在军费管理方面制定了许多规范条令，确立了各机构的职责、流程和权限，为军费管理提供了法理依据，这在一定程度上加强了清朝军费管理的程序化与规范性。清朝的军费管理体制以中央集权为主，并重视制衡机制与明确法规，但管理机构较为简单，总体效率略有不足。这种体制与当时清朝政体相合，在保障皇权的同时也体现了一定的法理精神，为财政管理提供了制度保障。

国民政府时期，军费管理制度在继承北洋政府的基础上有所发展，并受到了国内外多方面的影响，如国际金融危机、抗日战争、内战等。国民政府的军费管理制度经历了从中央集权到地方分权，再到中央集权的过程，反映了国民政府对军事资源配置的调整和改革。国民政府的军费管理制度主要由中央和地方两级组成。中央财政机构主要由财政部、军需部、审计院等负责，地方财政机构主要由省、县、乡等级负责。中央和地方之间通过预算、调拨、借款等方式进行军费分配和调节。国民政府的军费管理制度涉及多个部门和机构，如行政院、国防部、参谋本部、各兵种司令部、各战区司令部、各军团司令部等。这些部门和机构在军费管理中各有职责和权限，如行政院负责制订全国财政预算和军事预算，国防部负责编制全国军事建设规划和军事需求计划，参谋本部负责编制全国作战计划和作战需求计划，各兵种司令部负责编制各兵种建设规划和需求计划，各战区司令部负责编制各战区作战规划和需求计划，各军团司令部负责编制各军团作战规划和需求计划等。主要采用项目预算制度，即按照项目分类编制预算，如人员费用、物资费用、工程费用、装备费用等。项目预算制度有利于明确各项目的目标、内容、标准、数量、时间等要求，便于进行监督和评估。同时，也有利于实现资源的优化配置和使用效率的提高。国民政府也注重加强监督和审计，以保证军费的合理使用和有效控制。监督机构主要有审计院、监察院等，审计机构主要有财政部审计司、军需部审计司等。这些机构通过定期或不定期的检查、审查、核查等方式，对军费的收入和支出进行监督和审计，并提出意见和建议。

中华人民共和国成立后，中国军费管理制度强调集中统一，保证国家战略需求的实现。中国军费实行严格的预算管理制度，坚持需求牵引、规划主导，坚持量入为出、量力而行，加强集中统管，统筹存量增量，逐步推行军费绩效管理，推进以效能为核心的军费管理改革。改进和加强预算管理，深化军队资金集中收付制度改革，加快经费标准化建设步伐，完善军队资产资金管理办法。

各国的军费管理制度各有优缺点，值得彼此学习和借鉴。在未来的军事发展中，中外军费管理制度将继续发挥关键作用，为维护各自国家安全和世界和平提供有力支撑。

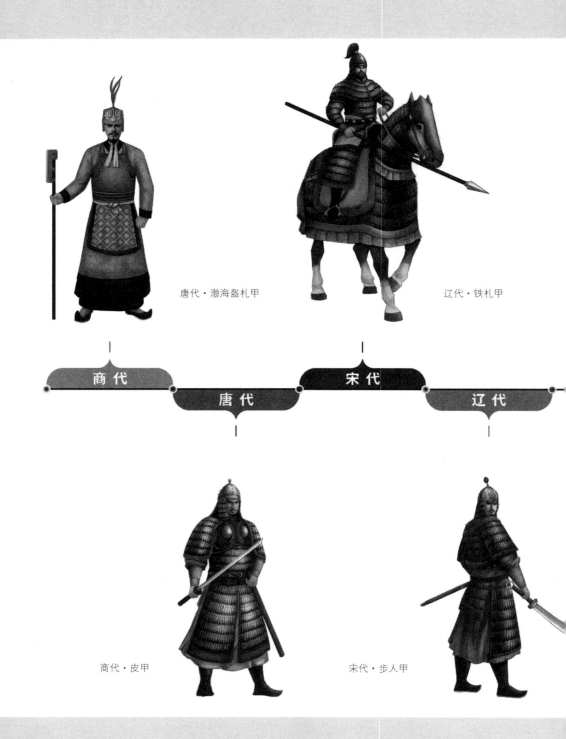

唐代·渤海盔札甲

辽代·铁札甲

商代　　唐代　　宋代　　辽代

商代·皮甲

宋代·步人甲

元代·辫线袄

清代·云龙纹甲

| 金代 | | 明代 | |
| 元代 | | 清代 | |

金代·铁浮屠

明代·锁子甲

知识分子的精神家园

戎装华章

戎装诗词

张华 编著

光明日报出版社

图书在版编目 (CIP) 数据

戎装诗词 / 张华编著 . –– 北京 : 光明日报出版社，
2024. 10. –– (戎装华章). ISBN 978-7-5194-8324-1

Ⅰ . I22

中国国家版本馆 CIP 数据核字第 2024JM0687 号

《戎装诗词》编委会名单

主　任　　张　华

副主任　　刘洪亮

编　委　　（以姓氏音序排列）

陈　方　　姜　蔚　　马　进

牛小庆　　张园雅　　张　霞

← 唐·锁子甲 →

　　唐代的铠甲主要是骑兵穿着，为了保障其战时行动自如快捷，一般只供将士穿着，不为战马披甲。唐代最精良的铁甲是锁子甲，即曹植所著《先帝赐臣铠表》中的"环锁铠"，最为流行的铁甲则是在裲裆甲基础上进行改进和优化的明光甲。

唐代·渤海盔札甲

唐代最精良的铁甲是锁子甲，最流行的铁甲是明光甲。铁甲有明光、光要、细麟、山文、乌锤和锁子，其他材料的铠甲有皮甲、木甲、白布、皂娟、布背、皮甲和木甲。锁子甲由几万个或几十万个铁锁环用铆钉固定连接成形。最常见的铁锁环是铆钉环，另外还有铆钉环封闭环组合、对接环等。明光甲是在裲裆甲基础上在前胸和后背各加上两块圆护，同时增加了披膊和膝裙，圆护大部分由铜铁等金属制成。

辽代·铁札甲

辽代铠甲主要采用的是唐末五代和宋代的样式，以宋为主，大致的甲胄部件也有兜鍪、身甲、披膊、护腰、腿裙、兽吞，其铠甲的上部结构与宋代完全相同，只有腿裙明显比宋代的短，足背上有铁护甲，且有前后两块方形的鹘尾甲覆盖于腿裙之上，保留了五代的特点。铠甲护腹皮带吊挂在腹前，然后用腰带固定，这一点与宋代皮甲相同，而胸前正中的大型圆护，是辽代特有的。辽代除用铁甲外也用皮甲。

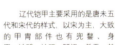

商 代		宋 代

	唐 代		辽 代

商代·皮甲

商代时多用皮甲、布甲和硬藤甲。皮甲大都使用犀牛、鲨鱼等皮革制成，而布甲多以缣帛夹厚绵制作，硬藤甲则以藤蔓编织而成。商代的皮甲属于"整体型"皮甲，是将整块皮革穿戴在胸前，肩膀和腰部处有系带，系紧之后在后背呈X形。商代时出现了饰有兽纹的整体铜胄除了青铜胄，还出现了青铜面甲。商代初、中期与后期的胄甲在制作与形式上唯一的区别在于，青铜胄上的餮餮纹由粗糙变得精巧细腻。

宋代·步人甲

史料记载，宋代铠甲种类主要有钢铁锁子甲、黑漆顺水山字甲、明光细网甲、明举甲和步人甲等。宋代的铠甲要先将铁经过打札、粗磨、穿孔、错穴、裁札、错棱、精磨等多道工序锻打成甲片后，再用皮条编缀成整套精良的铠甲。步人甲由头鍪、顿项、披膊、胄甲、身甲组成，虽厚重结实，但影响部队的灵活机动性。纸甲是将桑树纸鞣捶轮，叠成三寸厚，每方寸钉四个钉子，裁制成局，是在宋代被广泛应用的一款轻甲。

元代 - 辫线袄

元代的铠甲主要有鱼鳞甲、锁子甲、柳叶甲、铁罗圈甲、布面甲、雁翎甲和金经甲等。元代的戎服初期主要是质孙服和辫线袄。质孙服为圆领、紧身窄袖，下摆宽大且折有密裥的袍服，没有品级之别。辫线袄的腰部缝以辫线制成的宽阔围腰，有的围腰上还钉有钮扣。柳叶甲的甲片形似柳叶，数量在两千到三千不等。铁罗圈甲内层为特殊处理过的皮革，外层为铁网甲。布面甲为上衣下裳的长袍，用布帛做衬里，外钉金属甲泡，在身体要害部位衬以铁甲片。

清代 - 云龙纹甲

清代初期的明甲、暗甲和锁子甲，将铁片露于外为明甲，缀于里则为暗甲，上面绣有生动的图案，为帝王权贵和高级将帅所穿着。普通官兵所穿的绵甲以棉絮里，再在其表面钉上甲泡。清代的胄按照官阶分为职官胄、随侍胄和兵卒胄。职官胄由钢、铜、铁和皮革制作，胄表面髹漆，由胄帽、护耳、护颈和护领组成。随侍胄由石青缎做面，红缎为里，外加缘，红缎结顶并缀有朱纬。兵卒胄以铁制成支架，覆上皮革制成胄体和顿项，胄体前后缀有铁甲片，胄顶饰红缨。

金代

元代

明代

清代

金代 - 铁浮屠

金代女真部队普遍着重甲，其防护面积与宋代的相差无几，形式上也受北宋的影响，金人甲胄的特色是鞑帽。金代戎服袍为盘领、窄袖，衣长至脚面，戎服袍还可以罩袍穿在铠甲外面。金国军队还使用比较宽大的腰带"捍腰"作为束带，金国骑兵的甲裙下摆比宋代的要短，方便骑兵作战。《中兴瑞应图》中的金军重骑兵头戴宋式的头鍪顿项、披膊，前排的骑兵也头戴唐和五代样式的兜鍪。

明代 - 锁子甲

明代甲胄的样式繁多，初期多以钢铁制造，样式类同北宋时期，中后期则偏向穿戴锁子甲和布面甲，以应对近代兵器的攻击。明代铠甲为追求防护到位，从头到脚依次配有头盔、身甲、披膊、护心镜、护臂、护腹、下裙、卫足等，其中护心镜和护腹的设计加强了对胸腹部的防护。明代的铠甲以金、银和黑色为主，穿戴样式有对襟式和套头式两种，领口设计则有圆领、直领和V领等。

← 宋·札甲

　　玄甲所用的铁甲片可分为三类：第一种是大块长条甲片，用于制成札甲。札甲分为无披膊和披膊两类，骑兵大多使用无披膊的。第二种是近似于正方形的甲片。这种甲片一般下缘较为平直，上缘两角成圆弧状。第三种是类似于正方形的甲片。后两种甲片会做成槐叶或柳叶形状，然后编成鱼鳞甲。玄甲里面用麻布、皮革缝制，使穿戴更加舒适。外面为短袖铁制筒袖铠，其中鱼鳞甲由鱼鳞形小铁片编缀而成，密密麻麻。铁甲片锻成甲片后，脱碳退火，变得十分有韧性。这种筒袖与铠胸背相连，坚硬无比，极具防御能力，逐渐成为征战的主要装备。

明·凤翅盔铁札甲与布面甲 →

　　明朝的头盔沿袭宋元时期的皆有，据史书《大明会典》中记载，明朝时头盔种类有抹金凤翅盔、水磨贴头盔、镀金宝珠顶勇字压缝六瓣明铁盔等。布面甲是我国甲胄史上最后一代铠甲，作为轻型铠甲，其诞生与火器的出现密不可分。布面甲样式为上衣下裳的长袍，长袍用布帛做衬里，衬里外钉金属甲片，在身体要害部位衬以铁甲片。布面甲作为轻便的软甲，穿着相对柔软舒适。

寻觅诗魂中的戎装情

　　如果说我们的物质文明是人类文明这座宝库里一颗灿烂的明珠，那么这些诗词歌赋就是这辽阔海洋里永远奔腾不息的、耀眼的浪花。在这些灿烂的明珠和耀眼的浪花里，唐诗宋词以其辉煌的艺术、灿烂的硕果，让世人传诵千年不衰。唐诗宋词的发展与繁荣，与当时的政治、经济发展有直接关系。生产力的发展促进了经济发展，经济的发展激发了生产关系的活跃。这一过程，正是马克思所揭示的："这种剥夺的历史是用血和火的文字载入编年史的。"伴随生产力的发展、阶级斗争的激化，为诗人、艺术家、思想家的创作、发展提升了动力、丰富了内容、提供了创作的源泉。如唐宋时期，经济的发展推进社会呈上升势头，经济的发展必然推动文化的繁荣。生产力的发展又推进了当时小而多的国家由混乱趋向统一，为诗人、艺术家的创作提供了素材和良好的社会环境。大唐帝国为了巩固其统治，进行了不少社会改革，推行科举制度，使社会有了较公平的选人制度，打破了贵族、统治者对仕途的垄断。诗人们在这种大环境下以严肃、悲悯的心态关注并客观地反映百姓的命运。在描述胜利的喜悦和失败的悲情时，也无情地揭露了战争对人民生活的破坏和给百姓带来的悲惨境遇。他们在刻画英雄气概和壮士豪杰时，也深入人心的儿女情长、将士的悲凉慷慨和缠绵婉转之情。所有这些，都助推作品里凝结了对正义的追求、对邪恶的鞭挞、对国家的热爱、对戍边卫国将士的崇敬，使得诗词歌赋不断提升品质，即人们常说的诗词歌赋中的魂，蕴含了一种被人们认同的价值观。有了对社会的责任、良好的道德和引导人们奋力向上的东西，即诗词歌赋里的灵魂。所有这些，都促进了社会对诗词歌赋的需要、孕育了诗词歌赋的繁荣，使人们在不断思考、挖掘诗词歌赋中那些高尚、感人、有灵魂的东西——那个时代里熠熠生辉的人物和惊天动地的伟业。不过鲜有人在这些诗词歌赋中去寻觅、思考不太引人关注却同样有重要意义的东西，这就是笔者要在本书中所要思考、求索的：百姓为什么崇尚戎装？戎装与将士、与军队、与国家有什么样的关系？对此，古代的政治家、军事家虽然有所认识，但缺少深刻的思考和系统的论述。实际上，戎装，从狭义上说，就是军人的服装；一个人，戎装在身，就有了一种义务、一种责任、一种使命。

在笔者看来，民众百姓崇尚戎装的本质即"国泰民安、民富国强"。这是千百年来百姓对国家的期盼、对戎装的崇敬、对自己的祈福。

关于对这个问题思考的结论。简单地说，戎装是一个国家、一支军队的时代缩影。透过这个缩影，分析戎装的质地、颜色、款式、功能等，不仅可以品出这个时代的审美，也可以读出这个时代的政治、经济、军事、科技的状况。这为我们编写本书提供了思路和方法。

这个思路和方法便是：循着这个缩影，寻觅戎装、军人这些我们很熟悉的人和物落笔便由此展开。本书从以下几个方面展开阐述。

戎装，帝王重视、人民崇尚。对此，中国人民的伟大领袖毛泽东的诗词"中华儿女多奇志，不爱红装爱武装"（毛泽东：《七绝·为女民兵题照》）做了最有力的诠释。《礼记·中庸》中说"一戎衣而有天下。"明朝诗人管讷诗："少小从行伍，千金办武装。"（管讷：《少小从行伍·其二》）北宋的名将、诗人曹翰诗："三十年前学六韬，英名常得预时髦。"（曹翰：《内宴奉诏作》）。

戎装，以苦为荣壮逸情。对此，毛泽东在《五律·张冠道中》中描写道"戎衣犹铁甲，须眉等银冰"；唐代诗人李益在《从军有苦乐行》中说"从军有苦乐，此曲乐未央。……寄言丈夫雄，苦乐身自当"。

戎装，磨砺忠勇加血性。中国古代杰出的政治家、军事家、文学家诸葛亮在《兵要》中论述说："人之忠也,犹鱼之有渊。鱼失水则死,人失忠则凶";有名句"风萧萧兮易水寒,壮士一去兮不复还"(《史记·刺客列传》);有晚唐诗人马戴的"卷旗夜劫单于帐,乱斫胡兵缺宝刀"(马戴:《出塞词》)。

戎装,忧国恤民有情怀。中国古代杰出的政治家、文学家曹操在《蒿里行》中咏道:"铠甲生虮虱,万姓以死亡。白骨露于野,千里无鸡鸣。生民百遗一,念之断人肠。"唐朝诗人秦韬玉抒发道:"大野几重开雪岭,长河无限旧云涛。"(秦韬玉:《塞下》)唐代诗人韩偓:"戎衣一挂清天下,傅野非无济世才。"

戎装,官贬年高志不移。南宋爱国诗人陆游在诗里写道:"僵卧孤村不自哀,尚思为国戍轮台。夜阑卧听风吹雨,铁马冰河入梦来。"(陆游:《十一月四日风雨大作》)在《秋兴·其一》中写道:"醉凭高阁乾坤迮,病入中年日月遒。百战铁衣空许国,五更画角只生愁。"辛弃疾也有豪言壮语:"壮岁旌旗拥万夫,锦襜突骑渡江初。"(辛弃疾:《鹧鸪天·有客慨然谈功名因追念少年时事戏作》)

戎装,血与火中育英雄。明末清初"四大启蒙思想家"之一的顾炎武在诗中写道:"东京朱祐年犹少,莫向尊前叹式微。"(顾炎武:《酬朱监纪四辅》)唐代军旅诗人岑参有"功名祗向马上取,真是英雄一丈夫"(《送李副使赴碛西官军》)的名句等。

笔者所关切的是民众为什么崇尚戎装,以及戎装与军人、戎装与军队、戎装与国家建设的关系问题。

本书在引用诗词时,严格遵循权威版本,并刻意保留了诗句中具有特定文化或历史意义的原形汉字,旨在全面展现诗句的历史风貌与文化底蕴。如果读者看了本书能有所启发,那将是对我们的鼓励和鞭策。

黑云压城城欲摧，甲光向日金鳞开。

角声满天秋色里，塞上燕脂凝夜紫。

半卷红旗临易水，霜重鼓寒声不起。

报君黄金台上意，提携玉龙为君死！

——李贺《雁门太守行》

目　录

序 | 寻觅诗魂中的戎装情

第一篇 | 壮志家国

五律・张冠道中 ………… 003

七绝・为女民兵题照 ………… 004

无　衣 ………… 007

至广陵于马上作 ………… 009

咏史八首・其一 ………… 011

在军登城楼 ………… 014

战城南 ………… 016

从军行七首・其二 ………… 018

从军行 ………… 018

胡无人 ………… 019

出自蓟北门行 ………… 020

老将行 ………… 021

度破讷沙二首 ………… 022

从军有苦乐行 ………… 023

上黄堆烽 ………… 023

再赴渭北使府留别 ………… 024

武威送刘单判官赴安西行
　营便呈高开府 ………… 025

走马川行奉送封大夫出师
　西征 ………… 026

和张仆射塞下曲六首 ………… 027

从军行 ………… 029

雁门太守行 ………… 030

马诗・其十六 ………… 031

疏　雨 ………… 031

内宴奉诏作 ………… 032

喜迁莺 ………… 033

阳关曲・军中 ………… 034

祭常山回小猎 ………… 034

池州翠微亭 ………… 035

秋兴·其一 …… 036
秋兴夜饮 …… 037
书　愤 …… 037
纵　笔 …… 038
村舍杂书 …… 038
岁暮感怀 …… 038
蜀州大阅 …… 039
江北庄取米到作饭香甚
　　有感 …… 039
浣溪沙·江村道中 …… 040
南乡子·登京口北固亭
　　有怀 …… 041
鹧鸪天·有客慨然谈功名
　　因追念少年时事戏作 …… 041
破阵子·掷地刘郎玉斗 …… 042
水调歌头·弓剑出榆塞 …… 043
满江红·夜雨凉甚，忽动
　　从戎之兴 …… 044
送毛伯温 …… 045
酬朱监纪四辅 …… 046
诗 …… 047
诗 …… 049
杂曲歌辞·破阵乐 …… 049
送赵大夫护边 …… 050
重经昭陵 …… 051

始建射侯 …… 051
晚秋郾城夜会联句 …… 052
送任畹评事赴沂海 …… 053
送张郎中副使赴泽潞 …… 053
自萧关望临洮 …… 054
送越将归会稽 …… 055
退　居 …… 056
艺　堂 …… 056
送李先辈从知塞上 …… 057
并州王谏议 …… 057
麾扇渡 …… 058
见　寄 …… 059
答苏子美见寄 …… 059
赠太尉郑文肃公挽词 …… 060
和仲巽荆州大雪 …… 061
叔父给事挽词·其六 …… 062
无咎兄赠子方寺丞见约出院
　　奉谒复用原韵上呈 …… 063
何　意 …… 065
寄资深承事行营
　　二首·其二 …… 065
以旧赐战袍等赠韩少师
　　二首 …… 066

赠捉杀官马谨 …………… 067

癸已圣节二首 …………… 068

初度谩成 ………………… 068

送余制干赴四明 ………… 069

谒显应观崔真君 ………… 070

调　兵 …………………… 070

偶　成 …………………… 071

忆秦娥 …………………… 071

句 ………………………… 072

诗一首 …………………… 073

望海潮·从军舟中作 …… 074

前出军五首·其一 ……… 074

前出军五首·其五 ……… 075

后出军五首·其一 ……… 075

后出军五首·其四 ……… 076

吕诚夫进士金环诗后为萨达

道同年赠 ……………… 076

和项公韵 ………………… 077

立春后 …………………… 078

挽国戚廖廷玺都阃·其二 … 079

圣上西巡歌 ……………… 079

出　塞 …………………… 080

代建安从军公燕诗并引·

其一·代文帝 ………… 081

曾中丞平都蛮凯歌八首

·其四 ………………… 082

和三槐老师玉关人老诗

·其二 ………………… 082

仗剑行 …………………… 083

江城子·生日书怀 ……… 084

大江东去·寄题家芷云参军

龙庆戎装策马图 ……… 085

浪淘沙 …………………… 085

舰上作 …………………… 086

闻　警 …………………… 087

自四安返杭易车而舟对雪

感赋 …………………… 087

哀苗山 …………………… 088

鹧鸪天 …………………… 089

第二篇 | 精兵强将

览柏中允兼子侄数人除官制

词因述父子兄弟四美载歌

丝纶 …… 094

木兰诗 / 木兰辞 …… 094

从军行 …… 096

塞下曲 …… 096

横吹曲辞·入塞曲 …… 097

朝天子·邸万户席上二首 …… 098

甘泉赋（节选） …… 099

少年行三首 …… 100

田侍郎归镇 …… 101

戏颜郎中猎 …… 102

入塞曲·其一 …… 103

老 将 …… 103

送卢潘尚书之灵武 …… 104

奉和袭美寄滑州李副使

员外 …… 105

渔家傲 …… 106

观杭州钤辖欧育刀剑战袍 …… 107

和国信张宗益少卿过潭州

朝拜信武殿 …… 107

满江红·贺王帅宣子平湖

南寇 …… 108

被旨许浦阅舟归 …… 109

赠刘改之 …… 110

嘉泰开乐日殿岩泾原郭季端

邀游凤山自来美堂 …… 111

西江月·丁巳长沙大阅 …… 111

赋老将 …… 112

孟少保戎装相赞 …… 113

送南安镇抚赵南山捧表西省

…… 113

用王深造韵观射寄呈吴门吴

侍郎 …… 114

赠战将 …… 115

赠河南卫毕将军歌 …… 116

木兰辞 …… 117

武馀清乐卷 …… 118

送陈指挥出海 …… 118

金宪莆阳李公自海南征黎过

白沙 …… 119

管将军懋光以讹误失官其少也尝

手擒舶酋麻叶壮而赠之 …… 120

韶阳战绩诗为闫将军赋

　· 其二 ………………… 121

秦总兵良玉 ………………… 121

北庭都护行为武勇公奎将

　军作 ………………… 122

平安山吊吴制军 ………… 124

老将行 …………………… 124

减字木兰花 · 题孙蘋桥画

　木兰从军图 …………… 125

七律 · 茂陵怀霍去病 …… 126

第三篇 ｜ 驰骋疆场

出塞曲 …………………… 131

九歌 · 国殇 ……………… 132

周宗庙歌十二首 · 其六

　· 皇夏 …………………… 134

饮马长城窟行 …………… 135

代扶风主人答 …………… 136

黄家洞 …………………… 137

甘州遍 · 秋风紧 ………… 137

出塞词 …………………… 138

奉和圣制幸望春宫送朔方

　大总管张仁亶 ………… 139

柘枝词 · 其一 …………… 140

纪辽东二首 ……………… 140

从军中行路难二首 · 其一 … 141

早春边城怀归 …………… 143

奉和圣制送张说巡边 …… 144

部落曲 …………………… 144

将赴朔方早发汉武泉 …… 145

出　塞 …………………… 145

关山曲 · 其一 …………… 146

乞假归题候馆 …………… 146

将过单于 ………………… 147

自萧关望临洮 …………… 147

咏史诗 · 孟津 …………… 148

横吹曲辞 · 入塞曲 ……… 148

塞下曲 …………………… 149

沙场夜 …………………… 149

圣主平戎歌 ……………… 150

次韵和并州钱大夫夕次

　丰州道中见寄 ………… 152

送周密学知真定府 ……… 152

昨　日 …………………… 152

再和子育 · 其四 ………… 153

次吕居仁九日群集韵 …… 154

塞　上 …………………… 154

欢喜口号 ………………… 155

陈宣干至晈 ……………… 155

翠玉楼观雪 …………… 156

九日感事三首·其二 …… 157

归朝欢 读画斋丛书本元

　草堂诗馀卷上 …… 157

王将军席上赋旧战袍 …… 158

敦煌曲 ………………… 159

送金谕德扈从北征 …… 160

临安军前 ……………… 161

从军行 ………………… 161

塞下曲 ………………… 162

塞上曲 ………………… 162

赠九江陈兵宪·其十二 … 163

赠辽东李长君都司 …… 163

崀山凯歌 ……………… 164

赋得战袍红 …………… 164

频　年 ………………… 165

见边庭人谈壬子三月事

　有述 ……………… 166

送万伯修中丞经略朝鲜二十

　四韵 ……………… 167

拟大明铙歌曲十八首·

　其十一 …………… 168

九咏寄从兄湛之塞垣·其一

　·边风 …………… 169

九咏寄从兄湛之塞垣·其三

　·边尘 …………… 169

送金谕德扈从征虏 …… 170

车骑将军世袭三等阿达哈哈番

　一品夫人杨母严太君寿 … 170

城上乌 ………………… 171

感事述怀呈涤生师用何廉舫

太守除夕韵同次青仙屏弥之作

　·其三 …………… 172

秋日杂诗 ……………… 172

东征纪事·其十五 …… 173

送李尚书郎君昆季侍从

　归觐滑州 ………… 173

第四篇 | 戎装在身

观军装十咏·铠 ……… 180

观军装十咏·胄 ……… 180

观军装十咏·袍 ……… 180

和春深·其四 ………… 181

题上皇观 ……………… 182

伯夷诗 ………………… 182

龙山补亡 ……………… 183

王诜都尉宝绘堂词 …… 183

侠少行 ………………… 185

太和道中雪作因与诸友下

　马索酒快饮率尔成诗 … 186

明堂观礼杂咏十三首

　・车贺宿太庙 ……… 186

题浯溪中兴颂二首・其一 … 187

维扬即事 ……… 187

水仙子・乐闲 ……… 188

御街行 ……… 188

宴犒将士，酒酣，命健儿

　舞剑为乐，浙省平章泣

　下不禁，感事有赋 … 189

战　袍 ……… 189

征马嘶送归有光 ……… 190

题戎装丽人图 ……… 190

新凉曲 ……… 191

浣溪沙 ……… 191

第五篇 ｜ 军中情谊

赠张宪副之赣州边备 … 196

却东西门行 ……… 198

从军行・其二 ……… 199

酒泉子 ……… 201

代边将有怀 ……… 202

家叔南游却归因献贺 … 202

定西番 ……… 203

塞下三首 ……… 204

白雪歌送武判官归京 … 204

无题・洞庭落楚天高 … 206

赠苏味道 ……… 206

洛阳河亭奉酬留守群公

　追送 ……… 207

饯裴行军赴朝命 ……… 207

送令狐相公自仆射出镇

　南梁 ……… 208

送贾谟赴共城营田 … 209

见别离者因赠之 ……… 209

送元帅书记高郎中出为婺源

　建威军使 ……… 209

送司马待制守河中 ……… 210

送杨秘丞赴戎南倅 ……… 211

出塞行四首送郭建初归戚

　都护幕中 ……… 211

送张东全副戎之京 … 212

袍中诗 ……… 212

捣衣篇 ……… 213

子夜吴歌・冬歌 ……… 214

从军别家 ················ 215
离夜·其一 ·············· 215
春 闺 ·················· 216
古捣练子·剪征袍 ········ 216
塞上曲 ················· 217

第六篇 ｜ 忧国恤民

长安即事·其二 ·········· 221
蒿里行 ················· 224
北齐二首 ··············· 224
塞 下 ·················· 225
箜篌引 ················· 226
猎 骑 ·················· 227
兵 ···················· 227
古战场 ················· 228
汉中行 ················· 229
赠谭青原侍御 ··········· 230
送钟淑濂给谏阅视上谷 ··· 231

第七篇 ｜ 悲悯伤怀

悲愤诗 ················· 237
见征客始还遇猎诗 ······· 238

避难东归，依韵和黄秀才
  见寄 ················ 239
莫愁曲 ················· 239
题衡山县文宣王庙新学堂，
  呈陆宰 ·············· 240
出真州 ················· 241
上裴晋公 ··············· 241
忆王孙 ················· 243
次 韵 ·················· 244
杨郡王挽词 ············· 244
岁暮福昌怀古四首·其一 ··· 245
征妇怨 ················· 245
逢病军人 ··············· 246
贺新郎·冬夜不寐写怀用
  稼轩同父倡和韵 ······· 246
智度师二首·其二 ········ 247

第八篇 ｜ 偃武息戈

太平诗 ················· 252
送孙尧夫赴举 ··········· 253
刘伯寿秘校 ············· 253
高宗皇帝挽祠 ··········· 255

参考文献 ·············· 256

第一篇

壮志家国

《管子·牧民·六亲五法》中云："以家为家，以乡为乡，以国为国，以天下为天下。"从家到乡、从乡到国、从国到心系天下，短短18个字，把小我的情怀升华为兼济天下的大义，体现了君子坦荡荡的博大胸襟。而从古至今，中华大地上从未缺少胸怀天下、壮志家国的仁人志士。上至帝王大臣，下到草野村民，怀揣赤子之心的人不可胜数。

自三皇五帝始，历史的长河风起云涌，跌宕起伏。时逢盛世，人们可以"荷锄事耕作，闭户咏诗书"，如此休养生息自是人间快意的生活。然而生逢乱世，动荡的社会内忧外患，打破了世人的安静祥和，人们悲情于"万国尽征戍，烽火被冈峦"，眼看山河破碎，民遭屠戮，将士们披甲戴盔，义无反顾地奔赴疆场。他们视死如归，留下了传世千古的豪言壮语："黄沙百战穿金甲，不破楼兰终不还。"

千年前的诗句，今天读来，依然让人血脉偾张，让我们感受到撼动古今的气势与力量。那么诗人如椽巨笔下又是如何真切地记录了将士们身着军装，临危授命、精忠报国的不渝情怀呢？

《诗经》中一首《无衣》迸发出秦人尚武好勇的燃烧激情，那种顶天立地的英雄主义气概令人心驰神往。"与子同袍！""与子同泽！""与子同裳！"更是唱出了将士们拳拳的赤子之心。

今天我们能够读到的唐诗大约有5万首。唐朝在290年中，几乎无年不战，对外战争就有130场，堪称历史上最能打的朝代。在四夷宾服的唐朝，当诗歌与战争交汇，就碰撞出璀璨的火花……

当"风头如刀面如割""追奔露宿青海月""有时三日不火食"成为驻守边疆的常态，即便风餐露宿，将士们也从未动摇过保卫寸土寸草的决心和意志。他们剑戟不离手，铠甲不离身。

当冲杀在刀光剑影的战场，我们如身临其境般地感受到战场上肝脑涂地的惨烈，以及将士们血战到底的决心和欺霜傲雪的赤诚。

宋朝是中国历史上经济和文化高度繁荣的时代。但是在面对北方敌人的进攻时，总是示弱认输。词家们纷纷豪放挥笔，书就肝胆忠心与壮志难酬。

"汉马嘶风，边鸿叫月，陇上铁衣寒早。剑歌骑曲悲壮，尽道君恩须报。"

"恨君不取契丹首，金甲牙旗归故乡。"

……

千年岁月悠悠，蓦然回首，依稀可见将士们军装齐整、意气风发地奔赴疆场。那动人心魄的诗情画意，如一条绵绵不绝的河流，流淌在每一个文人墨客的心头，成为国人不灭的精神图腾。

让我们记住将士们的坚定信念："戎衣何日定，歌舞入长安。"……

让我们记住他们的满腔赤诚："说到人生剑已鸣。血花染得战袍腥。"……

五律·张冠道中

毛泽东

朝雾弥琼宇，征马嘶北风。
露湿尘难染，霜笼鸦不惊。
戎衣犹铁甲，须眉等银冰。
踟蹰张冠道，恍若塞上行。

"戎衣犹铁甲，须眉等银冰"是毛泽东在行军途中，眼见霜天雾漫，情不自禁地联想到塞上的凄凉风光，即兴成诗。军服被沾湿如铁甲般沉重，彰显了官兵不畏艰难的士气。

新民主主义革命时期，历经硝烟战火，我军军服伴随着英勇官兵们披荆斩棘，从最初的就地取材、五花八门走向整齐划一，见证了在党的领导下，人民军队由小到大、由弱到强，不断从胜利走向胜利。

在土地革命战争初期，我党领导的人民军队没有制式服装，只能是筹备到什么就穿什么。因此，红军所着军服在面料、式样、颜色方面并不统一。这个时期也有最具代表性的军服，即粗布灰色军装。上衣仿中山装，不另接袖，上部有两个小衣兜，下部有两个大衣兜。下身是无口袋的直筒裤。军装佩有红布领章和红五星八角帽。面料之所以选择灰色，一是因为红军经常在山区作战，灰色可以作为保护色；二是因为灰色布料生产工艺和染色相对简单，能够有效降低成本。

抗日战争时期，红军改编为八路军和新四军，穿着以中山服为基础版式的国民革命军军服，佩戴直筒加围的圆顶帽，缀青天白日帽徽，在臂章上标明自己的身份。此时军服的颜色以"灰、黄、蓝、绿"色为基调混搭。以中央军为例，早期的军服以黄绿色为主，颜色会因季节而异，夏季穿着草黄或棕黄色系军服，冬季则改穿灰色系军服。

解放战争初期，军服既有粗布也有细布的，去掉了"八路军""新四军"的臂章，颜色逐渐向土黄色或草绿色统一，但中原军区部队仍着蓝灰色军服。

解放战争后期，全军制定了军服标准，确定解放军军服颜色为草绿色，用料为棉平布。干部、士兵、炮兵、骑兵等穿着不同，将军服分为四类。炮兵和骑兵配发马裤式军裤，在容易磨损的裆部和膝部增加了补片。军帽为圆形短檐帽，帽徽为金属材质的"八一"红五星。臂章改为胸前佩戴的布质胸章"中国人民解放军"。

纵观这个时期的军服，可谓是朴素的，但它饱经战争的洗礼，见证了人民军队与敌人进行的艰苦卓绝的斗争。

七绝·为女民兵题照

毛泽东

飒爽英姿五尺枪，曙光初照演兵场。
中华儿女多奇志，不爱红装爱武装。

新中国成立以后，军服经历了不同的发展阶段。按照时间划分为50式军服、55式军服、65式军服、85式军服、87式军服、97式军服、07式军服。身着军装成为一名军人，备受社会各界推崇和向往。这就是"中华儿女多奇志，不爱红装爱武装"。

50式军服于1950年开始配发，是中华人民共和国成立后第一次按照军种、人员类别和季节区分的军装。50式军服均由棉平布制造，没有军衔等标志，上衣在胸口处佩戴"中国人民解放军"字样的布胸章。着军衣时夏季佩戴缀有八一红五星帽徽的大檐帽，后来陆续改为解放帽，冬季戴棉帽或皮帽。

50式军服是中华人民共和国成立后我军第一次正式装备的军服。朝鲜战争爆发后，我志愿军着50式军装的改版入朝作战。改版后的军服去掉了帽徽和胸章，夏装易磨损的肩、肘、膝、臀等部位加增了辅强垫布，冬季的棉衣改成行缝，并将袖口收紧，厚实的棉衣配马裤和高腰大头鞋。着军服时，夏季戴解放帽，冬季戴栽绒帽。

55式军服于1955年开始配发，是军衔制度在我军正式亮相后的首款军服，分为礼服和常服两大类。礼服主要配发校官以上军官和部分承担驻外或出访任务的尉官。另外，军乐团、仪仗队、文工团和体工队也有相应礼服。55式常服分夏常服和冬常服，陆军为棕绿色，空军上衣棕绿下裤藏蓝，海军除冬季全藏蓝外，其他时节上衣白下裤藏蓝。用料按衔级分为：将帅的纯毛哔叽和纯毛马裤呢，校官的柞蚕丝织物和纯毛麦尔登呢，尉官士兵的棉斜纹布。55式军大衣颜色与各军种上衣相同，采用大翻领，双排扣。校官以上军官军服用料为纯毛马裤呢，并配纯毛麦尔登呢夹大衣。尉官和士兵军服用料为棉斜纹布。

55式军服在拥有自己特色的同时，借鉴了苏联军服的设计风格，在军帽、帽徽和领章上有了进一步细分，并将军衔体现在肩章上。

65式军服摒弃了55式军服的设计理念，废止了军服上的军衔标识，按照干部上衣四个口袋、士兵两个口袋进行区分。65式设计完全参照红军军服，体现官兵一致和上下平等。在样式上，65式常服与55式常服样式相同，但领章一律采用红领章，并在口袋、衣领（水兵服）或裙腰后面盖有军需印戳。在用料上，65式夏装为纯棉府绸布，冬装为纯棉卡其布。在颜色上，65式陆军为草绿色；空军上衣为草绿色，裤子为蓝色；海军为深灰色。着军服时，根据天气冷暖，官兵佩戴缀有红五星帽徽的夏季解放帽或冬季栽绒帽、剪羊绒帽；穿解放鞋、黑布鞋、夏季棕色凉鞋或冬季的棉布鞋、翻毛皮鞋，后来干部又配发了皮鞋。军裤配统一可调节的裤带，上衣外搭有武装带。

65式军服进行过三次改进，1971年对面料进行过改换，1974年将海军军服改回55式并为女军人配发了夏裙，1978年军服减轻了重量并改进和增加了21个品种。

戎装诗词

　　85式军服于1985年开始配发，军服只有常服，增加了制式衬衣，并为团以上干部配发每号三型的毛料服装。85式军服不再使用红五星军帽和红领章，改为缀有八一圆形帽徽的大檐帽，以及体现军种的肩章和领章。由于设计落伍、体系单一，85式军服很快就被87式军服取代。

　　87式军服于1988年开始配发，是军衔制回归后设计较为完善的军服。87式军服对服装系列、样式、号型、材质等进行了全面改进。在服装系列上，按照执行任务的不同，对服装功能进行了细化，形成了常服、礼服、作训服、工作服等系列，并配套了针织衫、针织衬衣、衬裤、绒衣裤、棉衣裤、棉背心和各种特种服装等。在样式上，夏常服和女冬常服上衣改为西装领，前者加配了衬衣和领带。冬季尉官和士兵棉短大衣搭配了风帽及护膝。官兵作训服夏季设计为夹克式，冬季为常服式，并在腰部、下摆和裤脚加有抽带。在号型上，形成 5 号 5 型和 5 号 3 型两个系列。官兵可以根据自身的身体条件选择对应的号型，穿着更加合体舒适。在材质上，军官的常服和礼服、士官和学员的夏常服均采用了毛料织物。尉官和士兵冬季的棉大衣采用絮片做防寒层，质量得到进一步提高。在服饰上，硬质和软质两种肩章直观体现出衔级，服装领口符号和领花能够识别军种和专业技术军官，识别和象征性功能更加新颖清晰。

　　87式军服在服装系列和功能上形成体系，样式上更加美观，号型上更加合体，材质上更加舒适，配饰上标志性更强。此后87式军服的改进版97式军服与国际接轨，根据需要仅装备了驻港部队、驻澳部队，内地部队仍穿着87式军服。

　　07式军服是一款融入国际元素的中国特色军服，设计风格端庄简洁，体系配套契合完善，款式造型庄重威严，共有礼服、常服、作训服、标志服饰四大类644个品种。

　　07式军服在设计制造中运用了大量的先进技术、工艺和材料。在颜色上，陆军军服选用松枝绿，海军常服选用全白色和深藏青色，空军常服选用深蓝灰色，颜色更加协调庄重。在样式上，将开领、收腰、束腰、常服下摆开衩、礼服增设金黄色装饰条和装饰带、增大檐帽翘度等一系列元素巧妙地融合到军装设计中，设计上更贴合东方人的体型。在材料上，选用高支纱毛涤贡比棉增进服装的挺括性，选用毛涤混纺哔叽增进服装抗皱保型，采用涤棉粘混纺面料增进服装透气性，以及选用抗虫防缩纯毛毛纱、羊绒大衣呢、毛涤混纺马裤呢和耐磨斜纹布等，保证了服装穿着的舒适美观。在服饰上，利用先进工艺，制作增加了级别资历章、胸标、姓名牌、国防服役章、臂章等，将国旗、军徽、长城、天安门、刀、枪、铁锚、飞翅、导弹等象征元素有机地融入臂章、领花、胸标等标志上，以体现军队始终是保卫国家的坚强后盾。在号型上，按照人体尺寸特点，将号型设置细化到整个军服体系，形成了军帽、礼服、常服、作训服、针织服装和军鞋6个号型系列，穿着后更显威武挺拔。在配套上，配备常服大衣和作训大衣两种，配备与礼服、常服配套的衬衣，为军官配发礼服，增发内衣裤、围巾、袜子、常服手套等，首次做到穿着全制式。

在对07式军服的改进中，2019年推出了19式通用作战服，2021年推出了21式作训服和21式作业服。

无　衣

〔先秦〕《诗经》

岂曰无衣？与子同袍。王于兴师，修我戈矛，与子同仇！
岂曰无衣？与子同泽。王于兴师，修我矛戟，与子偕作！
岂曰无衣？与子同裳。王于兴师，修我甲兵，与子偕行！

先秦（旧石器时期至前221年）是指秦朝建立之前的历史时代，即旧石器时代到战国时代，经历了夏、商、西周以及春秋、战国等历史阶段。

军服究竟产生在哪个时代，目前还没有共识。但可以肯定的是，军服是伴随着人类战争的出现而产生的。据早期资料的记载，炎黄时期蚩尤"烁金为兵，割革为甲"，可见春秋之前就有了军服。

军服与武器的发展是密不可分的。古代战争中最早使用的武器是石头，在应对石斧、石刀、石戈、石矛、投石的战斗中，人们需要掩护身体的防御装备。同时，为了区分敌我，也要在着装的颜色和样式上进行统一。于是，人们开始制造甲胄，并将其作为战斗的服装。

最初的甲胄用野兽的皮作为材料，是由于兽皮坚韧，难以刺穿，可以抵挡敌人的石器击打。战国文献《考工记》中说："函人为甲，犀甲七属，兕甲六属，合甲五属。犀甲寿百年，兕甲寿二百年，合甲寿三百年。"皮甲的原料易于获得，材质便于加工，因而受到历代的青睐，成为使用时间最长的盔甲材料。只是此时皮甲的制作工艺还十分粗糙，常常将一整块皮革模压后直接使用。

商代多用皮甲、布甲和硬藤甲。皮甲大都用犀牛、鲨鱼等皮革制成，布甲多以缣帛夹厚绵制作，硬藤甲则以藤蔓编织而成。

西周时期，青铜冶炼趋于成熟，军服材料就开始向金属材料发展。这可以从西周墓出土的大量铜胄、铜甲片等军服部件中得到证实。

春秋战国时期，漆甲工艺与制甲工艺有了更大的进步，各类札甲应时而生。漆甲不仅是为了区分敌我，还是皮革防腐与硬质化处理的工艺之一。皮甲的制作大概需要11道工序，琐碎而复杂，难以大量生产。

战国时期，军服发展的最大亮点就是赵武灵王洞察到胡人在军服方面的长处，于是力排众议，推行"胡服骑射"，用窄袖短衣代替宽袖长衣，完成了由"步战"向"骑战"的飞跃。在军服发展史上，这是最早的一个国家最高的统治者对军服设计的直接干预。这种大刀阔斧的改良很快就在战场上显示出威力，很大程度上协助赵国成为当时除秦国以外国力最强的国家。胡服骑射是与国家兴衰相关的一个很好的案例，时至今日，仍被人津津乐道。

先秦时期的军服还处于萌芽阶段，在应对冷兵器作战的舞台上扮演了重要的角色。《无衣》中提及的"袍"是指类似披风的外穿战袍；"泽"指内衣；"裳"指下身战裙。"袍泽之谊""袍泽之情"就是由此衍生，表达战友之间的情谊。"与子同袍！与子同泽！与子同裳。"无须千言万语，一"同"抵万金，不但道出了将士们的着装整齐，还表明他们的道同契合、勠力同心。

至广陵于马上作

〔魏晋〕曹丕

观兵临江水，水流何汤汤。戈矛成山林，玄甲耀日光。
猛将怀暴怒，胆气正纵横。谁云江水广，一苇可以航。
不战屈敌虏，戢兵称贤良。古公宅岐邑，实始翦殷商。
孟献营虎牢，郑人惧稽颡。充国务耕殖，先零自破亡。
兴农淮泗间，筑室都徐方。量宜运权略，六军咸悦康。
岂如东山诗，悠悠多忧伤。

玄的本义是黑色，由此引申出深奥、玄妙等意思。玄甲作为早期的护身防御装备，以其复杂巧妙的冶炼工艺和精炼的编制技艺，在军服的发展史上留下了浓墨重彩的一笔。玄甲向世人展现了古人高超的智慧。想当年，那是怎样的"玄甲耀日光"的气魄！

说起古代的铠甲，就要先说说那时候的武器，比较重要的有弓、弩、枪、棍、刀、剑、矛、盾、斧、钺、戟、殳、鞭、锏、锤、叉、钯、戈等18种兵器。其中，长枪、刀、剑和戟多用于近身攻击，弓箭和弓弩则用于远攻。为了应对这些冷兵器的攻击，聪明的古人借鉴了动物用壳体护身的原理，打造出有时代烙印的各式铠甲用于防身，于是就有了"鞍不离马背，甲不离将身"的说法。

据传最早的铠甲是夏朝兽皮制甲，先秦时开始使用皮甲，战国后期出现了称作铠的铁甲，皮甲仍称甲。西汉时期，铁制铠甲开始普及。由于铁制铠甲呈黑色，所以又叫"玄甲"，以区别于金甲、铜甲。由出土文物做参考，玄甲所用的铁甲片可以分为三类。第一种是大块长条甲片（长约23.4厘米，宽约4.4厘米），用于制成札甲。札甲分为无披膊和披膊两类，骑兵大多使用无披膊的。第二种是近似于正方形的甲片（长4.6～5厘米，宽

2.7 ~ 3.4厘米，重约10克）。这种甲片一般下缘较为平直，上缘两角成圆弧状。第三种是类似于正方形的甲片（长不及4厘米，宽不到2.5厘米）。后两种甲片会做成槐叶或柳叶形状，然后编成鱼鳞甲。玄甲里面用麻布、皮革缝制，使穿戴更加舒适。外面为短袖铁制筒袖铠，其中鱼鳞甲由鱼鳞形小铁片编缀而成，密密麻麻。铁甲片锻成甲片后，脱碳退火，变得十分有韧性。这种筒袖与铠胸背相连，坚硬无比，极具防御能力，逐渐成为征战的主要装备。与此同时，在社会上也出现了玄甲送葬的风俗，能够玄甲加身入葬在当时来说是极其隆重的。

魏晋南北朝时期，民族融合加强，中原地区的铠甲生产工艺也吸收了外来工艺，产生了明光铠，后世基本上继承了这类甲胄的形制。在曹植所著的《先帝赐臣铠表》中记载："先帝赐臣铠，黑光、明光各一具，裲裆铠一领，环锁铠一领，马铠一领，今世以升平，兵革无事，乞悉以付铠曹。"由此可知汉之后的盔甲有黑光铠、明光铠、裲裆铠、环锁铠等。

古来有关"玄甲"的诗词不在少数，如汉时班固的《封燕山铭》中有"玄甲耀日，朱旗绛天"；唐朝白居易的《黑龙饮渭赋》中有"玄甲黯以凝黛，文章斐分摛锦"；宋朝韩淲的《送余制干赴四明》中有"戈旗耀玄甲，声震登莱边"；宋朝黄彦平的《欢喜口号》中有"愁见淮阴打阵来，白毡玄甲倒如摧"；元朝林弼的《吕诚夫进士金环诗后为萨达道同年赠》中有"夜深忽作梦，玄甲神丈夫"；明朝欧大任的《曾中丞平都蛮凯歌八首 其四》中有"玄甲金戈霄汉下，西南天地扫槠枪"，等等。

【作者简介】

曹丕（187—226），字子桓，沛国谯县（今安徽省亳州市）人，曹魏开国皇帝、政治家、文学家，与其父曹操和弟曹植并称"建安三曹"。执政期间，废除中常侍和小黄门，确立九品中正制。对外平定边患，击退鲜卑，恢复西域建制；对内整肃官风，发展屯田制，施行谷帛易市。曹丕去世后谥号文皇帝，庙号高祖，葬于首阳陵，作品今存《魏文帝集》二卷和《典论》，其中《典论》中《论文》是中国文学史上第一部系统性文学批评专论作品。

咏史八首·其一

〔魏晋〕左思

弱冠弄柔翰，卓荦观群书。

著论准《过秦》，作赋拟《子虚》。

边城苦鸣镝，羽檄飞京都。

虽非甲胄士，畴昔览《穰苴》。

长啸激清风，志若无东吴。

铅刀贵一割，梦想骋良图。

左眄澄江湘，右盼定羌胡。

功成不受爵，长揖归田庐。

这个时期，政权更迭频繁，战争连绵，但凡有识之士都渴望为国效力。"虽非甲胄士，畴昔览穰苴"将甲胄从身上装升华为拳拳的爱国情。

《孔传》中提到："甲，铠。胄，兜鍪也。"甲胄就是古代将士身上所着的铠甲和头上所戴的防护帽。甲用来防护身体的躯干和四肢；胄用来保护头部。胄是先秦时期对军帽的称呼，战国时称"兜鍪"，北宋时称"头鍪"，宋以后称"盔"。

魏晋南北朝时期，作战穿着的甲胄主要有筒袖铠、裲铠甲、明光铠和屋山帻、铁胄。

魏晋时期盛行的筒袖铠由汉代沿袭下来，并进行了改良，增大了防护部位，以减少防护盲点。筒袖铠用的材料可能是百炼钢，即一种将薄钢片反复折叠锻打做出的坚韧钢片。在穿着设计上，筒袖铠类似于短袖的套头衫，骑兵专用的筒袖铠还带有可以保护腿部的腿裙。

南北朝时期盛行的裲铠甲由去毛熟制的红色皮革丹韦、铁甲制成。裲铠甲无袖，长度达膝上，腰以上是胸背甲。胸甲和背甲大多数用小的铁甲片层层搭叠连缀而成，但有的也会选用大甲片的皮甲。胸甲和背甲带衣边，由革制背带连接，穿时用腰带固定。重骑兵均标配裆铠甲，同时背携弓箭，腰挂直刀。

始于三国时期的明光甲最初只有将领才能穿着，到了魏晋北朝晚期才在军中盛行。明光甲一般有盆领、肩覆披膊、胸甲、腰上束带，个别的还有腿裙。明光甲的胸甲有左右两片，中间纵束甲绊，胸甲中央各有打磨的极光的铜铁等金属制成的圆护。圆护在光照下熠熠生辉，尽显将士的英姿。明光甲样式较多，有的造型简单，有的设计烦琐。简单的只是在裲裆甲的胸甲和背甲上各加两块圆护；复杂的除了圆护，还装有护膝和数重护肩。

以上说的是甲，下面来谈谈胄。

原始的胄用藤条、兽皮制成。商代时出现了饰有兽纹的整体铜胄。西周时期简化了其复杂的纹饰和工艺，设计制造变得简单统一。春秋时期，青铜胄做得圆润贴合，护颊得以加长，用丝绦穿过头顶的纽在下颌处打结固定。

战国时期，皮胄和铁胄开始出现。从出土文物来看，战国时期的皮胄多由胄脊、盔体片、护额片、项顿片组合而成，由丝线连缀成整体。铁胄由纯铁制成，头顶有圆片，圆片下方编缀着多枚札片，将除面门外的整个头部完全保护起来。

秦朝时，秦军所戴的帻可能是皮革制成，只戴在发髻上。汉代的帻由布、皮、纱等制成，帻外套的武冠由漆纱、毡、皮等制成。汉代的帻有两种，即西汉的平头帻和东汉的屋山帻。屋山帻是由织物所制的平顶或斜坡形的硬帽，不再罩武冠。魏晋时期，帻冠的后部改为稍微翘起。

汉朝时，由文物见证，早期有一种札甲式铁胄，其上部由弧形铁片制成，下半部则由光滑的长方形铁片织成护颊。除了这种头盔，还有一种类似现代浇模成型的一体头盔。

魏晋南北朝时，札甲铁胄传承下来，整体成型的钢铁头盔也开始普及，一种依照东汉"冲角付胄"改进的新式兜鍪更是盛极一时，成为当时的标志性装备。兜鍪大多顶带胄脊，前后均带冲角。除了面门的胄体，连接有皮革和札甲复合形制的顿项，下沿直垂护颈，以防护将士的后脑与脖颈。

【作者简介】

左思（约250—约305），字太冲，齐国临淄县（今山东省淄博市）人，西晋时期大臣、著名文学家。晋武帝时，举家迁居洛阳，任秘书郎。晋惠帝时，依附贾谧，为文人集团"二十四友"的重要成员。永康元年（300），退居宜春里，专心著述。后未赴齐王司马冏记室督之召，于太安二年（303）移居冀州，不久病逝。左思其貌不扬，却才华出众，其《三都赋》被竞相传写和称颂，造成"洛阳纸贵"。左思原有诗集已散佚，后人辑有《左太冲集》。

在军登城楼

〔唐〕骆宾王

城上风威冷，江中水气寒。
戎衣何日定，歌舞入长安。

"戎衣何日定，歌舞入长安"营造的是将士们胜利班师回朝的欢庆场面。在战事频发的唐朝，戎衣与歌舞相关联并不多见，更多的是与勠力杀敌、血染疆场相伴。毋庸置疑，不管在哪个时代，身着戎衣的军兵都是太平之世的坚强后盾。

魏晋时期，受名士风范和重文轻武思想的影响，将领的着装有了铠甲与戎装的区分，即作战时身披铠甲，平时则着戎装。初唐时期依旧沿袭如此穿戴，武德中期，才在一系列服饰制度改革中逐渐形成了彰显唐代风采的军戎服饰。贞观以后，随着与少数民族和其他国家交往的日益深入，一些外来文化习俗受到青睐，"尚胡"的习气渗透到军戎服饰的设计中。在唐朝达到国力鼎盛的时期，奢靡之风日渐盛行，大部分戎服和铠甲被打造得光鲜华丽，弱化了其实用功能。"安史之乱"以后，戎服和铠甲才回归其原有功能。

唐朝是武官制度步入全面形成的时期，武官的服饰较以往更加完善，九品以上武官的着装已经有了朝服和常服之分。武官的朝服在朝会或举行隆重典礼时穿着，其功能类似于我军在重要场合所着的礼服。武官的常服沿袭了隋朝的裲裆衫，称作缺胯衫，两侧开衩，在平时和一般礼仪场合穿着，这与我军目前的常服系列类似。

武官的缺胯衫利用颜色和刺绣图案来区分官阶。颜色分为青、绯、黄、白、皂五种，与五行和方位相对应。刺绣纹饰一般居于胸背或肩袖部位，图案多为猛兽禽类。缺胯衫长至膝盖上下，衫的下摆为裁下后接缝而上。

与武官常服配套的是武弁。武弁的笼冠用纤细的纱制成，上边较短，下边较长，整体形似等腰梯形。冠内罩平巾帻，两侧系缨。其中具有代表性的武弁服头冠为鹏冠，即冠顶饰鹰的金冠。鹰呈展翅冲天的姿势，冠耳呈羽翼状，极为庄严大气。武官大多喜穿靴头尖细翘起的乌皮靴，搭配朝服和常服时也会穿鞋头饰有成朵云的乌履或麻鞋。

士兵的戎服分为缺胯袍和盘领窄袍。缺胯袍没有绣纹饰，盘领窄袍的下摆远大于襦袍，左边接合不开衩，衣和袖比缺胯衫略窄，下配大口裤。士兵还要头戴折上巾，即幞头。有时幞头外会包一块抹额，也就是红色或白色的罗帕。

唐代的戎服中还出现了短后衣，由于没有实物和确切的资料参考，只能猜测这种袍服的领、袖、衣襟很像南北朝的襦袍，但其前摆窄小垂足，后摆齐平高于双脚。唐后期出现了一种类似武装腰带的抱肚。抱肚围于腰间，防止腰间佩挂的武器与铁甲产生摩擦和碰击造成损坏。

【作者简介】

骆宾王（约638—约684），字观光，又称骆临海，婺州义乌人，唐代大臣、诗人。早年家贫，曾为道王李元庆府属，历仕朝中及四川，直至贬临海丞，后为徐敬业起草讨武檄文，讨武兵败后下落不明。骆宾王一生著作颇丰，与王勃、杨炯、卢照邻被誉为"初唐四杰"。骆宾王诗歌辞采华赡，格律严谨，长篇如《帝京篇》，五七言参差转换，讽时与自伤兼而有之；短篇如《于易水送人》，悲凉慷慨，余情不绝，现有《骆宾王文集》传世。

战城南

〔唐〕杨炯

塞北途辽远，城南战苦辛。
幡旗如鸟翼，甲胄似鱼鳞。
冻水寒伤马，悲风愁杀人。
寸心明白日，千里暗黄尘。

"幡旗如鸟翼，甲胄似鱼鳞"生动描绘出鱼鳞甲的样貌，旌旗招展，在天寒地冻的边塞，让人感受到阵阵寒意。冰冷的甲胄衬托着将士们火热的心，彰显出将士们"寸心明白日，千里暗黄尘"的豪迈。

自然界的勃勃生机为人类的探索和发现提供了生动的教材。鱼鳞甲作为古人智慧的结晶，最初可能就是借鉴穿山甲满身的鳞片，那是穿山甲对付敌人坚不可摧的防护。

鱼鳞甲始于春秋战国，经隋唐，兴于宋明朝。秦始皇兵马俑出土的一位将军俑，身着精致的鱼鳞甲，甲片已经较小。隋墓出土的青瓷俑执步盾甲士所着铠甲，为全身包裹严密的鱼鳞甲，兜鍪也采用鳞片状。西汉墓出土的鱼鳞甲，工艺精湛，具有韧性，铁甲片数量达到2859片。唐代的鱼鳞甲就是当时的细鳞甲，宋代之后的柳叶甲是鱼鳞甲登峰造极的产物。

鱼鳞甲多以铁甲片制成，对铁的冶炼技术和制作工艺要求都很高。鱼鳞甲片由隐藏在甲片下的纵向和横向绳索连缀在皮件上，这样甲片之间的缝隙就被有效固定。编缀绳索被隐藏后，能极大地减少被锐器割断的风险。鱼鳞甲片在体外构成第一道防线，皮件又构成了一道防护屏障，这样就形成了有机融合的双重保障。

鱼鳞甲每一片甲都要镶嵌规整，每一个甲片都有一定的弧度，以便更好地贴合身体。鱼鳞甲片可以伸缩也能叠加，整体厚度依靠弯曲度随意调整。鱼鳞甲的构造特殊且复杂，相互叠加的甲片越是密集，防护力就越强，但也会越重，鱼鳞甲独特的防护力不单靠甲片的强度，更多的是来自细小甲片的相互叠加。当穿着鱼鳞甲的士兵运动时，甲片的叠加数可达到四层或以上。如果是作防御姿势，甲片的叠加可以达到十层。

鱼鳞甲在遭受面上刺击时，来自底层的衬里会对犹如铁板的甲面提供弹力，攻击者刺击的力小了，刺不进；力大了，纵向的连接绳索会断开，但横向的绳索依旧连接，所以只是造成甲片翻转，但不致散落。在遇到攻击者来自下方的点式刺击时，具有弧度的甲片便会翻转，并叠加甲片的厚度，弧形甲片还会造成刺击方向的改变，攻击力也会随着甲片偏移而被迅速消减，刺击力度越大，甲片翻转叠加的概率就会越大，因此就越容易刺空，这就是鱼鳞甲能化解攻击力的奇妙之处。

对于鱼鳞甲的防护能力，宋代时进行过测试，弓箭手于百步之外使用强弩射击。箭矢射入盔甲后，被纵横叠加的鳞甲阻隔，丧失杀伤力。可见，鱼鳞甲在战场上的确能起到很好的防护作用。尽管鱼鳞甲在应对冷兵器刺杀时占据了很大的优势，但是受制作工艺烦琐和技术水平的限制，并不能满足所有普通士兵的需求，只有将领或重要人物才能穿戴。

【作者简介】

杨炯（650—692），字令明，世称杨盈川，华阴（今属陕西）人，唐代官员、文学家、诗人，"初唐四杰"之一。杨炯自幼聪明好学，博涉经传，尤爱学诗词，被誉为神童。上元三年（676）中举人，授校书郎，又任崇文馆学士，累迁詹事司直，后降为梓州司法参军。天授元年（690），任教于洛阳宫中习艺馆。如意元年（692）任盈川县令，以吏治严酷著称，卒于任所。杨炯与王勃、卢照邻共同反对宫体诗风，主张"骨气""刚健"的文风，在诗歌的发展史上起到了承前启后的作用。杨炯有文集三十卷，后多遗失，仅存明人皇甫涍所辑《盈川集》十卷。

从军行七首·其二

〔唐〕王昌龄

青海长云暗雪山，孤城遥望玉门关。
黄沙百战穿金甲，不破楼兰终不还。

从军行

〔唐〕王昌龄

大将军出战，白日暗榆关。
三面黄金甲，单于破胆还。

　　"七绝圣手"王昌龄的诗中，既有气象非凡的边塞沙场，又有渴慕名将、企盼边境安宁的家国之情。第二首《从军行》描写了汉武帝时大将军卫青率五万骑兵深入漠北，合围单于，把敌人打得落花流水、溃不成军。单于惊惶万状，望风而逃。"三面黄金甲"暗示了将领们的多谋善断，显示了将士们的雄姿英发和英勇骁战。

【作者简介】

　　王昌龄（698—757），字少伯，京兆长安（今陕西西安）人，又一说河东晋阳（今山西太原）人，盛唐时期边塞大臣、诗人，被后人誉为"七绝圣手"。王昌龄早年贫苦，近三十岁进士及第，初任秘书省校书郎，又应博学宏词科登第，汜水（今河南荥阳汜水镇）县尉。后因事被贬谪岭南，任命为江宁（今江苏南京）县丞，又受谤毁贬为龙标（今湖南黔阳）县尉，安史乱起，为濠州刺史闾丘晓所杀。其诗以七绝见长，尤以边塞诗著称，有"诗家夫子王江宁"之誉，现有《王昌龄集》留世。

胡无人

〔唐〕李白

严风吹霜海草凋，筋干精坚胡马骄。

汉家战士三十万，将军兼领霍嫖姚。

流星白羽腰间插，剑花秋莲光出匣。

天兵照雪下玉关，虏箭如沙射金甲。

云龙风虎尽交回，太白入月敌可摧。

敌可摧，旄头灭，履胡之肠涉胡血。

悬胡青天上，埋胡紫塞傍。

胡无人，汉道昌。陛下之寿三千霜。

但歌大风云飞扬，安得猛士兮守四方。

　　这首诗描绘了在边塞寒风凛冽、草木凋零、大雪纷飞之际，朝廷举兵英勇抵御胡人入侵的战争画面，抒发了将士们打败敌军的坚定信念。胡人有备而来，强弓硬弩，兵强马壮。一句"虏箭如沙射金甲"暗示了敌军来势汹汹。残酷的战争加上恶劣天气，并未使我军懈怠，反而激发了顽强杀敌的昂扬斗志。"敌可摧，旄头灭，履胡之肠涉胡血"道出了将士们要大败敌人的决心。"但歌大风云飞扬，安得猛士兮守四方"，更是彰显将士们的气宇轩昂，势不可当。

出自蓟北门行

〔唐〕李白

虏阵横北荒，胡星耀精芒。羽书速惊电，烽火昼连光。
虎竹救边急，戎车森已行。明主不安席，按剑心飞扬。
推毂出猛将，连旗登战场。兵威冲绝幕，杀气凌穹苍。
列卒赤山下，开营紫塞傍。孟冬风沙紧，旌旗飒凋伤。
画角悲海月，征衣卷天霜。挥刃斩楼兰，弯弓射贤王。
单于一平荡，种落自奔亡。收功报天子，行歌归咸阳。

这首诗和前一首《胡无人》都取材于将士们打击胡虏、护守边塞的英勇事迹。敌人突袭，烽火连天，战情告急，将士们力挽狂澜，杀气凌穹苍。短兵相接之时，征衣卷天霜，道出的不是森森寒意，而是将士们的血气方刚。

古时的边塞，条件十分艰苦。两首诗在反映军旅生活艰苦的同时，抒发了战士们不惧艰辛、舍命保国的胸臆，充分体现了英雄主义精神和浓浓的爱国情怀。

【作者简介】

李白（701—762），字太白，号青莲居士，又号"谪仙人"，祖籍陇西成纪（今甘肃省秦安县），出生于蜀郡绵州昌隆县（今四川省江油市青莲乡），又一说出生于西域碎叶（当时属唐朝领土，今属吉尔吉斯斯坦）。唐代伟大的浪漫主义诗人，被后人誉为"诗仙"，与杜甫并称为"李杜"，凉武昭王李暠九世孙，爱好饮酒作诗，名列"酒中八仙"，曾任翰林供奉，赐金放还，卷入永王之乱，流放夜郎，遇赦得还后不久去世，著有《李太白集》，代表作有《望庐山瀑布》《行路难》《蜀道难》《将进酒》《早发白帝城》等。

老将行

〔唐〕王维

少年十五二十时，步行夺得胡马骑。

射杀中山白额虎，肯数邺下黄须儿。

一身转战三千里，一剑曾当百万师。

汉兵奋迅如霹雳，虏骑崩腾畏蒺藜。

卫青不败由天幸，李广无功缘数奇。

自从弃置便衰朽，世事蹉跎成白首。

昔时飞箭无全目，今日垂杨生左肘。

路旁时卖故侯瓜，门前学种先生柳。

苍茫古木连穷巷，寥落寒山对虚牖。

誓令疏勒出飞泉，不似颍川空使酒。

贺兰山下阵如云，羽檄交驰日夕闻。

节使三河募年少，诏书五道出将军。

试拂铁衣如雪色，聊持宝剑动星文。

愿得燕弓射大将，耻令越甲鸣吾君。

莫嫌旧日云中守，犹堪一战取功勋。

这首诗叙述了一位老将的经历。他一生东征西战，功勋卓著，结果却落得个"无功"被弃，不得不以躬耕叫卖为业的可悲下场。边烽再起，他不计恩怨，请缨报国。作品歌颂了老将的高尚节操和爱国热忱。

【作者简介】

王维（？—761），字摩诘，号摩诘居士，河东蒲州（今山西运城）人，唐代官员、诗人、画家。开元十九年（731）状元及第，历任右拾遗、监察御史、河西节度使判官、吏部郎中、给事中。长安被安禄山攻陷后，任伪职，长安收复后，授太子中允，后官至尚书右丞。王维擅长五言，喜咏山水田园，有"诗佛"之称。其书画被后人称为"南宗山水画之祖"，主要作品有《王右丞集》《画学秘诀》《辋川图》《雪溪图》等。

度破讷沙二首

〔唐〕李益

眼见风来沙旋移，经年不省草生时。
莫言塞北无春到，总有春来何处知。
破讷沙头雁正飞，鹈鹕泉上战初归。
平明日出东南地，满碛寒光生铁衣。

　　这首诗描绘了在边塞沙尘猛烈、寸草不生的恶劣环境中，军队凯旋越过破讷沙的情景。在广袤的平沙之上，行进的军队宛如游龙，战士的盔甲如银鳞一般，在日照下寒光闪闪。诗歌通过喜忧、暖冷、声色等的对比，营造出雄健、壮美的意境，抒写了征人慷慨悲壮的情怀。

从军有苦乐行

〔唐〕李益

劳者且勿歌，我欲送君觞。从军有苦乐，此曲乐未央。
仆本居陇上，陇水断人肠。东过秦宫路，宫路入咸阳。
时逢汉帝出，谏猎至长杨。讵驰游侠窟，非结少年场。
一旦承嘉惠，轻命重恩光。秉笔参帷帟，从军至朔方。
边地多阴风，草木自凄凉。断绝海云去，出没胡沙长。
参差引雁翼，隐辚腾军装。剑文夜如水，马汗冻成霜。
侠气五都少，矜功六郡良。山河起目前，睢眦死路傍。
北逐驱獯虏，西临复旧疆。昔还赋馀资，今出乃赢粮。
一矢殄夏服，我弓不再张。寄言丈夫雄，苦乐身自当。

上黄堆烽

〔唐〕李益

心期紫阁山中月，身过黄堆烽上云。
年发已从书剑老，戎衣更逐霍将军。

再赴渭北使府留别

〔唐〕李益

结发逐鸣鼙，连兵追谷蠡。

山川搜伏虏，铠甲被重犀。

故府旌旗在，新军羽校齐。

报恩身未死，识路马还嘶。

列嶂高烽举，当营太白低。

平戎七尺剑，封检一丸泥。

截海取蒲类，跑泉饮鹈鹕。

汉庭中选重，更事五原西。

【作者简介】

李益（746—829），字君虞，陇西姑臧（今甘肃武威）人，后迁至河南洛阳，唐代官员、诗人。大历四年（769）中进士，后历任郑县尉，幽州营田副使、检校吏部员外郎、迁官检校考功郎中、加御史中丞、改右散骑常侍。太和初，以礼部尚书致仕。李益是中唐边塞诗的代表，其诗不乏豪言，但也略带感伤，不再有盛唐边塞诗的积极豪放，更侧重于边关将士思归的愿望，现有《李益集》（又名《李君虞集》）二卷传世，《全唐诗》编诗二卷。

武威送刘单判官赴安西行营便呈高开府

〔唐〕岑参

热海亘铁门，火山赫金方。

白草磨天涯，湖沙莽茫茫。

夫子佐戎幕，其锋利如霜。

中岁学兵符，不能守文章。

功业须及时，立身有行藏。

男儿感忠义，万里忘越乡。

孟夏边候迟，胡国草木长。

马疾过飞鸟，天穷超夕阳。

都护新出师，五月发军装。

甲兵二百万，错落黄金光。

扬旗拂昆仑，伐鼓震蒲昌。

太白引官军，天威临大荒。

西望云似蛇，戎夷知丧亡。

浑驱大宛马，系取楼兰王。

曾到交河城，风土断人肠。

寒驿远如点，边烽互相望。

赤亭多飘风，鼓怒不可当。

有时无人行，沙石乱飘扬。

夜静天萧条，鬼哭夹道傍。

地上多髑髅，皆是古战场。

置酒高馆夕，边城月苍苍。

军中宰肥牛，堂上罗羽觞。

红泪金烛盘，娇歌艳新妆。

望君仰青冥，短翮难可翔。

苍然西郊道，握手何慨慷。

这首诗多方面地展示了边塞征战生活的生动画面，充满豪迈慷慨的情调。诗中赞扬了刘单判官及其在幕府中表现的杰出才能，讴歌他从戎报国、建功立业的英雄精神；同时也歌颂了出征将士，盛赞高仙芝率军出师的声威，预言必获全胜。

走马川行奉送封大夫出师西征

〔唐〕岑参

君不见，走马川行雪海边，平沙莽莽黄入天。
轮台九月风夜吼，一川碎石大如斗，随风满地石乱走。
匈奴草黄马正肥，金山西见烟尘飞，汉家大将西出师。
将军金甲夜不脱，半夜军行戈相拨，风头如刀面如割。
马毛带雪汗气蒸，五花连钱旋作冰，幕中草檄砚水凝。
虏骑闻之应胆慑，料知短兵不敢接，车师西门伫献捷。

这首诗表现了军队在莽莽沙海、风吼冰冻的夜晚进军的情景。虽然环境恶劣，但将士们充满高昂的战斗意志。为了表现边防将士高昂的爱国精神，诗人用了反衬手法，抓住有边地特征的景物来描写环境的艰险，极力渲染、夸张环境的恶劣，以突出将士们不畏艰险的精神。

【作者简介】

岑参（约715—770），别名岑嘉州，荆州江陵（今湖北江陵县）或南阳棘阳（今河南新野县）人，与高适并称为"高岑"，唐代官员、边塞诗人。天宝三年（744）进士及第，历任右内率府兵曹参军，安西节度使高仙芝幕府僚佐，安西、北庭节度使封常清判官，右补阙，剑南西川节度使杜鸿渐僚属，嘉州刺史。岑参长于七言歌行，是盛唐时期书写边塞诗歌佳作最多的诗人。

他的诗雄壮豪迈，展现出将士们舍身报国的英雄气概和不畏困苦的乐观主义
精神，主要作品有《岑嘉州诗集》。

和张仆射塞下曲六首

〔唐〕卢纶

其一

鹫翎金仆姑，燕尾绣蝥弧。

独立扬新令，千营共一呼。

其二

林暗草惊风，将军夜引弓。

平明寻白羽，没在石棱中。

其三

月黑雁飞高，单于夜遁逃。

欲将轻骑逐，大雪满弓刀。

其四

野幕敞琼筵，羌戎贺劳旋。

醉和金甲舞，雷鼓动山川。

其五

调箭又呼鹰，俱闻出世能。

奔狐将迸雉，扫尽古丘陵。

其六

亭亭七叶贵，荡荡一隅清。
他日题麟阁，唯应独不名。

组诗第一首歌咏边塞景物，描写将军发号令时的壮观场面，刻画了将军威猛矫健的形象。第二首写将军夜猎，竟然将箭射进一块石头中，表现将军的勇力。第三首写敌人夜间行动，并非来袭，而是借夜色仓皇逃遁，诗句语气肯定、判断明确，充满了对敌人的蔑视和我军必胜的信念。第四首描写边防将士取得重大胜利后，边地兄弟民族在营帐前设宴劳军的场面，赞颂了边地人民和守边将士团结一心、保卫国家的安宁与统一气氛。第五首描述的是将士们利用战事顺利、边关稍靖的时机，乘兴逐猎的情景，饱含了诗人对将士们豪情满怀的钦佩、颂扬和祝福。第六首颂扬了将士为保疆安民而不求功名利禄的高尚情怀。

【作者简介】

卢纶（739—799），字允言，河中蒲州（今山西省永济市）人，唐代官员、诗人，"大历十才子"之一。天宝末年举进士，遇乱不第，后又应举，屡试不第。历任大阆乡尉、集贤学士、秘书省校书郎，监察御史、陕州户曹、河南密县令、昭应县令、河中元帅浑瑊府判官，检校户部郎中。卢纶的边塞诗作自成一家之风，粗犷豪放，饱含对边关将士的满腔热情，其主要作品有《卢户部诗集》。

从军行

〔唐〕李昂

汉家未得燕支山，征戍年年沙朔间。

塞下长驱汗血马，云中恒闭玉门关。

阴山瀚海千万里，此日桑河冻流水。

稽洛川边胡骑来，渔阳戍里烽烟起。

长途羽檄何相望，天子按剑思北方。

羽林练士拭金甲，将军校战出玉堂。

幽陵异域风烟改，亭障连连古今在。

夜闻鸿雁南渡河，晓望旌旗北临海。

塞沙飞淅沥，遥裔连穷碛。

玄漠云平初合阵，西山月出闻鸣镝。

城南百战多苦辛，路傍死卧黄沙人。

戎衣不脱随霜雪，汗马骖单长被铁。

杨叶楼中不寄书，莲花剑上空流血。

匈奴未灭不言家，驱逐行行边徼赊。

归心海外见明月，别思天边梦落花。

天边回望何悠悠，芳树无人渡陇头。

春云不变阳关雪，桑叶先知胡地秋。

田畴不卖卢龙策，窦宪思勒燕然石。

麾兵静北垂，此日交河湄。

欲令塞上无干戚，会待单于系颈时。

　　这首边塞诗，透出一股建功立业的昂扬之气，虽然战事艰苦凶险——"塞沙飞淅沥，遥裔连穷碛""城南百战多苦辛，路傍死卧黄沙人"；虽然思乡思亲情切——"归心海外见明月，别思天边梦落花""杨叶楼中不寄书，莲花剑上空流血",但是众将士抱着"匈奴未灭不言家"的决心,不把敌虏打得投降誓不罢休。"欲令塞上无干戚,会待单于系颈时。"这句话说得相当豪迈,反映了盛唐时期那种"犯强汉者,虽远必诛"的气概。

【作者简介】

　　李昂,约生于武后时,陇西成纪(今甘肃秦安)人。开元二年(714)状元及第,九年登拔萃科。历任考功员外郎、二十四年知贡举、礼部侍郎知举、吏部郎中。李昂诗作留存很少,生平事迹记载也极少,但此诗基调昂扬、对仗精美,处处透露出建功立业的爱国豪情。

雁门太守行

〔唐〕李贺

黑云压城城欲摧,甲光向日金鳞开。
角声满天秋色里,塞上燕脂凝夜紫。
半卷红旗临易水,霜重鼓寒声不起。
报君黄金台上意,提携玉龙为君死。

　　这首诗写了一场惊心动魄的战斗,敌军倚仗人多势众,鼓噪而前,步步紧逼。守军并不因势孤力弱而怯阵,在号角声的鼓舞下,士气高昂,奋力反击。战斗从白昼持续到黄昏,守城将士处于不利的地位,面对重重困难,将士们毫不气馁,誓死卫边。

马诗·其十六

〔唐〕李贺

唐剑斩隋公，拳毛属太宗。
莫嫌金甲重，且去捉飚风。

【作者简介】

李贺（790—816），字长吉，别名李昌谷，河南福昌县（今河南省宜阳县）人，唐高祖李渊的叔父李亮的后裔。唐代中期浪漫主义诗人，是中唐到晚唐诗风转变时期的代表者，与李白、李商隐并称为"唐代三李"，有"诗鬼"之称。李贺一生体弱多病，愁苦抑郁，仕途不顺，屈任过三年奉礼郎。他的诗作多是感叹时运不济和倾诉伤感苦闷，借神话传说来映射时事，想象力极为丰富，主要作品有《神弦曲》《雁门太守行》《金铜仙人辞汉歌》《昌谷集》等。

疏 雨

〔唐〕韩偓

疏雨从东送疾雷，小庭凉气净莓苔。
卷帘燕子穿人去，洗砚鱼儿触手来。
但欲进贤求上赏，唯将拯溺作良媒。
戎衣一挂清天下，傅野非无济世才。

这首诗描写在清幽和谐的闲居生活中，诗人想把一些贤能的人才推荐给君主，解救百姓于危难。自己虽然隐居，但有济世之才，不甘闲居，渴望建功立业，期待披上戎衣为国效力。

戎装诗词

【作者简介】

　　韩偓（844—923），字致光，号致尧，小字冬郎，自号玉山樵人，京兆万年（今陕西省西安市）人，晚唐官员、诗人，"南安四贤"之一。唐昭宗龙纪元年（889）中进士，历任左拾遗、左谏议大夫、翰林学士，进兵部侍郎、翰林学士承旨。韩偓信奉道教，十岁能诗，诗作多七言近体，擅写宫词，多写艳情，辞藻华丽，人称"香奁体"，著有《玉山樵人集》《韩内翰别集》《香奁集》，《全唐诗》录存其诗四卷。

内宴奉诏作

〔宋〕曹翰

三十年前学六韬，英名常得预时髦。
曾因国难披金甲，不为家贫卖宝刀。
臂健尚嫌弓力软，眼明犹识阵云高。
庭前昨夜秋风起，羞睹盘花旧战袍。

　　这首诗描写作者少时就胸怀大志，研读《六韬》，精通兵法。在国难当头之际，他顶盔贯甲，驰骋沙场，英勇对敌。当国泰民安的时候，尽管生活贫困，但也舍不得卖掉杀敌立功的宝刀。当不能身赴边陲时，只能惭愧看旧战袍上的"盘花"。全诗生动地表现了一个战士浓烈的尚武之情。

【作者简介】

　　曹翰（924—992），大名（今河北大名县东）人，宋太宗赵光义麾下名将。后周时官至枢密承旨、宣徽使，宋朝时官至右千牛卫上将军，去世后追赠太尉，谥号武毅。《全五代诗》收录其仅存一首七言律诗《内宴奉诏作》，又称《退将诗》，全诗对仗工整，情感深厚，展现出一位渴望为国建立新功的老将形象。

喜迁莺

〔宋〕蔡挺

霜天秋晓，正紫塞故垒，黄云衰草。汉马嘶风，边鸿叫月，陇上铁衣寒早。剑歌骑曲悲壮，尽道君恩须报。塞垣乐，尽橐鞬锦领，山西年少。

谈笑。刁斗静，烽火一把，时送平安耗。圣主忧边，威怀遐远，骄虏尚宽天讨。岁华向晚愁思，谁念玉关人老？太平也，且欢娱，莫惜金樽频倒。

　　这篇词表现了戍边将士立功报国的心愿与以苦为乐的战斗精神，倾诉了恐时光空过而老去的忧虑。景物描绘有声有色，形象刻画神采飞扬。言辞流利婉转，风格含蓄深沉。其中暗讽边防政策不力，渴望早立边功又不安久戍，耐人寻味，鲜明地表现了词人的心思和愁绪。

【作者简介】

　　蔡挺（1014—1079）字子政，应天府宋城（今河南商丘）人，北宋时期将领、词人。宋景祐元年（1034）中进士，曾任陵州团练推官、庆州推官、开封府推官、知滁州、知信州、陕西转运副使、知渭州、龙图阁直学士、枢密副使，去世后谥敏肃，诏赐蔡挺神道碑以"显忠"为额。蔡挺作为武将，治军有方，训兵有素；作为文人，主要作品有《裕陵边机处分》一卷、《教阅阵图》一卷，以及《喜迁莺·霜天秋晓》。

阳关曲·军中

〔宋〕苏轼

受降城下紫髯郎，戏马台南旧战场。
恨君不取契丹首，金甲牙旗归故乡。

这首词借用历史典故，希望北宋打败契丹人，收复失地，开创王朝盛世。诗人受儒家思想熏陶，遵守礼仪规范。在他看来，顾全君臣之伦是第一要义，爱国更是理所应当。在北宋时期，有一大批像苏轼这样的官员，具有很强的社会责任感，"先天下之忧而忧，后天下之乐而乐"。

祭常山回小猎

〔宋〕苏轼

青盖前头点皂旗，黄茅冈下出长围。
弄风骄马跑空立，趁兔苍鹰掠地飞。
回望白云生翠巘，归来红叶满征衣。
圣明若用西凉簿，白羽犹能效一挥。

这首诗描写了作者在黄茅冈一次会猎的情景。首联点题，勾画了狩猎队伍的气派和场面。颔联描绘猎射场面。颈联写猎罢归来的风度神采，描绘了优美风景，增强了诗情画意。尾联一吐渴望驰骋疆场的豪情。

【作者简介】

苏轼（1037—1101），字子瞻、和仲，号铁冠道人、东坡居士，世称苏东坡、苏仙、坡仙，与苏洵、苏辙并称"三苏"，眉州眉山（今四川省眉山市）人，北宋官员、文学家、书法家、画家，"唐宋八大家"之一。嘉祐二年（1057）中进士，曾任大理评事、签书凤翔府判官、杭州通判、徐州知州，经乌台诗案，被贬黄州团练副使，元祐更化后，任登州知州、皇帝侍从、翰林学士、杭州知州、新党执政后被贬惠州、儋州，受宋徽宗特赦北还途中病逝于常州，被追赠为太师，谥号"文忠"。苏轼擅长画人物、墨竹、怪石和枯木等，作为豪放派代表，其诗作内容广泛，潇洒纵横，夸张、比喻运用自如，别具风格，主要作品有《东坡七集》《东坡易传》《东坡乐府》《寒食帖》《潇湘竹石图》《枯木怪石图》等。

池州翠微亭

〔宋〕岳飞

经年尘土满征衣，特特寻芳上翠微。

好水好山看不足，马蹄催趁月明归。

这是一首记游诗，写于池州。诗人一反其词激昂悲壮之风，以清新明快的笔法，抒写了对祖国大好河山的真挚热爱。一句"经年尘土满征衣"，尽现诗人长期紧张的军旅生活。特别是在抗金斗争中，为了保卫南宋残存的半壁河山，他披甲执锐，率领军队，冲锋陷阵，转战南北，把全部精力都投入保卫国家的伟大事业之中。岳飞之所以成为民族英雄，之所以英勇战斗，同他热爱祖国的大好河山是密不可分的。

【作者简介】

岳飞（1103—1142），字鹏举，宋朝相州汤阴（今河南省汤阴县）人，南宋时期抗金名将、军事家、战略家、民族英雄、书法家、诗人，位列南宋

"中兴四将"之首。在四次从军经历中，岳飞参与、指挥大小战斗数百次，后遭秦桧、张俊等人诬陷，以莫须有的罪名入狱，与长子岳云、部将张宪一同遇害，平反后追谥武穆，后又追谥忠武，封鄂王。岳飞的遗文、存稿大多被秦桧、秦熺父子销毁失传。仅剩的主要作品有《题翠岩寺》《寄浮图慧海》《五岳祠盟记》《东松寺题记》《题青泥市寺壁》《满江红·怒发冲冠》《满江红·登黄鹤楼有感》《池州翠微亭》《宝刀歌书赠吴将军南行》等。

秋兴·其一

〔宋〕陆游

白发萧萧欲满头，归来三见故山秋。
醉凭高阁乾坤迮，病入中年日月遒。
百战铁衣空许国，五更画角只生愁。
明朝烟雨桐江岸，且占丹枫系钓舟。

这首诗风格沉郁顿挫，近于杜诗，爱国热忱、忧民情怀尽显其间。"百战铁衣空许国，五更画角只生愁"表现了诗人渴望通过百战，建立显赫功勋；或是在军营草拟文件，以施展生平抱负，报效祖国。

秋兴夜饮

〔宋〕陆游

成都城中秋夜长，灯笼蜡纸明空堂。
高梧月白绕飞鹊，衰草露湿啼寒螀。
堂上书生读书罢，欲眠未眠偏断肠。
起行百匝几叹息，一夕绿发成秋霜。
中原日月用胡历，幽州老酋著柘黄。
荣河温洛底处所，可使长作旃裘乡。
百金战袍雕鹘盘，三尺剑锋霜雪寒。
一朝出塞君试看，旦发宝鸡暮长安。
引剑酬歌亦壮哉，要君共覆手中杯。
秋鸿阵密横江去，暮角声酬战雨来。
莫恨皇天无老眼，请看白骨有青苔。
中年倍觉流光速，行矣西郊又见梅。

书　愤

〔宋〕陆游

镜里流年两鬓残，寸心自许尚如丹。
衰迟罢试戎衣窄，悲愤犹争宝剑寒。
远戍十年临的博，壮图万里战皋兰。
关河自古无穷事，谁料如今袖手看！

纵　笔

〔宋〕陆游

东都宫阙郁嵯峨，忍听胡儿敕勒歌。
云隔江淮翔翠凤，露沾荆棘没铜驼，
丹心自笑依然在，白发将如老去何；
安得铁衣三万骑，为君王取旧山河！

村舍杂书

〔宋〕陆游

军兴尚戎衣，冠带谢褒博。
秃巾与小袖，顾影每怀怍。
及今反士服，始觉荣天爵。
出入阡陌间，终身有余乐。

岁暮感怀

〔宋〕陆游

征尘十载暗戎衣，虚负名山采药期。
少日覆毡曾草檄，即今横槊尚能诗。
昏昏杀气秋登陇，飒飒飞霜夜出师。
曾有英豪能共此，镜中未用叹吾衰。

蜀州大阅

〔宋〕陆游

晓束戎衣一怅然，五年奔走遍穷边。

平生亭障休兵日，惨澹风云阅武天。

戍陇旧游真一梦，渡辽奇事付他年。

刘琨晚抱闻鸡恨，安得英雄共著鞭！

江北庄取米到作饭香甚有感

〔宋〕陆游

我昔从戎清渭侧，散关嵯峨下临贼。

铁衣上马蹴坚冰，有时三日不火食。

山荞畲粟杂沙磏，黑黍黄糜如土色。

飞霜掠面寒压指，一寸赤心惟报国。

即今归卧稽山下，眼昏臂弱衰境逼。

新粳炊饭香出甑，风餐涧饮何曾识？

我岂农家志饱暖，闭户惟思事耕织。

征辽诏下倘可期，盾鼻犹堪试残墨。

【作者简介】

陆游（1125—1210），字务观，号放翁，越州山阴（今浙江省绍兴市）人，南宋时期官员、文学家、史学家、爱国诗人，"南宋四大家"之一。陆游出身官宦之家，为尚书右丞陆佃之孙，尽管锁厅考试位居第一，但受宰相秦桧排挤而仕途不顺，直至宋孝宗即位，得赐进士，历任福州宁德县主簿、敕令所删定官、隆兴府通判等职，后坚持抗金任职于南郑幕府，幕府解散后，任礼部郎中兼实录院检讨官，罢官后又受诏入京，主持编修《两朝实录》《三朝史》，官至宝章阁待制。陆游文学著述丰厚，多以爱国主义为主题，主要作品有《渭南文集》五十卷、《剑南诗稿》八十五卷、《放翁逸稿》二卷、《南唐书》十八卷、《老学庵笔记》十卷、《家世旧闻》八则、《斋居纪事》三十六则等。

浣溪沙·江村道中

〔宋〕范成大

十里西畴熟稻香，槿花篱落竹丝长，垂垂山果挂青黄。

浓雾知秋晨气润，薄云遮日午阴凉，不须飞盖护戎装。

这首词中描写了词人身着戎装巡行在"江村道中"所见优美的田园风光。作为一个负有守土重任的封疆大吏，词人在看到防区内一派美丽丰饶的田园风光时，既充满了欣喜与热爱之情，同时也平添了保家卫国的信心和力量。

【作者简介】

范成大（1126—1193），字至能，一字幼元，号此山居士、石湖居士，平江府吴县（今江苏省苏州市）人，南宋时期官员、文学家、书法家，"南宋四大家"之一，与杨万里、陆游、尤袤合称南宋"中兴四大诗人"。宋高宗绍兴二十四年（1154）中进士，历任礼部员外郎兼崇政殿说书、知处州、敷文阁待制、四川制置使、参知政事、知明州等，去世后累赠少师、崇国公，谥号"文穆"。范成大诗作题材广泛，格调或含蓄深婉或平易清新，多展现出爱国爱民的思想，现传世之作有《石湖集》《揽辔录》《吴船录》《吴郡志》《桂海虞衡志》等。

南乡子·登京口北固亭有怀

〔宋〕辛弃疾

何处望神州？满眼风光北固楼。

千古兴亡多少事？悠悠。不尽长江滚滚流。

年少万兜鍪，坐断东南战未休。

天下英雄谁敌手？曹刘。生子当如孙仲谋。

　　此词通过对古代英雄人物的歌颂，表达了作者渴望像古代英雄人物那样金戈铁马，收复旧山河、为国效力的壮烈情怀，饱含着浓浓的爱国之情，但也流露出作者报国无门的无限感慨，蕴含着对苟且偷安的南宋朝廷的愤懑之情。

　　全词写景、抒情、议论密切结合；化古人名句入词，活用典故成语；通篇三问三答，层次分明，互相呼应；借景抒情，借古讽今；风格明快，气魄阔大，情调乐观昂扬。

鹧鸪天·有客慨然谈功名因追念少年时事戏作

〔宋〕辛弃疾

壮岁旌旗拥万夫，锦襜突骑渡江初。

燕兵夜娖银胡䩮，汉箭朝飞金仆姑。

追往事，叹今吾，春风不染白髭须。

却将万字平戎策，换得东家种树书。

这首词回忆了作者青年时代杀敌的战斗场景，豪情壮志溢于笔端。他怀着一片报国之心南渡归宋，满怀希望地打算杀敌建功，却不被重用，平戎之策亦不被采纳，长期被闲置不用，使他壮志沉埋，无法一展抱负。这首词短短的55个字，前部分气势恢宏，后部分悲凉如冰，心伤透骨，透露出诗人报国无门的绝望。

破阵子·掷地刘郎玉斗

〔宋〕辛弃疾

（为范南伯寿。时南伯为张南轩辟宰泸溪，南伯迟迟未行。因作此词以勉之。）

掷地刘郎玉斗，挂帆西子扁舟。

千古风流今在此，万里功名莫放休。君王三百州。

燕雀岂知鸿鹄，貂蝉元出兜鍪。

却笑泸溪如斗大，肯把牛刀试手不？寿君双玉瓯。

这首词作于宋淳熙五年（1178）。词中作者借为范南伯祝寿的机会，鼓励他应该去泸溪，施展自己的才干，为收复失地建功立业。范南伯是辛弃疾的内兄。范氏一家都是很有民族气节的人，他父亲范邦彦曾仕金为蔡州新息县令，后率豪杰开城迎宋军，举家归宋。辛弃疾跟范南伯"皆中州之豪，相得甚"。范南伯是个有才干的政治家，刘宰在《故公安范大夫行述》中说他"治官如家，抚民若子"，极受百姓拥护。他颇有忧世之心，常思恢复北土。这首词表达的是辛弃疾希望范南伯能够以大局为重，不要计较个人名利的得失，积极出仕以成就功业。

【作者简介】

　　辛弃疾（1140—1207），字坦夫、幼安，号稼轩，济南府历城县（今山东省济南市历城区）人，南宋爱国将领、文学家，豪放派词人，被誉为"词中之龙"，与苏轼并称"苏辛"，与李清照并称"济南二安"。辛弃疾出生时，中原已为金兵所占，他力主抗金，青年时参与耿京起义，条陈战守之策，但未被采纳，后为江西、湖南、福建等守臣，曾平定赖文政起事，创制"飞虎军"，以稳固湖湘地带，屡遭主和派劾奏后，数起数落，退隐山居，病逝后赠少师，谥号"忠敏"。辛弃疾的词作多咏唱祖国河山，书写满腔爱国热忱和对国家兴亡和民族命运的关切，其词艺术风格多样，善用典故，豪放中不乏细腻柔情，现存词六百多首，传世有词集《稼轩长短句》，《全宋诗》录有其诗，但诗集《稼轩集》已佚。清时辛启泰编有《稼轩集抄存》，后有邓广铭增辑为《辛稼轩诗文抄存》。

水调歌头·弓剑出榆塞

〔宋〕刘过

　　弓剑出榆塞，铅椠上蓬山。得之浑不费力，失亦匹如闲。未必古人皆是，未必今人俱错，世事沐猴冠。老子不分别，内外与中间。

　　酒须饮，诗可作，铗休弹。人生行乐，何自催得鬓毛斑？达则牙旗金甲，穷则蹇驴破帽，莫作两般看。世事只如此，自有识鸱鸢。

　　在国势衰微之际，作为主战派一员的刘过，心中抑郁难平。他虽一介布衣，却志存高远，渴望建功立业，留名青史。奈何年华已逝，两鬓斑白，梦想遥不可及。词人一腔爱国情怀无处释放，不由心生郁闷。刘过认为穷困和显达并无二致，"牙旗金甲"和"蹇驴破帽"没有什么区别。这其实并非他心中真实的想法，词人并非像庄子一样，主张天道无为。他满怀报国之志，希望建功立业，取得显达的地位，又怎会无视穷通之间的巨大差异？只是由于报国无门，心中抑郁难解，所以才满腹牢骚。

词中用了较大篇幅来抒发内心的不满和无奈，最后一句点明主旨，前后落差巨大，满腹牢骚和激愤在最后戛然而止，似在悬崖边勒住了狂奔的马匹，其雄浑、豪迈的气概读来不禁令人感动。

【作者简介】

刘过（1154—1206），字改之，号龙洲道人，生于吉州太和龙洲（今泰和县澄江镇龙洲村），长于庐陵，南宋文学家，四次参加科举不中，与刘克庄、刘辰翁并称"辛派三刘"，与刘仙伦并称"庐陵二布衣"。刘过终身未仕，生活贫困，性格刚直，不趋附权贵，曾做辛弃疾幕宾，参与抗金方略，受主和派打压而离职，其词风与辛弃疾相近，多抒发抗金抱负和爱国豪情，著有《龙洲集》《龙洲词》《龙洲道人诗集》。

满江红·夜雨凉甚，忽动从戎之兴

〔宋〕刘克庄

金甲雕戈，记当日、辕门初立。磨盾鼻、一挥千纸，龙蛇犹湿。
铁马晓嘶营壁冷，楼船夜渡风涛急。有谁怜、猿臂故将军，无功级。
平戎策，从军什。零落尽，慵收拾。把茶经香传，时时温习。
生怕客谈榆塞事，且教儿诵花间集。叹臣之壮也不如人，今何及。

刘克庄是辛派词人，这首词的风格与辛词酷似。在慷慨淋漓、纵横恣肆中时露悲凉深沉之叹。诗人把立志收复中原的气节与功名作为词的主旋律，表现了英雄失志却不甘寂寞的思想。在表现手法上的一个重要特点是运用曲笔，使词的意蕴更加深沉含蓄。

【作者简介】

刘克庄（1187—1269），初名灼，字潜夫，号后村，福建莆田人，南宋官员、豪放派词人、江湖派诗人、诗论家，与刘过、刘辰翁并称"三刘"。刘克庄以荫入仕，淳祐六年（1246）被赐进士，历任州府属官、建阳县知县、枢密院编修官、江东提刑、工部尚书兼侍读等，病逝后谥文定。刘克庄作品不局限于格律，内容丰富，多涉及时政，反映民生，现传诗5000多首，词200多首，诗话4集及大量散文，作品收录在《后村别调》《后村长短句》《后村先生大全集》中。

送毛伯温

〔明〕朱厚熜

大将南征胆气豪，腰横秋水雁翎刀。
风吹鼍鼓山河动，电闪旌旗日月高。
天上麒麟原有种，穴中蝼蚁岂能逃。
太平待诏归来日，朕与先生解战袍。

首联叙南征领兵将领毛伯温的气派。他胆气豪壮，腰上横挂着明亮的雁翎刀，很是威风。颔联由写大将军过渡到写他率领的军队。战鼓隆隆山河似在震动，军旗高高飘扬，似与日月比高。他带领的军队也是威武雄壮的。虽未写一兵一卒，但军队的声威却通过战鼓及军旗显示出来了。颈联作敌我分析。安南一事，原是世孙黎宁派人向明廷报告莫登庸篡逆之罪，明廷几经犹豫才派毛伯温率军十二万余人出征。当大军压境之时，莫登庸畏惧投降，后来也得到了封赏。但毛伯温出征之时莫登庸还是明军要讨伐的人。用麒麟来称赞毛伯温的神勇，用蝼蚁来蔑视叛军等。尾联预祝毛伯温南征胜利，表达了作者对南征必胜的信心和对主将的殷切期待。

【作者简介】

　　朱厚熜（1507—1567），号尧斋、雷轩、天池钓叟，生于湖广安陆州（今湖北钟祥），明朝第十一位皇帝，年号嘉靖，后世称明世宗嘉靖帝。朱厚熜即位不久，就掀起了"大礼议"事件，在位早期开启嘉靖新政，实施厘革宿弊、振兴纲纪等改革举措，退还被侵占的部分农田，废除军校匠役10万余人，开创了中兴的局面。在位后期迷信道教，长期不理朝政，大权旁落严嵩等佞臣之手，导致政治和经济双重危机，国势日趋没落，长期处于"南倭北虏"的困境，逝后谥号"钦天履道英毅神圣宣文广武洪仁大孝肃皇帝"。

酬朱监纪四辅

〔明〕顾炎武

十载江南事已非，与君辛苦各生归。

愁看京口三军溃，痛说扬州十日围。

碧血未消今战垒，白头相见旧征衣。

东京朱祜年犹少，莫向尊前叹式微。

　　这首诗描写了清初的十年间，经历了生死交关的艰难。回首往事，有一种沉痛悲凉的沧桑感。反清斗争激烈，仁人志士坚强不屈，烈士们血洒疆场。诗人与友人互勉，告诫友人不要叹息，要像古代的英雄那样去奋斗，为恢复故国而努力。这里不仅是鼓励友人，实际上也是在表现自己那不屈服的坚强意志。

【作者简介】

　　顾炎武（1613—1682），本名顾绛，乳名藩汉，别名继绅、圭年，字忠清、宁人，南直隶苏州府昆山（今江苏省昆山市）千灯镇人，明末清初思想家、经学家、史地学家和音韵学家，与黄宗羲、王夫之并誉为清初三先生，此三大儒加上唐甄合并称明末清初"四大启蒙思想家"。顾炎武博学多才，反对空疏学风，注重以事实为证，强调学以致用，主张博古通今，提出"保天下者，匹夫之贱，与有责焉耳矣""每事必详其始末，参以佐证"等著名言论，主要著作有《日知录》《音学五书》《天下郡国利病书》《肇域志》《亭林诗文集》等书。

诗

〔三国〕应璩

放戈释甲胄。乘轩入紫微。
从容侍帷幄。光辅日月辉。

【作者简介】

应璩（190—252），字休琏，汝南南顿（今河南项城）人，三国曹魏时期官员、文学家，曾任散骑常侍、稍迁侍中、大将军长史。应璩博学善书，其诗歌存世不多，但艺术价值较高，且言之有物，诸如讽刺大将军曹爽擅权的作品《百一诗》，应璩原有十卷集作已佚散，后世张溥辑其诗文十余篇，与应场作品合辑为《应德琏、应休琏集》，收编入《汉魏六朝百三家集》中。

诗

〔三国〕曹植

皇考建世业。

余从征四方。

栉风而沐雨。

万里蒙露霜。

剑戟不离手。

铠甲为衣裳。

【作者简介】

曹植（192—232），字子建，沛国谯（今安徽省亳州市）人，出生于东阳武（今山东莘县，一说鄄城），是曹操与武宣卞皇后的第三子，三国时期文学家、音乐家，建安文学的代表人物之一与集大成者，与曹操、曹丕合称为"三曹"。曹植聪慧善文，在汉乐府古诗的基础上，推动了五言诗的发展，他所作散文也同样出色，可谓"情兼雅怨，体被文质"，有《洛神赋》《白马篇》《七哀诗》《与杨德祖书》《与吴季重书》《求自试表》等名篇传世。

杂曲歌辞·破阵乐

〔隋〕佚名

秋来四面足风沙，塞外征人暂别家。

千里不辞行路远，时光早晚到天涯。

汉兵出顿金微，照日明光铁衣。

百里火幡焰焰，千行云骑騑騑。

麾踏辽河自竭，鼓噪燕山可飞。
正属四方朝贺，端知万舞皇威。
少年胆气凌云，共许骁雄出群。
匹马城南挑战，单刀蓟北从军。
一鼓鲜卑送款，五饵单于解纷。
誓欲成名报国，羞将开口论勋。

送赵大夫护边

〔唐〕孙逖

外域分都护，中台命职方。
欲传清庙略，先取剧曹郎。
已佩登坛印，犹怀伏奏香。
百壶开祖饯，驷牡戒戎装。
青海连西掖，黄河带北凉。
关山瞻汉月，戈剑宿胡霜。
体国才先著，论兵策复长。
果持文武术，还继杜当阳。

【作者简介】

　　孙逖（696—761），字子成，博州武水（今山东聊城市东昌府区沙镇）人，唐代官员、诗人。开元二年（714）中进士，曾任刑部侍郎、太子左庶子、少詹事等职，逝后追赠尚书右仆射，谥号为文。为官期间，知人善用，亲用颜真卿、李华等成为国家重臣。孙逖才思敏捷、精通百家，自幼能文，少时所作《土火炉赋》得到宰相崔日用赏识，入仕后起草诏令，文笔卓绝，张九龄阅其文稿竟也无可挑剔，其所著二十卷《孙逖集》已佚失，剩有《宿云门寺阁》《赠尚书右仆射》《晦日湖塘》等传世。

重经昭陵

〔唐〕杜甫

草昧英雄起，讴歌历数归。风尘三尺剑，社稷一戎衣。
翼亮贞文德，丕承戢武威。圣图天广大，宗祀日光辉。
陵寝盘空曲，熊罴守翠微。再窥松柏路，还见五云飞。

【作者简介】

　　杜甫（712—770），字子美，号少陵野老，世称"杜工部""杜少陵""杜拾遗""杜草堂"，祖籍襄阳（今属湖北），后徙于巩县（今河南巩义西南），唐代伟大的现实主义诗人，被尊为"诗圣"，与李白合称"大李杜"。杜甫胸怀家国，心系民生，有"致君尧舜上，再使风俗淳"的远大抱负，但仕途却不得志，所担当较有名的官职只是左拾遗和华州司功参军。杜甫的诗被称为"诗史"，在古典诗歌中占有重要地位，其作诗歌约有一千五百首传世，大多辑于《杜工部集》。

始建射侯

〔唐〕韦应物

男子本悬弧，有志在四方。
虎竹忝明命，熊侯始张皇。
宾登时事毕，诸将备戎装。
星飞的屡破，鼓噪武更扬。
曾习邹鲁学，亦陪鸳鹭翔。
一朝愿投笔，世难激中肠。

【作者简介】

　　韦应物（737—792），字义博，世称"韦苏州""韦左司""韦江州"，京兆杜陵（今陕西省西安市）人，唐代官员、诗人。韦应物出身名门望族，很早就入仕为官，十五岁起就担任三卫郎，历任洛阳丞、京兆府功曹参军、鄠县令、比部员外郎、滁州刺史、江州刺史、左司郎中、苏州刺史。韦应物是田园派诗人，尤长五言，有"五言长城"之称，以王孟韦柳并称，其诗意淡雅深远，重于山水景致和揭露民间疾苦，著有《韦江州集》十卷、《韦苏州诗集》两卷、《韦苏州集》十卷。

晚秋郾城夜会联句

〔唐〕韩愈

诙谐酒席展，慷慨戎装著。
斩马祭旌纛，炰羔礼芒屩。

【作者简介】

　　韩愈（768—824），字退之，自称郡望昌黎，世称昌黎、昌黎先生，河南河阳（今河南省孟州市）人，唐中期官员、文学家、思想家、哲学家和教育家。曾任宣武节度使观察推官、武宁节度使推官、监察御史、江陵法曹参军、分司东都兼判祠部、都官员外郎、尚书职方员外郎、比部郎中、知制诰、兵部侍郎、京兆尹、御史大夫等职。韩愈摒弃六朝骈体文风，倡导古文运动，强调文以载道和务去陈言，被后人誉为"唐宋八大家"之首，尊称"文章巨公""百代文宗"，与柳宗元并称"韩柳"，与柳宗元、欧阳修和苏轼共为"千古文章四大家"，韩愈注重语言锤炼，诸如其言"杂乱无章""落井下石""动辄得咎"至今耳熟能详，主要作品有《韩昌黎集》。

送任畹评事赴沂海

〔唐〕姚合

掷笔不作尉，戎衣从嫖姚。

严冬入都门，仆马气益豪。

沂州右镇雄，士勇旌旗高。

洛东无忧虞，半夜开虎牢。

丈夫贵功勋，不贵爵禄饶。

仰眠作书生，衣食何由销。

任生非常才，临事胆不摇。

必当展长画，逆波斩鲸鳌。

九陌尘土黑，话别立远郊。

孟坚勒燕然，岂独在汉朝。

送张郎中副使赴泽潞

〔唐〕姚合

晓陌事戎装，风流粉署郎。

机筹通变化，除拜出寻常。

地冷饶霜气，山高碍雁行。

应无离别恨，车马自生光。

【作者简介】

　　姚合（777—843），字大凝，世称姚武功，祖籍吴兴（今浙江省湖州市），长于陕州（今河南省陕州区），唐代官员、著名诗人。所作诗篇颇类贾岛，以"姚贾"并称。元和十一年（816）中进士，曾任监察御史、金州刺史、杭州刺史、刑部郎中、给事中、秘书监等职。姚合所承诗派为"武功体"，擅长五律，现存诗作风格内容较单调，多为描写自然景物和无聊官场，其诗被南宋永嘉四灵和江湖诗派诗人所效法，作品有《极玄集》和《姚少监诗集》十卷。

自萧关望临洮

〔唐〕朱庆馀

玉关西路出临洮，风卷边沙入马毛。

寺寺院中无竹树，家家壁上有弓刀。

惟怜战士垂金甲，不尚游人著白袍。

日暮独吟秋色里，平原一望戍楼高。

【作者简介】

朱庆馀，名可久，字庆馀，以字行，越州（今浙江绍兴）人，唐代官员、诗人。宝历二年（826）中进士，仕途不顺，官至秘书省校书郎，曾游历边塞。朱庆馀擅作五律，多写送别和游赏的所见所感，风格婉转清新，为张籍所赏识，现存作品收录于《朱庆馀诗集》一卷和《全唐诗》二卷。

送越将归会稽

〔唐〕贯休

面如玉盘身八尺，燕语清狞战袍窄。
古岳龙腥一匣霜，江上相逢双眼碧。
冉冉春光方婉娩，黯然别我归稽巚。
他年必帅邯郸儿，与我杀轻班定远。

【作者简介】

贯休（832—912），俗姓姜，名休，字德隐、德远，婺州兰溪（今浙江省兰溪市）人。七岁出家，诵经过目不忘，号禅月大师，世称"得得和尚"，被前蜀主王建封为"禅月大师"，赐以紫衣。贯休是唐末五代著名的诗僧、书法家和画家，他的诗注重对人生和社会的深入思考，充满浪漫和想象，语言优美，常用比喻和象征烘托感染力。贯休的书法以行草为主，笔力雄健，结构严谨，富有节奏感和韵律美，被称为"姜体"。贯休擅画高僧像、尊者像和罗汉图等，作品形象夸张、绝俗超群，在中国绘画史上享有很高声誉，代表作有《十六罗汉图》，现存诗作辑于《西岳集》《禅月集》，《全唐诗》对其作品也有收录。

退 居

〔唐〕黄滔

老归江上村，孤寂欲何言。
世乱时人物，家贫后子孙。
青山寒带雨，古木夜啼猿。
惆怅西川举，戎装度剑门。

【作者简介】

　　黄滔（840—911），字文江，泉州莆田县（今福建省莆田市城厢区）人，晚唐官员、莆田早期文学家，被誉为"闽中文章初祖"。唐乾宁二年（895）中进士，曾任国子四门博士、监察御史里行、威武军节度推官，曾辑第一部闽人诗歌总集《泉山秀句集》三十卷，其著作《黄御史集》被集于清代《四库全书》和《丛书集成》。

艺 堂

〔唐〕郑损

堂开冻石千年翠，艺讲秋胶百步威。
揖让未能忘典礼，英雄孰不惯戎衣。
风波险似金机骇，日月忙如雪羽飞。
莫怪尊前频浩叹，男儿志愿与时违。

【作者简介】

　　郑损，字庆远，郡望荥阳（今属河南）人，唐代官员、诗人。曾任推官、官中书舍人、知礼部贡举、礼部尚书。史书对郑损记载较少，少量记录只见于《唐摭言》《太平广记》《新唐书·宰相世系表五上》，现存诗作六首收录于《全唐诗》。

送李先辈从知塞上

〔唐〕杜荀鹤

去草军书出帝乡，便从城外学戎装。
好随汉将收胡土，莫遣胡兵近汉疆。
洒碛雪粘旗力重，冻河风揭角声长。
此行也是男儿事，莫向征人恃桂香。

【作者简介】

杜荀鹤（846—904），字彦之，号九华山人，池州石埭（今安徽省石台县）人，唐末官员、杰出的现实主义诗人，被好友称为“诗家之雄杰”。中年中进士，授翰林学士，曾任知制诰，杜荀鹤长于宫词，擅近体，主张诗作“言论关时务，篇章见国风”，其诗晓畅清逸，语言通俗，多关注社会民生，抒发对国家的热爱和对人生的思考，作品收录于《杜荀鹤文集》。

并州王谏议

〔宋〕杨亿

锁闱聊辍皂囊封，昼锦还乡意气雄。
别墅挥金延父老，近郊骑竹见儿童。
蒲卢善化终成政，蟋蟀深思未变风。
更待出师平黠虏，戎衣献捷大明宫。

【作者简介】

杨亿（974—1020），字大年，建州浦城（今属福建）人，北宋官员、文学家，西昆体诗人。少时以神童闻于朝，被赐进士，历任著作佐郎、知制诰、左司谏、翰林学士兼史馆修撰、户部郎中、秘书监、工部侍郎等职，逝后谥号为文。在诗文方面，杨亿崇尚并效法李商隐，却偏于华丽辞藻、工整对仗，刻意之中不乏晦涩和情感缺失，且内容主要以馆阁唱和、颂圣应制居多，也有少部分借古讽今之作，曾编修《太宗实录》《册府元龟》和影响颇大的宋诗总集《西昆酬唱集》，现存作品主要有《武夷新集》《杨公逸诗文》《杨文公集》等。

麾扇渡

〔宋〕杨备

旌旗烁石刃凝霜，甲楯如龙人似狼。

羽扇一挥风偃草，策勋多谢顾丹阳。

【作者简介】

　　杨备，字修之，建平（今安徽郎溪）人，北宋名臣杨亿之弟、官员、诗人。为端拱二年（989）进士，荫补入官，曾任知长溪、知华亭、知恩州、尚书虞部员外郎、虞部郎中知广德军、尚书郎中、大理寺丞等职。杨备文学造诣极高，有许多诗歌传世，多为南京、苏州及太湖的景物描写，尝效白居易体作《姑苏百题》《金陵览古百题》（已佚），作品有《历代纪元赋》一卷（已佚）《萝轩外集》，《吴郡志》《吴都文粹》《六朝事迹编类》《景定建康志》中共录其诗一百一十五首。

见　寄

〔宋〕韩琦

洛下安然塞下劳，公持霜简我持旄。
忱无虚日三垂重，闲入芳春万事高。
病虎厌风摧汉节，卧龙悭雨涩吴刀。
遥知啸傲烟霞外，肯把仙袍换战袍。

【作者简介】

　　韩琦（1008—1075），字稚圭，号赣叟，相州安阳县（今河南省安阳市）人，出身世宦之家，其父韩国华官至右谏议大夫，北宋政治家、词人。辅政三朝，天圣五年（1027）中进士。曾任知扬州、知定州、知并州、知相州、枢密使、将作监丞、开封府推官、右司谏等职，无论是贵为朝中宰相，还是在外任职，韩琦始终忠心报国，参与了许多重大事件，诸如抵御西夏时，重整军威，与范仲淹并称"韩范"；又如与范仲淹、富弼等主持"庆历新政"，力图改革当时积贫积弱的社会局面，宋仁宗时被封仪国公，宋英宗时被封魏国公，逝后宋神宗亲撰"两朝顾命定策元勋"之碑，追赠其为尚书令，谥号"忠献"，并配享英宗庙庭，宋徽宗时追封魏郡王，有《谏垣存稿》《安阳集》五十卷传世。

答苏子美见寄

〔宋〕韩维

暮春游京洛，适与夫子遘。衣焦未及展，挈酒且相就。
佳林延凉飔，广夏荫清昼。浩然尘卢醒，坐看天骨秀。

殷勤述平昔，感欢道艰疚。谈辞足端倪，怀抱去蒙覆。
志愿始云获，暌携遽然又。君舟既南驰，我马亦东走。
还谯寡俦侣，孤学日以陋。高风邈难样，离抱曷其救。
得君别后诗，满纸字腾骤。汪洋莫知极，精密不可榰。
峻严山岳停，奔放江海漏。伏读昼夜并，文义仅通透。
有如享太牢，继以金石侑。惟君抑雄才，文字乃兼副。
要当被金甲，独立诸将右。指挥神武师，为国缚狂寇。
献俘天子廷，功以钟鼎镂。勉哉俊其时，此论讲已旧。

【作者简介】

韩维（1017—1098），字持国，颍昌（今河南许昌）人，北宋官员、诗人，韩亿第五子，与司马光、王安石、吕公著共为"嘉祐四友"。蒙父荫入仕，曾任知太常礼院、王府记事参军、知制诰、知通进银台司、知汝州、知开封府、太子少傅、左朝议大夫、门下侍郎等职。韩维历仕四朝，为官刚正清廉，不慕名利，虽深陷党派争斗，却洁身自好，敢于直言极谏。韩维诗作师承陶体、杜体，文字清新流畅，感情质朴自然，内容丰富，常借物抒情，针砭时弊、直抒胸臆，现有《南阳集》三十卷传世。

赠太尉郑文肃公挽词

〔宋〕王珪

一摞黄金甲，征西战马骄。
十年边算尽，今日旅魂招。
落月孤营掩，酸风去路遥。
平生忠烈在，史笔冠清朝。

【作者简介】

　　王珪（1019—1085），字禹玉，成都华阳（今四川省成都市）人，北宋官员、文学家、政治家，与房玄龄、魏徵、杜如晦并为"唐初四大名相"。仁宗庆历二年（1042）中榜眼，辅政三朝，曾任职通判扬州、知制诰、知开封府、翰林学士、端明殿学士、翰林侍读学士、礼部侍郎兼参知政事、尚书左仆射兼门下侍郎，逝后追赠太师，谥号文恭。王珪自幼好学，博览群书，所撰四六制诰，温润典雅、瑰丽磅礴。为了改革西昆体骈文中华而不实的浮糜之风，王珪与欧阳修、苏轼一起领导古文运动，创作台阁骈文，在社会上产生了重大影响。王珪的应制诗自成一体，世称"至宝丹"，其内容丰富，用典精妙，对仗工整，用词时而清新时而华丽，在由"唐音"向"宋调"的演变过程中，起到重要作用。王珪编有《仁宗实录》二百卷、《两朝国史》一百二十卷、《六朝国史会要》三百卷，著有《华阳集》一百卷、《宫词》一卷。

和仲巽荆州大雪

〔宋〕郑獬

黑云扑下一天雪，开帘正见花飘飖。
渌樽覆案不能饮，缅怀白发同心交。
拈毫窜纸聊自戏，不觉大语惊连鳌。
呼儿誊本寄之去，岂敢有意夸雄豪。
谚称抛砖引鸣玉，遂蒙老手来相嘲。
且言本出将家子，惯看飞云连沙起。
常骑快马臂苍鹰，走屠赤豹裂青兕。
燕山崛岉郁天起，玉关石壁俱天垒。
昔缨汉冠为汉民，今埋胡沙作胡鬼。
欲携熊虎十万师，独以一帚扫群螚。

左铃休屠批谷蠡，直出龙沙五千里。

呜呼君言岂不伟，单于闻之须怖死。

莫羞茜袖双鬖华，盘屈肺肝生叹嗟。

君不见东海老翁含两齿，投竿起载文壬车。

又不见荆州长史年七十，手提九鼎还唐家。

穷通变化不可测，蟠蛟宁久藏泥沙。

况君著意经营久，奇策峥嵘烂星斗。

殿前即日拜将军，缚取单于不引手。

我实读书枉用心，伊皋功名竟何有。

待君金甲破敌归，且作长歌倾贺酒。

【作者简介】

郑獬（1022—1072），字毅夫，号云谷，安州安陆（今属湖北）人，北宋政治家、文学家。仁宗皇佑五年（1053）中状元，曾任将作监丞、职判知随州、著作郎、三司度支判官、知荆南、兵部员外郎、知制诰拜翰林学士、知杭州等。郑獬为官正直，曾上疏宋英宗体恤民情，从俭营造永昭山陵，并奏疏广开言路，荐选贤良。郑獬擅诗文，崇尚韩愈、柳宗元之文体，其诗词豪迈大气，涉及景物时清新明快，涉及民生疾苦时极具同情关切，著有《郧溪集》五十卷，《全宋词》收其词二首，《全宋诗》录其诗七卷。

叔父给事挽词·其六

〔宋〕黄庭坚

晋地无戎卧贼曹，民兵赐笏解弓刀。

六年讲武儒冠在，不踏金门著战袍。

【作者简介】

黄庭坚（1045—1105），字鲁直，号清风阁、山谷道人、涪翁，别称黄豫章，以谪仙自称，世称金华仙伯，洪州分宁（今江西修水）人，北宋诗人、词人、书法家，"江西诗派"的开山之祖，"苏门四学士"之首。治平四年（1067）中进士，曾任叶县尉、北京国子监教授、校书郎、著作佐郎、秘书丞等官职，逝后谥号文节，被宋高宗追赠为"龙图阁大学士"。黄庭坚诗效杜甫，主张诗文要有"无意于文，夫无意而意已至""点铁成金""夺胎换骨"，他的诗不固守诗法，讲求章法上的曲折变化，注重修辞造句，内容严谨细密，著有《豫章黄先生文集》《山谷词》。黄庭坚擅长行书，草书、楷书自成一家，与北宋书法家苏轼、米芾和蔡襄并称"宋四家"，主要作品有《松风阁诗帖》《诸上座帖》《砥柱铭》。

无咎兄赠子方寺丞见约出院
奉谒复用原韵上呈

〔宋〕张耒

曹侯骥骨双瞳方，流沙万里志不忘。
读书故山兰蕙芳，咳唾不顾尚书郎。
参军朔方试所长，奋须决策服老苍。
愿得一索缚狡狂，凯歌揉馘献明堂。
黄河东峙万旗枪，义渠竟失先零羌。
坐师失律无否臧，但恨不取东关粮。
黄君诗力回魁冈，十客未得一登床。
携君秀句展我旁，草书纸上蛟龙骧。
谓我君舍城东隍，年来长啸弃军装。
载酒欲访执戟扬，休日出门如瞷亡。

坐令耿耿愿莫偿，紫衣宣诏幪被囊。

献书贡士学与乡，罗庭充屋书万行。

风鬃雾鬣简骙骙，考评唐虞论夏商。

相过近如蜂隔房，君家八斗陈思王。

千年门户有辉光，任城健将狞须黄。

猗兰之苗不敢香，家人寄衣秋晚凉，滞留华馆付杯觞。

天高月明新雁翔，明灯高谈夜未央。

屈指计日引领望，来时汗流今雨霜。

重门事严御史章，赖君谐捷解色庄。

还家有日未用忙，眉间黄色是何祥，朏侯约我走门墙。

但无闲关休馈浆，莫以兽微弓弗张。

【作者简介】

张耒（1054—1114），字文潜，号柯山，又称宛丘先生、张右史，亳州谯县（今安徽亳州市）人，北宋官员、文学家，与秦观、黄庭坚、晁补之并称"苏门四学士"。熙宁六年（1073）中进士，历任临淮主簿、著作郎、秘书丞、史馆检讨、直龙图阁学士、知润州、太常少卿，官至起居舍人。张耒文学创作论源于三苏，提倡文理并重，反对雕琢曲晦，主张直抒胸臆，平易词达，其诗效法白居易、张籍，诗风与唐代新乐府诗极为相近，诗作中很多反映对当时底层百姓生活的关切与怜悯，其留存于世的词作不多，词风与秦观、柳永相近，情柔意婉，著作今存《宛丘先生文集》七十六卷，《柯山集》五十卷、拾遗十二卷，《张右史文集》六十五卷，《张文潜文集》十三卷，《明道杂志》一卷。《全宋词》收其词六首，《全宋诗》录其诗三十三卷，《全宋文》收其文二十二卷。

何　意

〔宋〕晁说之

何意此闲居，遁亡且谩如。日高鸡在树，风静雁抛芦。

雨露传新令，儿童说故都。秋光金甲上，丑虏犯王诛。

【作者简介】

　　晁说之（1059—1129），字以道、伯以，号景迂生，济州钜野（今山东巨野）人，与其兄晁补之、弟晁祯之和堂弟晁冲之并称为"巨野四晁"，北宋官员、学者、文学家，师从曾巩，致力古学。元丰五年（1082）中进士，曾任监陕州集津仓、监明州船场，通判廊州、兖州司法参军、蔡州教授、宿州教授、改宣德郎，知磁州武安县，通判郓州、知成州、太子谕德等。晁说之博极群书，擅长经学，崇尚《中庸》，其说颇杂，不专一师，自成一家，认为治学论理应以根本论，主张做人应遵守道德，淡泊功名。晁说之文章典丽，诗文雅致，主要著作《易商瞿大传》《书论》《易商小传》《商瞿易传》《亲氏易式》《晁氏诗传》《诗论》《晁氏书传》等均遗失，仅存《景迂生文集》二十卷和笔记《晁氏客语》一卷传世。

寄资深承事行营二首·其二

〔宋〕郭祥正

黄梅欲落雨霏霏，想过重冈湿战衣。

破贼有期先可喜，裂云箫鼓待君归。

【作者简介】

　　郭祥正（1035—1113），字功父、功甫，号谢公山人、醉吟先生、净空居士、漳南浪士，当涂（今属安徽）人，北宋官员、诗人，出身官宦之家。皇祐五年（1053）中进士，历任秘书阁校理、桐城县令、太子中舍、汀州通判、朝请大夫等。郭祥正生性潇洒耿直，为官期间清正廉明，颇有政绩。他一生写诗一千四百余首，诗作纵横奔放、潇洒俊逸，深得李白神韵，被时人梅尧臣誉为"真太白后身"，著有《青山集》三十卷。

以旧赐战袍等赠韩少师二首

〔宋〕李纲

胡骑当年犯帝阍，腐儒谬使护诸军。

尚方宝剑频膺赐，御府戎衣幸见分。

丈八蛇矛金缠筣，团栾兽盾绘成文。

山林衰病浑无用，持赠君侯立大勋。

旧钦忠勇冠三军，每一相逢更绝伦。

铁马金戈睢水上，碧油红旆海山滨。

气吞勍敌唐英卫，力破群凶汉禹偁。

圣主中兴赖良将，好陪休运上麒麟。

【作者简介】

　　李纲（1083—1140），字伯纪，号梁溪先生，常州无锡人，祖籍福建邵武，北宋末南宋初抗金名臣，民族英雄，是宋词由婉约派向豪放派转变时期的重要词人。政和二年（1112）中进士，曾任监察御史兼权殿中侍御史、部员外郎、尚书右仆射兼中书侍郎、观文殿大学士、太常少卿等职，逝后累赠太师、陇西郡开国公，谥号忠定。李纲生前历经官场起伏，却至死不渝地力主抗金，曾刺臂血书，觐言宋徽宗禅位于太子，以激励军民勠力抗金。金军初围开封时，他反对钦宗迁都，并积极开展保卫战。宋高宗起用李纲为首相后，他力反与金议和，主张用两河义军收复失地。李纲能武善文，创作了不少爱国诗词，其内容题材广泛，风格慷慨豪放，意境深邃高远，其遗文收录于《梁溪全集》。

赠捉杀官马谨

〔宋〕李若水

伏波将种材无敌，高谈指日期凌烟。

团花战袍随万乘，胡为落此荒塞边。

宪台郎中忠报国，径奏姓名丹宸前。

闻道偷儿敢恣睢，怒髯森森张两肩。

三石强弓如屈肘，丈五长戈如弄鞭。

指挥健儿誓死战，酒酣一呼声动天。

霸陵醉尉苦短弱，大似燕雀逐鹰鹯。

何当遇贼拭尘眼，看尔跃马残贼咽。

【作者简介】

　　李若水（1093—1127），原名若冰，字清卿，洺州曲周县（今河北省曲周县）水德堡村人。靖康元年（1126）为太学博士，历任元城尉，平阳府司录，济南教授、吏部侍郎等职，曾奉旨出使金国。靖康二年（1127），随宋钦宗于金营怒斥敌酋背约，被挖目断手，寸磔而死（凌迟处死），被后人尊为"靖康之耻"的第一忠臣，南宋追赠其为观文殿学士，谥忠愍，著有《李忠愍公集》。

癸巳圣节二首

〔宋〕曹勋

堪舆亨会接洪基，郁郁葱葱动紫微。
理契弈秋专国手，德兼周武一戎衣。
恩言下浃皆中道，帝意终潜复九围。
升济群生归大业，同心亿万仰天威。

【作者简介】

　　曹勋（1098—1174），字公显、功显，号松隐，曹组之子，颍昌府阳翟（今河南禹州）人，宋代官员、文学家、词人。徽宗宣和五年（1123）赐进士出身，以荫补承信郎，曾任阁门宣赞舍人、江西兵马副都监、枢密副都承旨、昭信军节度使等，数次出使金国，劝服金人归还徽宗灵柩并探测敌情，曾在金兵攻陷汴京后，与徽、钦二帝被掳北方，又从燕山逃归。宋高宗在位时，上疏恢复大计而触怒朝政，九年未得晋升。宋金议和后，曹勋受秦桧猜忌，退居天台。曹勋历经四朝，仕途坎坷，阅历丰富，诗作偏重时事见闻，尤以出使金国的记述最为重要，词作偏重咏物，多涉宫廷郊庙乐章，词风中正雅致，著有《松隐文集》四十卷、《北狩见闻录》一卷、《松隐乐府》三卷等。

初度谩成

〔宋〕蔡渊

揆予初度又今时，老桂吹香满翠微。
回首六千馀里外，惊心四十九年非。
闲寻旧薰黏吟卷，怕损团花理战衣。
一饭君恩何以报，貔貅按堵马秋肥。

【作者简介】

　　蔡渊（1156—1236），字伯静，号节斋，蔡元定长子，建州建阳（今属福建）人，南宋理学家、教育家。蔡渊生性聪颖，师从其父和朱熹，先后就学于朱熹的武夷精舍和建阳沧州精舍。蔡渊博学通览，与弟躬耕不仕，奉母家居，著有《周易训解》《易象意言》《卦爻词旨》《古易协韵》《大传易说》《象数余论》《太极通旨》《四书思问》等。

送余制干赴四明

〔宋〕韩淲

鲸波环甬东，生犀驾鳅船。戈旗耀玄甲，声震登莱边。
运柂指河洛，连樯捣幽燕。中坚有宗臣，重望推世贤。
神机赞庙谋，天授黄石编。青春策名勋，幕府当慨然。
英英台阁姿，秉羽宁拘挛。贾勇出绪馀，一举四海全。
云帆万里风，杕杜歌劳还。

【作者简介】

　　韩淲（1159—1224），字仲止、子仲，号涧泉，韩元吉之子，祖籍开封，信州上饶（今属江西）人，南宋官员、诗人。早年蒙父荫入仕，为平江府属官，后做京官，就任太平惠民药局，人称韩判院，晚年居家，清贫自守，与辛弃疾和当时知名诗人多有交游，并与赵蕃并称"二泉"。韩淲性情拘谨，为官正直清廉，著有《涧泉集》二十卷、《涧泉日记》三卷、《涧泉诗馀》一卷。

谒显应观崔真君

〔宋〕魏元若

磁州惠政泽流长，翊运於今有耿光。
金甲护迁驰白马，绛衣诞圣拥红羊。
久劳宵旴筹中土，为祝英灵监下方。
唾手幽燕应默相，弯弧万里射天狼。

【作者简介】

　　魏元若，字顺甫，江宁（今江苏南京）人，高宗绍兴十二年（1142）中进士，任职著作郎。

调　兵

〔宋〕吕定

年少谈兵胆气豪，折冲千里岂辞劳。
旌旗影动秋风瑟，鼓角声回夜月高。
红锦裁鞍新试马，黄金装带旧悬刀。
临征自信军容盛，五色团花绣战袍。

【作者简介】

　　吕定，字仲安，吕由诚曾孙，新昌（今属浙江）人。约宋孝宗乾道中前后在世，因武功迁从义郎，累官殿前都指挥使、龙虎上将军。吕定文武兼备，博学工诗，著有《宋诗钞补》《说剑集》一卷。

偶 成

〔宋〕萧元之

少年鞍马疾如飞，卖尽儒衣买战衣。

老去不知筋力减，夜阑犹梦解重围。

【作者简介】

萧元之，字体仁，号鹤皋，临江（今江西樟树西南）人。与汤中同时，与戴复古有交游唱和，与兄弟萧体信齐名，时称佳士，曾从戎幕，后归隐渝水上，其著作《鹤皋小稿》已佚散，《江湖后集》收录其诗十九首。

忆秦娥

〔宋〕刘克庄

春酲薄，梦中毬马豪如昨。豪如昨。

月明横笛，晓寒吹角。

古来成败难描摸，而今却悔当时错。

当时错，铁衣犹在，不堪重著。

【作者简介】

刘克庄（1187—1269），名灼，字潜夫，号后村居士，莆田（今属福建）人，南宋官员、江湖诗派诗人、豪放派词人、文学家、诗论家。嘉定二年（1209）以门荫补将仕郎，后历任州府属官、建阳县知县、枢密院编修官、江东提刑、除秘书少监兼国史院编修、实录院检讨官兵部侍郎兼中书舍人、除权工部尚书兼侍读、除焕章阁学士、龙图阁学士等职，逝后谥文定。刘克庄擅诗词、文章，在江湖诗人中年寿最长，官位最高，成就也最大，尤以诗文影响深远，有传世作4500余首。刘克庄的创作早期深受四灵诗风的影响，后期深受韩孟诗派的影响，诗风总体上呈现出多样化特征，擅五七言律绝，效法李白和杜甫的古体诗、张王乐府的乐府诗，语言简洁朴质，少有华丽辞藻和引经据典，以强烈的对比、错综的韵律和短小精练的篇幅，表达深厚隽永的内涵。他的词倾向于议论化和散文化，词风豪放，多抒发其爱国主义思想，与刘过、刘辰翁并称辛派词人"三刘"，著有《后村先生大全集》《后村别调》《后村长短句》。

句

〔宋〕朱浚

玉帐分兵赋采薇，梅花吹雪上戎衣。
将军意气中江楫，丞相功名采石矶。

【作者简介】

朱浚（1218—1276），字深源，号尚友，朱鉴长子，祖籍徽州婺源（今属江西），迁徙至建阳（今属福建），南宋官员，进士。深明理学，因贤德被诏驸马，累官两浙转运使兼吏部侍郎。朱浚心念国事，誓灭元虏，元兵攻克福州后，与公主同殉国。

诗一首

〔宋〕薛魁祥

霜风猎猎催寒冬，诸君马首将欲东。

出门浩气如长虹，举手欲挂扶桑弓。

君家渭阳盖世功，黄沙万里归兵戎。

牙旗金甲照天红，江南草木皆春风。

黄金筑台高龙嵸，三千珠履夸豪雄。

君今联辔登仙蓬，绿水依依泛芙蓉。

貂蝉出自兜鍪中，蝟锋螳斧一扫空。

我忝吴下旧阿蒙，铁砚磨尽平生工。

於山未见泰华峰，於人未见欧阳公。

借君谈天荐口为先容，他日四方上下追逐如云龙。

【作者简介】

薛魁祥，字壮行，号荷渚，平阳（今属浙江）人。咸淳十年（1274）中进士，授淳安尉，因与权臣不合，弃官而去，益王在福州建立南宋政权后，与文天祥相见于永嘉，握手痛哭而别。

望海潮·从军舟中作

〔金〕折元礼

地雄河岳，疆分韩晋，潼关高压秦头。
山倚断霞，江吞绝壁，野烟萦带沧州。
虎旅拥貔貅。
看阵云截岸，霜气横秋。
千雉严城，五更残角月如钩。

西风晓入貂裘，恨儒冠误我，却羡兜鍪。
六郡少年，三明老将，贺兰烽火新收。
天外岳莲楼。
想断云横晓，谁识归舟？
剩着黄金换酒，羯鼓醉凉州。

【作者简介】

折元礼（？—1221），字安上，父折定远，忻州（今山西忻州）人，金代词人。世为麟抚经略使，明昌五年（1194）两科擢第，学问博通，行文规范，官至延安治中，死于蒙古军陷葭州（今陕西佳县）。此词节奏高亢清越，以险关和严阵引发作者壮志难酬的悲凉心绪。

前出军五首·其一

〔元〕张翥

前军红衲袍，朱丝系彭排。

后军细铠甲,白羽攒鞲靫。

辒车左右驰,万马拥长街。

送行动城郭,斗酒饮同侪。

壮士当报国,毋为故乡怀。

前出军五首·其五

〔元〕张翥

京师少年子,胆气乃粗豪。

倾金售宝剑,厚价买名刀。

白毡作行帐,红绫制战袍。

结束往从军,谈笑取功劳。

当时霍嫖姚,岂在学戎韬。

后出军五首·其一

〔元〕张翥

步卒伧楚健,长刀短甲衣。

大叫前搏敌,跳荡如鸟飞。

左提血髑髅,右夺贼马归。

黄金得重赏,顾盼生光辉。

尔辈疾归命,将军足天威。

后出军五首·其四

〔元〕张翥

行行铁兜鍪，队队金骆驼。

呜呜吹铜角，来来齐唱歌。

总戎面如虎，指顾挥雕戈。

马踶无贼垒，手篲可填河。

王师本无敌，安用战图多。

【作者简介】

张翥（1287—1368），字仲举，号蜕庵，晋宁（今山西临汾）人，元代学者、诗人。少时顽劣，后悔悟治学，师从江东大儒李存学理，研究德行之说，师从仇远学诗，并以诗文得名。张翥曾隐居扬州，至正初年（1341）被任命为国子助教，分教上都生员，兼修辽、金、宋诸史，历任翰林应奉、修撰、直学士、侍讲学士、翰林学士承旨等职。张翥诗文浑厚流畅，注重格律，但题材面较窄，词作部分寂寥豪放，虽自负文采，但建树不高，编为《忠义录》，著有诗集《蜕庵集》、词集《蜕岩词》。

吕诚夫进士金环诗后为萨达道同年赠

〔元〕林弼

皇帝二十载，盗起东南隅。蘖芽既不剪，滋蔓遂难图。

荆吴虎兕逸，闽粤狐鼠呼。萨君济时彦，昂昂千里驹。

誓为国讨贼，愧死偷全躯。投彼三寸管，执此丈二殳。

辕门上筹策，幕府参谋谟。孤军悬深入，杀气塞盗区。

外无蚍蚁援，势失事已殊。攒肤交逆刃，十死复九苏。

从容就绁缚，谈笑视刀珠。酷刑曾未施，晼晚日已晡。

夜深忽作梦，玄甲神丈夫。示以金环兆，惊寤悲喜俱。

神骥忽解絷，文雉初脱罦。山空霜月寒，凛焉骇狂奴。

迷途若或指，独行若或徒。始知忠义士，实藉神明扶。

生还偶得遂，壮节终不渝。反侧赖安奠，强梗随诛锄。

吕侯好奇者，作歌为扬揄。愿持献天子，载剖旌功符。

【作者简介】

林弼（公元1360年前后在世），至正八年（1348）中进士，任漳州路知事。明初以儒士修礼乐书，授吏部主事，后任登州（今山东烟台牟平）知府。

和项公韵

〔明〕程通

东风破腊透先春，便觉眼前生意新。

磅礴一元无外道，明良千载有同寅。

衣冠济济陪鹓侣，甲胄桓桓奋虎臣。

共沐仁恩何补报，愿勤藩辅镇边垠。

【作者简介】

程通（1364—1403），字彦亨，名贞白，安徽绩溪人。洪武十八年（1385）入太学，洪武二十三年（1390）中举，授辽府纪善，辅佐辽王，燕王兵起，随辽王南归京师，因向建文帝献战守之策《防御北兵封事疏》，得罪永乐帝，被下狱处死，受牵连两子被杀，家属遭流放，老家被剿。程通从政主张摒弃酷刑，施以仁政，倡导做人要修身养性，勤于学问。其文章情真意切，但诗文却囿于说教缺乏真情，只有部分写思乡诗作清新可读，著有《贞白遗稿》十卷、《显忠录》二卷。

立春后

〔明〕于谦

坐拥红炉尚怯寒，边城况是铁衣单。
营中午夜犹传箭，马上通宵不解鞍。
主将拥麾方得意，迂儒抚剑谩兴叹。
东风早解黄河冻，春满乾坤万姓安。

【作者简介】

于谦（1398—1457），字廷益，号节庵，世称于少保，浙江杭州府钱塘县（今杭州市上城区）人，明朝名臣、民族英雄、军事家、政治家，与岳飞、张煌言并称"西湖三杰"。永乐十九年（1421）中进士，曾任御史、兵部右侍郎、兵部尚书等职。明宣宗时，于谦因严斥朱高煦汉王之乱而受宣宗赏识。明英宗时，于谦遭权臣王振诬陷入狱，在百姓、官员和藩王的力保下复任。明代宗时，于谦率师抵御瓦剌，瓦剌挟英宗逼和，他以社稷为重未许。英宗复辟后，于谦遭石亨等诬陷而含冤遇害。明宪宗时，于谦复官赐祭，追谥"肃愍""忠肃"。于谦在宦海生涯中几经坎坷，向往平静归隐的生活，这样的心声也表现在其诗作中的慷慨悲凉，其作品辑于《于忠肃集》。

挽国戚廖廷玺都阃·其二

〔明〕朱诚泳

战袍簇锦炫朝晖，万里边城纵武威。

沙苑不归蕃帐马，将星空堕塞垣扉。

草荒高冢埋金剑，云锁空山暗铁衣。

一段英雄招不返，野花香冷雨霏霏。

【作者简介】

朱诚泳（1458—1498），号宾竹道人，史称秦简王，明太祖朱元璋的五世孙，秦惠王朱公锡的庶长子，长安（今陕西西安）人。弘治元年（1488），由镇安王继承秦王位，为第七代秦王。朱诚泳为人温润有爱，待人恭敬谨慎，尝铭冠服以自警，他生活俭朴，同情孤苦，施舍无吝，遇赐地歉收则减免租税，他尊师重教，修建正学书院，旁建小学，聘儒生为师，并亲临考试。朱诚泳少时学诗，嗣位后三十年坚持每日赋诗，诗文峻拔，有晚唐格意，著有《经进小鸣集》（又作《小鸣集》）。

圣上西巡歌

〔明〕韩邦靖

海日遥凝上将袍，胡霜不及侍中刀。

兵临瀚海冬无雪，骑转阴山马正骄。

【作者简介】

韩邦靖（1488—1523），字汝庆、汝度，号五泉，福建按察副使韩绍宗第三子，朝邑（今陕西大荔东）人，明代官员、方志编纂家，与其兄韩邦奇并称"关中二韩"。韩邦靖自幼聪悟，有"神童"之誉。弘治十四年（1501）中举，正德三年（1508）中进士，历任工部虞衡司主事、员外郎、迁都水司郎中。因直谏触怒明武宗，削为庶民，侍农八年多，后应朝邑知县之请，撰《朝邑县志》，在任山西左参议期间勤政为民，备受百姓爱戴，辞官时受军民夹道泣送。韩邦靖作品有《韩五泉诗集》四卷、《朝邑县志》。

出　塞

〔明〕薛蕙

阴山虏骑喧，上郡羽书繁。匈奴入边地，将军出塞垣。
奇材募荆楚，善射选楼烦。朱旗类电扫，玄甲若云屯。
悬师度沙漠，饮马抵河源。金鼓青天动，风尘白昼昏。
怯夫思勇斗，死士耻生存。月氏方破灭，日逐尽崩奔。
都护领西域，呼韩守北藩。当今四荒外，咸知大汉尊。

【作者简介】

薛蕙（1489—1539），字君采，号西原，南直凤阳府亳州（今安徽亳州）人，明代官员、诗人。十二岁便能作诗，是明代中期主流文坛向前发展的重要推动者，也是将"神韵"一词引入文学批评领域的第一人，逝后被追封为太常少卿。正德九年（1514）中进士，曾任刑部主事、考功郎中、春坊司直兼翰林院检讨等职。薛蕙品行高洁、严于律己、博览群书，其诗文师法汉魏，崇尚洒脱，追求意境的清远，认为质胜于文，既与七子派同道，又兼取六朝、初唐的风雅，从而自成一体。薛蕙后期弃文从道，深究心性之学，研读《老子》及佛书，得虚静慧寂之道，其经学著述有《老子集解》《考异》《约言》《西原先生遗书》，诗文著述有《薛考功集》《薛西原集》。

代建安从军公燕诗并引·其一·代文帝

〔明〕李攀龙

长驱下广陵，观兵东南疆。方舟被大海，万骑纷纵横。

旌旗随波靡，组练远茫茫。中流震金鼓，士马何激扬。

铠甲生悲风，千里一锵锵。白羽所漂摇，浮云自低昂。

抚剑登高城，我军正相望。零雨有遗篇，咏言难可忘。

【作者简介】

李攀龙（1514—1570），字于鳞，号沧溟，山东济南府历城（今山东济南）人，明代官员、著名文学家，为"后七子"的领袖人物，被尊为"宗工巨匠"。嘉靖二十三年（1544）被赐同进士出身，曾任吏部文选司、刑部广东司主事、员外郎、刑部山西司郎中、顺德知府、陕西按察司提学副使、浙江按察司副使、浙江布政使司左参政、河南按察使等职。李攀龙曾师从许邦才、殷士儋，与谢榛、王世贞等倡导文学复古运动，并占据文坛二十余年。他的散文敢于讲真话，章法瑰丽，气势雄浑厚重，但语言诘屈聱牙、迂绕晦涩。他长于七言近体诗，乐府诗则多流于效仿，其诗歌内容广泛、体式完备、情思寓现，但多风尘字样，被称"李风尘"，主要作品有《沧溟集》《古今诗删》。

曾中丞平都蛮凯歌八首·其四

〔明〕欧大任

青羌遗种号云郎，山鬼呼群满大荒。

玄甲金戈霄汉下，西南天地扫欃枪。

【作者简介】

欧大任（1516—1596），字桢伯，号仑山，别称欧虞部，广东顺德陈村人，明朝官员，与梁有誉、黎民表、吴旦、李时行并称"南园后五子""南园后五先生"。欧大任出自书香门第，自小聪颖好学，博涉经史，能诗擅文，14岁时曾在十郡优等生会考三试中均列第一，却八次乡试落榜，直到嘉靖四十二年（1563），才以岁贡生资格试于大廷，并位列第一，曾任江都训导、邵武教授、国子监助教、大理寺左评事、南京工部屯田司主事、南京工部虞衡郎中等职，著有文集《百越先贤志》《广陵十先生传》《平阳家乘》，诗集《思玄堂集》《旅燕集》《浮淮集》《轺中集》《游梁集》《南薰集》《北辕集》《犀馆集》《西署集》《秣陵集》《诏归集》《蘧园集》等。

和三槐老师玉关人老诗·其二

〔明〕何吾驺

朔风起，万马嘶。

有梦饮胡血，无书寄客归。

夜深燐火英雄泪，待昼凌烟洗战衣。

【作者简介】

何吾驺（1581—1651），字瑞虎、龙友，号象冈、闲足道人，广州府香山县（今广东中山）小榄人，明末官员、书法家。万历四十七年（1619）中进士，曾任礼部尚书、东阁大学士、太子太保，文渊阁大学士等职。何吾驺书法效钟繇、王羲之、苏轼等名家，兼习章草，书迹豪逸雄浑，被当时书坛四大名家推为"树一帜于岭外"，其诗文质朴纯真，意境深远，主要作品有《元气堂诗集》《元气堂文集》《云芨轩稿》《经筵日讲拜稽集》《周易补注》《中麓阁集》等。

仗剑行

〔清〕李澄中

男儿万事在怀抱，行年四十耻言老。
腰间剑佩七宝装，辞家东出渔阳道。
渔阳少年多不平，宝剑化作苍龙精。
出匣霜风动鳞甲，黄金作靶曼胡缨。
酒酣上马肝肠热，报仇乱洒桃花血。
月下提舞向猿公，万里关河散冰雪。
虎皮甲袖锦战袍，剑光直拂秋云高。
此物真堪献天子，安可弃掷空江皋。
谒入金门挂秋水，封豕长蛇不敢起。
雄心期断佞人迹，侠骨肯逐侯生死。
昔曾斩蛟长桥头，仗策今从赤帝游。
古来神物须大用，笑杀冯驩但蒯缑。

【作者简介】

　　李澄中（1629—1700），字渭清，号雷田，又号渔村、怡堂、晚号，秋水老人、艮斋老人，山东诸城箭口镇辛庄子村人，后迁居县城超然台下。清初史学家、诗人、藏书家，为康熙版《东武李氏族谱》主修人，曾参与《明史》编修，著有《卧象山房文集》《白云村文集》《艮斋文集》《诗集》《赋集》《滇南日记》《五岳志》《齐鲁纪闻》等。

江城子·生日书怀

〔清〕曾廉

书生何不早兜鍪。执戈矛。与同仇。

閒处思量，多抱杞人忧。

磨蝎如嫌临命上，驱士马，縶箕牛。

南飞有鹤载南游。只凝眸。九疑秋。

李委何人，吹笛大江头。

雷雨昆阳容易事，挥玉盏，对沙鸥。

【作者简介】

　　曾廉（1856—1928），字伯隅，湖南宝庆邵阳县（今湖南邵东县）石牛山人，晚清国子监助教。自幼聪颖，倡导旧学，崇尚孔孟之道，曾入选岳麓书院，先后主讲爱莲书院和校经堂书院。光绪二十年（1894）中举人，翌年参与编修《大清会典》，戊戌维新运动中，曾廉上书指责康有为和梁启超，列强入侵后，他反对乞和，随军力拒外敌，在因支持义和团获罪后，他隐居贵州锦屏县的梅屏山下，从事教学与著述。著成《元书》一百零二卷，《元史考证》四卷，有《瓠庵集》《瓠庵续集》等书传世。

大江东去·寄题家芷云参军龙庆戎装策马图

陈步墀

飘零书剑，漫英雄泪洒，支那人物。

怅望乡关何处是，勒辔悬崖孤壁。

一幅儒巾，十年江海，鬓白纷如雪。

尘中谁识，吾家有此豪杰。

悽悽美雨欧风，精神尚武，社会萌芽发。

救国虽无柯斧假，忍看神州沈灭。

东盼辽阳，南怀澳界，气壮冲冠发。

天涯题画，独骑瘦马残月。

浪淘沙

陈步墀

风急展帆高。四面波涛。

扁舟一叶等鸿毛。

身在浪花飞喷处，湿了征袍。

笑我太雄豪。未许停艘。

定来沧海戴灵鳌。

此去龙门烧尾也，起凤腾蛟。

【作者简介】

　　陈步墀（1870—1934），字子丹，一字幼侪，又名慈云，号云僧，广东饶平人，著有《绣诗楼集》，内有《双溪词》《十万金铃馆词》。

舰上作

邱炜萱

万石冲波压浪高，横风吹雨湿征旄。

千枝珊树天家重，百尺舵楼海气豪。

闪电飞舟驱鳄鼍，长虹利剑斩蛟鳌。

马江折戟何时起，原弃青袍易战袍。

【作者简介】

　　邱炜萱，原名德馨，字溪娱，号菽园，别号绣原、啸虹生，晚年自号星洲寓公，福建厦门杏林新安乡人。光绪十九年（1893），邱炜萱赴试省闱，隔年中举，光绪二十一年（1895）会试不第而赴星洲，任《振南日报》主编，有《啸虹生诗抄》《邱菽园居士诗集》存世。

闻　警

周馨桂

屡闻苍赤化沙虫，扰扰红巾到处同。

天险古分南北堑，烽烟今及马牛风。

长城万里当谁坏，坚壁千军将孰雄。

欲脱儒冠从甲胄，羞教苟活众人中。

【作者简介】

周馨桂（1826—？），字小山，诸生，顾山人，深于经学，诗学三唐，擅书艺，工诗词，著有养斋诗文集五卷。邑志传儒林。

自四安返杭易车而舟对雪感赋

杨葆光

水居喜有舟，推篷见残雪。昨朝途遇雨，破被冷如铁。

壮士不畏寒，腔中有热血。嗟彼趋炎者，炙手可使热。

暖酒拥肉屏，围炉据金穴。安知茅舍中，高卧有清节。

况当频年兵，骨肉动隔绝。军前战衣薄，坐使肌肤裂。

忆昔李凉国，袭蔡亦人杰。江南带甲多，连兵一何拙。

将才良不易，世事那可说。鲰生虽无才，龊龊殊不屑。

生与哙等伍，羞为论优劣。班超非异人，燕然有铭碣。

拔剑起雄心，摩崖纪余烈。但愿战功成，莫咏《新昏别》。

【作者简介】

杨葆光（1830—1912），江苏娄县（今属江苏昆山）人，字古酝，号苏盦，又号红豆词人，诸生，同治间，居保定莲池书院，与修《畿辅通志》，光绪间官浙江景宁知县。其骈散文诗词均有名，著有《苏盦集》等。

哀苗山

洪繻

昔年兵气冲扶桑，为虺、为蛇海上狂。

军中惟有哥舒翰，城下竟无张睢阳！

岛夷猖獗不可制，一撮苗山能抵当。

台湾破碎已三载，至今人说徐、吴、姜。

徐君勇敢推善战，儒巾结束变戎装。

腰下长携三尺刃，手中能擎百子枪。

冲锋独队遏强敌，出没山林成战场。

姜君勇悍亦异常，一时驱虏如驱羊。

吴君统率同一气，义旗一竖神扬扬。

诚知大敌未易禦，民众骤合非久长。

又况援师不足恃，岂能只手除欃枪！

如火如荼敌军至，六月、七月人惶惶。

苗栗山头台安海，西有舟鲛东有狼。

为猿、为鹤不可知，数君名在家已亡。

存没死生疑传疑，生死于君两不妨。

生为国士死国殇，望风凭吊歌一章！

【作者简介】

洪繻（1866—1928），本名攀桂，学名一枝，字月樵，清彰化鹿港人，原籍福建南安。洪繻少习举业，光绪十七年（1891）以案首入泮。洪繻著作包含诗歌、骈文、古文、试帖时文四类文体，著有《诗集》《八州诗草》《试帖诗集》《词集》《诗话》《骈文稿》《古文集》《函札》《制义文集》《八州游记》《瀛海偕亡记》《中西战纪》《中东战纪》《时事三字经》等，约百卷，一百八十余万字。

鹧鸪天

顾 随

说到人生剑已鸣。血花染得战袍腥。
身经大小百馀阵，羞说生前死后名。
心未老，鬓犹青。尚堪鞍马事长征。
秋空月落银河黯，认取明星是将星。

【作者简介】

顾随（1897—1960），本名顾宝随，字羡季，笔名苦水，别号驼庵，河北清河县人，中国韵文、散文作家、理论批评家、美学鉴赏家、讲授艺术家、禅学家、书法家。顾随的学生、红学泰斗周汝昌曾这样评价他："一位正直的诗人，同时又是一位深邃的学者，一位极出色的大师级的哲人巨匠。"

第二篇

精 兵 强 将

内穿铠甲，外披战袍，是古代历史人物画像中，尤其是将军画像中颇为常见的造型。身为一军统领，号令万千良将，其一袭战袍不仅可以御寒防尘，更能够彰显身份，同时增加武将的气质，以此烘托诗文中画面的氛围与英雄色彩。

唐代是我国诗歌最为鼎盛的朝代，不论是"十八羽林郎，戎衣侍汉王"的少侠英姿形象，还是"黄沙百战穿金甲，不破楼兰终不还"的塞外沙场画面，都仿佛能让人透过文字隐约可见当时的铠甲——合身、流畅、光彩熠熠。唐代的铠甲主要是骑兵穿着，为了保障其战时行动自如快捷，一般只供将士穿着，不为战马披甲。唐代最精良的铁甲是锁子甲，即曹植所著《先帝赐臣铠表》中的"环锁铠"，最为流行的铁甲则是在裲裆甲基础上进行改进和优化的明光甲。

到了宋代，"儒将"一词则更强调将领的科举出身及文臣身份。"儒将不须躬甲胄"——在继承了唐朝军服装备的结构基础之上，宋代的甲胄在外观和审美上都更进一步，其基本结构与唐代相同，在结构划分上属同一类盔甲，是典型的汉甲，也是最符合我们认知的古代中国盔甲。

从"百战沙场碎铁衣"的勇武，到"人著戎衣马带缨"的挺拔；从"铠甲耀冰雪"的气魄，到"金甲雪犹冻"的苦难；再到"不爱红装爱武装"

的女兵风采与崇高理想，每一篇作品无不体现出这身军服之于兵将的意义——兵之精，将之强，着我戎装；国之盛，家之昌，予我荣光！

唐代的铠甲由"甲坊署"负责生产，样式繁多，琳琅满目，记载中的铠甲就有13种，其中铁甲有明光、锁子、细鳞、山文、乌锤和光要，其他材料的铠甲有皮甲、木甲、白布、皂娟、布背、皮甲和木甲。

唐代甲胄众多，最流行的铁甲是明光甲。明光甲其实是在裲裆甲基础上进行了改进和优化，在前胸和后背各加上两块圆护，同时增加了披膊和膝裙，圆护大部分由铜铁等金属制成，打磨得非常光滑，犹如镜子一样。披膊最初多用皮革制作，装于两肩，后来出现了虎头、龙首形状的护肩，披膊则被垫在护肩下，或直接被护肩取代。

唐代最精良的铁甲是锁子甲，也就是曹植所著的《先帝赐臣铠表》中所说的"环锁铠"。锁子甲由几万个或几十万个铁锁环用铆钉固定连接成形，最常见的铁锁环是铆钉环，另外还有铆钉环封闭环组合、对接环等。锁子甲质地轻便柔和，轻的仅有四五千克重，穿起来比大型坚甲轻松。锁子甲除了质轻，还便于修补，锁环脱落或断裂后，修补工艺简单，可以随时随地修补。锁子甲的防护能力取决于锁环的大小粗细、铆封强度和锁环的编织密度等。锁子甲的防护性能还是相当好的，这一点由《晋书·吕光载记》对锁子甲的描写得到证实："铠如环锁，射不可入。"

在唐代其他几类铁甲中，光要甲由整块钢板制造，色泽光彩夺目；细鳞甲由比鱼鳞甲更细小的甲片制造；乌锤甲由顶端呈圆锥形的甲片制成；山文甲由形如"山"字的甲片之间相互嵌合制成，相传精巧的山文甲，不用一颗甲钉和一缕丝线。

很多人可能会从字面上理解，怀疑布甲、木甲等铠甲的防护性能，其实它们是唐代创造的新型轻便铠甲，同样具有牢固性和抗击性，只是在抵挡重兵器攻击方面要略逊于金属铠甲。另外，在盛唐时期，还流行用于礼仪穿着的绢甲，绢甲五颜六色，光鲜华丽，其功能有些接近我军现代三军仪仗队的礼服。

唐代制甲，除了讲究战场实用，还追求外观华美，所以当时的鎏金、贴金和包金等成熟工艺被灵活地运用到制甲过程中。另外，一些先进技术也被成功借鉴，以有效增强铠甲的防护性能。

相较于绢甲的色彩斑斓，金属铠甲的颜色则比较单一，主要以金、银和黑色为主，其中最受青睐的则是金甲。每当诗中出现金甲，浮现在我们脑海中的都是战争的艰苦卓绝和将士们的威严强悍——

　　"将军金甲夜不脱，半夜军行戈相拨，风头如刀面如割。"
　　"天兵照雪下玉关，虏箭如沙射金甲。"
　　"黄沙百战穿金甲，不破楼兰终不还。"
　　"三面黄金甲，单于破胆还。"
　　"莫嫌金甲重，且去捉飚风。"
　　"恨君不取契丹首，金甲牙旗归故乡。"
　　"一撮黄金甲，征西战马骄。"
　　"金甲雪犹冻，朱旗尘不翻。"
　　……

览柏中允兼子侄数人除官制词因述父子兄弟四美载歌丝纶

〔唐〕杜甫

纷然丧乱际，见此忠孝门。蜀中寇亦甚，柏氏功弥存。
深诚补王室，戮力自元昆。三止锦江沸，独清玉垒昏。
高名入竹帛，新渥照乾坤。子弟先卒伍，芝兰叠玙璠。
同心注师律，洒血在戎轩。丝纶实具载，绂冕已殊恩。
奉公举骨肉，诛叛经寒温。金甲雪犹冻，朱旗尘不翻。
每闻战场说，歘激懦气奔。圣主国多盗，贤臣官则尊。
方当节钺用，必绝祛洿根。吾病日回首，云台谁再论。
作歌挹盛事，推毂期孤骞。

木兰诗 ／ 木兰辞

〔南北朝〕佚名

唧唧复唧唧，木兰当户织。不闻机杼声，唯闻女叹息。
问女何所思，问女何所忆。女亦无所思，女亦无所忆。
昨夜见军帖，可汗大点兵，军书十二卷，卷卷有爷名。
阿爷无大儿，木兰无长兄，愿为市鞍马，从此替爷征。
东市买骏马，西市买鞍鞯，南市买辔头，北市买长鞭。
旦辞爷娘去，暮宿黄河边，不闻爷娘唤女声，但闻黄河流水鸣溅溅。
旦辞黄河去，暮至黑山头，不闻爷娘唤女声，但闻燕山胡骑鸣啾啾。
万里赴戎机，关山度若飞。朔气传金柝，寒光照铁衣。

将军百战死，壮士十年归。

归来见天子，天子坐明堂。策勋十二转，赏赐百千强。

可汗问所欲，木兰不用尚书郎，愿驰千里足，送儿还故乡。

爷娘闻女来，出郭相扶将；

阿姊闻妹来，当户理红妆；小弟闻姊来，磨刀霍霍向猪羊。

开我东阁门，坐我西阁床，脱我战时袍，著我旧时裳。

当窗理云鬓，对镜帖花黄。

出门看火伴，火伴皆惊忙：同行十二年，不知木兰是女郎。

雄兔脚扑朔，雌兔眼迷离；双兔傍地走，安能辨我是雄雌？

作为中国古代四大巾帼英雄之一的花木兰，她的故事堪称一部悲壮的英雄史诗，富有浓厚的传说色彩。忠于国家、孝顺父母，以替父从军击败可汗入侵而闻名天下。出征在外时，一句"朔气传金柝，寒光照铁衣"，将边关寒夜的更迭声传至我们耳边，身披明光铠甲的将士形象也跃然纸上。

据推测，素有"见日之光、天下大明"之描述的明光铠，最早出现在东汉时期，因其胸前与背后的板状护身被打磨得好似镜子一般而得名。《木兰诗》创作于南北朝时期，此时也是明光铠由初入战场到名满天下的时期。明光铠在当时，可谓战场上的"防护之上品"，《周书·蔡祐传》中就曾记载其为"此是铁猛兽也"。因此，有铁衣护身的木兰及众将士们更令敌人望而生畏。

当木兰凯旋后，"脱我战时袍，著我旧时裳"一句，在说明木兰换装做回女儿身的同时，也向我们展示了当时的明光铠已经与之前的铠甲大为不同，成了一种防御能力超强、像袍子一般的铁质防身甲胄，而这恐怕也是让伙伴与木兰能够"同行十二年，不知木兰是女郎"的最佳"掩护"吧！

从军行

〔唐〕李白

百战沙场碎铁衣，城南已合数重围。

突营射杀呼延将，独领残兵千骑归。

整首诗虽然没有直接叙述紧要战事的画面，却在字里行间透露出局势的危险与残酷。诗中主要描写了一位能够独领残兵的大将，即使身陷重重包围，依然能够从血泊中率领部队拼杀而出，虽败犹荣！一句"百战沙场碎铁衣"，更是彰显了英雄身经百战的凛然可敬之气概。要知道，在唐朝以前，将士们的铠甲多是用皮革编制的，而在唐朝以后则开始使用铁片进行盔甲的制作，这样既增加了盔甲的防御力，也使盔甲泛起的金属光芒能够在心理上给敌人以震慑。

塞下曲

〔唐〕戎昱

北风凋白草，胡马日骎骎。

夜后戍楼月，秋来边将心。

铁衣霜露重，战马岁年深。

自有卢龙塞，烟尘飞至今。

《塞下曲》是古代边塞地区的一种军歌。唐朝许多诗人都以此为题进行过创作。戎昱的这首诗以"北风凋百草"一句来描绘边塞其风之大、气之寒，突出边境要地的环境恶劣；之后又以"铁衣霜露重"一句对当时唐代的盔甲材质进行了说明，而这种铁片制成的盔甲，经过了长年累月的霜露侵袭，更为湿重而寒意逼人。诗人通过对一位戍边老将的形象刻画，真挚地反映出诗人对国家的忧虑及内心深重的痛苦之情。

【作者简介】

　　戎昱（约744—800），荆州（今湖北江陵）人，唐代现实主义诗人。早年多次应举落榜，便游历名都山川，后中进士，长期出任幕宾，宦游各地。戎昱的诗多有身世感伤和寄赠友人之作，也有边塞戎旅生活和秋思送别的内容，常透露着悲凉的意境，其诗风沉郁，语言清雅恬淡，质朴无华，表现手法多样，但也有部分诗格局狭小，遣词造作，颇有晚唐衰飒之风。戎昱存诗一百二十五首，明人辑有《戎昱诗集》，《全唐诗》收录其诗一卷。

横吹曲辞·入塞曲

〔唐〕耿湋

将军带十围，重锦制戎衣。猿臂销弓力，虬须长剑威。
首登平乐宴，新破大宛归。楼上诛姬笑，门前问客稀。
暮烽玄兔急，秋草紫骝肥。未奉君王诏，高槐昼掩扉。

　　这首诗前四句描述了一位身着重锦戎衣、腰佩长剑，在早年间立下赫赫战功的将军之昔日风采——“重锦戎衣”指的正是以精美的丝织品制成的铠甲，其结构轻巧、外形美观，因为没有防御能力，一般只用在武将平时穿着或者仪仗时使用。此句描写与下文将军参加庆功宴两句衔接紧密，中间四句却是书写将军凯旋后遭遇妻妾耻笑的困苦情形，最末四句又以关外敌人入侵、关内将军不受重用进行对比，对当时朝廷所谓的“清明政治”进行了讽刺。

【作者简介】

耿湋（736—787），字洪源，河东（今属山西）人，唐代诗人，"大历十才子"之一。宝应二年（763）中进士，曾任盩厔县尉、左拾遗、大理司法等职。耿湋的诗与钱起、卢纶、司空曙等人齐名，墓志铭称其"重芳叠业，特生才子，抱明禀秀，卓鹰诗人"。耿湋久经离乱，生活上贫病交加，其作品多反映战乱后的破败荒落，深切表达出他对人民疾苦的同情。耿湋的诗平淡自然，文辞不加修饰锤炼，而情真意切，现有《耿湋集》传世。

朝天子·邸万户席上二首

〔元〕真氏

柳营，月明，听传过将军令。高楼鼓角戒严更，卧护得边声静。
横槊吟情，投壶歌兴，有前人旧典型。战争，惯经，草木也知名姓。
《虎韬》《豹韬》，一览胸中了。时时拂拭旧弓刀，却恨封侯早。
夜月铙歌，春风牙纛，看团花锦战袍。鬈毛，木雕，谁便道冯唐老。

通读两首小令，第一首称扬了将军的往日功业，第二首则把此刻"将军已老"的心理刻画得淋漓尽致。元朝把这些蒙古帝国的禁卫军们称为"怯薛"，将负责大汗饮食、冠服、车马、庐帐乃至文书起草的人称为"怯薛歹"。他们地位高贵，除了在正式场合会穿着质孙服，平时用于穿着作战的服装样式中，"袍"占据了主要地位，而袍上绘制的团花，也寓意了"吉祥"和"美满"。一句"看团花锦战袍"，既彰显了将军的德高望重，又道出了将军睹战袍思军营的成卫过往，精巧贴切。

【作者简介】

真氏，名真真，宋代理学名儒真德秀的后代，建宁（今属福建）人，元代女艺人，散曲家，主要作品有《仙吕解三醒》。

甘泉赋（节选）

〔两汉〕扬雄

惟汉十世，将郊上玄，定泰時，雍神休，尊明号，

同符三皇，录功五帝，恤胤锡美，拓迹开统。

于是乃命群僚，历吉日，协灵辰，星陈而天行。

诏招摇与太阴分，伏钩陈使当兵。

属堪舆以壁垒分，捎夔魖而抶猎狂。

八神奔而警跸分，振殷辚而军装。

蚩尤之伦带干将而秉玉戚分，飞蒙茸而走陆梁。

齐總總以撙撙，其相胶轕分，猋骇云迅，奋以方攘。

骈罗列布，鳞以杂沓分，柴虒参差，鱼颉而鸟䀕。

翕赫霅霍，雾集而蒙合分，半散昭烂，粲以成章。

这篇赋极尽铺陈夸张之能事，详细地描述了汉成帝郊祀甘泉泰時的全部过程，天子郊祀的盛况铺张如恍若遨游仙境。本段主要描写天子登乘、车驾上路及行进的情况。扬雄的《甘泉赋》可与司马相如的《子虚赋》《上林赋》比肩，是汉赋的代表作品。

【作者简介】

扬雄（前53—后18），字子云，名士严君平的弟子，庐江太守扬季五世孙，蜀郡成都（今四川成都）人，西汉末年思想家、哲学家、文学家、辞赋家，被后人誉为汉代的孔子。扬雄少而好学，为人平和，不尚声名富贵，喜好沉默静思，不惑之年始游京师，得到汉成帝的重视，任给事黄门郎，历经

三朝未能升迁。扬雄推崇儒学，批判神学经学，认为万物之根源在于"玄"。扬雄的辞赋早年曾模仿司马相如，为当朝歌功颂德，粉饰太平，晚年认为作赋为雕虫小技，转而研究哲学。扬雄的散文以模仿见长，如仿《易经》作《太玄》、仿《论语》作《法言》等，其主要作品还有《新编诸子集成：太玄集注》《方言》《训纂篇》等。

少年行三首

〔唐〕李巎

其一

十八羽林郎，戎衣侍汉王。
臂鹰金殿侧，挟弹玉舆傍。
驰道春风起，陪游出建章。

其二

侍猎长杨下，承恩更射飞。
尘生马影灭，箭落雁行稀。
薄暮随天仗，联翩入琐闱。

其三

玉剑膝边横，金杯马上倾。
朝游茂陵道，夜宿凤凰城。
豪吏多猜忌，无劳问姓名。

羽林是守卫宫禁和首都的精锐武装力量，在朝廷需要时也会参与对外征战。作者以歌咏志，抒发了少年的胸怀家国之志，笑傲庙堂与边疆。当时的士兵戎衣一般有两个特征：其一是下摆和女服裙裾类似，层叠成三角形状交叉于腿前；其二是裤脚多为束脚或缠绕绑腿，以便骑射。

【作者简介】

李嶷，约741年前后在世，唐代诗人，为人侠义。727年中进士，任左武卫录事，其诗作遵循章法，清新无瑕，现仅存六首。

田侍郎归镇

〔唐〕王建

去处长将决胜筹，回回身在阵前头。
贼城破后先锋入，看著红妆不敢收。
熨帖朝衣抛战袍，夔龙班里侍中高。
对时先奏牙间将，次第天恩与节旄。
踏著家乡马脚轻，暮山秋色眼前明。
老人上酒齐头拜，得侍中来尽再生。
功成谁不拥藩方，富贵还须是本乡。
万里双旌汾水上，玉鞭遥指白云庄。
鼓吹幡旗道两边，行男走女喜骈阗。
旧交省得当时别，指点如今却少年。
广场破阵乐初休，彩纛高于百尺楼。
老将气雄争起舞，管弦回作大缠头。
笳声万里动燕山，草白天清塞马闲。
触处不如别处乐，可怜秋月照江关。
将士请衣忘却贫，绿窗红烛酒楼新。
家家尽踏还乡曲，明月街中不绝人。

【作者简介】

　　王建（约765—约830），字仲初，别名王仲初、王司马，许州颍川（今河南省许昌市）人，唐代官员、诗人。大历年间中进士，曾从军，历任昭应县丞、太府寺丞、秘书郎、太常寺丞、陕州司马等职。王建的乐府诗与张籍齐名，世称"张王乐府"，他的乐府诗来源于生活，多为七言歌行，题材广泛，思想深刻，语言通俗精练，具有民谣特色，描写中通过比兴、白描、对比、映衬等手法，刻画出具有代表性的人物、事件和环境，虽少发议论，却深刻揭露了社会现实和矛盾。王建还书写了不少宫词，其内容涵盖了皇宫庭院、礼节仪式、君王游猎、歌舞弹唱、宫廷生活和宫禁琐事等诸多方面，为研究唐代宫廷生活提供了重要参考，其主要作品有《王司马集》《宫词》《新嫁娘词》《十五夜望月》等。

戏颜郎中猎

〔唐〕张祜

忽闻射猎出军城，人著戎衣马带缨。
倒把角弓呈一箭，满川狐兔当头行。

【作者简介】

　　张祜（792—约852），字承吉，清河（今属河北）人，唐代诗人，出身名门望族，世称"张公子"。张祜平生游历多地，除拜见权贵外，也结交诗友，因孤高洁身，多次受辟于节度使，沦为下僚。张祜诗歌创作成就卓越，早期作品内容偏重于景色风光，多采用五言、七言宫体，辞藻华丽，格调婉转。中期作品内容丰富多彩，有题写名胜之曲，也有讲述史事、将相和诗友交流之作。晚期作品偏重休闲安逸，但不乏豪气和鸣不平之心声，《全唐诗》收录其诗三百四十九首。

入塞曲·其一

〔唐〕贯休

单于烽火动，都护去天涯。

别赐黄金甲，亲临白玉墀。

塞垣须静谧，师旅审安危。

定远条支宠，如今胜古时。

诗中描写了都护在出发守卫边境前，离别时天子赐予其黄金甲。在
《武库永始四年兵车器集簿》记载的府藏兵车器中防护用的铠甲中，有钢铁
制作的"铠"，也有皮革制作的"甲"。这里的"黄金甲"并不是由黄金制
作而成的铠甲，而是一种金黄色的铠甲，代表了天子对戍边卫士寄予的重
托与厚望，并期望他们能以黄金甲护身凯旋。

老 将

〔唐〕韩偓

折枪黄马倦尘埃，掩耳凶徒怕疾雷。

雪密酒酣偷号去，月明衣冷斫营回。

行驱貔虎拔金甲，立听笙歌掷玉杯。

坐久不须轻跞铄，至今双臂硬弓开。

韩偓诗中最有价值的是感时诗篇。作者喜欢用近体尤其是七律的形式
写时事，纪事与述怀相结合，用典工切，有沉郁顿挫的风味，善于将感慨
苍凉的意境寓于清丽芊绵的辞章，悲而能婉，柔中带刚。

送卢潘尚书之灵武

〔唐〕韦蟾

贺兰山下果园成，塞北江南旧有名。
水木万家朱户暗，弓刀千队铁衣鸣。
心源落落堪为将，胆气堂堂合用兵。
却使六番诸子弟，马前不信是书生。

作者于诗中既描绘了灵州的丰沃富饶，也凸显了古灵州的军事重镇地位。"弓刀千队铁衣鸣"一句简短的语句描绘了将士们战场厮杀的场面。安史之乱后，唐朝士兵的军服逐渐由追求好看转为追求务实，由铁片缝制的铠甲，防御能力也更强。据《唐六典》记载，唐代的铠甲共有13种，仍以明光甲使用最普遍。

【作者简介】

韦蟾，字隐珪，翰林学士韦表微之子，京兆下杜（今陕西省西安市）人，晚唐官员、诗人。大中七年（853）中进士，曾任翰林学士、户部郎中、中书舍人、工部侍郎、承旨学士、御史中丞、刑部侍郎、尚书左丞等职，其主要作品《汉上题襟诗集》已佚。

奉和袭美寄滑州李副使员外

〔唐〕陆龟蒙

洛生闲咏正抽毫，忽傍旌旗著战袍。

橛下连营皆破胆，剑离孤匣欲吹毛。

清秋月色临军垒，半夜淮声入贼壕。

除却征南为上将，平徐功业更谁高。

【作者简介】

　　陆龟蒙，字鲁望，号天随子、甫里先生、江湖散人，苏州姑苏（今江苏省苏州市）人，唐代文学家、农学家。出身败落世家，自幼聪颖，通六经大义，与皮日休为文友，世称"皮陆"。因深受古文大家韩愈和柳宗元思想的影响，喜欢在说理时，不直接讲明，而是以寓言或比喻的方式进行旁敲侧击。他的散文短小精悍，简洁含蓄，通过揭露现实，抨击时政。他的诗多是描写闲居生活和日常琐事，虽浅易，却暗含感悟和哲理，在表现方式上，既有铺张排场的手法和奇峭险怪的境界，也有平淡祥和的演绎。作为农学家，陆龟蒙在农业器具、植物保护和动物饲养等多方面也颇有建树，其主要作品有《甫里先生文集》《耒耜经》《笠泽丛书》等。

渔家傲

〔宋〕庞籍

儒将不须躬甲胄。指挥玉尘风云走。战罢挥毫飞捷奏。
倾贺酒。三杯遥献南山寿。
草软沙平春日透。萧萧下马长川逗。马上醉中山色秀。
光一一。旌戈矛戟山前后。

"千夫奉儒将，百兽伏麒麟。"在中国古代人心目中，兼具文韬武略、风度翩翩的儒将正是理想的将领形象。到了宋代，"儒将"一词则更强调将领的科举出身及文臣身份。"儒将不须躬甲胄"——这里提到的"甲胄"指的是宋代的盔甲与头盔，在继承了唐朝军服装备的结构基础之上，宋代的甲胄在外观和审美上都更进一步，其基本结构与唐代相同，在结构划分上属同一类盔甲，是典型的汉甲，也是最符合我们认知的古代中国盔甲。

【作者简介】

庞籍（988—1063），字醇之，单州成武（今山东省菏泽市成武县）人，北宋官员、词人。大中祥符八年（1015）中进士。曾任黄州司理参军、江州军事判官、开封府司法参军、刑部详复官、大理寺丞、殿中侍御史、太子太保等职，封颍国公，逝后追赠司空、侍中，谥号"庄敏"。庞籍熟谙律令，擅长为官，在任时执法严密，关爱百姓，曾镇守边陲，抵御西夏，并作为伯乐举荐司马光、狄青理政议事，其主要作品有《天圣编敕》《清风集》《清风集略》等。

观杭州钤辖欧育刀剑战袍

〔宋〕苏轼

青绫衲衫暖衬甲，红线勒巾光绕肋。

秃襟小袖雕鹘盘，大刀长剑龙蛇插。

两军鼓噪屋瓦坠，红尘白羽纷相戛。

将军恩重此身轻，笑履锋铓如一捎。

书生只肯坐帷幄，谈笑毫端弄生杀。

叫呼击鼓催上竿，猛士应怜小儿黠。

试问黄河夜偷渡，掠面惊沙寒窦窦。

何如大舰日高眠，一枕清风过茗雪。

本诗描述了宋代武官的刀剑与战袍等装备，可以看出当时在士兵的盔甲里面至少是有一层衬甲的，这种衬甲可以用青色有花纹的丝织物进行缝制，无袖小衫既便于贴身穿着，又能使盔甲内里更加柔暖、舒适。

和国信张宗益少卿过潭州朝拜信武殿

〔宋〕苏颂

夷裔陵边久，文明运算高。

三冬驰日御，一夜陨星旄。

从此通戎略，于今袭战袍。

威灵瞻庙像，列侍写贤豪。

民获耕桑利，时无斥堠劳。

金缯比干橹，未损一牛毛。

【作者简介】

  苏颂（1020—1101），字子容，福建路泉州同安县（今属福建省厦门市同安区）人，北宋中期官员，天文学家、天文机械制造家、药物学家。苏颂出身望族，庆历二年（1042）中进士，曾任宿州观察推官、馆伴使、刑部尚书、吏部尚书、尚书右丞、宰相、太子太保等职，为北宋仁宗、英宗、神宗、哲宗、徽宗五朝重臣，逝后获赠司空，追封魏国公，追谥"正简"。苏颂一生忠君爱国、品行高尚、廉洁奉公、任人唯贤，是一代贤臣良相。他博学多才，上至天文下至地理，无所不通，他带领制造了世界上最早的天文钟水运仪象台，将天文观测、天象演示、计时报时集为一体，他还号召广大医师和药农从实际出发研究药物，改变了以往纸上谈兵的弊病，及时纠正了药物的混乱与谬误。因其对科学技术的卓越贡献，被称为"中国古代和中世纪最伟大的博物学家和科学家之一"，现有《本草图经》《新仪象法要》《苏魏公文集》等作品传世。

满江红·贺王帅宣子平湖南寇

〔宋〕辛弃疾

笳鼓归来，举鞭问、何如诸葛？人道是、匆匆五月，渡泸深入。
白羽风生貔虎噪，青溪路断鼪鼯泣。早红尘、一骑落平冈，捷书急。
三万卷，龙韬客。浑未得，文章力。把诗书马上，笑驱锋镝。
金印明年如斗大，貂蝉却自兜鍪出。待刻公、勋业到云霄，浯溪石。

  这首词以诸葛亮南征暗叙王佐平寇之事，突出了王宣子的儒将风采，生动地描写了王宣子平定湖南寇叛乱凯旋的场景。诗人使用"貂蝉自兜鍪出"一典，是祝贺王宣子因这次战功而升任朝中高级文官。宋代"武随文服"指的是将领虽身着铠甲，却需要在外面罩上一种短身的绣衫以示恭谦，也就是"衷甲"制服。绣衫上的绣文则是用以区分各军的标志。

被旨许浦阅舟归

〔宋〕袁说友

皇家百万兵，一一拱行阙。盼恩劳军士，有诏涓良月。

鸣鸾肃天仗，君王自亲阅。旌旗照鼙鼓，铠甲耀冰雪。

金缯辱君赐，再拜嵩呼叠。天子曰嘻哉，长江殆虚设。

云屯皆壮士，宁有中外别。乃命臣某某，腜犒均行列。

许之问军旅，利害与优劣。臣闻畴昔论，舟师利通捷。

出入如风驰，进退如电制。乡来经始意，规置有余烈。

更张一何误，事亦随废缺。横舟卧平沙，鳌冑半折裂。

蒙冲才什五，水卒无枭杰。只今众弊见，嘿不一语决。

往往忧国者，无路伸喙舌。小臣愧不敏，衔命纡华节。

愿陈一得虑，竹头而木屑。方略许图上，稽首思罄竭。

君王赦其愚，臣敢毕其说。

【作者简介】

袁说友（1140—1204），字起岩，号东塘居士，福建建安（今福建建瓯）人，南宋官员。孝宗隆兴元年（1163）中进士，曾任溧阳县主簿、枢密院编修官、知衢州、浙西提刑、户部侍郎、户部尚书、华文阁学士、吏部尚书、参知政事等职。袁说友为官忠于国事，有胆略才识，多次奏疏针砭时弊，其主要作品有《东塘集》。

赠刘改之

〔宋〕陈亮

刘郎饮酒如渴虹，一饮涧壑俱成空。

胸中磊魂浇不下，时吐劲气嘘青红。

刘郎吟诗如饮酒，淋漓醉墨濡其首。

笑鞭列缺起丰隆，变化风雷一挥手。

吟诗饮酒总余事，试问刘郎一何有。

刘郎才如万乘器，落漠轮囷难自致。

强亲举予作书生，却笑书生败人意。

合骑快马健如龙，少年追逐曹景宗。

弓弦霹雳饿鹘叫，鼻尖出火耳生风。

安能规行复矩步，敛袂厌厌作新妇。

黄金挥尽气愈张，男儿龙变那可量。

会须斫取契丹首，金甲牙旗归故乡。

【作者简介】

陈亮（1143—1194），原名陈汝能，字同甫，号龙川，世称龙川先生，婺州永康（今浙江省永康市）人，南宋思想家、文学家。在学业上，陈亮并未从师，而是在朴素的唯物主义思想观点主导下，潜心研究，创立了永康学派。在政见上，他反对苟且偷安，提出要任用贤能和简法重令，并倡导"各务其实"的功利主义。在文学上，陈亮的政论文气势雄浑，文笔犀利，内容始终贯穿着兴邦安国的主线，力主抗金和批判理学，其词内涵深刻，情感高昂，词风与辛弃疾相似，内容多抒发爱国豪情，其主要作品有《龙川文集》《龙川词》等。

嘉泰开乐日殿岩泾原郭季端
邀游凤山自来美堂

〔宋〕刘过

结束战袍骑战马，冠军将军宛如画。
前呵小驻来美堂，箭去弓鸣飞鸟下。
青林路转入岩峣，湖亭海观争为高。
谁知凤舞龙飞外，虽有楼阁横云霄。
回旋左右皆游历，人物江山两英特。
风流标致梅岭梅，磊落胸襟石林石。
侧身更上天上行，好风吹下笑谈声。
山神川后领要束，遁走虎豹藏蛟鲸。
摩挲苔藓题诗去，万鼓声中白题舞。
众宾捧酒寿主人，将军自是擎天柱。
看山看水时一来，钱塘吴越何小哉。
指点中原百城在，功名逼人有机会。

西江月·丁巳长沙大阅

〔宋〕赵师侠

笳鼓旌旗改色，弓刀铠甲增明。
攒花簇队马蹄轻。禀听元戎号令。
羊祜轻裘临阵，亚夫细柳屯营。
观瞻已耸定王城。飞虎威名日振。

【作者简介】

　　赵师侠，字介之，号坦庵，太祖子燕王赵德昭七世孙，居于新淦〔今江西新干〕。淳熙二年〔1175〕中进士，1188年为江华郡丞，此后官职不详。赵师侠词作行文畅快，内容平静淡泊，著有《坦庵词》，《全宋词》收录其词一百五十四首。

赋老将

〔宋〕释斯植

猎猎征旗促晓鞍，几回临阵练兵官。
黄沙满塞黄云暗，白马嘶风白日寒。
汉语肯随蛮地改，战袍犹带血腥乾。
如今韬略浑无用，瘦骨萧条甲冑宽。

【作者简介】

　　释斯植，字建中，号芳庭，武林〔今浙江杭州〕人，宋代诗人。曾住南岳寺，晚年安享于天竺的水石山居，其诗以汲古阁影宋抄《南宋六十家小集》为底本，收有《采芝集》《采芝续稿》各一卷。

孟少保戎装相赞

〔宋〕慧开

英雄盖世上将军，洞寇闻风丧胆魂。

寸刃不施机莫测，看渠谈笑定乾坤。

【作者简介】

慧开（1183—1260），俗姓梁，字无门，世称无门慧开，杭州钱塘（今属浙江）人。宋代临济宗杨岐派得道高僧，幼年入道，习学经论，后于南峰石室独居禅思六载，又得法于江苏万寿寺月林师观禅师，后曾住隆兴府天宁寺、黄龙翠岩寺、黄龙崇恩寺、苏州开元寺、苏州灵岩寺、镇江府焦山普济寺、平江府开元寺、建康府保宁寺、开山护国仁王寺。晚年为宫中祈雨得应，遂敕赐金襕衣及"佛眼禅师"之号，绍定二年（1229）为皇帝祝寿而编撰《无门关》一卷。

送南安镇抚赵南山捧表西省

〔元〕萨都剌

平生尺剑众中师，臣子肝肠天地知。

少壮金戈探虎穴，太平铠甲网蛛丝。

青衫白发尊前酒，紫塞黄云马上诗。

今日又随天表去，梅花香里立沙壖。

【作者简介】

萨都剌（约1307—1359），字天锡，号直斋，其先世为西域人，出生于雁门（今山西代县），元代著名诗人、画家、书法家。泰定四年（1327）中进士，曾任镇江路录事司达鲁花赤、江南行御史台掾史、燕南肃政廉访司照磨、闽海福建道肃政廉访司知事、燕南河北道肃政廉访司经历等职。萨都剌出身贫困，但聪颖伶俐，文学资质过人，其诗文多为闲散野趣和酬酢应答，描写手法细腻入微，生活气息浓重，也有部分作品反映社会黑暗、民间疾苦以及对和平的向往，其词作不多，但被后人誉为"有元一代词人之冠"，其诗词编入《雁门集》《萨天锡诗集》《集外诗》《萨天锡逸诗》《西湖十景词》。萨都剌还擅长绘画，精通书法，尤善楷书，有非凡超逸之才，人称雁门才子，其画作《严陵钓台图》和《梅雀》等现珍藏于北京故宫博物院。

用王深造韵观射寄呈吴门吴侍郎

〔宋〕方岳

吴苑云酣歌舞地，平时灞上真儿戏。

府公枹鼓入辕门，盘马弯弓士增气。

玉虬夜吼双宝刀，晓霜冷透宫花袍。

君王有意敌天骄，霹雳劲统吾与操。

满月犹嫌无腕力，三军鸣金齐破的。

莫将电镞惊飞翼，请射檄书青草砾。

参旗井钺光相摩，帐前万叠轰灵鼍。

呼韩要通作编户，勿遣喘从榆塞过。

雁沙枯叶改凯歌，安得壮士翻银河。

三边农桑俱偃武，将军懒射南山虎。

不须土训喻远人，天地中间悉臣主。

文章四海吴状元，那肯军装遽如许。

【作者简介】

方岳（1199—1262），字巨山，号秋崖，祁门（今属安徽）人，南宋官员、诗人、词人。绍定五年（1232）中进士，曾任滁州教授、除淮东安抚司干官、工部郎官、知南康军、治邵武军、知袁州、知抚州等职，因为人刚强正直，敢于同奸臣贼子斗争，多次遭到打压报复。在文学方面，方岳政论文流畅平易，很有建树，作为南宋后期的骈文名家，其所作章奏用典贴切，文辞委婉舒缓，为时人所称道。方岳诗法江西诗派，后受杨万里、范成大的影响，诗风疏朗淡远，清新朴实，内容多反映他罢官乡居时的感悟，其词效法辛弃疾，慷慨激昂，善用长调表达国仇家恨，主要作品有《秋崖先生小稿》《深雪偶谈》。

赠 战 将

〔唐〕殷文圭

绿沈枪利雪峰尖，犀甲军装称紫髯。
威慑万人长凛凛，礼延群客每谦谦。
阵前战马黄金勒，架上兵书白玉签。
不为已为儒弟子，好依门下学韬钤。

【作者简介】

殷文圭（？—920），字表儒、桂郎，池州青阳（今属安徽）人，唐末五代诗人。殷文圭治学刻苦，墨池曾用到底穿。乾宁五年（898）携梁王表荐登进士，曾任裴枢宣谕判官、记室参军、掌书记、翰林学士、左千牛卫将军等职。殷文圭诗作丰富，著有《登龙集》《冥搜集》《笔耕词》《水缕录》《从军稿》等。

赠河南卫毕将军歌

〔元〕张昱

壮哉将军八尺躯，阵前夺骑生马驹。

有力每轻弓两石，据鞍手横丈二殳。

小敌如怯大敌勇，生平气与忠义俱。

逢时受命从大将，势合风云兴海隅。

奉辞东下厨陀国，回兵北击无单于。

望风襁负至者众，将军为驻南征车。

归来九重赐颜色，蹈舞恩光生步趋。

团花战袍出内府，大官羊膳来公厨。

洛阳关东古重镇，授以斧钺专城居。

绿槐高映使者节，黄金新铸兵家符。

握刀负盾走壮士，拥盖吹笳喧道涂。

尽知勋名在忠义，千骑万骑先传呼。

祈连亦有霍去病，细柳岂无周亚夫？

只今将军与之并，人马相辉古即无。

君恩广大法天地，将军报答将何如？

丹青或接万亿载，忠义莫虞无画图。

【作者简介】

张昱，字光弼，号一笑居士、可闲老人，庐陵（今江西吉安）人，元代官员、诗人。曾任左右司员外郎、行枢密院判官，早年师从虞集，学得诗法，常以诗酒自娱，诗作文采飞扬，其五言诗有陈子昂遗风，在当时杭州文士中传诵一时，著有《张光弼诗集》，又作《可闲老人集》或《庐陵集》，《元诗选》初集中录其诗一百九十五首。

木兰辞

〔元〕胡奎

篝篝墙下枣，人生不如在家好。

木兰夜织流黄机，窗间络纬啼复啼。

平明军帖疾如羽，阿爷无男止生女。

木兰下机换戎装，灯前不洒泪千行。

髻捐金雀钗，耳脱明珠珰。

左持白羽箭，右挽青丝缰。

一朝姓字上军籍，军中不知是女郎。

祁连山前秋草白，马上单于吹筚篥。

霜花如钱风格格，万里黄云度沙碛。

木兰在边十二年，论功还谒九重天。

九重敕赐尚书诰，木兰感恩不敢言。

乞身朝出金门去，还家犹记庭前树。

入门先解战时衣，明朝复上流黄机。

木兰忠孝有如此，世上男儿安得知。

雄雉声角角，雌雉嘴啄啄。

两雉上天飞，谁能辨我是雄雌。

【作者简介】

　　胡奎，字虚白，海宁人，明初诗人。曾任宁府教授，师从贡师泰学诗，习得三经三纬法，其诸体诗作中，以乐府、七绝较优，著有《斗南老人集》共六卷。

武馀清乐卷

〔明〕罗亨信

阅武归来脱战袍，诗书适兴乐陶陶。
道遵孔孟儒风盛，学究孙吴武略高。
试爇龙涎弹绿绮，谩将虎韔橐乌号。
安边正尔需贤将，会睹承宣沐宠襃。

【作者简介】

　　罗亨信（1377—1457），字用实，广东东莞人，明代名将。自幼聪颖好学，永乐二年（1404）中进士，曾任工部给事中、吏部给事中、监察御史、宣府巡抚、大同巡抚、右副都御史等职。他忠君爱国，于国之危难时，镇守西北边疆，抵抗瓦剌侵略，暮年仍挂帅亲征，保卫国土，皇帝给予"赐俸荣归"的殊荣，其主要作品有《觉非集》。

送陈指挥出海

〔明〕刘绩

命将出严城，龙骧旧得名。气排山岳重，威镇海波平。
天阔金笳迥，风高锦帆轻。鱼鳞耀铠甲，猩血粲旄缨。
黑虎狞皆习，蛟虬安不惊。怀柔归圣主，训练集奇兵。
营控蛮沙白，旗翻岛日明。遐方勤入贡，昭代慎徂征。
蓐食惟加勉，瓜期待次更。悬知凯还日，钲鼓报千程。

【作者简介】

刘绩，字孟熙，世称西江先生，山阴（今浙江绍兴）人，祖籍洛阳（今属河南）。刘绩为明朝诗人，未入仕途，他家境贫困，居无定所，靠文书为生，有财便散而饮酒待客。刘绩擅长诗作，诗风雄健，名噪一时，曾著《诗律》《嵩阳稿》，有《霏雪录》传世。

金宪莆阳李公自海南征黎过白沙

〔明〕陈献章

蛇窟纵横木短弓，霜风何处捲飞蓬。

清时欲献征黎颂，血刃犹誇甲胄雄。

【作者简介】

陈献章（1428—1500），字公甫，号石斋、病夫、白沙子、碧玉老人、石翁，世称"白沙先生"，后世尊为"圣代真儒""圣道南宗""岭南一人"，广东广州府新会县白沙里（今广东省江门市蓬江区白沙街道）人，明朝中期思想家、哲学家、教育家、书法家、诗人，明代心学的奠基者，广东唯一一位从祀孔庙的大儒。正统十二年（1447）中举，曾任吏部文选清吏司历事、翰林院检讨等职。陈献章受老庄思想的影响，对于屡次科场失利不以为意，转而聚徒讲学，倡导的白沙心学，提出了"天地我立，万化我出，宇宙在我"的心学原理和"静坐中养出端倪"的心学方法，逐渐形成了岭南学派。陈献章擅长楷书、行书和草书，其自创的茅笔书法名垂后世。陈献章的诗风平易自然、清新秀逸、曼妙放达，开创了明代性灵诗派，其主要作品有《白沙子集》《白沙诗教解》。

管将军懋光以诖误失官其少也尝手擒舶酋麻叶壮而赠之

〔明〕王世贞

虎躯七尺腰十围，明光铁铠裯锦衣。

铎槊攒刺捷若飞，手挟南蕃舶王归。

中军主帅正歌舞，玉带金鱼胙茅土。

十年功高心独苦，犹自低眉趋幕府。

纵令东海不扬波，其若睢盱拟挡何。

一言不合文吏诃，无事抚髀思廉颇。

莫斩长矛作耕耒，男儿可老新都里。

区区小酋那挂齿，须缚单于报天子。

蓟台万驷求空群，尚书尺一论旧勋。

灞陵醉尉闻不闻，辕门大旗李将军。

【作者简介】

王世贞（1526—1590），字元美，号凤洲、弇州山人，南直隶苏州府太仓州（今江苏省太仓市）人，明代文学家、史学家，与李攀龙、徐中行、梁有誉、宗臣、谢榛、吴国伦合称"后七子"。嘉靖二十六年（1547）中进士，曾任刑部员外郎、山东按察副使、浙江左参政、山西按察使、湖广按察使、广西右布政使、郧阳巡抚、应天府尹、南京兵部侍郎、南京刑部尚书等职。王世贞在戏曲、文学和史学方面多有研究，在戏曲研究方面，他认为评价戏曲成功与否的关键在于"动人"，其对于戏曲的见解收于《艺苑卮言》的附录。在史学研究方面，他提倡要以国史辨野史、家乘；以野史、家史互较，取其可信者；以亲见亲闻为考史依据；以诏诰等原始材料为考证的重要依据；以事理、情理作为撰史的重要标准。在文学理论方面，王世贞主张复古，推崇作诗要效法盛唐，但其最高的诗歌理想是达到汉魏古诗的朴实自然，他批判当时诗作的虚假模仿和抄袭，提出作诗要有真情，其主要作品有《弇州山人四部稿》《弇山堂别集》《嘉靖以来首辅传》《艺苑卮言》《觚不觚录》等。

韶阳战绩诗为闫将军赋·其二

〔清〕陈恭尹

韶石芙蓉几百峰，石如甲胄是军容。

直须青简传千载，早有丹心彻九重。

【作者简介】

陈恭尹（1631—1700），字元孝，号半峰、独漉子，自称罗浮布衣，著名抗清将领陈邦彦之子，广东顺德县龙山乡（今佛山顺德区）人，清初诗人、书法家，被誉为清初广东隶书高手，与屈大均、梁佩兰并称"岭南三家"，与友人何衡、何绛、陶窳、梁梿相互坚守名节，世称"北田五子"。陈恭尹受父亲影响擅长吟诗作赋，尤擅七律，内容多为矢志抗清、胸怀感伤、民间疾苦和岭南风物，其作品有《独漉堂集》。

秦总兵良玉

〔清〕严遂成

忠顺昔受封，慕华款贡市。功惟不内犯，而无臂指使。

石柱白杆兵，勤王万里行。征播剿楚豫，解围成都城。

奢安以次定，噬蜀贼锋横。西南半壁天，孤撑一掌劲。

夫瘐云阳狱，阵亡者季孟。老寡百战馀，安然考终命。

平生娴翰墨，箛鼓叶竞病。木兰女儿身，戎装拖朝绅。

伞盖拜汉赐，于铄冯夫人。

【作者简介】

严遂成（1694—?），字崧占、崧瞻，号海珊，浙江乌程（今浙江湖州）人，清代诗人。出身书香世家，清康熙五十九年（1720）中举人，雍正二年（1724）中进士，乾隆元年（1736）举"博学鸿词"，曾任山西临县知县、直隶阜城知县、云南嵩明州知府、镇雄州知州等职，虽皆任下僚，但仍竭尽所能，领导民众开坡辟道、修建义仓、修筑河堤，并创办凤山书院，纂修方志，以实际行动造福一方百姓，为民众所称道。严遂成诗作以宋诗为宗，师法杜甫、苏轼、黄庭坚等大家，时人视为"诗史"，与厉鹗、钱载、王又曾、袁枚、吴锡麟并称"浙西六家"，其主要作品有《海珊诗钞》《明史杂咏》《诗经序传辑疑》等。

北庭都护行为武勇公奎将军作

〔清〕蒋业晋

南山有竹直不扶，括羽镞砺怀以须。

渥洼之马龙为徒，星精下降天闲储。

人物绝类禀自殊，济时英杰生非虚。

惟公大将行则儒，忠信甲胄体用如。

火不能蒸水不濡，出险入险同坦途。

往者滇海甲天诛，急枪怒马千人呼。

譬若独鹗摧群乌，诗歌召虎平淮徐。

一人知己无双誉，远移节钺天山隅。

轮台四野黄云徂，长风卷沙雪片粗。

蕃羌射生饮酪酥，每借游牧窥边虞。

秋狝冬狩军政符，六钧弓注金仆姑。

壮士一一勇贯余，围场霹雳声连珠。

飞者走者歼且屠，群獠惊窜如鼪鼯。

烽台绝焰鼓不桴，经营荒漠垂久图。

耕屯悉力劳征输，南接高昌北伊吾。

糗粮车乘随地需，远近徵调难牵拘。

斟酌多寡善因除，公之叱咤风云驱。

直入虎穴无趑趄，公之平易阳和舒。

水清或恐无大鱼，一规定远筹边谟。

期年化洽车民苏，玉门关外春来初。

纤纤柳色云中铺，龙城清霁侔皇都。

我来远戍同集枯，瞻望弗及空欷歔。

长城之倚广厦居，先声已浃人肌肤。

结绿青萍抱区区，有怀欲吐难陈书。

星云垂象昭天衢，回鹘利见占岂诬。

文武为宪词非谀，北庭都护如公无。

吁嗟乎，北庭都护如公无。

【作者简介】

　　蒋业晋（1728—1804），字绍初，号立厓、梧巢，清长洲（今江苏苏州）人，原籍密云（今属北京）。乾隆二十一年（1756）中举人，任汉阳府同知，乾隆四十六年（1781）因牵连罪充发乌鲁木齐，乾隆五十年（1785）得还，著有《立厓诗钞》七卷。

平安山吊吴制军

〔清〕刘溁

朔雪寒风裂战袍，一军桴鼓手亲操。

澶渊办贼成孤注，都督横江拥万艘。

堕水子颜空据马，濒危光弼竟抽刀。

伤心十丈陈陶水，终古精魂咽怒涛。

【作者简介】

刘溁（生卒不详），字芙裳，清黄冈县（今湖北黄冈）人。清末"黄冈七子之一"，刘溁勤奋好学，擅长诗词古文，问津书院诸生。清同治元年（1862）乡试中举人，光绪二年（1876）主持问津书院祭孔大典，著有《小隐山房诗钞》等。

老将行

〔清〕王昌麟

汉家中叶赤眉起，男儿报国辞乡里。大布裹头谒长官，长矛突阵酬知己。

当时军帅重豪英，握手款语如弟兄。群贼见马但罗拜，搴旗独舞人皆惊。

烟尘荡尽战袍紫，论功尚是辽东豕。抃掌且欢天下平，归来稳卧云山里。

生儿能耕女能织，邻叟时来同酒食。醉后犹弯八石弓，腐儒愕视诔神力。

去年关东有书至，蛟鼍上岸来争地。重提宝剑诀亲知，跃马往输囊底智。

诅图时势一朝变，健儿掉首羞言战。不闻刁斗响壕墙，但见胡床摇羽扇。

独上高岗喝窜兵，军衣改制无姓名。横冲已失刀戈利，挺立谁与枪炮争。

斩馘无功逃不死，朝廷自有通和使。靴根跌断太行山，泪血空增辽海水。

忆我年少战闉门，电击雷奔扫盗屯。夷兵躐踔不入眼，旁望驰突惊其魂。
请缨无成敌早料，吾侪尚在英俄笑。白发封侯只等閒，伤心岂为终屠钓。
邻儿意气吞长鲸，夜凉来问阴符经。忧时但愿橐枪隐，不向天涯被甲行。

【作者简介】

　　王昌麟（1862—1918），别字瑞徵，名正豫，柳街乡人。王昌麟自幼聪慧过人，早年丧父后家境日衰，虽生活困难，仍坚持刻苦读书。光绪十四年（1888），王昌麟应乡试中戊子科举人，会试不第。光绪二十年（1894）考入国子监南学，光绪三十二年（1906）后屡任教职，光绪三十四年（1908）被选为四川省咨议局议员。王昌麟在研习经史、辞义之外，还精通绘画，擅作诗文，写就不少雄浑厚重的山水诗和抚时感事的爱国诗，其主要作品有《周官通释》《文学通论》《晴翠山房文集》《惜斋文录》等。

减字木兰花·题孙蘋桥画木兰从军图

〔清〕陈嘉

弓刀结束。戎装貌出人如玉。单骑从征。也学男儿愿请缨。
嗟嗟奇事。深闺姓氏垂青史。绝塞冰天。只比看羊少七年。

【作者简介】

　　陈嘉（1839—1885），字庆余，广西荔浦人，原籍福建诏安县。陈嘉十七岁时投军，曾任楚勇秀字营百夫长、总拔补、千总加守备、都司、参将、总兵等职，因战功卓越，两次被进赏穿黄马褂，赐头品顶戴。陈嘉作战身先士卒，英勇顽强，在抵御法军进攻时，虽遍体伤痕，仍坚守战线，直至伤重难治，逝后被清廷谥"勇烈"，世袭骑都尉兼云骑尉。

七律·茂陵怀霍去病

佚名

秦汉风云惊塞烟，骠姚智勇冠军前。
披坚执锐犹黄口，点将封侯趁少年。
铁骑猛封狼居胥，金戈狂扫焉支山。
此生若增廿年寿，马踏匈奴过燕然。

　　此诗作者不详，诗中一方面表达了作者对民族英雄霍去病骁勇善战的敬佩与感叹，另一方面也表达了对其英年早逝的惋惜与悲凉。自古英雄出少年，诗人正是以一句"披坚执锐犹黄口"突显了霍将军的年少志高，不与其他同龄少年一样活在家人的庇佑之下，而是渴望能够早日破敌立功。然而，这位少年在立下汗马功劳之后就匆匆离去，年仅二十四岁。诗人作此诗来怀念这位少侠，不得不说是"纵死犹闻侠骨香"。

第三篇

驰骋疆场

戎装，帝王重民崇尚

"一戎衣而有天下。"

——《礼记·中庸》

"中华儿女多奇志，不爱红装爱武装。"

——毛泽东《七绝·为女民兵题照》

戎装，外在的意思军装、着军装，内在的意思却涵盖了政治、经济、军事等丰富的内容。思索与寻觅这些内容，不仅让我们进一步了解古人对戎装、对古代戎装与军队建设状况，对认识当今世界各国军队戎装建设及军队建设亦有重要意义。

戎装，是帝王得天下、社稷保稳定的重要条件。《尚书武成篇》里说："一戎衣，天下大定。"即在周武王那里，戎衣是极为重要的，因为戎衣、军队与打天下、坐天下有直接的联系。唐代诗人杜甫在赞颂李世民为什么能得天下时，在《重经昭陵》里写到"风尘三尺剑，社稷一戎衣"；《续资治通鉴·宋高宗绍兴三十一年》载"朕欲候江南平复，取一戎衣大定之义以纪元，是子乃先乎？"唐人白居易在《策林·议兵》写"故有一戎而业成王霸"。"荒裔一戎衣，灵台凯歌入"（唐·李世民：《饮马长城窟行》），即用武力扫平四隅；"一戎乾宇泰，千祀德流清"（唐·许敬宗：《奉和行经破薛举战地应制》），这是在歌颂武功和武力的作用和威力；"始于一戎定，垂此亿世安"（唐·李益：《北至太原》），指唐代开国大业是用兵打下来的；"戎衣一挂清天下，傅野非无济世才"（唐·韩偓：《疏雨》），这里借用"一戎衣"的典故，自述"一戎装"而平天下的豪情。可见，帝王将相都懂得戎装与打天下、坐天下的道理。但唐王李世民或许更深刻地理解戎装在国家建设中的作用。他写道："文章千古事，社稷一戎衣。"关于"社稷"，是万万离不开"一戎衣"的，他还把这首诗刻在自己的碑亭题壁上。可见，这位统治者对这首诗、对这个治国理念是多么重视。

　　戎装，对其崇尚已植入民心。千百年来，无论是皇帝的更换，还是朝代更迭、军阀混战，"兴也民苦，亡也民苦"。百姓渴望能有一支正义的军队保护国泰民安。于是正义的军队所着的戎装，便代表了正义、百姓的民意。同样，这样的军队的戎衣，便成了百姓崇尚、爱慕的服装。替父从军的木兰，"东市买骏马，西市买鞍鞯，南市买辔头，北市买长鞭"（佚名·南北朝·《木兰辞》）。木兰从军，首先是买军衣。不仅以身着戎装为荣、实现崇尚，还因为穿上戎装便"国即为家"，穿上戎装就是在召唤，就能获得百姓的支持。三国时期的曹植，在《诗》中写道："栉风而沐雨，万里蒙露霜。剑戟不离手，铠甲为衣裳。"因为，穿上戎装就是责任、穿上军装就是使命。军旅再苦、条件再差，将士们都时刻"剑戟不离手"，整装待发。百姓对戎装的崇尚、爱慕，本质上是对安稳生活、国泰民安的渴望。因此，卫国戍边的将士们"剑戟不离手，铠甲为衣裳"，时刻都是在履行使命。"晓吹员管随落花，夜捣戎衣向明月。……明年若更征边塞，愿作阳台一段云"（《李白·捣衣篇》），诗人生动地叙述了戎装情已融入军属、民众朴实的情感里。作为军人家眷，两地书、隔相望、倍思亲的状况比比皆是。诗人把这种对亲人之情、对妻子之爱、对友人之思都注入制作戎装之中，把情与爱刻画得淋漓尽致。在这首诗里，作者描写了身在闺阁里二十来岁的佳人面对镜中自己的孤影，深感远离丈夫的痛苦，并想象征夫的处境。"君边云拥青丝骑""晓吹筼管随落花"，在花落中，筼管的悠扬声引发少妇魂飞塞外、与丈夫相拥的情思。于是，在兰堂中，她为远征的丈夫认真捣（制作）帛戎衣，睹物思人生情。她们把对丈夫的思念之情与对军人的爱慕之心、对戎装的崇尚之意，都渗进编制戎装的一针一线中。她情思涌动：明年夫君若是再出征边塞，她们想让自己化作巫山上的一片云，随夫君而去。这里读者深情地感悟到，作为守卫在边塞的将士，不仅他们的妻子、父母、子女在无时无刻的牵挂、思念着他，作为军人及身上所着的戎装，同样也受到亲人、百姓的爱慕与崇尚。宋朝诗人萧元之在《偶成》里刻画了他那个时代"少年鞍马急如飞，卖尽儒衣买战衣"。为保家卫国，少年时就练骑术，为买军装而卖光了自己的衣服。可见，在古人那里，百姓对戎装崇尚的程度非常高。

戎装，鼓军人士气燃百姓希望。"破讷沙头雁正飞，鸊鹈泉上战初归。平明日出东南地，满碛寒光生铁衣"（唐·李益：《度破讷沙二首·其二》），这是诗人对在鸊鹈泉（今内蒙古河套西北部）战斗中唐军取得凯旋的描述。当队伍凯旋、越过破讷沙时，一轮红日从东南方的地平线上冉冉升起。在广袤的平沙之上，正在行进的队伍蜿蜒如游龙，将士们的盔甲像银鳞一般，在阳光下银光闪闪、整齐威严；队伍在沙砾和雪霜的交辉下鲜亮夺目。作者对军人的描写，表达了百姓对军人的敬意。而大自然的辽阔与瑰丽，使这支胜利之师更加威严。作者对此这般描写，既充盈了对取得胜利的将士的敬佩，也表现了边塞将士的英雄气概，表达了对保家卫国的军人及他们所着戎装的欣赏。同样，宋代诗人陆游也注意到了戎装对军人、对百姓的巨大鼓舞作用。他在《出塞曲》中描述道："佩刀一刺山为开，壮士大呼城为摧。三军甲马不知数，但见动地银山来。"在这首诗里，作者描述了军人作战的壮阔场面，描写了凯旋的将士身披铠甲，在阳光下像银山一样；胜利的队伍像一条银色的长河，波澜壮阔，展示了戎装队伍威武的雄伟气势，鼓舞了士气。雄壮威严的队伍以及强大的视觉冲击，都在潜移默化地加深百姓对戎装的认同、崇尚以致向往。于是，由崇尚戎装到立志入伍、保家卫国，这是在戎装里所蕴含的政治、经济、军事内容的强烈影响的结果，是人们的理性选择。"少小从行伍，千金办武装"（明·管讷:《少小从行伍·其二》），"三十年前学六韬，英名常得预时髦"（宋·曹翰:《内宴奉诏作》）。两位诗人一个记述了幼时就想入伍；一个是三十年前，也是幼时就学《六韬》、读兵书。他们都是在幼年就爱兵习武，学习韬略，少小就立下入伍志向，决心保家卫国、建功立业；对戎装的感情，在幼小的心灵里扎了根。"狂寇穷兵犯帝畿，上皇曾此振戎衣"（唐·薛逢:《题上皇观》），当疯狂的敌人要侵犯帝都，国家处于危机状态时，为了动员全民，皇帝也穿上了军装。可见，这位皇帝十分清楚戎装的感召力和鼓舞力。

出塞曲

〔宋〕陆游

佩刀一刺山为开，壮士大呼城为摧。
三军甲马不知数，但见动地银山来。
长戈逐虎祁连北，马前曳来血丹臆；
却回射雁鸭绿江，箭飞雁起连云黑。
清泉茂草下程时，野帐牛酒争淋漓；
不学京都贵公子，唾壶麈尾事儿嬉。

　　宋军的铠甲是很先进的，有评论称"戎具精劲，近古未有"。在战场上，光耀威武的铠甲无时无刻不在彰显着将士们强劲的战斗力。"三军甲马不知数，但见银山动地来"就是这样一幅蔚为壮观的精彩画面。无数的将士们汇聚在一起，威武的铠甲气势如虹地连成一片，银光闪闪，有着山一样不可撼动的气势。

　　宋朝是我国历史上经济、文化、科学高度发展的时代，也是史上最富庶的朝代，却在抵御少数民族的入侵时屡战屡败。这并非因为宋军的武器装备不行，而是宋朝抑武尚文和军事管理层关系错综复杂难以形成统一造成的。

　　宋朝的军服装备，与唐朝相比并没有太大的改变。宋朝军队分为禁军和厢军，在军服配备上存在不同。禁军九品以上的将校配备朝服、公服和时服三种服饰。普通士兵作战时只配衣甲，头戴皮笠子。厢军作为地方军，军服和铠甲的配备相对要差，军服样式为紧身窄袖，衣身或长或短。

　　宋军作战时依据兵种和军阶的不同，分别穿着不同的铠甲。史料记载，宋代铠甲主要有钢铁锁子甲、黑漆顺水山字甲、明光细网甲、明举甲和步人甲等。

宋朝的铠甲是量身定做的，要求做到全身防护，因此制作工序非常严格，制作工艺也极其讲究。要先将铁经过打札、粗磨、穿孔、错穴、裁札、错棱、精磨等多道工序锻打成甲片后，再用皮条编缀成整套铠甲。打造一套铠甲就要耗时2~5个月，十分不易。宋朝的铠甲生产能力已经很具规模。例如，北宋开宝八年，南北作坊每年要造涂金脊铁甲、素甲、浑铜甲、黑皮甲、铁身皮副甲等铠甲二三万件。

宋军作战以步兵为主力，为了抵御外敌以骑兵为主的进攻，依靠重甲步兵组成坚若磐石的步兵方阵，以密密匝匝的强弩、硬弓、长矛迎战敌军骑兵。这种重甲就是步人甲。步人甲由头鍪、顿项、披膊、胄甲、身甲组成。史书记载步人甲由1825片甲叶组成，总重量约58宋斤（1宋斤等于1.2市斤，即69.6斤）。虽然步人甲厚重结实，防护性能强，但是过重的质量也影响了部队的灵活机动性。所以，宋军在作战中也配备了轻甲。

纸甲就是在宋代被广泛应用的一款轻甲，是将桑树纸通过鞘制做软后，叠成三寸厚，每方寸钉四个钉子，最后裁制成甲。纸甲能够像铁甲一样抵挡弓箭射击和刀剑劈砍，虽然耐用性比不上铁甲，但是重量轻、制造相对容易是其最大的优势，非常适合南方步兵和战船水兵穿着作战。

九歌·国殇

〔先秦〕屈原

操吴戈兮被犀甲，车错毂兮短兵接。

旌蔽日兮敌若云，矢交坠兮士争先。

凌余阵兮躐余行，左骖殪兮右刃伤。

霾两轮兮絷四马，援玉枹兮击鸣鼓。

天时怼兮威灵怒，严杀尽兮弃原野。

出不入兮往不反，平原忽兮路超远。

带长剑兮挟秦弓，首身离兮心不惩。

诚既勇兮又以武，终刚强兮不可凌。

身既死兮神以灵，子魂魄兮为鬼雄。

　　这首诗将一场殊死恶战写得栩栩如生，极富感染力。屈原对这些将士满怀敬爱，正如他常用美人香草指代美好的人、事一样，在诗篇中，他也用美好的事物来修饰笔下的人物。这批神勇的将士，操的是吴地出产以锋利闻名的戈、秦地出产以强劲闻名的弓，披的是犀牛皮制的盔甲，拿的是有玉嵌饰的鼓槌。他们生是人杰，死为鬼雄，气贯长虹，英名永存。

【作者简介】

　　屈原（约前340—前278），芈姓，屈氏，名平、正则，字原、灵均，楚武王熊通之子屈瑕的后代，出生于楚国丹阳秭归（今湖北省宜昌市），战国时期楚国政治家、伟大的爱国主义诗人，中国浪漫主义文学的奠基人，"楚辞"的鼻祖，开辟了"香草美人"的传统。屈原少时博闻强识，胸怀大志，曾任左徒、三闾大夫，主张对内改革政治，严明法度，举贤用能，对外力主联齐抗秦，反对楚怀王与秦国订立黄棘之盟，因遭谗毁排挤，先后被流放至汉北和沅湘流域，前278年，在秦军攻破楚国后，屈原殉国于汨罗江。屈原作为骚体的创立者，作品中许多虚幻的内容都和神话密切关联，但在揭露现实社会的多重矛盾时，亦能深刻展现楚国的政治黑暗。屈原的诗多为鸿篇巨作，内容上能够巧妙地把赋、比、兴融为一体，词采瑰丽，其主要作品有《离骚》《九歌》《九章》《天问》。

周宗庙歌十二首·其六·皇夏

〔南朝·梁〕庾信

雄图属天造。宏略遇翚飞。

风云犹听命。龙跃遂乘机。

百二当天险。三分拒乐推。

函谷风尘散。河阳氛雾睎。

济弱沦风起。扶危颓运归。

地纽崩还正。天枢落更追。

原祠乍超忽。毕陇或绵微。

终封三尺剑。长卷一戎衣。

【作者简介】

庾信（513—581），字子山、兰成，南梁中书令庾肩吾之子，南阳郡新野县（今河南省南阳市新野县）人，南北朝后期官员、文学家。出身于"七世举秀才""五代有文集"的书香之家，自幼聪慧俊朗，为昭明太子萧统的侍读，后任太子萧纲的东宫学士，累官右卫将军，封武康县侯。庾信在诗词歌赋方面有很高的造诣，其文学风格被称为"徐庾体"，他开创了以诗入赋的先河，并将两汉以散文入赋变为形式更美的以骈文入赋。他的前期文学创作多为宫体文学，轻奢散漫，美于辞藻，后期作品则悲凉苍劲，多抒发身世感伤和故土眷恋，主要作品有《庾子山集》。

饮马长城窟行

〔唐〕李世民

塞外悲风切，交河冰已结。瀚海百重波，阴山千里雪。
迥戍危烽火，层峦引高节。悠悠卷斾旌，饮马出长城。
寒沙连骑迹，朔吹断边声。胡尘清玉塞，羌笛韵金钲。
绝漠干戈戢，车徒振原隰。都尉反龙堆，将军旋马邑。
扬麾氛雾静，纪石功名立。荒裔一戎衣，灵台凯歌入。

　　李世民是唐朝"贞观之治"的开创者，勤政为民的思想与军事水平的不断提升，为唐朝后来的开元盛世奠定了基础。对于李世民的军事才华，成吉思汗感叹："欲安邦定国者，必悉唐宗兵法。"伟大领袖毛主席也曾评价，"自古能军无出李世民之右者，其次则朱元璋耳"。依法治军、爱兵爱民、严格操练等思想的贯彻，体现了李世民卓越的军事能力。

　　此诗作于贞观四年（630），是唐太宗李世民为了纪念李靖率领大军一举扫除东突厥对内地的侵扰而创作的。此诗以描写悲壮的塞外之景入手，随之展开了一幅战争胜利的画卷，最后着墨于将士们奋勇作战，以名垂千古来自勉，并表达出对边境安宁、四境宾服的向往。正是军中将士的先国后家、训练有素、装备精良与齐心克艰，才给了李世民"今中华强盛，徒兵一千可敌夷狄数万，夷虽众，有何惧哉"的信心！

【作者简介】

　　李世民（599—649），生于武功之别馆（今陕西武功），是唐高祖李渊和窦皇后的次子，唐朝第二位皇帝，唐朝政治家、军事家、书法家、诗人。李世民少年从军，为唐朝的建立与统一立下了汗马功劳，武德九年（626），他发动"玄武门之变"，逼迫唐高祖李渊退位，遂即位皇帝。在任期间，他广开言路，从谏如流，对内文治天下，精简政府机构，改革三省六部，对外他开疆拓土，与北方地区各民族融洽相处，实现了国内的休养生息，开创了贞观盛世。李世民酷爱书法，以隶书见长，其诗既有恢宏大气之作，又有细腻柔和之篇，内容涵盖了政治、军事、历史等多个领域，不仅展现了他的政治理想，也反映出他对人生和世界的深刻思考。

代扶风主人答

〔唐〕王昌龄

杀气凝不流，风悲日彩寒。浮埃起四远，游子弥不欢。
依然宿扶风，沽酒聊自宽。寸心亦未理，长铗谁能弹。
主人就我饮，对我还慨叹。便泣数行泪，因歌行路难。
十五役边地，三四讨楼兰。连年不解甲，积日无所餐。
将军降匈奴，国使没桑乾。去时三十万，独自还长安。
不信沙场苦，君看刀箭瘢。乡亲悉零落，冢墓亦摧残。
仰攀青松枝，恸绝伤心肝。禽兽悲不去，路旁谁忍看。
幸逢休明代，寰宇静波澜。老马思伏枥，长鸣力已殚。
少年兴运会，何事发悲端。天子初封禅，贤良刷羽翰。
三边悉如此，否泰亦须观。

这首诗写景叙事，有条不紊。其间颇多转折，如九九回廊，迂回曲致。老人之言语带沧桑，但终不流于伤感，感人至深。此诗从风格上看，虽有几分沉郁，但仍是盛唐气象的回响，内容和形式结合巧妙，谋篇布局颇见匠心，不失为一首优秀的边塞诗作。

黄家洞

〔唐〕李贺

雀步蹙沙声促促，四尺角弓青石镞。
黑幡三点铜鼓鸣，高作猿啼摇箭箙。
彩巾缠踍幅半斜，溪头簇队映葛花。
山潭晚雾吟白鼍，竹蛇飞蠹射金沙。
闲驱竹马缓归家，官军自杀容州槎。

全诗仅十句。头八句是写黄家洞蛮抗击官军的战事大略，表现出黄家洞蛮作战的勇猛无敌、神速无匹。后两句是写战后情景。这里有一个对照：黄家洞蛮在战后，骑着"竹马"悠悠然回到家里；官军却在屠杀容州的百姓，以人头数交差。这首诗的题旨是讽刺官军的无能、残暴与歹毒，同情并讴歌少数民族人民的起义斗争，这在唐诗中实属罕见。李贺的这首诗，超越了种族偏见。在这一点上，李贺要比他的师长韩愈——他称黄家洞蛮为"贼"——的思想进步得多。

甘州遍·秋风紧

〔五代〕毛文锡

秋风紧，平碛雁行低，阵云齐。
萧萧飒飒，边声四起，愁闻戍角与征鼙。
青冢北，黑山西。沙飞聚散无定，往往路人迷。
铁衣冷，战马血沾蹄，破蕃奚。凤皇诏下，步步蹑丹梯。

这首词描写将士们在沙场上面临生与死的鏖战，他们身着冰冷的铠甲，冲锋陷阵，挥戈杀敌。随着顽敌纷纷饮刃而毙，不但马上的将士血染征袍，就连纵横驰骋的战马也血沾四蹄。经过浴血奋战大破顽敌荣立边功的将士，将受到朝廷的封赏，这将是对所有将士的一种鼓舞。

【作者简介】

毛文锡，字平珪，唐太仆卿毛龟范之子，高阳（今属河北）人，五代官员、词人。十四岁中进士，曾任中书舍人、翰林学士，后因惹怒太子王元膺遭拘押，直至元膺败死，又任礼部尚书、判枢密院事、文思殿大学士、司徒等职。毛文锡词大都是内廷供奉之作，也有少部分即景寄兴和边塞征战的诗词，其主要作品有《前蜀纪事》二卷、《茶谱》一卷，词作现存三十余首，收录于《花间集》《唐五代词》。

出 塞 词

〔唐〕马戴

金带连环束战袍，马头冲雪度临洮。
卷旗夜劫单于帐，乱斫胡兵缺宝刀。

这首诗除具有一般边塞诗那种激越的诗情和奔腾的气势外，还很注重语言的精美，并善于在雄壮的场面中插入细节描写，酝酿诗情，勾勒形象，因此全诗神定气足，含蓄不尽，形成独特的艺术风格。

【作者简介】

马戴（799—869），字虞臣，海州东海（今江苏连云港）人，晚唐诗人。早年屡试落第，会昌四年（844）中进士，曾任太原军幕府掌书记、国子博士等职。马戴诗风与贾岛相近，以五律为主，多为应酬馈赠、客居山水之作，气势华美、韵逸含蓄、风韵四溢，也有部分雄健激壮的边塞诗，著有《会昌进士诗集》一卷、《补遗》一卷。

奉和圣制幸望春宫送朔方大总管张仁亶

〔唐〕苏颋

北风吹早雁，日夕渡河飞。

气冷胶应折，霜明草正腓。

老臣帷幄算，元宰庙堂机。

饯饮回仙跸，临戎解御衣。

军装乘晓发，师律候春归。

方仗勋庸盛，天词降紫微。

【作者简介】

苏颋（670—727），字廷硕，尚书左仆射苏瑰的儿子，袭封许国公，京兆武功（今陕西省武功县）人，唐朝官员、文学家。进士出身，曾任乌程县尉、太子左司御率府胄曹、监察御史、给事中、中书舍人、太常少卿、工部侍郎、中书侍郎、同平章事、检校礼部尚书、益州大都督府长史等职。苏颋历经了高宗、武后、中宗、睿宗、玄宗五朝，与燕国公张说齐名，并称"燕许大手笔"，逝后追赠尚书右丞相，谥号文宪。苏颋参与修订了《开元后格》《开元后令》《开元后式》，著有文集三十卷，《全唐诗》收录其诗作九十九首，《全唐文》将其文章编为九卷。

柘枝词·其一

〔唐〕薛能

同营三十万，震鼓伐西羌。
战血粘秋草，征尘搅夕阳。
归来人不识，帝里独戎装。

【作者简介】

薛能（约817—880），字太拙，汾州（今山西汾阳）人，唐代官员、诗人。会昌六年（846）中进士，曾任侍御史及都官、刑部员外郎、嘉州刺史、刑部郎中、同州刺史、京兆尹、感化军节度使、工部尚书等职。薛能擅作近体诗，并力推骚雅传统，主张以诗道为己任，其诗多吟咏唱和，也有部分涉及时政，但境界稍偏狭，其蜀中诗曾编为《江干集》，《新唐书·艺文志》著录其诗集十卷、《繁城集》一卷，《全唐诗》收录其诗四卷。

纪辽东二首

〔隋〕杨广

辽东海北翦长鲸，风云万里清。
方当销锋散马牛，旋师宴镐京。
前歌后舞振军威，饮至解戎衣。
判不徒行万里去，空道五原归。

秉旄仗节定辽东，俘馘变夷风。
清歌凯捷九都水，归宴洛阳宫。

策功行赏不淹留，全军藉智谋。

讵似南宫复道上，先封雍齿侯。

【作者简介】

　　杨广（569—618），隋文帝杨坚与文献皇后独孤伽罗嫡次子，隋朝第二位皇帝，弘农华阴（今陕西华阴市）人。杨广自幼聪敏俊朗，才学过人，开皇元年（581）被立为晋王，开皇二十年（600）被册封为太子，仁寿四年（604）即位。在位期间，杨广役使民工日夜不停地修建隋朝大运河，对外频繁发动战争，严重破坏了社会经济，引发了大规模农民起义，最终身死隋亡。隋炀帝文学功底深厚，《隋书·经籍志》著录《炀帝集》五十五卷，《全隋文》录存其文四卷，《全隋诗》录存其诗四十五首。

从军中行路难二首·其一

〔唐〕骆宾王

君不见封狐雄虺自成群，冯深负固结妖氛。

玉玺分兵征恶少，金坛受律动将军。

将军拥旄宣庙略，战士横行静夷落。

长驱一息背铜梁，直指三巴逾剑阁。

阁道岩峣上戍楼，剑门遥裔俯灵丘。

邛关九折无平路，江水双源有急流。

征役无期返，他乡岁华晚。

杳杳丘陵出，苍苍林薄远。

途危紫盖峰，路涩青泥坂。

去去指哀牢，行行入不毛。

绝壁千里险，连山四望高。

中外分区宇，夷夏殊风土。

交趾枕南荒，昆弥临北户。

川源饶毒雾，溪谷多淫雨。

行潦四时流，崩查千岁古。

漂梗飞蓬不自安，扪藤引葛度危峦。

昔时闻道从军乐，今日方知行路难。

苍江绿水东流驶，炎洲丹徼南中地。

南中南斗映星河，秦川秦塞阻烟波。

三春边地风光少，五月泸中瘴疠多。

朝驱疲斥候，夕息倦谁何。

向月弯繁弱，连星转太阿。

重义轻生怀一顾，东伐西征凡几度。

夜夜朝朝斑鬓新，年年岁岁戎衣故。

灞城隔，滇池水，天涯望转积，地际行无已。

徒觉炎凉节物非，不知关山千万里。

弃置勿重陈，重陈多苦辛。

且悦清笳杨柳曲，讵忆芳园桃李人。

绛节朱旗分白羽，丹心白刃酬明主。

但令一技君王识，谁惮三边征战苦。

行路难，行路难，岐路几千端。

无复归云凭短翰，望日想长安。

君不见玉关尘色暗边亭，铜鞮杂虏寇长城。

天子按剑征馀勇，将军受脤事横行。

七德龙韬开玉帐，千里鼍鼓叠金钲。

阴山苦雾埋高垒，交河孤月照连营。

连营去去无穷极，拥旆遥遥过绝国。

阵云朝结晦天山，寒沙夕涨迷疏勒。

龙鳞水上开鱼贯，马首山前振雕翼。

长驱万里礜祁连，分麾三命武功宣。

百发乌号遥碎柳，七尽龙文迥照莲。

春来秋去移灰琯，兰闺柳市芳尘断。

雁门迢递尺书稀，鸳被相思双带缓。

行路难。

誓令氛祲静皋兰。

但使封侯龙额贵，讵随中妇凤楼寒。

早春边城怀归

〔唐〕崔湜

大漠羽书飞，长城未解围。山川凌玉嶂，旌节下金微。

路向南庭远，书因北雁稀。乡关摇别思，风雪散戎衣。

岁尽仍为客，春还尚未归。明年征骑返，歌舞及芳菲。

【作者简介】

崔湜（671—713），字澄澜，中书侍郎崔仁师之孙，户部尚书崔挹之子，定州安喜县（今河北定州）人，唐朝官员。崔湜年轻时便中进士，并凭能力和攀附权贵一路晋升，早期依附武三思、上官婉儿，曾任考功员外郎、中书侍郎、同平章事、尚书左丞，后又依附韦皇后，任吏部侍郎，直至依附太平公主，任同中书门下三品，并进中书令。在唐玄宗铲除太平公主势力时，被流放赐死。崔湜曾参与编纂《三教珠英》，《全唐文》收录其文三篇，《全唐诗》收录其诗三十二首。

奉和圣制送张说巡边

〔唐〕席豫

圣主重兵权，分符属大贤。中军仍执政，丞相复巡边。
翁习戎装动，张皇庙略宣。朝荣承睿札，野饯转行旃。
亭障东缘海，沙场北际天。春冬见岩雪，朝夕候烽烟。
已勒封山记，犹闻遣戍篇。五营将月合，八阵与云连。
经略图方远，怀柔道更全。归来画麟阁，蔼蔼武功传。

【作者简介】

席豫（680—748），字建侯，号席公，北周昌州刺史席固七世孙，襄州襄阳（今湖北省襄阳市）人，唐代官员，诗人。武周大足元年（701）中进士，曾任襄邑尉、阳翟尉、监察御史、怀州司仓参军、大理丞、考功员外郎、中书舍人、郑州刺史、吏部侍郎等职。天宝六载（747），进礼部尚书，封襄阳县子。席豫工诗，唐玄宗曾以其诗为最佳，称之为"诗人之冠冕"，《全唐诗》录其诗五首，《全唐文》录其文三篇。

部落曲

〔唐〕高适

蕃军傍塞游，代马喷风秋。老将垂金甲，阏支著锦裘。
雕戈蒙豹尾，红旆插狼头。日暮天山下，鸣笳汉使愁。

【作者简介】

高适（约704—765），字达夫、仲武，安东都护高侃之孙，渤海蓨（今河北景县）人，唐朝中期名臣、边塞诗人。近50岁时入仕，曾任封丘县尉、彭州刺史、蜀州刺史、剑南西川节度使、散骑常侍等职，封渤海侯，卒赠礼部尚书，谥号忠。作为著名的边塞诗人，高适与岑参并称"高岑"，与岑参、王昌龄、王之涣合称"边塞四诗人"，他的诗结合现实，题材广泛，其政治诗多牵百姓的疾苦，其咏史诗多抒发自己的失意落寞，其田园诗多以积极向上的精神抒发其仕进功名的远大志向，其边塞诗多采用白描的手法，语言浑厚质朴，气势雄厚悲壮，内涵寓意深刻，著有《高常侍集》,《全唐诗》中收录其诗四卷。

将赴朔方早发汉武泉

〔唐〕李益

弭盖出故关，穷秋首边路。

问我此何为，平生重一顾。

风吹山下草，系马河边树。

奉役良有期，回瞻终未屡。

去乡幸未远，戎衣今已故。

岂惟幽朔寒，念我机中素。

去矣勿复言，所酬知音遇。

出　塞

〔唐〕于鹄

葱岭秋尘起，全军取月支。山川引行阵，蕃汉列旌旗。

转战疲兵少，孤城外救迟。边人逢圣代，不见偃戈时。

微雪军将出，吹笳天未明。观兵登古戍，斩将对双旌。
分阵瞻山势，潜兵制马鸣。如今青史上，已有灭胡名。
单于骄爱猎，放火到军城。乘月调新马，防秋置远营。
空山朱戟影，寒碛铁衣声。度水逢胡说，沙阴有伏兵。

【作者简介】

　　于鹄，唐代诗人，应举不第后尝应荐历诸府从事，代宗大历、德宗年间久居长安，后隐居汉阳。与张籍友善，大历七年（772）前后曾在河北南部的邢台一带游历，贞元中曾任职佐山南东道、荆南节度使幕。于鹄的诗多描写禅心布道和隐逸生活，语言朴实生动、清新怡人，代表作有《巴女谣》《江南曲》《塞上曲》《长安游》《惜花》《南溪书斋》等。

关山曲·其一

〔唐〕马戴

金甲耀兜鍪，黄金拂紫骝。
叛羌旗下戮，陷壁夜中收。
霜霰戎衣月，关河碛气秋。
箭疮殊未合，更遣击兰州。

乞假归题候馆

〔唐〕薛能

仆带雕弓马似飞，老莱衣上著戎衣。
邮亭不暇吟山水，塞外经年皆未归。

将过单于

〔唐〕许棠

荒碛连天堡戍稀，日忧蕃寇却忘机。

江山不到处皆到，陇雁已归时未归。

行李亦须携战器，趋迎当便著戎衣。

并州去路殊迢递，风雨何当达近畿。

【作者简介】

许棠（822—？），字文化，宣州泾县（今属安徽泾县）人，唐代诗人，与张乔、张蠙、周繇并称"九华四俊"，与喻坦之、任涛、温宪等十二人并为"咸通十哲"。咸通十二年（871）中进士，曾任淮南馆驿官、泾县县尉、虔州从事、江宁县丞等职，因性情孤傲常受排挤打压，最终辞官回乡。许棠以五律诗见长，作品多涉远役与归愁，流露出对人生坎坷、怀才不遇的感伤，曾书写洞庭湖的佳作被时人取以题扇，相颂流传，他也因之被称为"许洞庭"。《新唐书·艺文志》收录《许棠诗》一卷，《直斋书录解题》收录《许棠集》一卷，《全唐诗》收录其诗二卷。

自萧关望临洮

〔唐〕朱庆馀

玉关西路出临洮，风卷边沙入马毛。

寺寺院中无竹树，家家壁上有弓刀。

惟怜战士垂金甲，不尚游人著白袍。

日暮独吟秋色里，平原一望戍楼高。

咏史诗·孟津

〔唐〕胡曾

秋风飒飒孟津头，立马沙边看水流。
见说武王东渡日，戎衣曾此吒阳侯。

【作者简介】

　　胡曾，号秋田，邵阳〔今属湖南〕人，唐代诗人。累举不第，咸通中，始中进士，曾为汉南节度从事、高骈掌书记、军幕等职。胡曾天分过人，意度不凡，以关注民生、针砭苛政而闻名。胡曾工诗，爱好游历，擅七绝咏史诗，以地名为题，吟诵当地历史人物和事件，旨在以史为鉴，著有《安定集》，《全唐诗》收录其诗一卷。

横吹曲辞·入塞曲

〔唐〕沈彬

欲为皇王服远戎，万人金甲鼓鼙中。
阵云黯塞三边黑，兵血愁天一片红。
半夜翻营旗搅月，深秋防戍剑磨风。
谤书未及明君燕，卧骨将军已殁功。
苦战沙门卧箭痕，戍楼闲上望星文。
生希国泽分偏将，死夺河源答圣君。
鸢觑败兵眠白草，马惊边鬼哭阴云。
功多地远无人纪，汉阁笙歌日又曛。

【作者简介】

　　沈彬（约853—957），字子文、子美，筠州高安（今属江西）人，唐代诗人。信仰佛教，与僧人虚中、齐己为诗友，少年孤苦，勤以治学，应举不策，曾南游湖湘，数年隐居于云阳山，又游岭表，历经约二十年，才回吴中。后受南唐李升提携，以吏部侍郎致仕，著有诗集一卷。

塞 下 曲

〔唐〕于濆

紫塞晓屯兵，黄沙披甲卧。
战鼓声未齐，乌鸢已相贺。
燕然山上云，半是离乡魂。
卫霍待富贵，岂能无乾坤。

沙 场 夜

〔唐〕于濆

城上更声发，城下杵声歇。征人烧断蓬，对泣沙中月。
耕牛朝挽甲，战马夜衔铁。士卒浣戎衣，交河水为血。
轻裘两都客，洞房愁宿别。何况远辞家，生死犹未决。

【作者简介】

　　于濆，字子漪，号逸诗，京兆（今陕西西安）人，唐代诗人。会昌时曾四处漫游，咸通二年（861）中进士，官终泗州判官。于濆为现实派诗人，受汉魏乐府影响，不同于当时声律诗的"拘束声律而入轻浮"，其作品明快简洁、朴素自然，多反映民生疾苦与社会现实，与曹邺、刘驾等成晚唐一诗派，于滇现存诗作仅四十五首，收录于《全唐诗》中。

圣主平戎歌

〔宋〕田锡

玉关秋早霜飞速，代马新羁逞南牧。

胡人背信阚汉边，刻箭为书召戎族。

渔阳烽火照甘泉，疆吏飞笺至御前。

睿谋英武何神速，銮舆自欲平三边。

百万羽林随驾出，杀气皇威先破敌。

贼臣丧胆遽奔逃，漳水波清因驻跸。

宫锦战袍花斗新，绣韂珠络金麒麟。

天颜威武不可犯，垂鞭按辔视群臣。

金吾队仗如鳞萃，环卫旌旗径千里。

汉皇曾上单于台，壮心磊落侔风雷。

比量英武不足数，圣文神武双全才。

势可驱山塞沧海，紫气逶迤龙凤盖。

金花簇敛若星罗，宝钿乘舆翼云斾。

涂山禹帝戮防风，涿鹿蚩尤死战锋。

锋镝俱染玄黄血，争如不阵而成功。

示暇皇欢有余意，御笔题诗饶绮思。

翰林承旨先受宣，西掖词臣及近侍。

诏命交酬继和来，君臣道合何如是。

和气感天天地宁，日融瑞景笼八纮。

风生旗旆翻龙凤，霜严鼓角喧雷霆。

海神来受军门职，太上祷兵尊帝德。

牢笼万国顿天网，天网恢恢恩信广。

胡儿溃散何比之，大明升空逃魍魉。

漳川地阔霜草平，合围会猎布天兵。

六师雄勇一百万，六班侍卫交纵横。

铁衣间耀金锁甲，鼓旗杂错枪刀鸣。

霓旌似系单于颈，猎骑如破匈奴营。

雕鹗狰狞搦狐兔，花聪跃龙骄在御。

弓圆明月金镞飞，妖狐中镞骇天机。

兵师会合如波注，山呼万岁震边陲。

东海为樽盛美酒，斟酌酒浆掺北斗。

鸾刀割肉若邱陵，军声汹如狮子吼。

三公拜舞百辟随，鸣珂飞鞚星离离。

云舒二十有四蠹，传宣罢猎整鱼丽。

胜气威声压千古，堪笑骊山称讲武。

直馆微臣乐扈随，太平盛事今亲睹。

会看金泥封禅仪，拜章别献新歌诗。

歌诗何以容易进，为受文明天子知。

【作者简介】

田锡（940—1004），字表圣，原名田继冲，嘉州洪雅（今属四川眉山市）人，祖籍京兆（今西安），北宋政治家、文学家。太平兴国三年（978）中进士，曾任通判、转运判官，改左拾遗、直史馆、知制诰、知陈州，官终右谏议大夫、史馆修撰，任职期间以直言敢谏著称。田锡是一位推陈致新、影响深远的文学家，是宋代文学的开拓者和奠基人之一，其诗多为古风歌行，质朴而循章法，著有《咸平集》。

次韵和并州钱大夫夕次丰州道中见寄

〔宋〕杨亿

汉将从天下，胡兵值月残。
孤烟戍楼迥，密雪战袍干。
向暮三吹角，临风一据鞍。
边城赖经略，重取地图看。

送周密学知真定府

〔宋〕郑獬

白发汉中郎，旌旗下建章。雪通沙路润，春入塞云黄。
地势井陉口，天文大昴旁。平时卷金甲，壮略寄壶觞。

昨　日

〔宋〕吕陶

昨日文书插羽毛，征夫连日整弓刀。
云如野色随时惨，风作边声特地号。
八阵威灵今可托，六州形势古称高。
西南久不闻金鼓，莫遣人人著战袍。

【作者简介】

　　吕陶（1027—1103），字元均，号净德，眉州彭山（今属四川）人，后迁至成都，北宋官员、文学家。皇祐四年（1052）中进士，曾任铜梁县令、太原府判官、知彭州、起居舍人、迁中书舍人、司门郎中、殿中侍御史、左谏议大夫等职。熙宁三年（1070）吕陶在殿试对策中历数新法的过失，元祐八年（1093）以中书舍人奉使契丹，绍圣三年（1096）入元祐党籍，提举潭州南岳庙，元符三年（1100）提举成都玉局观，著有《吕陶集》。

再和子育·其四

〔宋〕彭汝砺

手拈弓箭膝横刀，著尽君王赐战袍。
语及灵州心欲碎，使轺今日敢言劳。

【作者简介】

　　彭汝砺（1042—1095），字器资，饶州鄱阳（今属江西）人，北宋官员、文学家。治平二年（1065）中进士头榜，曾任保信军推官、武安军掌书记、潭州军事推官、大理寺丞、太子中允、监察御史里行、京西提点刑狱、起居舍人、中书舍人、知徐州、吏部侍郎、知江州等职。彭汝砺为人光明磊落，刚正不阿，膺有士望，为一代直谏名臣，他"读书为文，志于大者；言行取舍，必合于义；与人交往，必尽试敬"。彭汝砺词作典雅，有古人风范，著有《易义》《诗义》《鄱阳集》等作品。

次吕居仁九日群集韵

〔宋〕朱翌

衣冠交上郡，气象有中州。

九日一尊酒，千岩万壑秋。

星方聚吴分，鱼已跃王舟。

即事感今昔，乃情无去留。

忧时俱出力，济胜合先谋。

北望边风凛，戎衣讵敢休。

【作者简介】

朱翌（1097—1167），字新仲，号潜山居士、省事老人，舒州怀宁县（今安徽潜山）人，宋代词人。政和八年（1118）中进士，曾任溧水县主簿、江南东路安抚使司幕职官、敕令所删定官、秘书省校书郎兼实录院检讨官，因不依附秦桧，被贬韶州，后被起用任复左承议郎、充秘阁修撰、知严州、知宣州、知平江府、提督海船等职，著有《灊山集》《猗觉寮杂记》《鄞川志》等作品。

塞 上

〔唐〕黄滔

塞门关外日光微，角怨单于雁驻飞。

冲水路从冰解断，逾城人到月明归。

燕山腊雪销金甲，秦苑秋风脆锦衣。

欲吊昭君倍惆怅，汉家甥舅竟相违。

欢喜口号

〔宋〕黄彦平

愁见淮阴打阵来，白毡玄甲倒如摧。
山东降卒时时说，说道番人怕背嵬。

【作者简介】

　　黄彦平，字季岑，号次山，黄庭坚族子，洪州分宁（今江西修水县）人，
宋代官员、诗人。宣和元年（1119）中进士，曾任信阳州学教授、池州司理
参军，靖康初，受李纲善连坐被贬官，建炎二年（1128），擢升尚书员外郎、
吏部郎中。黄彦平的诗文多涉国事战乱，情感沉郁悲凉，也有农家野趣之作，
格调闲适恬静，著有《三余集》。

陈宣干至晐

〔宋〕项安世

十年无事书生病，一日谈兵志士忙。
虏退便收前印绶，秋来仍著战衣裳。
天寒白兆腥风起，月黑黄陂燐火光。
试问蕲州陈大著，几多流血浸沙场。

【作者简介】

　　项安世（1129—1208），字平甫，号平庵、江陵病叟，祖籍括苍（今浙
江丽水），后迁至江陵（今属湖北），南宋官员，诗人。淳熙二年（1175）中
进士，授绍兴府教授，后调潭州教授，曾任秘书省正字、通判池州、通判重

庆府、知鄂州、户部员外郎、湖广总领、太府卿等职。项安世以奏议见长，
被誉"意婉义深，学广文赡"，其诗闻名一时，刘克庄称其五言绝句新奇工
致，著有《易玩辞》《项氏家说》《平庵悔稿》《丙辰悔稿》《悔稿后编》等作品。

翠玉楼观雪

〔宋〕文天祥

矫矫临清泚，蒙蒙认翠微。
绨春生客袖，铁冷上戎衣。
柳眼惊何老，梅花觉半肥。
新来有公事，白战破重围。

【作者简介】

　　文天祥（1236—1283），字宋瑞、履善，号浮休道人、文山，初名云孙，
江南西路吉州庐陵县（今江西省吉安市青原区富田镇）人，南宋末年政治家、
文学家，与陆秀夫、张世杰并称为"宋末三杰"。宝祐四年（1256）中状元，
一度掌理军器监兼权直学士院，因得罪宦官佞臣，数遭贬黜，于三十七岁时
自请致仕。元军入侵后，文天祥曾被任命为浙西、江东制置使兼知平江府，
右丞相兼枢密使等职，他散尽家财，招募士卒，积极应战，在五坡岭被俘后，
他誓死不屈，直至从容就义。文天祥的诗文大多直抒胸臆，通俗易懂，前期
内容多为酬和应答和抒怀言志，后期作品多表达民族正气和抒发爱国主义精
神，诸如"人生自古谁无死，留取丹心照汗青"等千古佳句，激励了历代仁
人志士，其著作经后人整理，被辑为《文山先生全集》。

九日感事三首·其二

〔明〕刘崧

钟步时传警，新安久被围。

乡山孤垒在，戍卒几人归。

夜月喧鸣柝，秋霜裂战衣。

艰危依主将，羽檄夜频飞。

【作者简介】

　　刘崧（1321—1381），字子高，号槎翁，初名楚，江西泰和（今江西吉安泰和县）人，明代官员，文学家，为江右诗派的代表人物，豫章人将他作为"西江派"的鼻祖。元至正十六年（1356）中举，曾任兵部职方司郎中、北平按察副使、礼部侍郎、吏部尚书、国子司业等职，刘崧为人清正淡泊，任期内关注民生，减免税负，轻刑省事，逝后谥恭介。刘崧擅长歌行，诗风平易顺畅，少华丽辞藻却富于感染力，内容多描写战争的残酷与百姓的疾苦，著有诗文集《槎翁集》《职方集》等。

归朝欢　读画斋丛书本元草堂诗馀卷上

〔元〕滕宾

画角西风轰万鼓。犹忆元戎谈笑处。

铁衣露重剑光寒，海波飞立鱼龙舞。匆匆留不住。

万里玉关如掌路。空怅望，夕阳暮霭，人立渡傍渡。

木落山空人掩户。得似旧时春色否。

雁声叫彻楚天低，玉骢嘶入烟云去。无人凭说与。

梅花泪老愁如雨。犹记得，颠崖如此，细向席前语。

【作者简介】

　　滕宾，字玉霄，别号玉霄山人，又名滕斌、滕霄，归德府睢阳（今河南省商丘市睢阳区）人，元代著名散曲作家。滕宾气度风流潇洒，为人宽厚而有涵养，其才华横溢，诗作为世人传诵。曾为江西儒学提举、翰林学士，后入天台山当了道士。著有《玉霄集》《万邦一览录》，《全元散曲》存其小令十五首，多写归隐生活，曲风苍凉，其词被刘毓盘辑为《涵虚词》。

王将军席上赋旧战袍

〔明〕王恭

先皇亲赐锦，著向战场秋。
销尽蟠花色，将军更未侯。

【作者简介】

　　王恭（1343—？），字安仲、安中，号皆山樵者，长乐沙磹（今金峰陈垱头）人，明代诗人，闽中十才子之一。王恭少时家贫，四处游历，中年隐居七岩山，为樵夫二十多年，年届六十岁时以布衣儒士荐为翰林待诏，敕修《永乐大典》，书成授翰林典籍，不久辞官返乡。王恭文思敏捷，下笔洋洋洒洒，出口成章，诗风多凄婉，寓意深远，著有《白云樵唱》《草泽狂歌》《凤台清啸》。

敦 煌 曲

〔明〕曾棨

吐蕃健儿面如赭，走入黄河放胡马。

七关萧索少人行，白骨战场纵复横。

敦煌壮士抱戈泣，四面胡笳声转急。

烽烟断绝鸟不飞，十一年来不解围。

传檄长安终不到，借兵回纥何曾归。

愁云惨淡连荒漠，卷地北风吹雪落。

将军锦鞲暮还控，壮士铁衣夜犹著。

城中匹绫换斗麦，决战宁甘死锋镝。

一朝胡虏忽登城，城上萧萧羌笛声。

当时左衽从胡俗，至今藏得唐衣服。

年年寒食忆中原，还著衣冠望乡哭。

老身幸存衣在箧，官军几时驰献捷？

【作者简介】

曾棨（1372—1432），字子棨，号西墅，江西永丰人，世称"江西才子""酒状元"。明永乐二年（1404）中状元，授翰林修撰，同年被选中为庶吉士，进文渊阁深造，成祖亲试文渊阁后受到赏识，诏令副总裁修《永乐大典》，书成升侍讲学士，后又升任侍读学士、右春坊大学士、詹事府少詹事，任期内曾主考北京乡试、礼部会试，诏修天下郡县志，充廷试读卷官，参与修撰太宗、仁宗两朝实录，逝后赠礼部左侍郎，谥襄敏。曾棨才思敏捷，廷对两万言不需腹稿，同时也擅长书法，其草书豪放，有晋人之风，著有《西墅集》《巢睫集》等。

送金谕德崮从北征

〔明〕王洪

铠甲明珠袍，黄金镂宝刀。万里随飞龙，跃马挥霜毫。
天营日月近，玉帐风云高。春色照大旗，边声入鸣鞘。
凭陵助膊扬，卓荦宣龙韬。长彗扫浮翳，鸿炉燎纤毛。
累累犬马群，投戈拜前茅。生获左贤王，伐鼓鸣金铙。
开边壮卫霍，扬芳迈萧曹。却笑燕颔人，投笔徒为劳。

明朝是我国古代一个重要时期，作者所处年代正值明朝的巅峰时期——明太祖八次派兵北伐北元，明成祖朱棣五次远征漠北，亲征北元残余势力鞑靼、瓦剌和兀良哈三个部落。诗中描述的场景，凸显了明军将士的装备，包括黄金颜色镂空的宝刀，足见朝廷对将士的重视，也是强盛国力的体现。

能够打败盛极一时的元朝，与明朝实行的卫所制度不无关系。军事装备的发展与边境战事的爆发不无关系，及至明朝后期，明军大量列装了制式的对襟布面甲，也就是棉甲的前身。正是因为有强大的实力做保障，完善军事制度与装备补充，才能让前线的士兵无后顾之忧，奋勇拼杀，不断地开疆拓土，驰骋疆场！

【作者简介】

王洪（1380—1420），字希范，号毅斋，浙江钱塘人，明代文学家，为闽中十大才子之一，与当时王称、王恭、王褒并称"词林四王"。少时师从训导胡粹中，洪武三十年（1397）中进士，曾任行人、吏部给事中、翰林院检讨、礼部仪制司主事、修撰、侍讲，为《永乐大典》副总裁官，其主要作品有《毅斋诗文集》《毅斋词》。

临安军前

〔明〕张宪

寂历荒城遍野蒿，昔人事业已徒劳。
雁将秋色催归马，枫引霜华入战袍。
地阻东南乡信远，天昏西北阵云高。
不堪屡作还家梦，起向西风抚大刀。

【作者简介】

张宪（1446—1511），字廷式，号省庵，明代江西德兴人。成化八年（1472）中进士，为浙江布政使，历任工部侍郎、南京礼部尚书、工部尚书。

从军行

〔明〕江源

烽火连幽并，匈奴屡入寇。抚剑出飞狐，君命所不受。
铁铠被飞龙，黄金饰载胄。大小七千战，虏酋每首授。
功成奏未央，天子嘉绩茂。但恐忌功者，矫制比延寿。

【作者简介】

江源（1438—1509），字一原，号桂轩，广东番禺（今广东省广州市白云区）人，明代中期官员、诗人。成化五年（1469）中进士，曾任上饶知县、户部员外郎、江西按察司佥事、四川按察司副使，江源为官清正廉洁，任期内秉公执法，严厉打击徇私舞弊，民皆信服，其主要作品有《桂轩稿》。

塞下曲

〔明〕苏佑

将军营外月轮高，猎猎西风吹战袍。
觱篥无声河汉转，露华霜气满弓刀。

【作者简介】

苏佑（1493—1573），字允吉，号舜泽、谷原，东昌府濮州（今河南省濮阳市范县濮城镇）人，明代官员。嘉靖五年（1526）中丙戌科进士，曾任县令、道监察御史、提学副使、左参政、大理寺少卿、都御史、兵部侍郎、兵部尚书。苏佑在任期间知人善任，顽强抵御蒙古入侵，屡获战功，却受严嵩弹劾排挤，终致削籍为平民。苏佑文武全才，著有《孙子集解》《三关纪要》《法家剖集》《奏疏》《建旃琐官》《云中纪要》《三巡集》《江西集》《畿内集》《山西集》《塞下集》等。

塞上曲

〔宋〕王镃

黄云连白草，万里有无间。
霜冷髑髅哭，天寒甲胄闲。
马嘶经战地，雕认打围山。
移戍腰金印，将军度玉关。

【作者简介】

王镃，字介翁，号月洞，人称“月洞先生”，处州平昌县（今浙江省遂昌县湖山镇）人，南宋诗人。宋末曾任金溪（今江西抚州市）县尉，临安被元兵攻陷后，隐为道士，居于湖山。王镃诗效晚唐，内容多为缅怀故国，汤显祖认为其七绝有"闲逸之趣"，著有《月洞吟》。

赠九江陈兵宪·其十二

〔明〕罗洪先

洗箭归来挂战衣，帐前锐卒半金绯。
不是书生轻破敌，欲令吾道显圆机。

【作者简介】

罗洪先（1504—1564），字达夫，号念庵，江西吉水黄橙溪（今吉水县谷村）人，明代理学家、思想家、地理学家，江右王门学派代表人物。出身于官宦家庭，早年师从黄弘纲、何廷仁，后师从李中，嘉靖八年（1529）中状元，授撰修，后任左赞善，因上疏获罪离开官场，从此隐居山村，潜心治学，他认真地考究王阳明的心学，全方位地涉猎天文地理、礼乐典章、阴阳术数、战阵攻守等诸多方面的知识，其绘就的《广舆图》成为我国最早的一部完整的全国性综合地图集，其主要著作有《广舆图》《念庵罗先生文集》等。

赠辽东李长君都司

〔明〕徐渭

公子相过日正西，自言昨日破胡归。
宝刀雪暗桃花血，铁铠风轻柳叶衣。

百口近来余几个，一家长自出重围。

禅关夏色炎如此，听罢凄霜杂霰飞。

兔山凯歌

〔明〕徐渭

短剑随枪暮合围，寒风吹血着人飞。

朝来道上看归骑，一片红冰冷铁衣。

赋得战袍红

〔明〕徐渭

海蠃染啼猩，征袍制始成。

春笼香共叠，夜帐火俱明。

自与鹑旗映，还宜蟒绣萦。

战归新月上，脱向侍儿擎。

【作者简介】

　　徐渭（1521—1593），字文清、文长，号青藤老人、青藤道士等，自称"南腔北调人"，浙江绍兴府山阴县（今浙江省绍兴市）人，明代中期文学家、书画家、戏曲家、军事家，与解缙、杨慎并称"明代三才子"。早年屡试不第，曾任浙直总督胡宗宪幕僚，受其牵连入狱，又因杀继妻被下狱七年，获释后浪迹四方，贫困而终。徐渭才华横溢，擅长书画、戏剧和诗文，是我国"泼墨大写意画派"创始人和"青藤画派"的鼻祖，其书法被誉为"有明一人""无之而不奇",所著《南词叙录》为中国第一部关于南戏的理论专著,有《徐文长集》《徐文长佚稿》《四声猿》《歌代啸》等传世。

频　年

〔明〕宗臣

频年客泪满蓬蒿,是处生涯半羽旄。

汉诏比来戎马急,楚江南去阵云高。

三军岁晚悲芦角,诸将秋深损战袍。

百计艰危君莫问,宵衣此日圣躬劳。

【作者简介】

宗臣(1525—1560),字子相,号方城山人,明代文学家,宋代著名抗金名将宗泽后人,扬州兴化(今属江苏)人,明中期文学家,"后七子"之一。嘉靖二十九年(1550)中进士,曾任刑部主事、吏部员外郎、福州布政使司左参议、福建提学副使等职。宗臣生性耿直,不附权贵,在任期间身先士卒,英勇率众击退倭寇,广受百姓爱戴,其主要作品有《宗子相集》。

见边庭人谈壬子三月事有述

〔明〕王世贞

戍从上谷来，疮痍半侵面。　对酒不能酌，未语泪珠溅。
借问何为者，告我三月战。　妖氛祁连发，杂部呼衍遍。
令速飙雨集，台荒烽火眩。　卒然遇山头，狐兔窜散漫。
我师不盈千，敌众已号万。　拓弓鸣霹雳，走马麋飞电。
层冰煜戈甲，乌云罩发辫。　中间两旗出，倏忽天宇变。
况乃积威后，吏士总灰汗。　低头念父母，黄泉去几线。
亡矣存不知，人耶鬼难辨。　桓桓时将军，擐甲流英盼。
饮水贾逸勇，解鞍示馀算。　坚重麾下当，腾骧诸孙先。
赴敌均戴天，丧元等飘霰。　屡冲亡移足，再接莫逃眴。
批搕肉郊原，喧呼涛江汉。　日莫围未解，炊烟出胸咽。
白马飞护军，朱缨光灿灿。　斩其前却骑，赏彼兵锋冠。
长空双眸疾，宛转堕一箭。　咋指大众遁，横戈锐行殿。
橐驼墙外收，野老沟中看。　痛定还神魂，追思更摇瞑。
倘不天意在，人尽乌鸢饭。　呜呼一千卒，将军实枢干。
昨者捷书闻，欢溢未央殿。　论功非常格，行赏绝淹旦。
南金裹蹄方，蜀锦兽袍茜。　捧出皆动色，光辉耀驰传。
元戎何骄盈，闻之怒椎案。　手自推觳臣，不如偏裨贱。
十万羽林儿，膂力岂不健。　节制纷下施，功成违亦谴。
头颅完万死，肝胆折一见。　居平慕廉吏，募士黄金散。
家有鄠杜田，为寿前致献。　所丐假威严，那能望恩眷。
不然却敌身，充庖若凫雁。　妻子诟未平，部曲私相唁。
死生已独当，宠辱他人擅。　东邻酒家胡，洛阳业商贩。
甲胄为何物，勋名首腾荐。　人奴岂卫青，通侯及韩嫣。
纷纷貂尾续，汲汲羊胃烂。　天子实明圣，涂肝亦何惋。
所虑缓急膺，诸边士心玩。　请剑天茫茫，王室勿多难。

送万伯脩中丞经略朝鲜二十四韵

〔明〕胡应麟

突兀熊车控九边，荧煌鹊印下甘泉。

元戎夜仗黄金钺，壮士晨驱白玉鞭。

骤拥全师过碣石，徐分小队出祁连。

骅骝五色群连代，鹅鹳双飞阵拂燕。

赤羽登坛环甲胄，青油张幕护楼船。

云销上谷旄竿驻，雾涌九都箭镞穿。

伐鼓吹笳行塞日，飞槎浮筏度辽年。

诗书总属中军好，文武咸推吉父专。

曲逆奇谋神鬼运，嫖姚雄略帝王传。

辕门妙算闻三策，乐府豪吟擅百篇。

西第徵歌霞照席，南楼舒啸月窥筵。

椎牛有客俱长孺，倚马何人不仲宣。

潦倒鸬鹚杯似杓，淋漓鹦鹉笔如椽。

千言草缀陈侯牍，一传花生杜氏笺。

横槊澄江天破浪，拔刀穷谷地生泉。

摧牙怪鳄鳞堆阜，授首封狐血涨川。

道左累累迎吐谷，管中历历拜呼延。

宁知报捷凭公昪，会见题铭压孟坚。

后乘长驱母寡入，前茅生缚郅支旋。

扶桑日上清妖气，细柳虹飞息燧烟。

定远威名元独步，平阳勋烈旧无前。

铜标直建三韩外，铁券遥颁万户先。

虎豹崇关茆土辟，麒麟高阁画图悬。

毂城仁待功成后，一舸陶朱钓巨鳊。

拟大明铙歌曲十八首·其十一

〔明〕胡应麟

维中国，帝王所自立。欃枪遍郊原，天地黯无色。天重开，地重辟。
扶桑荧荧日月出。照八荒，烂九域。芟夷祸难四海一。
神龙夹助正统集。帝悯边尘扰中国。
诏下大将军，达副将军遇春提兵九十六万，戈鋋甲胄如浮云。
命词臣濂草檄谕彼中华民。长驱入河洛，壶浆箪食来成群。

此二首均为明代学术巨匠胡应麟所作，一首书写了万伯脩中丞经营治理朝鲜（明朝初称朝鲜为"高丽"）期间，车马装备齐整，将士训练有素，一句"赤羽登坛环甲胄"更是通过描述军队身披盔甲、肩扛红旗、登上坛场、举行隆重仪式的场面，刻画出大明军队规整的军容与不可抗拒的威慑力。另一首军中乐曲描述的"戈鋋甲胄如浮云"，则表现出九十六万士兵的勇猛无畏，将战争困苦视若浮云，以及不实现"长驱入河洛"的目标决不罢休的坚定意志。

【作者简介】

胡应麟（1551—1602），字元瑞，号少室山人、石羊生，浙江金华府兰溪县城北隅人，明代中期诗人、文艺批评家和诗论家，江南诗坛盟主。少时受工部尚书朱衡赏识破格录为廪膳生员，在读期间，两度在巡按御史组织的考试中名列首位，万历四年（1576）乡试中举，曾任刑部主事、湖广参议、云南佥事等职。胡应麟酷爱藏书，广涉书史，学问渊博，著有《诗薮》《少室山房集》《少室山房笔丛》等作品。

九咏寄从兄湛之塞垣·其一·边风

〔清〕邝露

地角寒初敛，天歌云乍飞。大旗危欲折，孤将定何依。
送雁侵胡月，惊霜点铁衣。可能吹妾梦，一为达金微。

九咏寄从兄湛之塞垣·其三·边尘

〔清〕邝露

紫塞三关隔，黄尘八面通。胡笳吹复起，汉月照还空。
杂沓仍随马，萧条暗逐风。将军休拂拭，留点战袍红。

【作者简介】

邝露（1604—1651），原名瑞露，字湛若，号海雪，广东广州府南海县人，明末官员、诗人、书法家、古文物鉴赏家和收藏家。邝露与黎遂球、陈邦彦并称为"岭南前三大家"，曾被任命为中书舍人、翰林，在清兵攻破广州后，他从容殉国。邝露为人狂傲不羁，多才多艺，除了擅长古琴，通晓兵法、骑马、击剑和射箭，还精于书法，是篆、隶、行、草、楷各体兼备的书法家，其草书师法王羲之而自成一格。邝露工诗，早期作品多借风景抒发其清高孤傲之襟怀，晚期作品多表达亡国之痛和对清人的仇恨，著有《峤雅》《赤雅》，其中《赤雅》被时人媲美于《山海经》。

送金谕德扈从征虏

〔唐〕王英

带甲军容盛，通宵羽檄飞。
安边资武略，制胜仗天威。
王气随雕辇，霜华上铁衣。
单于心胆落，指日受重围。

【作者简介】

王英，生卒年、籍贯皆不详。《全唐诗外编》补诗二首，出自清代陆增祥《八琼室金石补正》卷五八。原诗未著作者，陆增祥认为是王英所作。

车骑将军世袭三等阿达哈哈番
一品夫人杨母严太君寿

〔清〕毛奇龄

当年都护出湟中，曾佐平阳建大功。
玉轴久贻官诰紫，金箱犹贮战袍红。
前皇赐爵标忠荩，有子为郎以孝通。
此日高堂方设悦，关西佳气正茏葱。

【作者简介】

毛奇龄（1623—1716），字大可、齐于，号西河、秋晴、春庄等，浙江萧山（今属浙江杭州）人，清初经学家、文学家，时称"西河先生"，与兄毛万龄并称为"江东二毛"。清初流亡时参与抗清，康熙时荐举博学鸿词科，授检讨，充明史馆纂修官，不久告假归不复出。毛奇龄博学多才，精通经学、史学和音韵学，亦工词、书法、擅长骈文、散文和诗词。他研究经学、史学，以原文为主，注重校勘，不掺杂他说。他的书法功力深厚、笔势挺拔、个性强烈。他作诗效法唐人，体式多样，富有涵蕴。毛奇龄一生著述丰厚，著有《西河合集》《西河诗话》《西河词话》《放偷记》《买家记》等。

城 上 乌

〔唐〕方式济

扬州城上乌，傍晚城楼歇。

蔽日飞哑哑，天光乍明灭。

扬州极盛推前朝，珠帘画阁闻吹箫。

香尘细碾朝复暮，平山迤逦连红桥。

一夜神兵渡淮水，炮声震动无坚垒。

血溅孤臣旧战衣，降旗不见城头起。

雨湿沙青鬼昼哭，至少丰草埋遗镞。

饥乌不识太平年，犹想城头啄人肉。

【作者简介】

方式济（1678—1720），字渥源，号沃园，安徽桐城（今桐城市区）人。康熙四十八年（1709）中进士，授内阁中书，后受族人文字案牵连，被贬谪到黑龙江卜魁城（今齐齐哈尔）。方式济工诗，精于绘画，受当时画家王原祁的赏识，他为人仁义宽厚，善学他人之长，乐于助人于危难。他将出塞后见闻撰成《龙沙纪略》，后被收入《四库全书》，列为清代名志。

感事述怀呈涤生师用何廉舫太守除夕韵同次青仙屏弥之作·其三

〔清〕李鸿章

日盼灵台振旅归，羽书十道疾如飞。
楼船夜月江涛咽，铸骑秋风塞草肥。
列郡纵横纷窟穴，数番徵调厌旌旃。
玉关徒有刀环约，虮虱年年满战衣。

【作者简介】

　　李鸿章（1823—1901），原名章铜，字渐甫、子黻，号少荃、仪叟等，世人多称"李中堂"，安徽省庐州府合肥县磨店乡人，晚清政治家、外交家、军事将领，与曾国藩、张之洞、左宗棠并称为"中兴四大名臣"。道光二十七年（1847）中进士，曾任直隶总督、北洋通商大臣、文华殿大学士、两广总督等职。任期内，他领导洋务运动，积极创办工业实业，组建了北洋水师，但也代表清政府签订了一系列丧权辱国的不平等条约，其著作多收于《李文忠公全集》。

秋日杂诗

〔清〕龚易图

一语报机解宝刀，少年意气悔吾曹。
酒香花气沙场血，半在诗襟半战袍。

【作者简介】

龚易图（1835—1893），字蔼仁，号含晶，福建闽县（今福州市区）人，清官员、藏书家。咸丰九年（1859）中进士，选翰林院庶吉士，曾任云南知县、山东东昌知府、济南知府、东海关监督、江苏以及广东按察使、广东以及湖南布政使等职。龚易图精通书画，擅长诗作，著有《谷盈子》《乌石山房诗集》等。

东征纪事·其十五

〔清〕王昌麟

踏月营门逐队翔，只愁雪虐与风饕。
凌霜一骑传恩诏，塞外冬寒赐战袍。

送李尚书郎君昆季侍从归觐滑州

〔唐〕卢纶

凤雏联翼美王孙，彩服戎装拟塞垣。
金鼎对筵调野膳，玉鞭齐骑引行轩。
冰河一曲旌旗满，墨诏千封雨露繁。
更说务农将罢战，敢持歌颂庆晨昏。

第四篇

戎装在身

戎装，以苦为荣壮逸情

> "从军有苦乐，此曲乐未央。……寄言丈夫雄，苦乐身自当。"
>
> ——唐·李益《从军有苦乐行》

　　军旅生活辛苦、艰险，流血牺牲难免。军人必须一不怕苦，二不怕死。军人必须把这"两不怕"精神转化为高尚的品格。像伟人毛泽东那样，"戎衣犹铁甲，须眉等银冰"。即把英雄主义精神和不怕苦、苦中有情融合在一起，才能真正拥有虽苦犹荣、苦中有乐的壮逸情怀和乐观主义精神。

　　戎装虽苦，却生发出以苦为荣的乐观主义。"走马川行雪海边，平沙莽莽黄入天。轮台九月风夜吼，一川碎石大如斗，随风满地石乱走"（岑参：《走马川行奉送封大夫出师西征》）。诗人从白天写到晚上：白天是走马川、雪海边、穿沙漠；晚上是狂风吼、乱石走、黄沙扬，"风头如刀面如割"，真切反映了军旅生活的艰苦与危险。"劳者且勿歌，我欲送君觞。从军有苦乐，此曲乐未央"（唐·李益：《从军有苦乐行》）。辛劳的将士先莫歌吟，我想先敬君一杯酒，军旅生涯有苦有乐，但此艰苦的颂歌其乐无穷。诗人的描述充分展示了军旅生活的艰苦和将士们不怕苦的乐观主义精神。因为这种苦是有乐的苦，这种乐是丰富的、无穷无尽的乐，所以才充分展示了将士宽博的军旅情怀。"一矢殁夏服，我弓不再张。寄言丈夫雄，苦乐身自当"（唐·李益:《从军有苦乐行》）。面对军旅生活之苦，将士们不仅不怕，还决心有仗必打、有打必胜。他们将举起狂欢胜利的庆功酒，像盛典一般欢庆。这就是军人，大丈夫的雄心和乐观主义精神。

"月黑雁飞高，单于夜遁逃。欲将轻骑逐，大雪满弓刀……醉和金甲舞，雷鼓动山川"（唐·卢纶:《和张仆射塞下曲六首》）。诗人描写在月黑人静里，是攻打敌营、夺取胜利的好时机，而敌人却逃跑了。将士们鄙视、嘲笑敌人，彰显了将士们对敌人的鄙视和英勇求战的英雄气概。将士求战敢打的高呼的声浪撼动了山川，山川为将士擂战鼓；将士赢得了胜利，共饮庆功酒。伟人毛泽东在行军的路上记述了将士们的革命乐观主义精神。"戎衣犹铁甲，须眉等银冰"（《五律·张冠道》），刻画了将士们的棉衣冻得像铁甲一样冰冷沉重，官兵们的眉毛、胡子上也挂上了冰霜。毛泽东却把冰霜描写为银铃、银丝，在艰苦中找到了情趣。崇高的革命浪漫主义情怀，让将士感动，倍增了战胜敌人的信心。军旅的苦、战争的烈，开阔了将士们的胸怀，让浪漫主义情怀荡漾在将士的内心。

战争虽苦，却铸造不怕死、敢于献身的品格。岑参的《走马川行奉送封大夫出师西征》和李昂的《从军行》这两首诗，反映了战争中百姓的悲惨，但苦难的时代也锻炼了有为青年。"讵驰游侠窟，非结少年场。一旦承嘉惠，轻身重恩光"（唐·李益:《从军有苦乐行》）。这首诗说那个时代的青年，已经不会像少年游侠那样追求安逸、聚众图乐了，一旦国家有难，他们一定会像普通的士兵一样，以甘为国家捐躯而光荣。先辈们在保国戍边战斗中的英雄事迹让青年们深知，军旅生活的艰辛、流血与牺牲，能很好地锤炼自己，用战场的火与血、刀枪剑戟来铸造自己，立志"匈奴未灭不言家""欲令塞上无干戚，会待单于系颈时"（唐·李昂:《从军行》），青少年们表达出与李白"不破楼兰终不还"同样的不怕牺牲的品格和大无畏的英雄气概。

元朝的戎服，初期比较单一，主要是质孙服、辫线袄。质孙服原为蒙古族军服，样式为圆领、紧身窄袖、下摆宽大且折有密裥的袍服，没有品级之别。辫线袄始于金代，流行于元代，其样式与质孙服基本相同，唯一的区别是在腰部缝以辫线制成的宽阔围腰，有的围腰上还钉有纽扣。元朝在定都后，军服沿用汉制，以袍服为基础，式样承袭唐宋时代。

从萌发于草原上的小部落到占据欧亚大陆半壁江山的元朝，除了拥有能征善战的军队，还有强大的军服装备。历数元军开疆拓土的南征北战，铠甲作为实战装备，就为将士们提供了积极有效的防护。

元朝非常注重将士们身着铠甲时的灵活袭击能力，因此对铠甲进行了大刀阔斧的改革，严格控制了铠甲的重量，制造出实战性更强的铠甲，即由全身皮甲和保护以胸、裆为主的局部铁甲组成。元朝的铠甲主要有鱼鳞甲、锁子甲、柳叶甲、铁罗圈甲、布面甲、雁翎甲和金经甲等。

锁子甲盛行于西方，成吉思汗在征战欧洲时缴获了大量的锁子甲，并对其进行因地制宜的改造，形成具有自身特色的铠甲，为增进美观与威严，在将帅穿着的锁子甲上往往还会加以金银装饰。元代的锁子甲不仅用于征战，还会作为荣誉奖赏给功勋卓著的大臣，后来又渐渐用在了宫廷仪仗中。

柳叶甲和铁罗圈甲是在元朝骑兵中饱受青睐的铠甲。柳叶甲的甲片形似柳叶，数量在两千到三千不等。制作柳叶甲时，先将柳叶甲片按照规律均匀相叠在一条结实且尺寸相当的皮带上，再用细皮线穿过甲片孔洞将甲片缝缀固定起来，最后将缀有甲片的皮带缝合制成铠甲。柳叶甲的这种设计方式除了可以抵御冷兵器的袭击，也可有效应对当时火器的攻击，利用叠合的甲片缓冲炮弹碎片飞溅造成的伤害。铁罗圈甲内层为特殊处理过的皮革，外层为铁网甲，重量大多在三十斤以上。

布面甲是我国甲胄史上最后一代铠甲，作为轻型铠甲，其诞生与火器的出现密不可分。布面甲样式为上衣下裳的长袍，长袍用布帛做衬里，衬里外钉金属甲片，在身体要害部位衬以铁甲片。布面甲作为轻便的软甲，穿着相对柔软舒适。

元朝还出现了非常高级的"贵族甲"，就是史书上记载的雁翎甲和金经甲。雁翎甲是一款成本极其高昂的铠甲，只有元朝高级将领或有功将领才可穿着。雁翎甲的甲片为纯生物取材，是用野牛、野马或黄羊的蹄筋与大雁等猛禽的翎根缀连成甲，蹄筋与翎根的紧密结合，巧妙地将柔韧与坚固融合到浑然天成，形成了有效的防护屏障。

　　金经甲也只能是高级将领才能穿着，金经甲在甲片上刻铸经文或佛像，以求穿戴者在作战中逢凶化吉。

　　元朝的头盔从保存至今的实物来看，均取材铁、铜与皮革，头盔设计样式很多，不同头盔的主要区别在于盔体形状、盔顶样貌、顿项取材和帽檐形状等。就盔体形状而言，有圆顶头盔、平顶头盔和眉庇下带有面罩的头盔等。就盔顶而言，有的设计为形如盘状的铁皮上凸起铁质小尖顶或半球圆顶，有的则是把突出部位换作铁管配缨饰。就顿项取材而言，有的采用锁子甲状的铁网，有的采用内衬织物的鳞甲，有的材质为钉有甲泡的布面甲。就帽檐而言，有的没有帽檐，只是在面部上方替代为面罩或面铠，有的是四周都有笠状，有的则是在眉上设有盔檐。

观军装十咏·铠

〔明〕高启

丝串镂文银，高城日照鳞。
擐来曾搅阵，一镞不伤身。

观军装十咏·胄

〔明〕高启

黄金胄虎头，乍免走豪酋。
还有从容处，纶巾按垒游。

观军装十咏·袍

〔明〕高启

雕锦剪花团，三边总认看。
寻常不肯着，风雪念兵寒。

【作者简介】

高启（1336—1374），字季迪，号槎轩、青丘子，长洲（今江苏省苏州市）人，元末明初文学家，与刘基、宋濂并称“明初诗文三大家”，与杨基、张羽、徐贲被誉为“吴中四杰”，与宋克、王行等号“北郭十友”。洪武元年（1368），任翰林院国史编修官，参与修改《元史》，授命教授诸王，擢户部右侍郎，力辞不受，后因张士诚连坐罪被腰斩。高启主张文学发展应取法于汉魏晋唐各代，兼师众长，待其时至心融，浑然自成。其诗体裁不一，风格多样，清新豪迈，留有《高太史大全集》《凫藻集》《扣舷集》等著作。

和春深·其四

〔唐〕白居易

何处春深好，春深方镇家。
通犀排带胯，瑞鹊勘袍花。
飞絮冲球马，垂杨拂妓车。
戎装拜春设，左握宝刀斜。

　　这首诗是中唐诗人白居易所作的一首五律组诗中的第四首，共二十首，每首用的都是相同的韵。通过描写二十种不同人家中的春色，表达了诗人对春天的热爱。其语言平实易懂，情趣盎然。

【作者简介】

　　白居易（772—846），字乐天，号香山居士、醉吟先生，祖籍太原（今属山西太原），生于河南新郑，唐代杰出的现实主义诗人，有"诗魔"和"诗王"之称。贞元十六年（800）中进士，曾任秘书省校书郎、进士考官、集贤校理、翰林学士、杭州刺史、苏州刺史、秘书监、刑部侍郎等职，逝后追赠尚书右仆射，任期内他积极参政议政，展示出卓越的才干和良好的治国理念。在文学上，他倡导新乐府运动，主张文章合为时而著，歌诗合为事而作，其诗通俗典雅、韵律和谐，讽喻鲜明，多反映当时社会统治阶级对老百姓的压迫剥削和民间疾苦，代表作品有《长恨歌》《琵琶行》《卖炭翁》，主要作品有《白氏长庆集》。

题上皇观

〔唐〕薛逢

狂寇穷兵犯帝畿，上皇曾此振戎衣。
门前卫士传清警，砌下奚官扫翠微。
云驻寿宫三洞启，日回仙仗六龙归。
当时丹凤衔书处，老柏苍苍已合围。

【作者简介】

薛逢（约806—874），字陶臣，蒲州河东（今山西永济）人，唐代诗人。会昌元年（841）中进士，曾任秘书省校书郎、秘书郎、传御史、尚书郎、嘉州和绵州刺史、巴州和蓬州刺史、给事中、秘书监等职，薛逢文辞卓异出众，但为人有些自负偏颇，常作诗讥讽朝臣、同辈，招致同人的不满和孤立。薛逢最初以能赋知名，著有《薛逢诗集》《别纸》《赋集》等作品。

伯夷诗

〔宋〕强至

昔纣为不道，毒心无生灵。四海如在鼎，谁能救将烹。
周武从天人，戎衣举仁兵。伯夷独何为，乃谏不听行。
纣徒久厌主，一朝倒戈迎。天下既宗周，大册书武成。
夷义愈为耻，宁死弗苟生。周粟恶不食，双目且饿瞑。
纣无王者实，徒有王者名。虽曰臣伐君，纣德匹夫轻。
吁夷岂不知，意在销奸萌。

【作者简介】

　　强至（1022—1076），字几圣，杭州钱塘（今属浙江）人，北宋文学家。少有壮志，刻苦治学，庆历六年（1046）中进士，曾任泗州司理参军、浦江令、东阳令、元城令、召判户部勾院、群牧判官、祠部郎中、三司户部判官等职。强至行文工整，诗作自树一帜，沉郁顿挫，气格颇高，著有《祠部集》《韩忠献遗事》《百川学海》《武林往哲遗著》。

龙山补亡

〔宋〕苏轼

征西天府，重九令节。驾言龙山，宴凯群哲。
壶歌雅奏，缓带轻恰。胡为中觞，一笑粲发。
梗楠竞秀，榆柳独脱。骥骤交骛，驽骞先蹶。
楚狂醉乱，陨帽莫觉。戎服囚首，枯颅茁发。
惟明将军，度量豁达。容此下士，颠倒冠袜。
宰夫杨觯，觓觥举罚。请歌相鼠，以侑此爵。

王诜都尉宝绘堂词

〔宋〕苏辙

侯家玉食绣罗裳，弹丝吹竹喧洞房。
哀歌妙舞奉清觞，白日一醉万事忘。
百年将种存慨慷，西取庸蜀践戎羌。
战袍赐锦盘雕章，宝刀玉玦馀风霜。

183

天孙渡河夜未央，功臣子孙白且长。

朱门甲第临康庄，生长介胄羞膏粱。

四方宾客坐华堂，何用为乐非笙簧。

锦囊犀轴堆象床，竿叉连幅翻云光。

手披横素风飞扬，长林巨石插雕梁。

清江白浪吹粉墙，异花没骨朝露香。

挚禽猛兽舌腭张，腾踏騕褭联骕骦。

喷振风雨驰平冈，前数顾陆后吴王。

老成虽丧存典常，坐客不识视茫洋。

骐驎飞烟郁芬芳，卷舒终日未用忙。

游意淡泊心清凉，属目俊丽神激昂。

君不见伯孙孟孙俱猖狂，干时与事神弗臧。

【作者简介】

苏辙（1039—1112），字子由、同叔，号东轩长老、颍滨遗老，眉州眉山（今四川省眉山市）人，北宋官员、文学家、思想家，唐宋八大家之一，与其父苏洵、其兄苏轼并称"三苏"。嘉祐二年（1057）中进士，曾任试秘书省校书郎、大名府推官、右司谏、御史中丞、尚书右丞、门下侍郎、太中大夫等职，逝后被追为端明殿学士、宣奉大夫，累赠太师、魏国公，谥号文定。苏辙以散文著称，擅长政论和史论，其诗作淳朴无华，其书法潇洒有序，主要著作有《栾城集》《诗集传》《龙川略志》《论语拾遗》《古史》等。

侠少行

〔宋〕冯山

山东自古多才雄，辍耕陇上羞为农。

乡兵名在万选中，一日声价闻天聪。

十石弩力三石弓，殿前野战如飘风。

白锦战袍腰勒红，诏容走马出闾阎，都人仰看如飞鸿。

归来意气人谁及，道逢刺史犹长揖。

邯郸白日袖剑行，振武青楼乘醉入。

传闻留后收兰州，姓名御笔亲点抽。

府金百镒轻一掷，且向塞外随遨游。

自此锄犁变任侠，夜事椎埋昼驰猎。

宋朝是中国历史上经济相对富庶、文化空前繁荣的时期，也是首个全面实行募兵制的朝代。当时军队的士兵都是从民间招募而至，有着相对严格的遴选规则。入选的士兵则将承担起护卫京师、备战征戍的职责，并以严苛的军法进行约束，实属古代军队选择士兵的创新之举。这首诗中作者描述的"白锦战袍腰勒红"的少侠，也是有着一身忠肝义胆，意气风发、英姿飒爽地前往选兵现场，期望能够为国出征，戍守边疆。

【作者简介】

冯山（？—1094），初名献能，字允南，普州安岳茗山镇（今四川安岳龙台镇）人。嘉祐二年（1057）中进士，熙宁末为秘书丞通判梓州，官终祠部郎中，逝后追赠太师，著有《安岳集》。

太和道中雪作因与诸友下马索酒快饮率尔成诗

〔宋〕吴则礼

兴来下马索酒觞，雪打战袍殊未央。

有底须寻戴安道，端怜吴语贺知章。

【作者简介】

吴则礼（？—1121），字子副，号北湖居士，兴国州（今湖北阳新）人，宋代诗人。蒙父荫入仕，曾任军器监主簿、卫尉寺主簿、直秘阁、知虢州等职。吴则礼工诗文，诗风峭拔，力求出新，著有《北湖集》。

明堂观礼杂咏十三首·车驾宿太庙

〔宋〕王同祖

金甲重矛两内臣，阶前对立气英英。

巡更场内知谁问，听得传呼宰相名。

【作者简介】

王同祖（1219—？），字与之，号花洲，金华（今属浙江）人，南宋文学家。曾任朝散郎、大理寺主簿，嘉熙二年（1238）入金陵幕府，淳祐九年（1249）任通判建康府，次年添差沿江水军制置使司主管机宜文字。著有《学诗初稿》，今存《汲古阁景钞南宋六十家小集》《南宋群贤小集》。

题浯溪中兴颂二首·其一

〔宋〕陈容

银旗金甲渡巴西，灵武城楼巳万几。

一札祇闻元帅命，五笺合待使臣归。

未闻请表更追表，且看黄衣换紫衣。

天性非由人伪灭，何缘尚父结张妃。

【作者简介】

陈容，字公储，号所翁，福建长乐（今属福建福州）人，南宋著名画家，诗人。端平二年（1235）中进士，曾任知平阳县、国子监主簿、福建莆田太守，官至朝散大夫。陈容诗文豪壮，善画龙，兼画松竹鹤虎，世称"所翁龙""所翁鹤""所翁竹"，主要作品有《九龙图》。

维扬即事

〔宋〕张蕴

茅屋芦门前市坊，居民无事亦军装。

愁来莫上城头望，西北浮云接太阳。

【作者简介】

张蕴，字仁溥，号斗野，扬州（今属江苏）人。理宗嘉熙间为沿江制置使属官，宝祐四年（1256）以干办行在诸司粮料院为御试封弥官，著有《斗野稿》。

水仙子·乐闲

〔元〕张可久

铁衣披雪紫金关，彩笔题花白玉栏，渔舟棹月黄芦岸。
几般儿君试拣，立功名只不如闲。
李翰林身何在，许将军血未干，播高风千古严滩。

【作者简介】

张可久（约1270—1350），名伯远，字可久，号小山，庆元（治所在今浙江宁波鄞州区）人，元朝著名散曲家、剧作家，与乔吉并称"双璧"，与张养浩合为"二张"。张可久一生时官时隐，作品多涉风光景致和生活闲逸，也有部分流露出他怀才不遇的意不平，其作品现存小令八百五十五首，套曲九首。

御 街 行

〔宋〕无名氏

时康三载升平世。恭谢三朝礼。
群臣禁卫带花回，龊巷儿郎精锐。
战袍新样团雕拥，重隰围子队。
绣衣花帽挨排砌。锦仗天街里。
有如仙队玉京来，妙乐钧天盈耳。
都民观望时，果是消灾灭罪。

宴犒将士，酒酣，命健儿舞剑为乐，浙省平章泣下不禁，感事有赋

〔元〕张昱

平陆龙蛇起杀机，旄头又自照金微。
两阶干羽知何似，二典君臣岂尽非？
剑舞樽前回夜电，烛明帐下接晨辉。
可怜司马江州泪，湿尽团花旧战衣。

战　袍

〔明〕黄衷

青霞叠叠越罗香，落手并刀定短长。
结束不妨同楚制，抬揿真见别儒章。
葳蕤巧对团花缝，凌乱偏欺锁甲光。
三尺玉龙应自许，试看谈笑靖炎方。

【作者简介】

　　黄衷，字子和，号矩洲，广东南海县（今佛山市南海区）人，明代诗人。明朝弘治九年（1496）中进士，官至工部右侍郎、兵部右侍郎。其诗作以描写南方景物著称，著有《矩洲集》《海语》。

征马嘶送归有光

〔明〕俞允文

白杨花飞江水黑，江头行人头尽白。

青山日出烟尘昏，马上谁为都门客？

都门豪客长安儿，蒲萄百斛柳千丝。

戎装玉骏邯郸姬，虎旗绣簇红鸦啼。

长安三月春未暮，城中不见游人归。

游人归，醉满堤。

青草长，征马嘶。

【作者简介】

俞允文（1512—1579），字仲蔚，昆山（今江苏昆山）人，明代文学家，代表作品有《仲蔚先生集》《昆山杂咏》。

题戎装丽人图

〔清〕朱景英

盘马腰身试几曾，边风吹动影凌兢。

解围谢女浑闲事，却对丹青忆白登。

【作者简介】

朱景英，字幼芝、梅冶，号研北翁，湖南武陵人，清代官员。乾隆十五年（1750）中解元，历任宁德知县、台湾鹿耳门同知、北路理番同知等职，曾纂修《沅州府志》，有《海东札记》《畲经堂集》《研北诗馀》传世，著有曲作《桃花缘》《群芳》。

新凉曲

〔清〕黄景仁

闻道边城苦，霏霏八月霜。

怜君铁衣冷，不敢爱新凉。

【作者简介】

　　黄景仁（1749—1783），字汉镛，一字仲则，号鹿菲子，宋代诗人黄庭坚后裔，常州府武进县（今江苏省常州市武进区）人，清代诗人，"毗陵七子"之一，与王昙并称"二仲"，与洪亮吉并称"二俊"。少时即负诗名，平生怀才不遇，生活窘迫。黄景仁诗法李白，以七言诗最有特色，著有《两当轩集》《西蠡印稿》。

浣溪沙

〔清〕王国维

六郡良家最少年，戎装骏马照山川。闲抛金弹落飞鸢。

何处高楼无可醉，谁家红袖不相怜？人间那信有华颠。

【作者简介】

　　王国维（1877—1927），字静安、伯隅，号观堂、永观，浙江省海宁州（今浙江省嘉兴市海宁）人。近现代著名学者。学无专师，自成一家，早年追求新学，研究中西哲学与美学，继而探索词曲戏剧，后又治史学、古文字学、考古学，著有《红楼梦评论》《宋元戏曲考》《人间词话》《观堂集林》《古史新证》等六十二部书作。

第五篇

军 中 情 谊

戎装，磨砺忠勇加血性

"人之忠也，犹鱼之有渊。鱼失水则死，人失忠则凶。"

——诸葛亮《兵要》

忠勇、强悍、不怕死，是军人最宝贵的精神元素。揭开中华民族的千年史，身披戎装、使命在肩，着上戎衣不畏艰辛，身着军装万死不辞的英雄数不胜数。那些践行"风萧萧兮易水寒，壮士一去兮不复还"（《史记·刺客列传》）等豪言壮语的英雄好汉成千上万。但有一支可谓最忠诚、最悲壮的队伍，就是唐时的安西军，即后来人称的"白头军"。那时，唐帝国为更好地控制西域，让中原王朝的货物可以卖到中亚地区，唐派出十几万军队守护边境。由于内地叛乱、兵力不断被抽调，又被吐蕃等国断了与唐庙堂的联系，这支军队人数越战越少。面对强胜对手吐蕃，他们孤军奋战几十年，可谓"万里一孤城，尽是白发兵"。这期间他们与朝廷完全失去了联系，得不到朝廷的分文军饷，没有任何补给。后人评论，在这期间，这支军队不论是投降还是另立山头，都可以得到历史的原谅和理解。但是，他们虽然孤军，却依然战斗。最后，"白头军"死战不降，直至全军覆没。至此，他们在这片土地已孤军厮杀、苦苦战守53年，全军上下没有一个投降的，成为大唐帝国最后的荣耀，成为全军上下最忠于国家的将士。几千年来，军人不畏生死、忠于国家这一价值观越积累越丰富、越沉淀越崇高。至今，形成了当代军人"为了祖国不惜命、为人民利益不贪生、为党胜利不畏死"的忠诚价值观。

戎装裹忠诚。忠诚，对戎装人来讲最为重要。诸葛亮在《兵要》中写道："人之忠也，犹鱼之有渊。鱼失水则死，人失忠则凶。故良将守之，志立而扬名。"他总结出治军十则，前两则都强调的是忠诚。讲军纪就是讲服从，讲服从就是讲忠诚。古罗马统帅恺撒，要求他的军队必须忠于他的统帅，跟着统帅的意志走；普鲁士军事家克劳塞维茨把军人的忠诚看成"立在海中的岩石，经得住狂风恶浪的冲击"；中华民族文化认为，"天下至德，莫大于忠"。作为保家卫国的军人，如果不忠于自己的国家和人民，就像鱼没有了水一样；不讲忠诚，没有了水，鱼就会渴死。忠诚，作为戎装人的一种道德，是由军队的特质所决定的。服从命令是戎装人的天职，服从就是忠诚，因此，忠诚也可以说是戎装人的天职。

戎装裹血性。戎装人必须有虎气、有血性，这是戎装人的职业、武德使然。"卷旗夜劫单于帐，乱斫胡兵缺宝刀"（唐·马戴:《出塞词》）。诗人赞颂了唐军夜劫单于的营帐。这一出其不意、石破天惊的军事行动，使得胡军把自己的刀剑都砍得缺豁卷刃，可以想象战斗的惊心动魄和惨烈。"沙飞聚散无定，往往路人迷。铁衣冷，战马血沾蹄"（唐·毛文锡:《甘州遍·秋风紧》）。诗人叙述了战场上的将士们历经了恶劣的天气、风沙大得分不清方向的艰辛跋涉，接着就是冲锋陷阵、挥戈搏杀的场景。将士们血染铁衣战袍，战马的蹄子都成了血蹄。惨烈的厮杀使将士们一个个倒下，具具尸体血肉难辨、遍卧荒野。对此，"天时怼兮威灵怒，严杀尽兮弃原野"（东周·屈原:《九歌·国殇》），苍天也被震怒了。在这里，诗人生动地刻画了将士们的勇猛、不畏死、有血性的英雄气概。

戎装裹"鬼雄"。"临难不顾生，身死魂飞扬"（三国·阮籍:《咏怀·壮士何慷慨》）。"生当作人杰，死亦为鬼雄"（《宋·李清照《夏日绝句》），这是身着戎装人的毕生追求。"旌蔽日兮敌若云，矢交坠兮士争先"（东周·屈原:《九歌·国殇》)。在这里作者刻画了敌人如云，军旗把太阳都遮住了；箭飞如雨，将士们的刀枪已混战在一起。显然，这是一场敌众我寡的大规模恶战，双方拼杀得天昏地暗、身首异处。然而作者写道"首身离兮心不惩"，他们虽然首身分离，但"心不惩"，即初心不悔、壮志不移。他们为国家，无悔地倒下了，但仍然是各个紧握刀枪、人人怒目相睁。他们的英雄形象在告诉世人，他们没有贪生怕死，他们为国而死，死得其所、死而无悔。"身既死兮神以灵，子魂魄兮为鬼雄"，诗人进一步刻画他们人虽然牺牲了，但精神终究不泯，魂魄刚毅，不愧为鬼中英雄，他们用自己的热血和身躯证明，戎装人，就应该是"生当作人杰，死亦为鬼雄"。戎装人，是国家的民族魂！他们的精神气贯长虹，他们的英名永世长存，他们的胆魄和精神与"鬼雄"同在。

赠张宪副之赣州边备

〔明〕张元祯

盈盈秋水吕虔刀，岳岳神羊刺史袍。

三省不惭边寄重，一时真是眼中豪。

风生甲胄龙蛇肃，云卷旌旗虎豹高。

万里长城还有待，一方蝼蚁暂相劳。

【作者简介】

　　张元祯（1437—1506），字廷祥，号东白，江西南昌人，明代官员。天顺四年（1460）中进士，官至嘉议大夫、吏部左侍郎兼翰林院学士，著有《东白集》等。

用甲胄来指代战斗中威风凛然的气势是历代诗人常用的笔法。此诗中，诗人送好友驻守边疆，心中激情昂扬，他深信好友和将士们英勇善战的能力，寄言"风生甲胄龙蛇肃，云卷旌旗虎豹高"，道出甲胄的威严盖压猛兽的凶残，实指友人和将士们在两军对垒时还未出手就让敌人闻风丧胆。

　　明朝的军工业十分发达，在火器逐渐渗透到战争中后，明朝的军戎服饰也做了相应的改革，得到进一步发展。明朝甲胄的样式繁多，初期多以钢铁制造，样式类同北宋时期，部分还留有唐朝特色，其种类主要包括齐腰甲、柳叶甲、长身甲、鱼鳞甲、曳撒甲和圆领甲。中后期则偏向穿戴锁子甲和布面甲，以应对近代兵器的攻击。另外，南方地区还因地制宜地创造了具有自身特色的甲胄，诸如赤藤甲、唐猊甲、纸甲，以及四川凉山的彝族皮甲、沿海地区的牛角片甲和云贵高原的油浸藤甲等。这些铠甲无不体现出工匠们的超人智慧，像藤甲就是将经过特殊处理的藤编制成铠甲，具备重量轻、防水性强、透气性好等优良性能。

明朝铠甲为追求防护到位，从头到脚依次配有头盔、身甲、披膊、护心镜、护臂、护腹、下裙、卫足等，其中护心镜和护腹的设计加强了对胸腹的防护。明朝的铠甲以金、银和黑色为主，穿戴样式有对襟式和套头式两种，领口设计则有圆领、直领和 V 领等。

明朝铠甲在制造工艺上有了很大的改进。就拿甲片来说，将原来流行的平薄甲片打造为尖锥体甲片，有效分散了兵器锤击的承重点，并能降低刺射的精准性。在甲片的连接方式上，力求整体上的无缝组合，每个甲片的四角空洞处都用双线缀合，再将甲片均匀重叠，这样穿着起来更加舒适，行动更为灵活。

明朝的部分铠甲较以往进行了大刀阔斧的改良和创新，在提高坚固性的同时，在重量上更为轻便，如锁子甲和罩甲。明朝的锁子甲不再附有甲片和内衬，而是用缩小至1厘米见方的铁环编缀，编织方法也不再采用环环相扣的方式，而是改用更加牢靠的铁丝网状编成。明朝的罩甲设计为无袖、开襟系扣样式，上无领，下两边侧身处开有小衩，罩甲材质有两种：一种由细小铁甲片附内衬编缀，穿着时须外系束甲、腰带；另一种为布质，外附甲泡，不附甲片，此类罩甲穿着更加轻便。将官一般穿短款铁罩甲配腿裙，士兵则穿短款铁罩甲或长款棉质罩甲。

明朝的头盔沿袭宋元时期，据史书《大明会典》中记载，明朝时头盔种类有抹金凤翅盔、水磨贴头盔、镀金宝珠顶勇字压缝六瓣明铁盔等十八种，想来如此多种类的头盔是为不同等级、不同兵种和不同场合佩戴而设计。

明朝的戎服在承袭了唐朝的窄袖宽袍、宋朝短后衣和缺胯衫以及元朝的质孙服的同时，还进行了一系列改良，形成了具有自身特色的戎服，特别是"衣冠走兽"的常服样式成为历代戎服的经典。

明朝不同品级武官的戎服存在明显不同，当武官位居九品以后，便有朝服、公服、常服和赐服等四种官服。武官的朝服和公服沿用宋制，只是朝服的梁冠、服饰的颜色及公服的幞头与宋制略有不同。武官的常服参考唐朝，按照袍服的颜色和前胸和后背的补子来区分等级，其中补子的图案极富想象力和象征性，一品到六品依次绣有麒麟、狮子、豹子、老虎、熊罴、彪，七品与八品均绣犀牛，九品绣海马。穿常服时，要佩戴加上了"双翅"的乌纱帽。赐服是皇帝恩赐给臣子的贵重服饰，其地位仅次于龙袍，其中最有名的是蟒服、飞鱼服、斗牛服和麒麟服。明代军士服饰中还有一种红绊袄，衣以棉花为材质，长至膝盖，袖子窄，有红、紫、青、黄四种颜色。

却东西门行

〔东汉〕曹操

鸿雁出塞北，乃在无人乡。

举翅万馀里，行止自成行。

冬节食南稻，春日复北翔。

田中有转蓬，随风远飘扬。

长与故根绝，万岁不相当。

奈何此征夫，安得驱四方！

戎马不解鞍，铠甲不离傍。

冉冉老将至，何时返故乡？

神龙藏深泉，猛兽步高冈。

狐死归首丘，故乡安可忘！

这首诗中比兴手法的反复使用，给诗歌带来了从容舒卷、开阖自如的艺术美感。诗歌写思乡情结，虽充满悲凉凄切情调，但结尾处以神龙、猛兽等作比，悲凉中不会显得过于柔绵，反而回荡着刚健爽朗之气，这正是曹操诗的特点之一，也是建安文学慷慨悲凉之特色的体现。全诗丝毫不见华丽词句，唯见其朴实之语。

【作者简介】

　　曹操（155—220），字孟德、阿瞒，沛国谯县（今安徽省亳州市）人。东汉末年杰出的政治家、军事家、文学家、书法家，是曹魏政权的奠基者。早年放荡，后领兵征讨四方割据势力，他知人善用，抑制豪强，加强集权，通过北方屯田，兴修水利，恢复农业生产，发展社会经济。曹操精兵法，工书法，擅诗歌，他的诗慷慨悲凉，极具气魄，多抒发其远大的政治抱负以及反映当时百姓的疾苦。他的诗开创了建安文学之风，史称建安风骨，其诗著有《魏武帝集》。

从军行·其二

〔唐〕王昌龄

秋草马蹄轻，角弓持弦急。

去为龙城战，正值胡兵袭。

军气横大荒，战酣日将入。

长风金鼓动，白露铁衣湿。

四起愁边声，南庭时伫立。

断蓬孤自转，寒雁飞相及。

万里云沙涨，平原冰霰涩。

惟闻汉使还，独向刀环泣。

　　诗中主要描写了边塞征战中将士们的思归之苦。诗人用凝重的色彩描绘了战争的惨烈与悲壮，以及边塞萧瑟荒凉的风光景物，在景物描写中寄寓了长年戍边征战的将士们的思乡情结。整首诗写得苍劲旷远、意蕴深长。

语言的锤炼更是炉火纯青，在一系列极意铺陈之后于篇末点出戍卒的思归之情，读来更为撕心裂肺、凄怆感人。

酒泉子

〔五代〕孙光宪

空碛无边，万里阳关道路。马萧萧，人去去，陇云愁。
香貂旧制戎衣窄，胡霜千里白。绮罗心，魂梦隔，上高楼。
曲槛小楼，正是莺花二月。思无憀，愁欲绝，郁离襟。
展屏空对潇湘水，眼前千万里。泪掩红，眉敛翠，恨沉沉。
敛态窗前，袅袅雀钗抛颈。燕成双，鸾对影，偶新知。
玉纤澹拂眉山小，镜中嗔共照。翠连娟，红缥缈，早妆时。

　　这首《酒泉子》抒写了征人怀乡思亲之情。上部分写出征途中的愁苦，下部分写征人对妻子的怀念。以征戍生活为题材，从侧面反映了当时的边塞战争给人民带来的离苦。这种题材在《花间集》中是罕见的。从艺术上看，全词境界开阔，苍凉之中又见缠绵之思，而两地相思之情，同时见于笔端，深得言情之妙。

【作者简介】

　　孙光宪（901—968），字孟文，号葆光子，陵州贵平（今四川省仁寿县）人，五代时期荆南大臣、文学家。曾任陵州判官、节度使掌书记、荆南节度副使、朝议郎、检校秘书少监、试御史中丞、黄州刺史等职，著有《北梦琐言》《荆台集》《橘斋集》等。

代边将有怀

〔唐〕刘长卿

少年辞魏阙，白首向沙场。瘦马恋秋草，征人思故乡。
暮笳吹塞月，晓甲带胡霜。自到云中郡，于今百战强。

全诗总写戍边将士们常年战争后对家乡深切的思念之情。"少年辞魏
阙，白首向沙场"写出壮士出征一去不返的豪情。"瘦马恋秋草，征人思故
乡"直写对故乡的思念，这种感而不伤、忧而不戚的思乡之情便蕴含其中。
"暮笳吹塞月，晓甲带胡霜"转而写景，融情于景，这里以早晨的盔甲都结
上了霜来形容边塞地区气候寒冷。"自到云中郡，于今百战强"表明将士们
经历的战争次数已经很多，离家已经很久。

【作者简介】

刘长卿（约726—786），字文房，世称刘随州，宣城（今属安徽）人，
后迁居洛阳，唐代诗人。天宝八年（749）中进士，曾任长洲县尉、鄂岳转运
判官、睦州长史、随州刺史等职。刘长卿诗以五言七言近体为主，尤擅长五
言诗，其诗文辞通顺流畅，诗意简明概括，在盛唐精雕华丽诗风之外另辟清
流，著有《刘随州集》。

家叔南游却归因献贺

〔唐〕韦庄

缭绕江南一岁归，归来行色满戎衣。
长闻凤诏征兵急，何事龙韬献捷稀。

旅梦远依湘水阔，离魂空伴越禽飞。

遥知倚棹思家处，泽国烟深暮雨微。

【作者简介】

韦庄（约836—910），字端己，长安杜陵（今陕西西安东南）人。五代时期前蜀宰相，花间派词人，是诗人韦应物的四代孙，与温庭筠并称"温韦"。乾宁元年（894）中进士，曾任校书郎、判官、左补阙、西蜀掌书记、左散骑常侍、吏部侍郎同平章事等职，逝后谥文靖。韦庄长于七绝，所著《秦妇吟》与《孔雀东南飞》《木兰诗》并称"乐府三绝"，主要作品有《浣花集》。

定西番

〔唐〕牛峤

紫塞月明千里，金甲冷，戍楼寒，梦长安。

乡思望中天阔，漏残星亦残。

画角数声呜咽，雪漫漫。

这首词写于晚唐，当时已是战争频发，内乱不息，外患不止。社会局势动荡不安，民不聊生，渐趋没落，青壮年男子大多被征调戍边，只留家中老幼病残。作者以过来人的眼光和笔触，短短几句便描绘出亲人离别的悲愁，也预言了时代的悲剧；同时又以"紫塞""金甲""雪漫漫"等词语，将戍边士兵壮阔雄浑的报国心境融于寥寥数语之中，虽悲凉却不绝望，虽身处凄苦境地却始终抱有对幸福、团聚的期待与憧憬。

【作者简介】

牛峤，字松卿、延峰，甘肃人，唐末五代时期官员、词人。乾符五年

（878）中进士。曾任拾遗、补阙、尚书郎、节度判官、给事中等职。牛峤诗法李贺，以歌诗著名，著有《牛峤歌诗》，已佚，其词类温庭筠，善写小令，多述闺情，今存词三十三首。

塞下三首

〔唐〕沈彬

塞叶声悲秋欲霜，寒山数点下牛羊。
映霞旅雁随疏雨，向碛行人带夕阳。
边骑不来沙路失，国恩深后海城荒。
胡儿向化新成长，犹自千回问汉王。
贵主和亲杀气沉，燕山闲猎鼓鼙音。
旗分雪草偷边马，箭入寒云落塞禽。
陇月尽牵乡思动，战衣谁寄泪痕深。
金钗谩作封侯别，劈破佳人万里心。
月冷榆关过雁行，将军寒笛老思乡。
贰师骨恨千夫壮，李广魂飞一剑长。
戍角就沙催落日，阴云分碛护飞霜。
谁知汉武轻中国，闲夺天山草木荒。

白雪歌送武判官归京

〔唐〕岑参

北风卷地白草折，胡天八月即飞雪。

忽如一夜春风来，千树万树梨花开。

散入珠帘湿罗幕，狐裘不暖锦衾薄。

将军角弓不得控，都护铁衣冷难着。

瀚海阑干百丈冰，愁云惨淡万里凝。

中军置酒饮归客，胡琴琵琶与羌笛。

纷纷暮雪下辕门，风掣红旗冻不翻。

轮台东门送君去，去时雪满天山路。

山回路转不见君，雪上空留马行处。

如果说判断一个国家是否强盛最显著的标志是领土和军事，那么唐朝无疑是历史上最为强盛的朝代，也是版图最为辽阔的中原王朝。强国之本，在于强军。唐朝的强盛很大一部分原因在于军事力量的强大，所谓国家综合实力的核心正是在于军事力量的强弱。若论强军之道，必然无法绕开军事制度与军事装备。

唐朝军事制度的创新在于"府兵制"的实行，这种制度将"世兵制"与"征兵制"相结合，不仅保证了国家军队应有的数量和规模，同时也减轻了国家财政的压力。

从军事装备来看，单是唐代的铠甲就有13种之多，其形式也纷杂多样——细鳞、山文、锁子等，大都用金属、皮革和绢等材质混制而成。无论是样式还是工艺，唐代的军服相较于前代都有了非常大的进步。而国家朝廷对军服的重视，也加大了将士们对皇帝和统领的信任，因此在很大程度上也增进了战士们杀敌的决心，士兵们即使在"将军角弓不得控，都护铁衣冷难着"的严冬，也依然毫无怨言、斗志昂扬地进行拉弓训练。一句"纷纷暮雪下辕门，风掣红旗冻不翻"，更是以迎着飞雪也毫不动摇的军旗，象征了战士们的威武不屈。

虽然整首诗的语言平淡质朴，表达的是将士们之间的战友惜别之情，但究其根本，唯有在国家安定、政治团结、军备强大的前提下，将士官兵才能拥有如此牢固的向心力与信任感，肩负起维稳的使命责任，怀揣赤胆忠心抗击外敌入侵，共创盛世太平！

无题·洞庭落楚天高

鲁迅

洞庭木落楚天高，眉黛猩红涴战袍。
泽畔有人吟不得，秋波渺渺失离骚。

【作者简介】

　　鲁迅（1881—1936），原名周树人，字豫山、豫才，浙江绍兴人，近现代著名文学家、思想家、革命家，新文化运动的重要参与者。1902年赴日本学医，1909年归国，先后在杭州、绍兴任教，1918年首次用"鲁迅"为笔名发表《狂人日记》。鲁迅在文学创作与批评、文学史研究、基础科学介绍、美术理论和古籍校勘等多个领域均做出了重要贡献，被誉为现代文学的奠基人和思想解放的先驱，其代表作品有《呐喊》《彷徨》《朝花夕拾》《南腔北调集》等。

赠苏味道

〔唐〕杜审言

北地寒应苦，南庭戍未归。边声乱羌笛，朔气卷戎衣。
雨雪关山暗，风霜草木稀。胡兵战欲尽，虏骑猎犹肥。
雁塞何时入，龙城几度围。据鞍雄剑动，插笔羽书飞。
舆驾还京邑，朋游满帝畿。方期来献凯，歌舞共春辉。

【作者简介】

杜审言（约645—708），字必简，诗人杜甫的祖父，祖籍襄阳（今属湖北），后迁至河南巩县。唐代近体诗的奠基人之一，与李峤、崔融、苏味道并称"文章四友"。咸亨元年（670）中进士，曾任县尉等小官，累官修文馆直学士，其诗作多为五言律诗，主要描绘山川景致和抒发游历之感，也有对朝廷歌功颂德、应制献酬的诗文，著有《杜审言集》，已佚。

洛阳河亭奉酬留守群公追送

〔唐〕李益

离亭饯落晖，腊酒减春衣。
岁晚烟霞重，川寒云树微。
戎装千里至，旧路十年归。
还似汀洲雁，相逢又背飞。

饯裴行军赴朝命

〔唐〕武元衡

来时圣主假光辉，心恃朝恩计日归。
谁料忽成云雨别，独将边泪洒戎衣。

【作者简介】

武元衡（758—815），字伯苍，武则天曾侄孙，缑氏（今河南偃师南）人，唐代官员、诗人。出身名门望族，建中四年（783）中进士，曾任监察御史、华原令、比部员外郎、左司郎中、御史中丞、门下侍郎、同平章事等职，在任期间，积极改善百姓生活，缓和民族关系并稳固西南边疆，其主要作品有《寒食下第》《长安叙怀寄崔十五》《行路难》等。

送令狐相公自仆射出镇南梁

〔唐〕刘禹锡

夏木正阴成，戎装出帝京。

沾襟辞阙泪，回首别乡情。

云树褒中路，风烟汉上城。

前旌转谷去，后骑踏桥声。

久领鸳行重，无嫌虎绶轻。

终提一麾去，再入福苍生。

【作者简介】

　　刘禹锡（772—842），字梦得，世称"诗豪"，籍贯河南洛阳，生于苏州嘉兴（今浙江嘉兴），唐代官员、文学家、哲学家，与柳宗元并称"刘柳"，与白居易并称"刘白"，与韦应物、白居易合称"三杰"。贞元九年（793）中进士，曾任太子校书、淮南记室参军、节度使杜佑幕府、监察御史等职，在参与的永贞革新失败后，屡遭贬谪，逝后追赠户部尚书。刘禹锡工诗，留下《陋室铭》《竹枝词》《杨柳枝词》《乌衣巷》等名篇佳作，著有《天论》《刘梦得文集》《刘宾客集》等作品。

送贾谟赴共城营田

〔唐〕姚合

上国羞长选，戎装贵所从。
山田依法种，兵食及时供。
水气诗书软，岚烟笔砚浓。
几时无事扰，相见得从容。

见别离者因赠之

〔唐〕韩偓

征人草草尽戎装，征马萧萧立路傍。
尊酒阑珊将远别，秋山迤逦更斜阳。
白髭兄弟中年后，瘴海程途万里长。
曾向天涯怀此恨，见君呜咽更凄凉。

送元帅书记高郎中出为婺源建威军使

〔五代〕徐铉

寒风萧瑟楚江南，记室戎装挂锦帆。
倚马未曾妨笑傲，斩牲先要厉威严。
危言昔日尝无隐，壮节今来信不凡。
惟有杯盘思上国，酒醨甜淡菜蔬甘。

【作者简介】

　　徐铉（917—992），字鼎臣，世称徐骑省，广陵（今江苏省扬州市）人，五代至北宋初文学家、书法家，与其弟徐锴并称"二徐"。曾任南唐知制诰、翰林学士、吏部尚书等职，官至散骑常侍。徐铉精于文字，善写李斯小篆，曾受诏校定《说文解字》，其诗类白居易，淡雅率真，平浅自然，其文承晚唐骈俪之风，多用四六之体，著作有《骑省集》等。

送司马待制守河中

〔宋〕宋庠

久贰甘泉计，新陪丹府游。

天深巢鹓阁，地重凿龙州。

驱弩军装盛，依莲客藻遒。

别魂惊黯黯，循政仁优优。

旧畤连睢远，长汾抱晋流。

劝农知俗美，虞畔记耕畴。

【作者简介】

　　宋庠（996—1066），初名郊，字伯庠、公序，开封雍丘县（今河南省杞县）人，北宋政治家、文学家，与其弟宋祁并称"二宋"。天圣二年（1024）中进士头名，曾任大理评事、同判襄州、知制诰、知审刑院、尚书刑部员外郎、翰林学士等职，以司空致仕。宋庠诗学李商隐，擅长西昆体，其文多馆阁代言之作，学识渊深，章句温雅，又善于文献校正，主要作品有《宋元宪集》《国语补音》等。

送杨秘丞赴戎南倅

〔宋〕吕陶

万里南溪水，滔滔逼郡城。

四时多雨气，终日是江声。

蛮市烟中合，山畴火后耕。

孤村随溉断，绝嶂与云平。

甲冷三冬戍，烽高半夜惊。

盛朝咨镇守，别乘委才明。

爱日迎舟楫，春风卷旆旌。

兰陔新膳洁，花县旧阴成。

荔子琼瑶破，藤梢琥珀倾。

羁怀休念远，浅醉易忘情。

宦况如邮传，年华似送迎。

笑谈聊布政，闲暇亦论兵。

僻地非通辙，层霄有去程。

行闻海沂咏，流入竹枝清。

出塞行四首送郭建初归戚都护幕中

〔明〕黄克晦

锁甲摇华铁戟寒，弨弓插羽上雕鞍。

班超自有封侯骨，世业宁论是史官。

【作者简介】

　　黄克晦（1524—1590），字孔昭，号吾野，福建惠安人，明代诗人。一生无意仕途，钟爱游历，足迹几乎遍布全国，所到之处，多和名士唱酬，借景抒情，随着出游中见识的增长和视野的丰富，他的创作得到不断提升，尤其是山水诗和题画诗等作品，他还以书法见长，有诗、书、画"三绝"之誉，其主要作品有《金陵稿》《北游草》《蓟州草》《宛城集》《匡庐集》《五羊草》《西山唱和集》《观风集》，其中不少已散佚。

送张东全副戎之京

〔明〕释今无

玉剑光芒尚绕身，沧波万里拥归津。
霸陵未必长能醉，圯上其如有此人。
五岭风烟侵旅鬓，九重心事怆孤臣。
他时准备相逢处，一笑辕门甲胄新。

【作者简介】

释今无（1633—1681），字阿字，番禺人，明末清初诗僧。十六岁剃度，十七岁受《坛经》，在栖贤院苦修，遍阅内外经典，十九岁在去往庐山的途中得寒疾，生命垂危，梦中得到神人治愈和引导，自此通三教，思如泉涌，其主要作品有《光宣台全集》。

袍中诗

〔唐〕开元宫人

沙场征戍客，寒苦若为眠。

战袍经手作，知落阿谁边。

蓄意多添线，含情更著绵。

今生已过也，结取后生缘。

　　这首诗为宫女之作，宫女通过对缝制战袍的过程描写和对战士脉脉情意的真实吐露，既表达了她们对与自己同命相连的边戍士兵的担心，同时又寄寓对美满爱情的追求。全诗感情真挚，脉络细腻，尤其通过"经手作""多添线"来表达其含蓄的示好。结合唐朝的战袍特点看这首诗，推断这里提到的"战袍"，有可能是一种当时比较盛行的短后衣。《太平广记》中曾有记载"唐玄宗，末明陈仗，盛列旗帜，皆被金甲，衣短后绣袍"，这种衣服多与士兵的甲衣连在一起，有点像是铠甲与贴身衣物之间的夹层——紧挨着贴身衣物，能在苦寒之地给予士兵温暖，很契合这首诗中所体现的宫女"含情更著绵"的女儿心思。

捣衣篇

〔唐〕李白

闺里佳人年十馀，颦蛾对影恨离居。

忽逢江上春归燕，衔得云中尺素书。

玉手开缄长叹息，狂夫犹戍交河北。

万里交河水北流，愿为双燕泛中洲。

君边云拥青丝骑，妾处苔生红粉楼。

楼上春风日将歇，谁能揽镜看愁发？

晓吹员管随落花，夜捣戎衣向明月。

明月高高刻漏长，真珠帘箔掩兰堂。

横垂宝幄同心结，半拂琼筵苏合香。

琼筵宝幄连枝锦，灯烛荧荧照孤寝。

有便凭将金剪刀，为君留下相思枕。

摘尽庭兰不见君，红巾拭泪生氤氲，

明年若更征边塞，愿作阳台一段云。

这首诗虽绮丽有余，却刻写真切，层层深入，情景交错，经得起唱叹，因此在绮丽中别有丰满和蕴蓄。诗中提到"夜捣戎衣向明月"，一则反映出当时唐代的府兵制度，二则体现了当时的服饰材质多为纨素一类，穿在身上较硬，需要经过捣练让布料更加柔软熨帖，便于制衣；而当时边戍士兵的服装，多是由家中女眷准备，所以当时的诗歌作品中，也多以"秋夜""捣衣"等词语来表现征人离妇、远别故乡的惆怅与家中妻子对未归丈夫的思念，多带有闺怨之感。

子夜吴歌·冬歌

〔唐〕李白

明朝驿使发，一夜絮征袍。

素手抽针冷，那堪把剪刀。

裁缝寄远道，几日到临洮。

由于唐代的府兵制度规定，行军的兵士需要自己准备粮食、甲仗和衣物。因此每年冬季来临之前，兵士用以御寒的冬衣都要由家中女子提前准备，交给驿使带往边关。这首诗就描写了冬季戍妇为征夫缝制棉衣之事，通过女子描写"一夜絮征袍"的画面，表现她思念征夫的心情。

从军别家

〔唐〕窦巩

自笑儒生著战袍，书斋壁上挂弓刀。

如今便是征人妇，好织回文寄窦滔。

【作者简介】

窦巩，字友封，扶风平陵（今陕西省咸阳市秦都区）人，唐代官员，左
拾遗窦叔向的儿子。元和二年（807）中进士，授校书郎，曾任官掌书记、判
官、副使，大理评事、监察殿中侍御史、司勋员外郎、刑部郎中等职，其诗
词收录于《元白往还集》《窦氏联珠集》《全唐诗》。

离夜·其一

〔唐〕马戴

东征辽水迥，北近单于台。

戎衣挂宝剑，玉箸衔金杯。

红烛暗将灭，翠蛾终不开。

诗中将叙事时间点着眼于离别之日前夜，前两句阐述了将士即将出征
的原因与战场所在；中间两句则是描写了两人对酌之时，新妇眼中满是丈
夫英武的军装、配好的宝剑，以及他为国出征的拳拳赤子之心；最后两句
则娓娓道出天将明，红烛灭，新妇送夫终归时百般难舍的深切情意。

春 闺

〔唐〕罗邺

愁坐兰闺日过迟，卷帘巢燕羡双飞。
管弦楼上春应在，杨柳桥边人未归。
玉笛岂能留舞态，金河犹自浣戎衣。
梨花满院东风急，惆怅无言倚锦机。

【作者简介】

　　罗邺（825—？ ），约唐僖宗乾符中前后在世，余杭人，唐代诗人。屡试不第，生活漂泊，郁郁而终。罗邺气质不凡，才华横溢，文笔超绝，擅长七言律诗，有"诗虎"之称，与罗隐、罗虬并称"江东三罗"，著有《新唐书艺文志》。

古捣练子·剪征袍

〔宋〕贺铸

抛练杵，傍窗纱。巧剪征袍斗出花。
想见陇头长戍客，授衣时节也思家。

【作者简介】

　　贺铸（1052—1125），字方回，自号庆湖遗老，又名贺三愁，人称贺梅子、贺鬼头，卫州（今河南省卫辉市）人，北宋词人。出身贵族，曾任右班殿直、泗州通判、太平州通判、承议郎等职。贺铸擅长诗词创作，其词结合了豪放派和婉约派的优点，内容丰富，风格多样，兼有节奏感和韵律美，主要作品有《青玉案·横塘路》《鹧鸪天·重过阊门万事非》。

塞上曲

〔宋〕张玉娘

为国劳戎事，迢迢出玉关。
虎帐春风远，铠甲清霜寒。
落雁行银箭，开弓响铁环。
三更豪鼓角，频催乡梦残。
勒兵严铁骑，破虏燕然山。
宵传前路捷，游马斩楼兰。
归书语孀妇，一宵私眠难。

　　这首诗的作者虽为女性，诗中也以女性视角描述了丈夫出关戍边的征战之路，但全文并无小家碧玉之感，而是充满豪气与大局意识。一句"为国劳戎事"交代了丈夫出征的意义所在，国家之事无小事，国家有需要，匹夫自当奋勇向前；后句"铠甲清霜寒"，写出关外的气候寒冷、环境恶劣，一个"清"字又道出了将士的高远壮志与潇洒豪迈。试想，前方有着这样的青年将领，怀揣报国之心，后方有着如此识大局的征妇，交战岂能不捷报频传？小家也自会因为国家的昌盛、稳定而夫妻和睦、人丁兴旺！

【作者简介】

　　张玉娘（1250—1277），字若琼，自号一贞居士，处州松阳（今浙江松阳）人。南宋女词人，出身官宦人家，擅长诗词，与李清照、朱淑贞、吴淑姬并称"宋代四大女词人"，著有《兰雪集》两卷。

第六篇

忧 国 恤 民

戎装，忧国恤民有情怀

"生民百遗一，念之断人肠。"

——曹操《蒿里行》

"大野几重开雪岭，长河无限旧云涛。"

——秦韬玉《塞下》

　　中华民族是礼仪之邦。卫国戍边的将士忧国恤民，是中华民族的优良传统之一，也是无数将士所崇尚的武德。穿上戎装，要做到忠于国家、热爱人民，有着忧国恤民的情怀。寻觅中国古代诗词中有关戎装的叙述、描写，就能体悟出在这些诗词里深刻反映的戎装人与忧国恤民的关系。戎装人只有具备了忠诚的品格，才能为国家洒热血，与百姓结同心。

　　看民不聊生，忧国恤民。曹操在《蒿里行》中叙述道："铠甲生虮虱，万姓以死亡。白骨露于野，千里无鸡鸣。生民百遗一，念之断人肠。"面对军阀混战、生灵涂炭，只见白骨荒野，不闻犬吠鸡鸣，在战乱中作者不仅抒发了个人的人性、社会性、正义感，深情关注百姓的痛苦，也深刻地表达了戎装人忧国恤民爱家园的情怀。作者深情地记述了"生民百遗一，念之断人肠"，期盼重振衰败的国家。"大野几重开雪岭，长河无限旧云涛"（唐·秦韬玉：《塞下》）。作者看到，那异域茫茫的旷野，那白雪皑皑的山岭，仍悠闲地矗立在那儿，滚滚的黄河水咆哮依旧，仿佛天地没有大的变化，但两岸的土地却不是唐国的了，人民饱受了战争的摧残。作者以诗歌的形式抒发了自己和将士们忧国恤民的情怀。"凤林关外皆唐土，何时陈兵戍不毛"。诗人回忆盛唐时期的光辉业绩和繁荣景象，为国家的衰败而更感悲切，企盼重振国家，希望国家强大起来。国家强大，国泰民安，百姓才会好起来。

用荐贤纳良，忧国恤民。"但欲进贤求上赏，唯将拯溺作良媒"（唐·韩偓：《疏雨》）。面对国家的危难和百姓艰难生活的状况，一些有志之士积极向君主推荐贤能、有才干的志士，希望他们能出谋划策、治理国家，以助苍生。真氏（元朝）在《朝天子·邸万户席上二首》中记述："夜月饶歌，春风牙纛，看团花锦战袍。鬓毛，木雕，谁便道冯唐老。"这位戎马半生的老将，在明月下，在春风里，端详自己的"团花锦战袍"，沉浸在对往日作战的回忆之中，他为自己不能为国再战深感不安。即使这样，等到武帝即位时，仍然有人推荐这位敢于犯颜进谏的重臣。虽然这位老将因为年纪大没有被启用，但荐贤纳良、忧国恤民，却是当时许多志士仁人爱国恤民所采取的重要的治国之策。

拿"我以我血"，忧国恤民。"戎衣一挂清天下，傅野非无济世才"。这位诗人在建议向君主推荐贤能良谋治理国家之后，也直接推荐了自己，说自己也能再披挂戎装、保卫边疆；他甚至自豪地说，为保边塞，他甘愿为国捐躯；他还骄傲地说，他有这个能力重上战场，重率人马，再立新功。《三国志·武帝纪》中记载，董卓进京乱政，涂炭百姓。在推举袁绍为盟主联合讨伐董时，这支联军却貌合神离、各怀鬼胎，都想借机扩充自己。只有曹操率兵三千独战董卓。为了战胜董卓，曹操变卖家产、招揽汉军，严格训练，最终因寡不敌众而败阵。但曹操用自己的家产、以自己的能力、用自己的热血和生命为维护汉室统一、拯救百姓于苦难、忧国恤民做出了巨大的努力，为后人如何忧国恤民做出了榜样。

长安即事·其二

〔清〕张廷璐

清时讲武出长安，秋色华林晓露溥。
草绿平原围宝幄，弓弯明月落金丸。
战袍较射分诸将，行殿烹鲜出大官。
圣主更勤《无逸》训，封章多傍马头看。

清朝的军事力量从1644年清军入关至1911年清帝退位时主要有满族的八旗兵、汉族的绿营和清末袁世凯新军，同时又有洋务运动时期的北洋水师等部队。

清朝是中国历史上最后一个封建王朝，它前期有多么强大，后期就有多么羸弱。清朝前期，国力雄厚，各班兵器样样处于世界领先地位，特别是火器的飞速发展，从根本上削弱了冷兵器主导战场的地位。在此兵器大变革的浪潮中，军服也经历了跨越式发展，重型的铠甲逐渐淡出战场，轻装开始上阵。

虽然清朝初期的金属铠甲按照武官等级区分有许多不同的样式，但是就其形制来说，只剩下明甲、暗甲和锁子甲了。将铁片露于外则为明甲，将甲片缀于里则为暗甲，暗甲实际上就是前朝的布面甲，上面绣有生动的图案。明甲和暗甲制作精美，为帝王权贵和高级将帅穿着。除了以上铠甲，就是普通官兵所穿的绵甲，绵甲以棉絮为里，缝制成厚实的布层后，再在其表面钉上甲泡，以此来抵挡弓箭攻击。在战场上，突击队伍还会披裹一种称为战被的防护甲，用以突破敌人各种兵器的猛烈进攻，在直冲入敌阵后，则立即弃之，以保证身体轻便灵活迎战。

清代的胄按照官阶身份可分为职官胄、随侍胄和兵卒胄。职官胄由钢、铜、铁和皮革制作，胄表面髹漆，整个胄由胄帽、护耳、护颈和护领组成。

胄帽从舞擎处向上依次为遮眉、覆碗、盔盘、管柱和盔枪，其中，覆碗上有胄梁，管柱上配有缨饰。随侍胄形如武官常服官帽，石青缎做面，红缎为里，外加缘，红绒结顶并缀有朱纬。兵卒胄制作简单，以铁制成支架，覆上皮革制成胄体和顿项，胄体前后缀有铁甲片，胄顶饰红缨。

清朝初中期的主要作战力量是八旗军，当时他们的战斗力非常强悍，在战场上，他们穿着黄、白、蓝和红色的绵甲，横戈跃马，一往无前，处处透露出骨子里的高调和张扬。这种绵甲颜色极其鲜明，它比金属铠甲轻便许多，能够有效防御当时火枪的攻击，并能满足清军在东北寒冬驻守或作战的保暖需求。在绵甲占据主流的同时，八旗军中担负特殊任务的重装部队还会配备金属铠甲。

清朝的军事力量还包括汉族的绿营兵，其军服也是由铠甲和戎服组成，只是质量上不如八旗军的军服，绿营兵的甲衣一种是在要害部位的面里夹层之间缀上薄铁片，另一种则是用双层布帛制成，在双层布之间附一层加工过的绵丝絮，这两种铠甲都在布面上钉缀泡钉。后期湘军和淮军的军服更差，他们上穿窄袖衣，外搭松垮的马褂，在马褂前胸后背处书有识别性文字，下穿布袋状宽口裤，头戴头巾、草帽和斗笠等，脚穿布靴、布鞋，甚至草鞋。

清朝的武官配备有朝服、蟒服、补服和行袍。朝服和蟒服都是缎面材质，衣缘处缝制区别于衣身颜色的条状锦缎，朝服和蟒服类似礼服，其形制和作用相同，均在重大或特殊场合穿着。清朝的补服均为石青色，样式上无领、对襟，其长度介于袍褂之间，前胸和后背的补子比明朝时略小，以石青、黑或月白色为底，四周配有边饰，上绣光鲜亮丽图案，其中圆形补子为皇亲贵族所用，方形补子为文武官员所用。此外，清代亲王的补服上绣龙，贝勒的则绣蟒。清朝的行袍与蟒服形制相同，为生活中随意着装。武官着官服时，冬天戴暖帽，夏天戴吉服冠或常服冠。

甲午战争以后，清政府决定效法西洋，改革兵制，建立一支新型军队。自此，效仿德国和日本等军队的新军军服应运而生。新军军服分为常服和礼服，增加了袖章军衔和兵种等识别元素，并在衣料上采用不同颜色以区分兵种。新军军服材质随季节变化选用不同的面料，裁剪上不再宽大松垮，而是更加贴合人体，设计上采取中西合璧，保留了部分中国传统服饰元素。

清朝的末期，国力日渐衰弱，官兵人心涣散，面对外敌入侵，难出勇兵骁将。百般用人之际，却难有"战袍较射分诸将，行殿烹鲜出大官"。虽然洋务运动为清王朝带来了新的技术和思想，洋枪、洋炮和新军军服也逐一亮相，但是治标不治本，无法扭转清王朝颓败的大势。所以，一个腐朽政权下的军队用的武器再先进、穿的军服再漂亮，也难打出真正的大胜仗。

【作者简介】

张廷瓒（1655—1702），字卣臣，号随斋，名臣张英之子，江南桐城（今属安徽）人，清代名臣、文学家、文华殿大学士兼礼部尚书。康熙十七年（1678）中举人，次年中己未科二甲二名进士，曾任翰林院编修、詹事府少詹事、侍读学士，著有《传恭堂诗集》五卷。

蒿里行

〔东汉〕曹操

关东有义士，兴兵讨群凶。

初期会盟津，乃心在咸阳。

军合力不齐，踌躇而雁行。

势利使人争，嗣还自相戕。

淮南弟称号，刻玺于北方。

铠甲生虮虱，万姓以死亡。

白骨露于野，千里无鸡鸣。

生民百遗一，念之断人肠。

　　《蒿里行》是汉乐府旧题。全诗风格质朴，沉郁悲壮，体现了曹操作为一个政治家、军事家的豪迈气魄和忧患意识，堪称"汉末实录"的"诗史"。东汉末年分三国，各地战火连绵不休，纵观当时汉朝的军事装备，将士已经开始大规模使用铁甲，但即使是铁甲，依然"铠甲生虮虱"，可见当时的战事持续时间之长，人民因战乱而陷于水深火热之中。面对这样的局面，作者只得将满腔的悲愤与同情寄予这首诗，以盼望战乱早日结束，百姓得以重建家园！

北齐二首

〔唐〕李商隐

其一

一笑相倾国便亡，何劳荆棘始堪伤。

小怜玉体横陈夜，已报周师入晋阳。

其二

巧笑知堪敌万几，倾城最在著戎衣。

晋阳已陷休回顾，更请君王猎一围。

【作者简介】

李商隐（813—858），字义山，号玉谿生，祖籍怀州河内（今河南沁阳市），生于郑州荥阳，晚唐诗人，与杜牧合称“小李杜”，与温庭筠合称“温李”。开成二年（837）中进士，因受朋党之争，终生不得志，曾任桂管观察使郑亚掌书记、东川节度使柳仲郢判官、盐铁推官等职。李商隐反对“学道必求古”，其诗作以五言律诗和七言律诗成就为高，内容丰富，富有强烈的现实主义精神，《新唐书》记载其作品有《樊南甲集》《樊南乙集》《玉谿生诗》《赋》《文》等，部分作品已佚，剩余作品收入《李义山诗集》。

塞　下

〔唐〕秦韬玉

到处人皆着战袍，麾旗风紧马蹄劳。
黑山霜重弓添硬，青冢沙平月更高。
大野几重开雪岭，长河无限旧云涛。
凤林关外皆唐土，何日陈兵戍不毛。

这首诗主要描写了将士们为了应对紧急且频繁的战事，不得不日夜奔走，疲惫不堪，纵然心存高远，为国出征，却依然无法见到丝毫起色。异域的旷野上，流离失所的人随处可见，面对即将逝去的大唐盛世，将士们心里自是有种悲凉，但同时他们又在不断回首过去，期望能够通过自己的努力，将大唐昔日之风采再度重振。

【作者简介】

秦韬玉，字中明，京兆长安（今陕西西安）人，唐代诗人。出生于尚武世家，累举不第，后谄附权宦田令孜，充当幕僚，官丞郎，判盐铁，中和二年（882）特赐进士及第，擢升工部侍郎、神策军判官，代表作品有《投知小录》《贫女》《长安书怀》《桧树》等。

箜篌引

〔唐〕王昌龄

卢溪郡南夜泊舟，夜闻两岸羌戎讴，其时月黑猿啾啾。
微雨沾衣令人愁，有一迁客登高楼，不言不寐弹箜篌。
弹作蓟门桑叶秋，风沙飒飒青冢头，将军铁骢汗血流。
深入匈奴战未休，黄旗一点兵马收，乱杀胡人积如丘。
疮病驱来配边州，仍披漠北羔羊裘，颜色饥枯掩面羞。
眼眶泪滴深两眸，思还本乡食牦牛，欲语不得指咽喉。
或有强壮能咿嚘，意说被他边将雠，五世属藩汉主留。
碧毛毡帐河曲游，橐驼五万部落稠，敕赐飞凤金兜鍪。
为君百战如过筹，静扫阴山无鸟投，家藏铁券特承优。
黄金千斤不称求，九族分离作楚囚，深溪寂寞弦苦幽。
草木悲感声飕飗，仆本东山为国忧，明光殿前论九畴。
簏读兵书尽冥搜，为君掌上施权谋，洞晓山川无与俦。
紫宸诏发远怀柔，摇笔飞霜如夺钩，鬼神不得知其由。
怜爱苍生比蚍蜉，朔河屯兵须渐抽，尽遣降来拜御沟。
便令海内休戈矛，何用班超定远侯，史臣书之得已不。

王昌龄的《箜篌引》沉潜悲郁，描写了边塞军将的生活经历，叙述了一个身经百战、屡建奇勋的少数民族将领，由于不能满足上司的贪欲而被诬害的悲惨遭遇。诗中道出了这位将领昔日的光辉，曾获御赐飞凤金兜鍪（兜鍪是古代将军佩戴的头盔，大唐时期，兜鍪制作的工艺越发精美，主要有"狻猊盔""朱雀盔"等四种形制），如今即使已被驱赶至配守边塞，仍然希望能够继续熟读兵略，替君王出谋划策，运筹帷幄，为国分忧！

猎 骑

〔唐〕薛逢

兵印长封入卫稀，碧空云尽早霜微。
泸川桑落雕初下，渭曲禾收兔正肥。
陌上管弦清似语，草头弓马疾如飞。
岂知万里黄云戍，血迸金疮卧铁衣。

兵

〔宋〕梅尧臣

太平无战阵，汉卒久生骄。金甲不曾擐，犀弓应自调。
嗟为燎原火，终作覆巢枭。若使威刑立，三军岂敢嚣。

古代文学作品中，关于金甲的解释一般有两种，一种是贵族为了显示身份而在铠甲外面镀上一层金，另一种则是柔性铠甲"金丝甲"。无论是哪一种，其外表都可以透出金色光芒，在阳光下尤其耀眼，在战场上面对敌人，也可以起到一定的震慑力。本诗中作者一方面感慨当今盛世太平无战事，另一方面又担心兵士无战，太久得不到操练。金甲也不穿，犀弓甚至都忘记了怎么调校，就算曾经被誉为燎原之火，如今却依然可能面临全军覆没的境况。作者借由此诗来提点君王，树立君王将士威严，健全军队管理制度。

【作者简介】

　　梅尧臣（1002—1060），字圣俞，世称宛陵先生、梅直讲、梅都官，宣州宣城（今安徽省宣城市宣州区）人，北宋官员、著名现实主义诗人。初以恩荫补桐城主簿，历镇安军节度判官。皇祐三年（1051）赐同进士出身，为太常博士，累迁尚书都官员外郎，曾参与编撰《新唐书》，并为《孙子兵法》作注。梅尧臣反对西昆体，主张诗作当写实，其诗歌与欧阳修的古文、蔡襄的书法代表了庆历、嘉祐年间文学艺术的最高成就，被誉为宋诗的"开山祖师"。其诗文被编为《宛陵集》，收录于《四库全书》，其他作品有《唐载记》《毛诗小传》《孙子注》《续金针诗格》等。

古 战 场

〔宋〕曹勋

烟冥露重霜风号，声悲色惨侵征袍。

据鞍顾名思义盼度沙碛，纵横白骨余残烧。

举鞭迟留问田父，彼将欲语先折腰。

泣云畔寇昔据此，老夫父子服弓刀。

将军下令起丘甲，法严势迫无所逃。

攻城夺险数十战，民残兵弊夷枭巢。

当时二子没于阵，老夫幸免甘无聊。

匹夫僭乱起阡陌，祸延千里俱嗷嗷。

官私所杀尽民吏，坐令骨肉相征麋。

唯余将军封万户，士卒战死埋蓬蒿。

至今野火遍昏黑，天阴鬼哭声嘈嘈。

汉中行

〔宋〕吴泳

汉中在昔称梁州，地腴壤活人烟稠。

稻畦连陂翠相属，花树绕屋香不收。

年年二月春风尾，户户浇花压醪子。

长裙阔袖低盖头，首饰金翘竞奢侈。

自从铁骑落武休，胜事扫迹随江流。

道傍人荒鸟灭没，独有梨花伴寒食。

君不见当年劫火然，携老扶幼奔南山。

又不见拗项桥边事，七八千兵同日死。

死则义魄犹有归，存则偷生漫如此。

三人共，一碗灯，通夜纺绩衣鬝鬐。

八口同，半间屋，煮米勾椎冰常不足。

家粮一石五券钱，一半入口一半官。

男担军装出边去，女荷畚锸填濠还。

梁山奕奕水汤汤，知他凡几玉节郎。

昨日汉川过，香气夹道花成行。

还挝青鼍鼓，复拥白鹊旗，帐犀殿后车鸱。

营中闻之暖挟纩，尽道节制吾父师。

东军本皆孝顺儿，好在良牧绥牧之。

戎装诗词

太清鱼不蓄，太缓琴不理。

师中有吉当自求，度外无功更谁喜。

秋风渐渐吹芙蓉，山童唤我歌汉中。

中欲歌兮何，为语前途胡秘阁，莫使兵贫复如昨。

【作者简介】

吴泳，字叔永，号鹤林，潼川（今四川三台）人，南宋文学家、词人。嘉定元年（1208）中进士，遂入四川宣抚司、四川制置司等军幕，曾任太府寺丞、秘书丞、秘书少监兼权中书舍人、起居舍人兼权吏部侍郎、权刑部尚书兼直学士院等职。吴泳为官耿直直言，著文典丽，所拟制诰与洪咨夔齐名，著有《鹤林集》。

赠谭青原侍御

〔明〕尹耕

铁冠棱棱斧在握，绣衣使者行燕朔。

月冷居庸夜渡关，霜清碣石朝横角。

闻道愁云暗朔天，黄沙白碛可人怜。

鸡鸣山下多胡垒，牟那峰前亦汉川。

尚想蒙尘悲已已，空怀击剑勒燕然。

燕然可登石可勒，平生志在伊吾北。

三败羞称曹沫功，一匡再见夷吾力。

古称御史官之雄，震摇山岳在尔躬。

埋轮张纲有奇气，抗疏李勉诚英风。

慷慨况曾亲甲胄，抚循更是属疲癃。

片言挟纩士尽起，目中久已无诸戎。

所嗟恩宠未久及，皂囊白简催归急。

衮职虽知藉补多，边民日望骢尘泣。

【作者简介】

尹耕（1515—？），字子莘，号朔野，山西蔚州（今张家口蔚县）人，明代诗人。嘉靖十一年（1532）中进士，历任藁城知县、礼部仪制主事、员外郎、河间知府等职，官至河南按察司兵备佥事，后遭诬告被发配，回乡后绝意仕途，因熟悉边疆事宜，曾作《塞语》十一篇，申明边防要害，尹耕诗文道劲豪迈，著有《朔野集》。

送钟淑濂给谏阅视上谷

〔明〕冯琦

晨发青琐闱，暮出居庸道。

长风吹大漠，万里白浩浩。

维时上谷塞，未有匈奴扰。

庙略屈群策，边事藉三表。

金缯岁出塞，玄黄日在皂。

我宁求宛马，虏遂厌吴缟。

岂不练士卒，岂不筑城堡。

甲胄不御冬，樵苏难宿饱。

尖丁及养马，饮泣无昏晓。

请观郭西田，颇亦宜粳稻。

幕府锸如云，私田迹如扫。

胡雏岂甥舅，汉女为妻嫂。

嫁女与汉人，不如与胡好。

胡人饶赐予，汉人色枯槁。

古来限华夷，为禁苦不蚤。

关西顷濆洞，朝议思征讨。

王师久不出，此事难草草。

蜂虿亦有毒，长木无不摽。

汉过固不先，虏情信难保。

武事有声容，边吏工文藻。

群飞高刺大，两目视众鸟。

简书伊可畏，官事未易了。

之子匡世姿，风采实矫矫。

归来报明主，一一陈所抱。

如有英雄人，无使行间老。

【作者简介】

冯琦（1558—1603），字用韫，号㑉南、琢庵，临朐（今属山东）人，明代诗人。万历五年（1577）中进士，改庶吉士，授编修，曾任少詹事、礼部右侍郎等职，累官至礼部尚书。冯琦知识渊博，为政勤敏尽职，治学提倡"独诣为宗，自然为致"，著有《冯琢庵先生北海集》《宗伯集》《宋史纪事本末》，编纂有《经济类编》《两朝大政记》《唐诗类韵》《通鉴分解》等。

第七篇

悲悯伤怀

戎装，官贬年高志不移

僵卧孤村不自哀，尚思为国戍轮台。

夜阑卧听风吹雨，铁马冰河入梦来。

——陆游《十一月四日风雨大作》

"木棉丹桂英雄色，明月秋风将士心。"一代又一代的军人身着戎装护卫在祖国边陲，抵御外辱，彰显国魂。对国家忠，对敌人狠，对百姓仁。身着戎装的人，即使他们受到委屈、得不到重用、年大体弱，一旦国家有难，他们忠于国家、热爱人民的信念将矢志不渝；有战召我，召我必回，有战必胜，这是戎装人应有的品格。

官贬志不移。"醉凭高阁乾坤迮，病入中年日月遒。百战铁衣空许国，五更画角只生愁"（宋·陆游：《秋兴·其一》）。作者酒后凭栏高阁之上，抒发满腔愤懑。大宋河山破碎，人到中年疾病缠身，自己已步入终年，官场险恶，多次被贬，朝廷腐败让他失望。虽然如此，他仍希望有机会"上马击狂胡，下马草军书"（宋·陆游：《观大散关图有感》）。作者还自述，

自己虽然多次被贬，但在国家危难时刻，仍然渴望自己能重上战场、跨马击胡，为保国家再立功劳；或让自己多写战书，鼓舞将士，实现报效国家的愿望。同样，在诗人耿湋笔下，也有这种官被贬但爱国之心不移的将军。"将军带十围，重锦制戎衣。猿臂销弓力，虬须长剑威"（唐·耿湋：《横吹曲辞·入塞曲》）。这位将军曾英勇过人，身着锦衣、臂长如猿、力大无穷、战功赫赫，有大将风度，受众人敬仰。但世事难料，他失势了。门可罗雀，连家中的小妾都耻笑他、羞辱他，让他无地自容。但当关外被侵时，他却坐不住了。"暮烽玄兔急，秋草紫骝肥"。他为自己荒闲在家，把战马养得膘肥体壮却用不上而心急如焚、彻夜难眠。"少年十五二十时，步行夺得胡马骑。……一身转战三千里，一剑曾当百万师。……路旁时卖故侯瓜，门前学种先生柳"（唐·王维：《老将行》）。诗人王维同样记述了这样一位老将的经历。这位老将年轻时就曾徒步夺胡人战马骑，一剑能挡百万师，转战几千里，功勋卓著。后来被贬了，落得为了生计在路旁卖瓜、在门前学种地的境地。但当边塞战情告急、战云密布时，老将军却为国事寝卧不安。他先是"试拂铁衣如雪色"，把戎装备好；继而"聊持宝剑动星文"，练起了武功；最终表决心，抛弃所有的怨屈，"愿得燕弓射天将，耻令越甲鸣吾君"，他要用燕地产的最好的弓消灭入寇的魁首，绝不能让外敌对朝廷造成威胁。

年高志未消。"壮岁旌旗拥万夫，锦襜突骑渡江初"（南宋·辛弃疾：《鹧鸪天·有客慨然谈功名因追念少年时事戏作》）。这是作者的自述。作者年轻时也统率过万名将士渡过长江英勇抗金，他曾怀着一腔热血报效国家，因政见不同而被贬，得不到高宗重用，使自己的壮志沉埋，但他的报国激情没有因为被贬年龄大了而消失。他自述道，"追往事，叹今吾，春风不染白髭须。却将万字平戎策，换得东家种树书"。作者忆往昔峥嵘岁月，叹现在"春风不染白髭须"。草木经春风吹拂能重新变绿，但人的须发在春风中却不能由白变黑，多少岁月、多少挫折，使自己青春不在。但他不甘心衰老，他壮志未酬。他撰写了万字的平戎国策，仍得不到重用，他感慨道：不如"换得东家种树书"，即这些万字的治国策略不如卖了钱给东家植树。这是得不到重用的一种悲凉、委屈情绪的宣泄，却字字句句饱含着诗人能抛弃个人得失、不服老、心甘情愿战场杀敌的家国情怀。"庭前昨夜秋风起，羞睹盘花旧战袍"（宋·曹翰：《内宴奉诏作》）。作者曹翰本身就是宋初的名将。当秋风萧瑟、沙场秋点兵的时候，他看自己的旧战袍上的"盘花"却不能参战，他按捺不住了，"三十年前学六韬，英名常得预时髦"。他三十多年前就苦读了《六韬》，也算得上是一位智勇双全的英豪。眼下，他虽然年龄大了，但"臂健尚嫌弓力软，眼明犹识阵云高"。他自觉臂力过人，甚至觉得弓力太软，使用起来很不过瘾；他认为自己心明眼亮，仍看得见战地上高飘的烟云；他晓知阵法，善于攻防，渴望能重上战场。可见，这位老将爱国恤民的热血和年轻人一样，激情燃烧。

体病不自哀。"僵卧孤村不自哀，尚思为国戍轮台。夜阑卧听风吹雨，铁马冰河入梦来"（宋·陆游：《十一月四日风雨大作》）。作者自述自己身体多病，已成"僵卧"。但他没有为自己的艰难处境自哀，而是仍想着戍边卫国的事情。被贬、蜗居在孤寂荒凉的小乡村中，这种现状让他无奈，他已无法实现他的报国之志，便情不自禁地以梦慰己。在一个雨夜的梦里，他梦到自己骑上马、披铁甲、跨冰河、征北疆，"铁马冰河入梦来"正是诗人日思夜梦的结果。这是一个真正的英雄不死的梦、英雄万岁的梦。这个梦表达了诗人不畏年事高、不惧多病、置恩怨于后、一心为国的胸襟，也透视出了那一代仁人志士的民族正气：这是一个典型的爱国主义者，他的典型性在于，他明知他的处境已不允许再上战场戍边卫国了，但他壮志不灭、雄心不死、爱国之情不减，于是他做了一个梦，他的壮志、他的雄心在梦里实现了。这是多么朴实的情感和崇高的精神境界啊！

悲愤诗

〔东汉〕蔡文姬

汉季失权柄，董卓乱天常。志欲图篡弑，先害诸贤良。

逼迫迁旧邦，拥主以自强。海内兴义师，欲共讨不祥。

卓众来东下，金甲耀日光。平土人脆弱，来兵皆胡羌。

猎野围城邑，所向悉破亡。斩截无孑遗，尸骸相撑拒。

马边悬男头，马后载妇女。长驱西入关，迥路险且阻。

还顾邈冥冥，肝脾为烂腐。所略有万计，不得令屯聚。

或有骨肉俱，欲言不敢语。失意几微间，辄言弊降虏。

要当以亭刃，我曹不活汝。岂敢惜性命，不堪其詈骂。

或便加棰杖，毒痛参并下。旦则号泣行，夜则悲吟坐。

欲死不能得，欲生无一可。彼苍者何辜，乃遭此厄祸。

边荒与华异，人俗少义理。处所多霜雪，胡风春夏起。

翩翩吹我衣，肃肃入我耳。感时念父母，哀叹无穷已。

有客从外来，闻之常欢喜。迎问其消息，辄复非乡里。

邂逅徼时愿，骨肉来迎己。己得自解免，当复弃儿子。

天属缀人心，念别无会期。存亡永乖隔，不忍与之辞。

儿前抱我颈，问母欲何之。人言母当去，岂复有还时。

阿母常仁恻，今何更不慈。我尚未成人，奈何不顾思。

见此崩五内，恍惚生狂痴。号泣手抚摩，当发复回疑。

兼有同时辈，相送告离别。慕我独得归，哀叫声摧裂。

马为立踟蹰，车为不转辙。观者皆嘘唏，行路亦呜咽。

去去割情恋，遄征日遐迈。悠悠三千里，何时复交会。

念我出腹子，胸臆为摧败。既至家人尽，又复无中外。

城廓为山林，庭宇生荆艾。白骨不知谁，纵横莫覆盖。

出门无人声，豺狼号且吠。茕茕对孤景，怛咤糜肝肺。

登高远眺望，魂神忽飞逝。奄若寿命尽，旁人相宽大。

为复强视息，虽生何聊赖。托命于新人，竭心自勖励。

流离成鄙贱，常恐复捐废。人生几何时，怀忧终年岁。

　　《悲愤诗》是我国诗史上文人创作的第一首自传体五言长篇叙事诗。全诗以女性的视角描写了战乱给诗人带来的切实苦难体验，展现出深处战争旋涡中，女性的真实生活与细腻情感。她们虽然外表柔弱，但面对战乱纷争、骨肉分离、亲人尽失的绝望现状，依然能够保有大是大非的观念，时刻持有忍辱负重、不畏牺牲、贤良惠中的性格本质，立家国思想于一切之首，从大局出发，树立强大的信心去面对生活。

【作者简介】

　　蔡文姬，名琰，字文姬，陈留郡圉县（今河南杞县）人，东汉末年文学家。文学家蔡邕之女，初嫁卫仲道，夫死后于乱世中被迫改嫁给匈奴左贤王，曹操统一北方后，蔡文姬被重金赎回，并嫁给董祀，蔡文姬博学多才，精通音乐、书法，著有《蔡文姬集》，已佚。

见征客始还遇猎诗

〔南北朝〕庾信

贰师新受诏，

长平正凯归。

犹言乘战马，

未得解戎衣。

上林遇逐猎，

宜春暂合围。

汉帝熊犹愤，
秦王雄更飞。
故人迎惜问，
念旧始依依。
河边一片石，
不复肯支机。

避难东归，依韵和黄秀才见寄

〔唐〕徐铉

戚戚逢人问所之，东流相送向京畿。
自甘逐客纫兰佩，不料平民著战衣。
树带荒村春冷落，江澄霁色雾霏微。
时危道丧无才术，空手徘徊不忍归。

莫　愁　曲

〔唐〕徐凝

玳瑁床头刺战袍，碧纱窗外叶骚骚。
若为教作辽西梦，月冷如丁风似刀。

　　虽然唐朝初期国内逐渐太平，但辽西地区以及契丹的不断叨扰，使得当时的朝廷不得不继续征兵出战。作者通过描述征夫的妻子，虽置身华贵的床榻上为夫君准备着战袍，却被碧色薄纱窗外的树叶撩拨得心烦意乱，字间透露的宫怨闺情溢于言表。但一想到丈夫远征在外是为了家国大业、

天下太平，因此即使面对如钉似刀的冷月寒风，她也心甘情愿将儿女情长
藏于心中。

【作者简介】

　　徐凝，浙江睦州分水县柏山村（今桐庐县分水镇东溪柏山村）人，唐代
诗人。穆宗时，曾至杭州拜谒白居易，白赏其《庐山瀑布》诗，首荐其入京
应进士试，与元稹也有交往，后归隐睦州，以布衣终，主要作品有《忆扬州》
《奉酬元相公上元》。

题衡山县文宣王庙新学堂，呈陆宰

〔唐〕杜甫

旄头彗紫微，无复俎豆事。

金甲相排荡，青衿一憔悴。

呜呼已十年，儒服弊于地。

征夫不遑息，学者沦素志。

我行洞庭野，欸得文翁肆。

侁侁胄子行，若舞风雩至。

周室宜中兴，孔门未应弃。

是以资雅才，涣然立新意。

衡山虽小邑，首唱恢大义。

因见县尹心，根源旧宫阙。

讲堂非袤构，大屋加涂塈。

下可容百人，墙隅亦深邃。

何必三千徒，始压戎马气。

林木在庭户，密干叠苍翠。

有井朱夏时，辘轳冻阶戺。

耳闻读书声，杀伐宛仿佛。
故国延归望，衰颜减愁思。
南纪改波澜，西河共风味。
采诗倦跋涉，载笔尚可记。
高歌激宇宙，凡百慎失坠。

出真州

〔宋〕文天祥

早约戎装去看城，联镳壕上叹风尘。
谁知关出西门外，憔悴世间无告人。

上裴晋公

〔唐〕李郢

四朝忧国鬓如丝，龙马精神海鹤姿。
天上玉书传诏夜，阵前金甲受降时。
曾经庾亮三秋月，下尽羊昙两路棋。
惆怅旧堂扃绿野，夕阳无限鸟飞迟。

　　"天下无二裴"是北宋文学大家欧阳修对裴氏家族的评价。自汉魏至隋唐五代，裴氏家族在政治、经济、军事、外交等诸多方面都有着卓越的贡献。裴氏裴度，世称"裴晋公"，裴晋公时刻以平定逆贼、护守京城为己任，深得宪宗信任。在宪宗深为吴元济之事忧心之时，裴晋公自告奋勇替

宪宗出巡"请求亲自督战"，并肝胆忠心示于君王"臣与此贼誓不两全！"以获诏书。正是抱着这样的报国初心与不惧牺牲的爱国主义精神，裴晋公才能在治军之时做到"军法严肃，号令划一"，历时四年艰苦对战，最终率领众将士出战皆捷，平定淮西之乱。

【作者简介】

李郢（约817—880），字楚望，长安（今陕西西安）人，晚唐著名诗人。大中十年（856）中进士，应辟为淮南、浙东从事，屡官至侍御史、员外郎，曾与杜牧在湖州把酒论诗，与李商隐、温庭筠等交友唱酬，其诗作多写景物，以"清丽"为特色，代表作有《南池》《江亭晚望》等。

忆王孙

〔宋〕汪元量

阵前金甲受降时。

园客争偷御果枝。

白发宫娃不解悲。

理征衣。

一片春帆带雨飞。

【作者简介】

汪元量（1241—1317），字大有，号水云、楚狂、江南倦客，钱塘（今浙江杭州）人，宋末元初诗人、词人、宫廷琴师。宋末因通晓音律于内廷鼓琴，临安陷落后曾侍奉过元主，后出家为道士。汪元量被世人比作杜甫，他的诗被誉为"诗史"，著有《水云集》《湖山类稿》《水云词》等作品。

次　韵

〔宋〕项安世

高沙白劒记天如，葵扇桃笙度日居。
诗里燕虫时漫与，醉中鸥鸟正于胥。
忽遭唤起拔金甲，自笑平生论石渠。
身世万端谁得料，一番江雨又成余。

杨郡王挽词

〔宋〕释宝昙

乞得身闲日，仍烦卧护归。
将军三尺箠，天子一戎衣。
生死真谈笑，功名愈发挥。
西风卷丹旐，人泪湿斜晖。

【作者简介】

　　释宝昙（1129—1197），俗姓许，字少云，号橘洲，嘉定龙游（今四川乐山）人。幼时因体弱多病而出家，投本郡德山院某僧为师，后多处游历。释宝昙擅长诗文，仰慕苏轼、黄庭坚，与当时名流杨万里、史浩、楼钥、张镃多有唱酬，著有《橘洲文集》《宝庆四明志》等作品。

岁暮福昌怀古四首·其一

〔宋〕张耒

原北荒城旧谷州，文皇功业莽悠悠。
天戈挥去开东夏，金甲归来献二囚。
想象英姿辉日月，苍茫故国委林丘。
山川惨惨空回首，落日悲风蔓草秋。

征 妇 怨

〔明〕高启

良人不愿封侯印，虎符远发当番阵。
几夜春闺恶梦多，竟得将军军覆信。
身没犹存旧战衣，东家火伴为收归。
妾生不识边庭路，寻骨何由到武威。
纸幡剪得招魂去，只向当时送行处。

　　此诗以征妇的视角与口吻，讲述了自己从不愿送夫出征，到收到丈夫全军覆没的消息，想要寻得尸骨也无处可去的悲凉绝望。即使丈夫已经以身殉国，作为妻子，她却依然保存着丈夫旧时的战衣；即使不晓得通往边塞战场的路，作为爱人，她也依然将纸幡送往当时与丈夫离别的地点；即使心存无限哀伤，作为征妇，她亦懂得丈夫为国捐躯的意义，以及舍小家为大家的无怨无悔。

逢病军人

〔明〕王醇

回望魂犹乱，归支病缓行。

道傍将掩骨，塞外即前生。

店主辞孤宿，军装付破城。

便令身战死，序绩不知名。

【作者简介】

王醇，字先民，扬州人，明代诗人。生性放荡不羁，曾经在京城饮酒买醉，挟妓驰马，大将军麻贵赏识其善用弓剑，欲收入麾下，王醇笑拒，后皈依扬州慈云庵为僧，虔诚修行净土法门，并将居所取名为宝栖。王醇诗文秀美，情深意切，超然有物，著有诗集。

贺新郎·冬夜不寐写怀用稼轩同父倡和韵

〔清〕陈维崧

已矣何须说！笑乐安、彦升儿子，寒天衣葛。

百结千丝穿已破，磨尽炎风腊雪。

看种种、是余之发。

半世琵琶知者少，枉教人、斜抱胸前月。

羞再挟，王门瑟。

黄皮裤褶军装别。

出萧关、边笳夜起，黄云四合。

直向李陵台畔望，多少如霜战骨。

陇头水、助人愁绝。

此意尽豪哪易遂？

学龙吟、屈煞床头铁。

风正吼，烛花裂。

【作者简介】

陈维崧（1625—1682），字其年，号迦陵，南直隶常州府宜兴县（今江苏宜兴）人，明末清初词人、骈文家，与吴兆骞和彭师度并称"江左三凤凰"，为阳羡派的开山，与浙派词首领朱彝尊并称。康熙十八年（1679），举博学鸿词科，授官翰林院检讨，任《明史》纂修官。陈维崧的骈文有风骨气魄，诗文雄浑瑰丽中略带沉郁，词作多效法杜诗和元、白乐府之精神，多达一千六百二十九阕，足称"词史"，著有《湖海楼全集》等。

智度师二首·其二

〔唐〕元稹

三陷思明三突围，铁衣抛尽衲禅衣。

天津桥上无人识，闲凭栏杆望落晖。

　　这首诗中所描写的智度禅师，曾是安史之乱时的一位叱咤风云的战将，即使面对望风披靡的安史叛军，他也能够"三陷思明三突围"，多次击溃史思明的进攻，成功突围，为国家立下赫赫战功。战斗的酷烈自不必说，僧人的骁勇与谋略更是不难想见。一句"铁衣抛尽衲禅衣"，则将禅师出家前的英武与出家后的寡欲清心进行了对比，写出了智度禅师功成身退后的淡泊名利与人生选择。

【作者简介】

　　元稹（779—831），字微之、威明，北魏昭成帝拓跋什翼犍十九世孙，鲜卑族，河南省洛阳市人，唐中期官员、文学家、小说家。贞元九年（793）以明经科及第，贞元十九年（803）登书判拔萃科，曾任校书郎、左拾遗、监察御史、江陵士曹参军等职，累官中书舍人、翰林承旨学士、宰相。元稹与白居易同为新乐府运动的奠基人，两人并称"元白"，其早期诗作多揭露当时的社会矛盾，后期作品题材偏狭，多为艳诗，元稹还根据自身经历撰写了《莺莺传》，成为对后世戏曲影响最大的作品之一，其著作被整理为《元氏长庆集》。

第八篇

偃武息戈

戎装，血与火中育英雄

"东京朱祜年犹少，莫向尊前叹式微。"

——顾炎武《酬朱监纪四辅》

中华民族是个英雄的民族，而军旅则是崇慕英雄、哺育英雄、英雄辈出的队伍。"少小从行伍，千金办戎装"（明·管讷:《少小从行伍二首·其二》）。在明代诗人管讷的笔下，中华儿女自小就习兵羡英雄。有钱办武装，办武装可读兵书、学武艺、育英雄。因为戍边卫国的将士，自古就是百姓心目中的偶像、英雄和学习的榜样。

学"东京朱祜年犹少"，走出悲叹。"东京朱祜年犹少，莫向尊前叹式微"（明·顾炎武:《酬朱监纪四辅》）。这是诗作者顾炎武写给友人朱四辅的诗，并互勉要向朱祜学习。朱祜是东汉时的建义大将，他很小丧父、幼年学武、少有壮志，曾跟着后来成为皇帝的刘秀打天下，被称为开国将军。朱祜身经百战、战功赫赫、居功不傲、为国为民、兢兢业业，即使在战场上被俘，也忠于自己的国家和君主，成为那个时代的榜样和英雄。作者顾炎武与朱四辅也曾为国家九死一生，才得以"生归"，却不得志。两人相聚既诉衷肠也互勉，要像朱祜那样勤勤恳恳、无怨无悔、始终如一，为国为民再建功立业。

学"独领残兵千骑归",英勇善战。呼唤英雄,提倡英勇善战,是军人武德、军旅文化的主要内涵。"百战沙场碎铁衣,城南已合数重围。突营射杀呼延将,独领残兵千骑归"(唐·李白:《从军行·其二》)。在这里,诗人生动地刻画了战场上全力火拼、至死不降的战斗场面。百战沙场,将士们的戎衣铁甲被击碎,城南战事告急,队伍被层层困住,全军已无退路,劝降声四起。但将士们仍在拼力厮杀、宁死不降。在这生死关头,"突营射杀呼延将",只见战场上杀出一员猛将,势不可当。他杀了敌首,"独领残兵千骑归",率领残兵,如一阵狂风,杀回自己的军营。这让正在激战的双方的将士肃然起敬。他们以为是天上掉下的神兵天将。后来,这位机智、勇敢、善战的将军被人们誉为"天将",成了军中学习的榜样。

学"冠军亲挟射",无敌气概。"冠军亲挟射,长平自合围"(南北朝·刘孝仪:《从军行》)。诗中的"冠军"指的是统帅霍去病;挟射,即指霍去病挟弓射箭。霍去病的英雄气概曾在军旅中颂扬,他十八岁挂帅出征,以轻骑八百奋击匈奴,"斩首虏二千二十八级",生擒敌军将领单于;他率师出云中至陇西,"捕首虏数千、畜数十万";汉武帝命卫青、霍去病出代郡里,大破匈奴,俘敌"七万四百四十三役"。他是那个时代攻无不克、战无不胜的威猛大将军,是军营、社会追崇学习的英雄形象。

学"真是英雄一丈夫",争当豪杰。"功名祇向马上取,真是英雄一丈夫"(唐·岑参:《送李副使赴碛西官军》)。这是一首送别诗。作者岑参是唐朝诗人,他曾两次从征边塞,对边塞将士的生活有深刻的体会。在这首诗里,他既不写饯行的歌舞盛宴,也不写分手时的难舍离情,他只记述离别时朋友间的心里话。这首诗里,句句都是心里话,行行都有英雄像。诗中写到"岂能愁见轮台月","轮台"在边塞新疆,许多戍边将士讲到它就涌起思乡之情。这里的反问,是在肯定和鼓励友人,即使见到"轮台"也会有以四海为家的英雄胸襟戍边卫国,不会为乡情所动。"岂能愁见轮台月",是盛唐时期人们积极进取精神的反映,是盛唐之音中一个昂扬的音符。"功名祇向马上取,真是英雄一丈夫",这既是作者学英雄的理想和壮志,也是鼓励朋友及青年们学英雄、壮豪气的高亢、雄伟的颂歌。

太平诗

〔唐〕金真德

大唐开鸿业，巍巍皇猷昌。止戈戎衣定，修文继百王。
统天崇雨施，理物体含章。深仁谐日月，抚运迈时康。
幡旗既赫赫，钲鼓何锽锽，外夷违命者，翦覆被大殃。
和风凝宇宙，遐迩竞呈祥。四时调玉烛，七曜巡万方。
维岳降宰辅，维帝用忠良。三五咸一德，昭我皇家唐。

隋炀帝造成隋末大乱，破坏极其严重，人口锐减。经李世民一代二十三年力挽狂澜，社会逐渐安定、经济逐渐恢复并稳定发展，为后续的大唐盛世奠定了基础，历史上称为"贞观之治"。纵观古今，社会安定、经济复苏、人口繁盛，始终与战事少发、国家太平关系紧密。作者所述"止戈戎衣定""昭我皇家唐"，正是对大唐开朝以来，天子励精图治、专心治国，军队外除忧患、内保太平而呈现出的国泰民安景象的由衷感叹。

【作者简介】

金真德（？—654），原名金胜曼，新罗第二十八代君主。贞观二十一年（647），新罗王金善德去世后，其妹金真德继承王位，并被唐朝加授柱国、乐浪郡王。金真德在位期间，效法唐风，确立了依附唐朝对抗百济、高句丽的国策。永徽元年（650），金真德作《太平诗》，织在丝绵上送于唐高宗。

送孙尧夫赴举

〔唐〕李涉

自说轩皇息战威，万方无复事戎衣。
却教孙子藏兵法，空把文章向礼闱。

【作者简介】

　　李涉，号清溪子，河南洛阳人，唐代诗人。早年因战乱，与其弟李渤同隐庐山香炉峰下，后出山做幕僚。唐宪宗时，曾任太子通事舍人，后被贬为峡州（今湖北宜昌）司仓参军，直到十年后才遇特赦，归还洛阳。文宗大和年中，任国子博士，世称"李博士"，著有《李涉诗》一卷。

刘伯寿秘校

〔宋〕张耒

将军卷金甲，独卧嵩山阿。千金买蛾眉，昼夜饮且歌。
时平武库锁，赂买戎狄和。不复用英雄，惜哉双橐驰。
延我寒夜欢，清尊不辞多。壮气老未已，醉来须屡摩。
充国年七十，立功未蹉跎。我欲劝公起，拂尘挥旧戈。
公言一世中，欢乐能几何。安用身外名，功高竟消磨。
家住太室阳，开门对嵯峨。嘉肴荐尊俎，有酒如江河。
度曲得新声，词成自吟哦。乐此常不足，尚安知其它。
我愕不知答，高贤固殊科。马援喜功名，旅死遭讥诃。
陶潜虽放情，但为硕人过。公于二者间，安处行逶迤。
寒厅有修竹，野泉涨微波。不厌徒驭勤，高车幸来过。

高宗皇帝挽祠

〔宋〕韩彦质

大历开真主，群雄控六飞。

山河千载业，天地一戎衣。

复古边疆定，销兵圣母归。

依然兴礼乐，文武遍郊畿。

《书·武成》中有云："一戎衣，天下大定。"纵观高宗的一生，由不经世事的年轻皇子，经历家国巨变后，面对内忧外患的险恶形势，既要抵挡金兵的进攻，又要带领广大军民艰苦奋斗，扭转南宋前期的被动与危险局面，平息一直以来的大规模战争。一方面为推动南方社会经济的恢复和发展起了很大作用，另一方面也为北宋宋韵文化的传承打下了基础，产生了深远影响。由此作者也发出了"山河千载业，天地一戎衣"的慨叹，来赞颂高宗为稳固社稷江山立下的汗马功劳。

【作者简介】

韩彦质，陕西延安人，韩世忠第三子。曾任直秘阁、光禄寺丞、知秀州、两浙转运判官、知平江府、太府少卿、淮西总领、知临安府等职，以太中大夫致仕，卒谥敏达。

参考文献

［1］黄强.黄沙百战穿金甲——古代军戎服饰［M］.北京:商务印书馆,
2020.

［2］陈大威.画说中国历代甲胄［M］.北京:化学工业出版社,2017.

［3］刘永华.中国古代军戎服饰［M］.北京:清华大学出版社,2019.

［4］唐圭璋.全宋词［M］.北京:中华书局,2018.

［5］彭定求等主编,陈书良、周柳燕选编.全唐诗［M］.西安:陕西人民
出版社,2021.

［6］刘永华.解读中国古代的铠甲［J］.东华大学学报(社会科学版),
2020,20(3):248-256.

［7］杨泓.中国古代的甲胄(上篇)(殷商—三国)［J］.考古学报,
1976(1):19-46.

［8］杨泓.中国古代的甲胄(下篇)［J］.考古学报,1976(2):59-96.

［9］姜淑媛,方伟.古代战服刍议［J］.四川丝绸,2007(1):49-52.

［10］白瑶瑶.刍议古代绘画中的锁子甲［J］.艺术设计研究,2020(5):50-54.

［11］胡娟,张志春.中国古代铠甲的演变及其对现代服装设计的启示［J］.
艺术探索,2007(3):105-106,152.

［12］陈浙青,关立平.略论中国冷兵器时代的甲［J］.浙江纺织服装职业
技术学院学报,2007(2):25-28.

［13］贺文汇.军事强朝秦铠甲探析［J］.戏剧之家,2017(2):73-275.

［14］梁启靖.汉代甲胄复仿制的预研究［J］.广西民族大学学报(自然科
学版),2020,26(1):48-56,98.

［15］辛龙,高小超,宁琰.两晋时期的筩袖铠研究［J］.华夏考古,
2018(6):111-117.

［16］钱梦舒，张竞琼.魏晋南北朝时期铠甲的类型及特征［J］.艺术设计研究，2016(3):46-53.

［17］郭晔旻.盛唐重器"明光铠"与"锁子甲"［J］.国家人文历史，2017(1):54-59.

［18］王丽华，许福军.宋、元两朝铠甲比较研究［J］.浙江纺织服装职业技术学院学报，2020,19(4):46-51.

［19］李春雨，陈芳.明代盔甲种类及制作工艺研究［J］.服装设计师，2021(5):88-97.

［20］李春雨，陈芳.明代罩甲考释［J］.美术学报，2022(6):68-72.

［21］钱梦舒，张竞琼.明清铁甲比较研究［J］.浙江理工大学学报（社会科学版），2017,38(3):23-229.

［22］王法东.清代甲胄［J］.走向世界，2012(31):52-54.

［23］谢明浩.新中国军服变迁史［J］.轻兵器，2019(10):36-43.

［24］冯秋雁.清兵战服锁子甲［J］.中国地名，2003(3):30-31.

光明版
GUANGMING VERSION